オレンジ・イズ・ニュー・ブラック

女子刑務所での13ヵ月

パイパー・カーマン 著
村井理子・安達眞弓 訳

＊の印を付けた箇所の言葉や文については、各章末で説明をしています。

鐘を鳴らそう　鳴らし続けよう
完璧な提案なんてしなくていい
何事にもひび割れがあり
だからこそ光が入り込むのだ

レナード・コーエン『Anthem』より

著者より

本書は私の回顧録であり、自分の経験に基づいている。私が収監されていた刑務所内で共に暮らし、働いていたすべての登場人物の名前は（そして時にはその特徴的なキャラクターの描写は）、すべて変更している。寛大にも、実名を記すことを私に許してくれたシスター・プラットとシスター・ジェラードに感謝申し上げる。

Chapter 1

Are You Gonna Go My Way?

自由への疾走

ブリュッセル空港の国際線手荷物受取所はとても広く、閑散としていた。回転式コンベアが、ひっきりなしに動いていた。私は、何とかして自分の黒いスーツケースを見つけようと、コンベアの間を早足で歩き回った。なぜかというと、その黒いスーツケースには、ドラッグを取引して得た金が詰まっていて、手荷物を無くしては大変なことになると必要以上に心配していたのだ。

１９９３年、私は24歳だった。たぶん、どこにでもいる、若いキャリアウーマンに見えていただろう。いつものドクターマーチン（＊1）は、美しいスウェードの黒いヒールに履き替えていたし、黒いシルクのパンツにベージュのジャケットを着ていた。典型的なジュネフィーユ（＊2）って感じだ。首にあるタトゥーさえ見なければ、私には危険分子の雰囲気なんて、これっぽっちもなかったはずだ。私は指示された通りに行動していた。シカゴで荷物をチェックインしてパリまで行き、そこから飛行機を乗り継いでブリュッセルに到着したのだ。

ベルギーに到着して、手荷物受取所で黒いバッグを探した。でも、どこにも見当たらなかった。押し寄せてくるパニックに何とか抗いながら、私は拙いフランス語で、手荷物がどうなったのかを訊ねた。「別の飛行機に積み込まれることもあるんだ」と、手荷物受取所の大柄な男が言った。「パリからの次の定期便を待つんだな。きっとそっちに積み込まれているだろうから」

まさか、気づかれた？　申告なしで10000ドル以上の持ち込みは違法だとわかっていたし、それが西アフリカのドラッグの本拠地であればなおさらだ。まさか当局が追って来てる？　このまま税関を通って逃げた方がいいんじゃない？　それとも、バッグは別に、本当に他の便に積み込まれて遅れているだけであって、その場合、私は、たぶん電話1本で私を殺すことができる人物の大金を捨てることになってしまう。後者の選択の方がほんの少し怖ろしい気がしたので、そこで待つことにした。

パリからの次の便がようやく到着した。私は手荷物受取所を取り仕切る、できたばかりの〝友だち〟ににじり寄った。恐怖を抱いている時に、誰かに言い寄るのはとても難しい。私は自分のバッグを見つけ、「モン・バッグ（私のバッグよ）！」と興奮して叫ぶと、バッグをつかんだ。私は彼に大げさに軽薄に手を振ると、友人のビリーが立って待つ、人のいないドアをすり抜けてターミナルに急いだ。私は不注意にも税関を通らなかった。

「心配してたんだぞ。何があったんだ？」とビリーが聞いた。

「いいからタクシーに乗せてよ！」と、私は彼を黙らせた。タクシーに乗り込み、ブリュッセルの町中に到着するまで、私は息をすることもできなかった。

ちょうど1年前、スミス大学の卒業式は、ニューイングランドの美しい春の日に行われた。太陽が降り注ぐ中庭には、バグパイプの音色が鳴り響いていた。テキサス州知事のアン・リチャードが、これから世界に飛び出して、あなたたちがどれだけ素晴らしい女性であるのかを知らしめなさいと私たちを激励した。私が学位を受け取ると、家族はとても誇らしげに笑顔を見せた。離婚したばかりの両親はいがみ合うこともなく、南部出身の威厳ある祖父と祖母は、年長の孫が角帽をかぶり、高等教育を受けた白人の中流階級出身者に囲まれている姿を見て喜んでいた。一番下の弟は退屈して、うんざりしているように見えた。目標を定め、将来を見据えたクラスメイトたちは、大学院課程に進む者もいれば、非営利団体で新人として働き始める者もいたし、故郷に戻る者もいた。これはブッシュ政権時に起きた最初の不景気ではめずらしいことではなかった。

一方、私はマサチューセッツ州ノーサンプトン（＊3）から出ることはなかった。演劇を専攻していたが、父と祖父はそれに対し、とても懐疑的な見方をしていた。私は教育が極めて重要だとする家族の一員だ。親戚には医者や弁護士が多い。そこに、教師、看護士、詩人、裁判官が加わる。4年間学んだ後だとはいえ、私は自分がうわべだけの人間で、演劇で生きて行くには実力もないし、やる気だって十分ではないのではと感じていた。だからといって、学術研究とか、有意義なキャリアだとか、それとも試合を放棄しロースクールに行くなんていう、その代わりとなる計画があるわけでもなかった。

私が怠け者だったというわけではない。学生時代は、レストラン、バー、ナイトクラブなどで必死に働いたし、ボスや仲間の従業員たちからは、やさしい言葉をかけてもらったり、冗談を言い合う仲間になれたし、喜んでふたつの仕事の掛け持ちしていた。職場で会った人たちとは、学校で出会った多くの友人たちよりもずっと気が合った。聡明で大胆な女性が多く学ぶスミス大学を選んだことに後悔はしていなかった。でも、生まれや育ちから自分に求められた姿とは、私はすっかり縁を切っていた。スミスの守られた環境に苛立ちを覚え、辛うじて卒業したようなものだ。私は、経験、体験、そして探求に飢えていた。自分自身の人生を取り戻す時が来たと感じていた。

私ははっきりとした目的も持たずに、自由奔放なカウンターカルチャーを追い求める、高等教育を受けたボストン出身の若い女性だった。それなのに、抑圧されてきた冒険心をどうしたらいいか、さっぱりわからなかった。良い結果を生むかもしれない危険を冒したいという強い気持ちを、どうしたら良いかもわからなかった。私が評価していたのは、芸術的追究であり、成果であり、感情であった。劇団の仲間と、彼女のいかれたアーティストのガールフレンドとアパートに住み、地ビールの醸造所でフロア係として働いた。同僚の接客係、バーテンダー、ミュージシャンと親密になった。全員がセクシーで、いつも黒い服を着ていた。共に働き、パーティーを開き、裸でプールで泳いだり、ソリで滑ったり、セックスしたり、時には恋に落ちた。タトゥーも入れた。

私はノーサンプトンと、それを囲むパイオニア・ヴァレー（＊4）が与えてくれるものすべてを楽しんでいた。田舎道を何マイルも走ったし、急な階段を12パイント（＊5）ものビールを抱えて運ぶ方法だって学んだ。魅力的な女性と男性と一緒になって、ロマンチックないたずらに身を任せることもあった。夏から秋の間はずっと、休みの日には、プロヴィンスタウンのビーチまでの旅行を楽しんだ。

冬が始まると、私は落ち着かない日々を送った。大学時代の友人は仕事の話をし、ニューヨークやワシントン、サンフランシスコでの生活の様子を教えてくれた。私は卒業後の自分の生活を疑問に思うようになったが、ボストンに戻る気はないことだけはわかっていた。家族のことは愛していたけれど、両親の離婚から影響を受けることは、絶対に避けたいことだった。今思い返せば、ヨーロッパ鉄道の切符を手に入れることや、バングラデシュでボランティア活動をすることなんて、最高の選択だったと言えるけれど、私は結局、ヴァレーから出ようとはしなかった。

居心地が良くて、自由な人間関係の中には、信じられないほどスタイリッシュでクールな、30代半ばのレズビアンが多かった。大人で、洗練された年上の女性は私を柄にもなくシャイな気分にしたけれど、アパートの隣の部屋に何人かが移り住んだことがきっかけとなって、私は彼女らと友だちになることができた。そんな大人の女性たちの中に、ハスキーな声が特徴的な、アメリカ中西部出身のノラ・ジャンセンがいた。モップのようにカールした茶色い髪の彼女は小柄で、少しだけフレンチブルドッグに似ていて、白人のアーサー・キットといった風貌だった。

彼女はとにかく楽しい人だった。ゆったりとして、率直な雰囲気のしゃがれた声や、顔をこちらに向けて、モップの下から明るい茶色い目でじっとこちらを見る表情や、手首を曲げてたばこを指に挟んでいる様子まで、すべてが愉快で、楽しく思慮に富んだ方法で人間を描き出してみせるのだ。彼女が私に目を向けると、仲間うちにしか通じないジョークに参加しているような気持ちになった。年上の女性たちの中で、ノラは唯一私に興味を持った人だった。ひと目惚れというわけではなかったが、ノーサンプトンで暮らす、22歳の冒険を求めていた女の子にとって、彼女は好奇心の象徴だった。

そして1992年の秋、彼女は姿を消した。彼女が再び私の前に現れたのは、クリスマスの後だった。彼女はひとりで広いアパートを借りていて、真新しい美術工芸品のような家具を揃え、ゾクゾクするほど高級なステレオまで持っていた。私の知り合いなんて、リサイクルショップで買ったカウチにルームメイトと座っていたというのに、彼女は人を驚かせるようなお金の使い方をしていた。

ノラがふたりだけで飲みに行こうと私を誘ってきた。そんなことは初めてだった。デートだったかって？ たぶんね。だってホテル・ノーサンプトンに私を連れて行ったんだから。それは高級ホテル・ラウンジに最も似通った場所で、どこもかしこも白い格子模様が描かれた淡い緑色で塗られていた。私は緊張しながら、グラスの縁に塩をつけたマルガリータを頼んだ。それを見たノラは眉を上げ、「マルガリータを飲むには、ちょっと寒くない？」と、スコッチを頼みながら言った。彼女の言う通りだった。1月の風はマサチューセッツ州西部を魅力的ではない場所にしていた。何かもっと、小さなグラスのダークな飲みものを頼めば良かった――私のフロスティなマルガリータは突然、途方もなく子どもっぽく見えた。「それって何よ？」と彼女は聞きながら、私がテーブルの上に置いていた小さな金属製の箱を指さした。

それは黄色と緑に塗られた、サワーレモンのトローチが入っていた箱だった。蓋には、三角帽をかぶり、金の肩章をつけたナポレオンが西の方向を眺める絵が描かれていた。スミス大学で知り合った上級生で、最高にクールな女性がその箱を札入れとして使っていて、ある日私がその箱を褒めると、彼女は私にそれをくれたのだ。タバコの箱や免許証、そして20ドル札を入れるのにぴったりな大きさだった。私が大切にしている缶からお金を引っ張り出して払おうとすると、ノラがそれを制した。

何ヵ月もの間、どこに行ってたの？ 私が彼女に尋ねると、ノラはひと通りの説明をした。落ち着いた口調で、妹の友だちの「関係者」によって麻薬の密輸に引っ張り込まれたのだと説明したのだ。ヨーロッパに行き、アメリカ人美術商で、同じく「関係者」から、闇の世界のやり方で訓練を受けたという。彼女は麻薬を密輸し、たっぷりと報酬を得ていたのだ。

私は完全に混乱してしまった。ノラはなぜこんなことを私に話すのだろう？　もし私が警察に駆け込んだらどうするつもり？　私はもう1杯注文し、ノラがすべてをでっち上げているのではないか、本当に無謀な誘惑の仕方だと、半信半疑になっていた。

ノラの妹には、一度会ったことがあった。彼女はヘスターと呼ばれていて、オカルト好きで、羽のついたニワトリの骨のお守りを忘れて帰るようなタイプだった。まるでウイッカン信者（＊6）のヘテロセクシュアル版のノラのように見えたというのに、実際のところ、彼女は西アフリカの麻薬取引の中心人物だったというのだ。ノラはどのようにしてヘスターとベナンまで行き、MCハマーに瓜ふたつのアラジという麻薬取引の重要人物に会ったかを説明した。ノラはゲストとして彼の屋敷に滞在し、まじない師の施術を受け、今となっては彼の義理の妹と考えられているという。すべてが不気味で怖ろしく、ぞっとしてワイルドだった。そして、信じられないくらいエキサイティングだった。ワクワクするような秘密をたくさん抱えた彼女が、私にそれを打ち明けてくれていることが信じられない気持ちだった。

私に秘密を打ち明けることで、ノラは私を彼女に結びつけ、秘密の交際をスタートさせたかのようにふるまった。ノラを最高の美女だと言う人はいないが、彼女にはウィットがあり、とても魅力的で、生まれながらのアーティストだ。そして私という人間は、はっきり意思表示をして自分を追いかけてくる人には、必ず応えてしまう。私を誘う彼女はとても粘り強く、そして忍耐強かった。

その後の数ヵ月で私たちはより親密になった。地元の男性の何人かが秘密裏に彼女を手伝っていることも知った。私はそれを知って安心した。私は、ノラが率いる違法な冒険に魅了されていたのだ。彼女がヨーロッパや東南アジアに長期間滞在する時は、彼女の家に住み、彼女が愛する黒猫のイーディスとダムダムの世話をした。彼女は夜中の変な時間に地球の裏側から電話をしてきては、子猫たちの様子を聞いた。長距離電話には雑音が混じっていた。すでに好奇心でいっぱいだった友人からの質問をはぐらかしながら、私は誰にも何も言わずに、こんなふうに暮らしていた。

取引が町の外で行われていたこともあって、麻薬の取引は私にとって完全に非現実的なものだった。ヘロインを使っている人なんて知らなかったし、麻薬中毒の苦しみなんて考えたこともなかったのだ。ある春の日、ノラは新車の真っ白なロードスターに乗って、スーツケースいっぱいに現金を詰めて戻ってきた。彼女はベッドの上に現金をばらまくと、その上を、笑いながら裸でゴロゴロと転がった。それは彼女が今までで最も稼いだ額だった。私はロードスターに飛び乗って、レニー・クラヴィッツの「自由への疾走（Are You Going My Way?）」をカーステレオから流し、走り回った。

ノラとの一風変わったロマンチックな関係にも関わらず（一風変わっていたことが原因かもしれないが）、私は自分がノーサンプトンから離れ、何かを始める必要があると考えていた。友人のリサ・Bと私はチップを貯金しビールの醸造所の仕事を辞めて、夏の終わりにサンフランシスコに行くことを決めていた（リサはノラの秘密の活動については一切知らなかった）。私がこの計画をノラに話すと、彼女は自分もサンフランシスコにアパートを借りたいと言い出し、一緒に行って物件を探そうと言うのだ。彼女がそれほどまでに私を想っていることに、私はびっくりしてしまった。

ノーサンプトンを離れるちょうど1週間前、ノラはインドネシアに戻らなければならなくなった。

「ねえ、一緒に来てよ。いいでしょ？」と彼女は言った。「何もやらなくていいのよ。ただ、いてくれればいい」

私はそれまで一度としてアメリカから出たことはなかった。カリフォルニアで新しい生活を始める予定ではあったのだけれど、ノラの提案はとても魅力的だった。私は冒険を求めていたし、ノラはそれを与えてくれた。ノーサンプトンに住む男たちの中で、ノラと一緒に使い走りとして外国に行って、ひどい目に遭った人間はひとりとしていなかった。実際のところ、戻って来た彼らは、選ばれた人間だけが聞くことが許されるような、とんでもない話を持ち帰って来た。私はノラと一緒にいることに危険はないと理由づけた。ノラは私にサンフランシスコからパリへのチケット代を渡してくれ、シャルル・ド・ゴール空港内のガルーダ航空のカウンターに行けば、そこからバリまでへのチケットが私を待っていると言ったのだ。それは、こんな感じでシンプルな話しだった。

ノラの違法な活動の隠れ蓑は、彼女とそのパートナーで、あご髭を生やしたジャックという名の男の発行する、芸術と文学についての雑誌だった——疑わしいものだけれど、それでも、活動をごまかすにはぴったりだった。友だちや家族にサンフランシスコに引っ越すことを説明し、雑誌の制作を手伝い、海外にも出張することを説明すると、彼らは一様に驚いて、私の新しい仕事を疑ってかかった。でも私は彼らの質問をねじ伏せて、ミステリアスな女を気取った。友だちのリサとともに西に車を走らせ、ノーサンプトンから離れた時、まるで自分の人生がやっと動き始めたかのような気持ちになった。何があっても、もう大丈夫。

私とリサは、交代で休憩を取りながら、マサチューセッツからモンタナの州境までノンストップで車を走らせた。夜中はトイレ休憩のための駐車場に車を停めて仮眠した。目を覚ますと、金色に輝くモンタナの美しい夜明けを見ることができた。これほどまでに幸せを感じたことは、今までなかった。ビッグ・スカイ・カントリー（＊7）を散策した後は、ワイオミングとネヴァダを走り抜け、とうとう、サンフランシスコのベイブリッジに到着した。私はそこで飛行機に搭乗することになっていた。

インドネシアへの旅行に何が必要か？　私にはさっぱりわからなかった。私は小さなL．L．ビーンのダッフルバッグに黒いシルクのパンツ、ワンピース、膝上の丈のジーンズ、Tシャツ3枚、赤いシルクのシャツ、黒いミニスカート、ランニング用の衣類、そして黒いカウボーイブーツを詰め込んだ。とてもうれしくて浮かれていたので、水着を入れるのを忘れたほどだ。

パリに到着するやいなや、私はバリ行きのチケットを受け取るため、まっすぐガルーダ航空のカウンターに向かったが、彼らは私用のチケットなどないという。怖くなって、私は空港のレストランに座り込み、コーヒーを頼んで何とかしなければと考えた。携帯とメールなどまだなかった時代で、どうやってノラに連絡を入れたらいいのか見当もつかなかったのだ。私は、言葉の壁で何か行き違いがあったのだろうと推測した。心を決めて立ち上がり、売店に向かった。パリのガイドブックを購入して、6区の中心部にある安ホテルに部屋を取った（私のクレジットカードの限度額はとても低かった）。小さな窓から、パリの屋根が見えていた。私はノラの古い友だちで、今はアメリカ国内でビジネスパートナーとなっているジャックに電話した。高慢で、偉そうで、売春婦が大好きなジャックは私の苦手なタイプの人間だった。

「パリで足止めをくったわ。ノラが言ったことは全部デタラメだった。どうしたらいい？」と、私は彼に聞いた。ジャックは機嫌が悪そうだったが、私を放ってはおけないと考えたようだった。

「ウェスタンユニオン（*8）を探せ。明日、チケット代を振り込むから」

振り込みには数日かかったけれど、それはどうでも良かった。私はうきうきしながらパリを歩き回り、すべてを吸収していった。フランス人女性の横に並ぶと、私はどう見ても10代のガキだった。これをどうにかするために、私はドクターマーチンとミニスカートに合わせるための美しい黒い網タイツを買った。ずっとパリにいたって構わなかった。たったひとり、私は天国にいるようだった。

パリから13時間の長々としたフライトを終えてバリに到着すると、ビール醸造所の同僚だったビリーが私を迎えに来ていたことに驚いてしまった。周りにいるインドネシア人たちから頭ひとつ背の高い、そばかすだらけの顔をした彼が、にっこりと笑っていたのだ。ストロベリーブロンドで明るめの青い瞳をした彼は、私の兄と言っても通用した。「ノラがホテルで待ってるよ。きっと楽しいぜ！」と彼は言った。いつもとはちがうシチュエーションの、とても豪華な部屋でノラと再会するのは、私は何だか照れ臭かった。それでも、ノラはそれが完全にノーマルなようにふるまっていた。

バリはバッカス祭の最中だった。何日も、何時間も、ノラの働き手のゲイの男性たちと、日光浴し、飲み、そして踊って過ごした。クタビーチにあるクラブで、私たちにお金を使わせたい現地人や、若いヨーロッパ人、オーストラリア人たちとの出会いがあった。ビキニとサロンを買いにストリートにある市場に行き、彫り物のマスクと銀のジュエリーを物々交換し、気さくな地元住民と話をしながら、ヌサドゥアの裏道を散歩した。寺院の探索、パラセーリング、スキューバダイビングは気晴らしだ。バリ人のスキューバダイビング・インストラクターたちは、私がニューイングランドで首の後ろに入れた、長いひれに宝石をあしらった、エレガントな青い魚のタトゥーがとても気に入って、自分たちのタトゥーもしきりに見せてくれた。でも、祭りの賑わいは、ノラとアラジ、あるいはノラとジャックの頻繁な電話のやりとりで中断させられた。

彼らのビジネスはシンプルだった。アメリカ国内でドラッグ1単位（通常、特別にしつらえたスーツケースの裏地の中にヘロインを縫い付けてあるものが1単位）の〝契約〟をしていた人たちに、アラジが西アフリカから、ドラッグがあることを連絡する――彼らは世界中のどの地域にも行くことができた。ノラやジャックのような人たちは（基本的に下請けの人たち）、まずはスーツケースをアメリカに送り、そこで見知らぬ収集人にそれを手渡す。スーツケースを運ぶ方法は彼らに委ねられていた。運び人を見つけ、感づかれないように税関を通り抜ける方法を彼らに訓練し、彼らの〝休暇〟と、旅費の負担もするのだ。

　アラジが一緒に働いていたのは、ノラとジャックだけではなかった。実際のところノラは、彼女に訓練をした〝アート・ディーラー〟のジョナサン・ビブリーと、アラジとのビジネスでは競合するまでになっていた。どれだけの〝契約〟数が可能なのか、彼女とジャックがその契約を満たすことができるのか、そして実際に、ドラッグがスケジュール通りに到着するのか、私はノラから緊張を感じ取っていた。すべての要素は瞬時に変わる様相だった。この仕事には柔軟性と多くの現金が必要だった。

　現金が足りなくなると、アラジから振り込まれる現金を調達するため、様々な銀行に行くよう指示された――私は気付いていなかったとは言え、それ自体が犯罪行為だった。ジャカルタに現金の調達に行かされた時のことだった。ドラッグの運び屋が、一緒に行っていいかと訊ねてきた。彼はシカゴ出身の若いゲイの男で、ゴススタイルに入れ込んではいたけれど清潔な身なりをしていて、良家の子息といった感じだった。ぜいたくなホテルに退屈していたらしい。秩序の全くない町を走り抜ける、長くて暑いドライブの途中で、交通渋滞に巻き込まれた。道路脇ではかごに入れて売られている子犬が吠え立て、東南アジア特有の、人の波であふれかえっていた。信号機のところで、物乞いがお金を求めていた。肌は浅黒く日焼けし、両足がなかった。私はカーウィンドウを下げ、持っていた何万ルピアの一部を彼に渡そうとした。

　同乗者は息を飲み、座席に身を縮めた。「よせよ！」と彼は叫んだ。私はむかついて、呆れ果てて彼を見た。タクシーの運転手が私からお金を受け取ると、それを窓から物乞いに手渡した。私たちは沈黙の中、進み続けた。

私たちにはいくらでも時間があったから、バリのビーチクラブやジャカルタ軍ビリヤード場、国境付近の売春宿の横にあるタナムールというナイトクラブで憂さ晴らしをした。ノラと私はショッピングを楽しみ、エステに通ったり、インドネシアの各地を巡ったりした。私たちふたりだけで、女の子だけの時間を楽しんだ。それでもいつも仲が良かったわけではなかった。

クラカタウへの旅行期間中、霧と湿度の高いジャングルに覆われた山をハイキングするために、ガイドを雇った。行程はとても暑く、汗だくになった。私たちは大きな滝の上にある美しい川で足を止め、ランチを食べた。裸で泳いだ後、ノラが私をけしかけた。正確に言えば、とてもふてぶてしい態度で私をけしかけた。滝に飛び込めと言うのだ。その滝は、少なくとも10メートルの高さがあった。

「今まで飛んだ人を見たことがある?」と私はガイドに聞いた。

「もちろんですよ」と彼は微笑んで言った。

「あなたは飛んだことがある?」

「まさか!」と彼は言い、それでも微笑んでいた。

それなのに、彼女はけしかけたのだ。私は裸のまま、岩壁を下り、飛び降りるために最も理にかなった場所までたどり着いた。滝はごうごうと音を立てていた。渦を巻く、不透明な緑の水がはるか下に見えた。私は恐怖に震え、突然、自分がやろうとしていることは危険なのではと考え始めた。それでも、岩場はとても滑りやすく、蟹のように動いて戻ろうと無駄に努力はしてみたけれど、下へ飛ぶしか方法はないことに気がついたのだ。それ以外にどうしようもなかった。私は体から力を振り絞り、岩から空中に飛び出した。緑色の水に深く沈みながら、私は大きな悲鳴を上げていた。私は笑いながら、水面に顔を出した。数分後、ノラが私を追って、叫びながら飛び込んで来た。

彼女は水面に顔を出すと、息を切らしながら、「あんたって本物のバカだね！」と言った。「私が怖じ気づいて飛び込まなかったら、あなたは飛び込まなかったってこと？」と、驚いて聞いた。彼女は「当たり前じゃん！」と答えたのだ。この瞬間、この場所で、私は彼女が信用してはいけない人間だと悟るべきだった。

インドネシアは限りない経験を与えてくれてはいたけれど、そこにはどんよりとした恐怖も存在していた。ジャカルタのそこかしこで見られる荒んだ貧困は、それまで見たことがなかったし、巨大な工場内労働が象徴するむきだしの資本主義を目撃したり、石油会社のエグゼクティブたちが酒を飲むホテルのロビーから聞こえてくるテキサス訛りを聞くのも初めての経験だった。サンフランシスコの美しさについてだとか、英国で飼っている美しいグレイハウンドについて、おじいちゃんみたいな英国人と話しをし、別れ際に名刺をもらうと、彼はあっさりと自分が兵器のディーラーだと白状した。夕暮れ時にジャカルタ・グランドハイアットの最上階までエレベーターで昇り、青々と繁る庭園に足を踏み入れると、私は屋上を一周できるコースを走った。町全体のモスクから響き渡るイスラム教の礼拝の呼びかけが聞こえてきた。何週間も滞在した後、私はインドネシアに別れを告げ、西に戻った。悲しくもあり、救われた気分でもあった。ホームシックになっていたのだ。

4ヵ月の間、ずっとノラと一緒に旅を続け、時折アメリカで数日を過ごした。私たちはひどく気の張る人生を生きていたけれど、同時にとんでもなく退屈な時間を過ごすことも多かった。私にはノラが〝運び屋〟と取引する間、一緒にいるくらいしかやることがなかった。私はたったひとりで知らない町をさまよったものだ。目に見えている世界とは隔離されたようで目的もなく、住む場所もない人間のような気分だった。これは私が探し求めていた冒険じゃない。私は自分の人生について、家族に多くの嘘をついていたが、新しく受け入れたドラッグ〝家族〟が、大嫌いで、うんざりしていた。

かなり疑い深くなっている家族に会いにアメリカ国内に短い間滞在している間に、ノラが私に連絡してきた。シカゴで私に会いたいと言う。オヘア空港は、それがどういう意味であれ、〝楽勝〟だと知られていた。そしてそこがドラッグの送られて来る場所だった。ミシガン・アヴェニューにあるコングレスホテルで彼女と落ち合った。「まるでゴミ溜めだ」と私は思った。その時にはすっかり、豪華なマンダリン・オリエンタルに慣れてしまっていたからだ。

ノラはぶっきらぼうに、ブリュッセルに現金を運んで欲しいと言った。アラジの仕事で、彼女の代わりに私にやって欲しいと言うのだ。彼女は今まで私に一度も頼み事をしたことがなかった。でも今、彼女は私に頼んでいる。心の奥底で、この状況を招いたのは自分だと感じたし、断ることはできないと考えた。とても怖かった。私は運ぶことを承諾した。

ヨーロッパでは、状況が怪しくなり始めていた。ノラのビジネスは維持するのが困難になりつつあり、ノラは運び屋と無謀な賭けに出ていた。それはとても怖ろしいことだった。彼女のパートナーのジャックがベルギーで私たちに合流すると、すべてが一気に下降線をたどった。私は彼のことを、どん欲で、嫌らしく、危険な人物だと思っていた。そしてノラは私のことを思う以上にずっと、彼のことを信頼しているのが見て取れた。

私は怖かったし、惨めだった。ベルギーからスイスに移動する間は、ひと言も話さなかった。スイスでは意気消沈してひとりの時間を過ごし、その一方で、ノラとジャックは何かを企んでいた。私は映画『ピアノ・レッスン』を泣きながら3回も連続で観て、別の場所と時代へ身を委ねることで心を落ちつかせていた。

お金を貢ぐことができなければ、彼女にとって私はそれ以上価値のない人間だと悟ったのは、ノラが私にそれとなくドラッグを運んで欲しいと言った時だった。言われるがまま、私はパスポートを〝紛失〟し、新しいものを申請した。彼女は私に、めがね、真珠のネックレス、そして醜いローファー1足というコスチュームを着用させた。そして彼女は、私の首にある魚のタトゥーを化粧品で隠そうとした。そしてコンサバ風に髪をカットしろと指示された。寒い土曜日の午後、嵐に巻き込まれながら、伸びきったブロンドを何とか形にし、変身させてくれる美容師を探した。びしょ濡れになりながら小さなサロンに駆け込んだ。

そこで5軒目だった。前の4軒は受付がスイス人だったけれど、ここには親しみやすく、なつかしい話し方の受付がいた。「どうしたの?」そう聞いてくれた男性を見て、私は思わず泣きそうになった。とてもやさしい、アメリカ南部出身のフェンウィックは、テレンス・トレント・ダービー（*9）にそっくりの男性だった。彼は私の濡れたコートを受け取って椅子に座らせ、温かい紅茶を出して、そして髪を切ってくれた。自分自身のこと、なぜサロンに現れたのか話すのをためらっている私を、彼は不思議に思ったようだが、それでも紳士的だった。ニューオリンズのこと、音楽のこと、そしてスイスのことを話してくれた。

「素晴らしい町だけど、ヘロインの問題が深刻だね。街角に寝転んでいる人が大勢いるだろ。意識もない状態でさ」私は自分が恥ずかしくなった。故郷に戻りたかった。サロンを出る時に私は、フェンウィックに何度もお礼を言った。この数ヵ月で、初めてできた友だちだった。

いつ何時だって、私が1本の電話をかければ、家族は私自身が原因を作ったこのめちゃくちゃな状況から私を救い出してくれたはずだけれど、私はそうしようとはしなかった。自分ひとりで乗り越えなくてはならないと思っていたのだ。この災難は自分が招いたものなのだから。でもその時までには、この事がとてつもなく憂鬱な終わりを迎えるのではないか、と怯えてもいた。

ノラとアラジは、スーツケースをスイス空港内部で入れ替える、複雑でリスクの高い計画を作り上げたが、幸運なことにノラが私に運ばせたかったドラッグは到着せず、私はあと一歩のところで麻薬の運び屋になることから免れることができた。災難が起きるのは時間の問題だけだと感じられ、お手上げの状態だった。逃げなければならないことはわかっていた。アメリカに戻ってから、私はカリフォルニアに戻ることができる一番早いフライトに飛び乗った。安全な西海岸に戻ると、私はノラとの関係を全て断ち切り、自分の犯罪生活を隠し通した。

＊1　ドクターマーチン　英表記は〝Dr. Martin〟。イギリスのブランドで、靴やブーツを製造している。主要な製品のひとつのブーツは、エアクッション性の厚いソールと編み上げのデザインが特徴。1970年代のパンク・ムーヴメントの際には、男女ともに多くの若者に人気を呼び、今なお定番のブーツとなっている。

＊2　ジュネフィーユ　フランス語で「少女」を意味する。

＊3　ノーサンプトン　アメリカはマサチューセッツ州の西部、ハンプシャー郡に位置する市で同郡の郡庁所在地。

＊4　パイオニア・ヴァレー　アメリカはマサチューセッツ州のコネチカット川を囲む3つの郡のこと。

＊5　パイント　体積の単位。アメリカとイギリスで異なる値が使われており、アメリカでは2種類の値のパイントがある。アメリカのパイントは473ミリリットル。1パイントは1／8ガロン（1ガロン＝8パイント）。

＊6　ウイッカン信者　古代の風習にその源流をもつと信じられている信仰と儀式に基づく自然宗教の信者のこと。

＊7　ビッグ・スカイ・カントリー　モンタナ州のニックネーム。「大空の国」という意味。

＊8　ウェスタンユニオン　アメリカに本拠地を置く、金融および通信関連企業。振り込みサービスを行っている。

＊9　テレンス・トレント・ダービー　1980年代半ば〜後半にかけて活躍した、アメリカはニューヨーク出身のシンガー・ソングライター。長髪で中性的な雰囲気とクロスオーバーな音楽が人気を呼んだ。

Chapter 2

It All Changed in an Instant.

すべてがあっという間に

サンフランシスコは快適な隠れ場所だった。私は確かに風変わりだったかもしれないが、そんな人は大勢いた。私は古くからの友人であり、東海岸のビール醸造所で働いていた時の同僚で、今はサンフランシスコに住んでいるアルフィーと一緒に、ローワー・ハイトに住居を見つけた。大気圏に突入した時、無数に分解されたスカイラブ（*10）のように、私は精神的にバラバラの状態だった。アルフィーが側にいない時は、アパートの床に座り込んで、自分がやってしまったこと、さまよっていた遠くの場所に思いを巡らさずにはいられなかった。そして、なすがままだった自分にも驚いていた。私は二度と自分自身をおろそかにしないと誓った。何に対しても、誰に対しても。

悪の世界で数ヵ月を過ごした後では、通常の生活に慣れるのに時間がかかった。私は長い間、ルームサービスや異国の生活様式を受け入れており、不安とともに暮らしていた。しかし、ベイエリアでは大学時代の仲の良い友だちが何人もいて、彼らが私を守り、仕事の世界に引き戻してくれ、バーベキュー、ソフトボールの試合などの健康的な活動を一緒にしてくれたのだ。私はタバコをやめた。

常にお金に困っていたので、急いで2種類の仕事に就いた。カストロ地区にある、コメディークラブのジョージーズ・キャバレー・アンド・ジュースジョイントを朝の7時に開店させるために早起きし、次は街の反対側にあるパシフィック・

ハイツの気取ったイタリアン・レストランで案内係として働き、夜遅くに家に戻る生活だった。その後私は、インフォマーシャル（＊11）を制作しているテレビ・プロダクションで〝本物の〟仕事を得た。

道行く人に、公共の場に置かれた妙な運動器具を勧めたり、Cリストのセレブをスタジオセットに招き、見知らぬ人の顔を脱毛処理するなんて仕事だった。国内を飛び回って、痩せたい人、貧乏から抜け出したい人、しわを減らしたい人、寂しさを紛らわせたい人、体毛を減らしたい人を撮影した。相手がブルース・ジェンナー（＊12）であれ、ひげの生えたおばちゃんであれ、私は誰とでも話ができた。彼らとの間に自分との共通項をあっという間に見つけられるのだ。だって、私だって貧乏から脱出したいし、ひとりぼっちは嫌だし、ムダ毛だって減らしたいもの。私は秘書から本物のプロデューサーにまで昇進し、インフォマーシャルの試作品を作り、撮影をし、放送用に編集をした。私があまりにも仕事が好きなので、友だちはそれを面白がり、過去の遊びっぷりを大いにからかった。

デートはしたけれど、ノラとの燃え上がるような関係の後では二の足を踏んでいた。私の仕事を邪魔するような、クレイジーな恋愛は時折あったけれど、シングルで居続けることに不安はなかった。

私がノラとどんな関係にあったのかは、新しくできた友達には話していなかったし、私の秘密を知っている人間は少数に限られていた。時が過ぎて、私は徐々に頭の中を整理することができるようになっていた。そのうち私は、私のして来たことに次の展開はなく、すべてはハチャメチャな幕間のできごとであったかのように感じ始めていた。私にはリスクが理解できているものだと考えていたのだ。ノラと過ごしてきた海の向こうでの時間は、物事がどれだけ最悪な状況になり得るのか、冒険や実験の最中であっても、自分自身に正しくあることがどれだけ重要なのかを学ぶ、現実世界の特訓コースのようなものだったと考えたのだ。旅の中では、自分の尊厳という代償を払った人たちに多く出会ってきた――その代償は大きなものから小さなものまで様々だった。私は、今度こそ自分の価値を高めておこうと心に決めた。

記憶の中に根付いた世渡りの知恵から判断しても、私はこれ以上ないほど幸運だと感じていた。素晴らしい仕事、最高の友だち、美しい街、そして楽しいソーシャルライフ。

共通の友人を介して、私はラリーと出会った。余暇が大好きなサンフランシスコの街中で、私と同じくらい必死に働いているのは彼ぐらいだった。彼は非営利のメディア協会内でアルターネットという名の通信社を運営していた。私が長時間労働で疲れ切り、這うように編集室から出てきた時でも、ラリーがいてくれたから、遅い時間の夕食やその後のお酒を楽しむことができたのだ。

実際のところ、ラリーはどんな時でも私に付き合ってくれた。ミュージック・フェスティバルのチケットがあるんだけど、どう？　ラリーはもちろん参加だ。日曜日に早起きしてグライド・メモリアル教会に行って、その後、6時間かけて街中をハイキングして、ブラッディ・メアリー（カクテル）で休憩しない？　ラリーはユダヤ人だったけど、もちろん、彼も教会にやって来て、賛美歌を口ずさむふりをしてくれた。ストレートの友人は彼以外にもいたけれど、ユーモアのセンスが特にぴったりと合っていたから、彼が信頼できる楽しい友達になるには時間がかからなかった。

ラリーの新しいレズビアンの友人として、彼からロマンチックな口説き落とし方や、生々しいやりとりを聞くハメになった。それは面倒臭い事でもあったし、楽しくもあった。私は彼の進歩を手放しでほめ称えた。彼はお返しに、私を女王のように扱ってくれた。ある晩のことだ。私の職場にバイク便が小包みを届けてくれた。中には、ラリーが東部への旅行の帰り、私のためだけに持ち帰ってきてくれた本物のフィラデルフィア・ソフト・プレッツェルのスパイシー・マスタード味が入っていた。それをむしゃむしゃと食べながら、ラリーってなんてかわいい人なのと考えた。

しかし、がっかりするようなことが起きてしまった。ラリーが手痛く振られたのだ。それも、相当ひどく。落ち込んだ彼はつまらない男になってしまった。このことに気付いたのは私だけではなかった。「彼女、彼を鼻であしらったんだってさ！」と、友人たちはニヤニヤと笑った。私たちは彼を容赦なくからかうようにしたのだけれど、それも効果的ではなかった。私は何とかしてラリーを立ち直らせなくてはならなくなった。乱雑としたナイトクラブの片隅で、彼のプライドを取り戻すために、私は彼に堂々とキスをした。びっくりしているラリーの、冗談をよく言う唇に。

彼はそれに反応した。そして私も。私ったら、一体何を考えていたんだろう？　私は自分の考えを整理する間、何ヵ月間も、まるで何事も起きなかったかのようにふるまった。ラリーは過去に私が関係してきた男とは全くちがっていた。唯一言えるのは、私が彼を好きだということ。そして彼が、小柄でタフで、人を喜ばせるのが大好きな、大きな青い瞳をした、笑顔の素敵な男性だということ。それから、髪の毛はボサボサだ。私はそれまで、背が高くて、異国情緒のあるハンサムなナルシストとしか寝ないと決めてきた。男と付き合いたいとは特に思っていなかったし、そもそもそれがタイプの男でなくてもとりあえず寝てきたんだから！

でもラリーはちがった。彼は完全に私のタイプだった。あの奇妙なバーでのキスの後だって、私たちは絶対に離れることはなかったけれど、彼自身は明らかに混乱していた。それでも彼は私を急かすことなく、答えを求めず、ふたりの関係をはっきりさせようともしなかった。彼は待ち続けてくれたのだ。あのプレッツェルを思い出した時、私は彼があの時どれだけ私を愛していたのかを悟り、私自身も彼を愛していたことに気が付いた。数ヵ月以内に、私たちは本物のカップルとなり、友人たちはそれを知ってとても驚いた。

実際のところ、それまで付き合って来た中で、ラリーとの関係は一番気楽なものだった。彼と一緒にいると、私は否定できないほど幸せだった。だから、ラリーが困惑、混乱しながら私に「東部での仕事をオファーされたんだ。最高の雑誌社なんだけど」と告白した時、さほど動揺しなかった。私の次のステップは明らかだったし、とても自然なことで、考えるまでもなかった。私は大好きだった仕事を辞め、彼と一緒に東海岸に戻ることにした。私がこれまでに取った中でも、最高のリスクだった。

私とラリーは1998年にニューヨークに移り住んだ。彼は男性誌の編集者として、私はフリーランスのプロデューサーとして。そしてウェストヴィレッジのアパートに居を構えた。ある5月の暖かい日、ドアベルが鳴った。私は自宅で、パジャマ姿で仕事をしていた。

「どなた？」私はインターホン越しに答えた。

「ミス・カーマンですか？　マロニー巡査とウォン巡査です」

「え？」私は地元の警察官が何の用だろうと思った。

「少しお話していいですか？」

「何のお話でしょう？」私は突然、疑い深くなった。

「ミス・カーマン。実際にお目にかかってお話した方がいいと思うのですが」

マロニー巡査とウォン巡査は、外出着姿の背の高い男性ふたりで、5階まで階段を昇り、わが家のリビングルームに腰を下ろした。ウォン巡査がじっと私を見つめる傍ら、マロニー巡査が切り出した。

「ミス・カーマン、我々は税関職員(*13)です。シカゴ連邦裁判所にて起訴されていることをお伝えしに参りました。罪状は麻薬の密輸とマネーロンダリングです」彼は1枚の紙を私に手渡した。

「記載されている日時、裁判所に行って下さい。もし行かなければ、身柄を拘束されます」

私はゆっくりと瞬きをした。こめかみの血管が、まるで全速力で何マイルも走ったかのように脈打ち始めた。頭の中に流れるノイズが怖かった。過去はすべて忘れ、誰にも秘密にしてきた。ラリーでさえも。でも、もうそれも終わりだった。私は体に感じるとてつもない恐怖にショック状態だった。

巡査は紙とメモを取り出すと、談話形式で私に「陳述なさいますか、ミス・カーマン？」と聞いた。

「まずは弁護士と話をした方がいいと思いますけど、そうですよね、マロニー巡査？」

よろめきながら山の手にあるラリーのオフィスまで行った。どのようにしてパジャマから着替えたかも、ほとんど覚えていないほどだった。途切れ途切れに彼に話しながら、彼を西22番街の歩道にまで引っ張り出した。

「どうしたの？ 僕に怒っているのかい？」と彼は聞いた。私は深く息を吸い込んだ。そうしなければ話ができなかったのだ。

「マネーロンダリングと麻薬の密売でシカゴ連邦裁判所に起訴された」

「え？」彼は面白がっていた。いたずら番組にでも撮影されているのではと疑って、辺りを見回した。

「本当のことなんだって。嘘じゃない。連邦捜査官が来たの。電話をかけなくちゃ。弁護士がいる。あなたの電話、使っていい？」

待って、電話は使っちゃダメなのかもしれない。だって私の関係箇所にある電話は、もちろんラリーの事務所の電話だって、きっと盗聴されている。ノラが私に言った、突飛で被害妄想的な話が、私の頭の中で大声で叫び出し、なんとかして私の注意を引こうとしていた。ラリーはまるで私が正気を失ってしまったかのように、私を見ていた。

「誰かの携帯電話が要るわ！ 誰のが使える？」

数分後、私はラリーの事務所の非常階段で、ラリーの同僚の電話を使って、知り合いのサンフランシスコ在住の大物弁護士に連絡を入れた。彼と電話が繋がった。

「ウォレス？ パイパーよ。連邦捜査官ふたりが玄関に現れて、私がマネーロンダリングと麻薬の密売でシカゴ連邦裁判所に起訴されているって言ったの」

ウォレスは笑い転げた。私の窮状を初めて知った時の友達のリアクションとして、これにはいずれ慣れることになる。

「ウォレス、いい？　私はクソまじめに話してる。何をしていいのかわからない。怖いんだって！　お願いだから助けてよ」

「どこから電話をしてきているんだ」

「非常階段」

「公衆電話を探せ」

私たちはラリーの事務所まで歩いて戻った。「公衆電話を探さなくちゃ」

「ねえ君、一体何が起きているんだ？」とラリーは言った。彼はカンカンに怒り、心配し、少し苛立っているようだった。

「わからない。とにかく電話をしなくちゃ。後で戻って来るから」

その後、私の濃縮された（そしてたぶん理路整然ともしていない）状況説明を聞き、ラリーはいつになく静かになった。彼は、彼と出会う前の私が犯罪者であったことを言わなかった私に、声を荒らげることはなかった。彼は私が軽率で、無鉄砲で、自分勝手な愚か者であったことを厳しく非難することもなかった。弁護士への支払いと保釈金のために自分の口座を空にした時も、私が自分自身の人生を、そして彼の人生をめちゃくちゃにしたと責めることもなかった。彼は「何とかなるさ」と言った。「すべてうまくいくさ。だって僕は君を愛しているのだから」

その日が、アメリカ刑事司法制度の迷路に入り込む、とても長く、拷問のような日の始まりであった。ウォレスは私に弁護士を見つけてくれた。自分の人生の終わりに直面した私は、お手上げ状態で、怖くて仕方がない時に取る、いつもの態度を貫くことにした。自分の殻に閉じこもり、この大失敗をしでかしたのは自分自身で、自分に責任があり、解決策は自分で探すのだと言い聞かせたのだ。

でも、この闘いで私は孤独ではなかった。私の家族、そして疑うことを知らない私の恋人が、この悲惨な道を一緒に歩んでくれた。ラリー、両親、兄、そして祖父母――彼らは私の隠された過去の罪に言葉を失い、それを恥だと思ったにも関わらず、全員が私の側にずっと寄り添ってくれたのだ。

父がニューヨークにやって来て、祖父母が夏を過ごしていたニューイングランドまで、とても辛い4時間のドライブをした。ヒップでも、クールでも、冒険的でもなく、反社会的でも、反抗的な気分でもなかった。私は自分が最も愛している人たちを傷つけ、落胆させたのだとしか感じられなかった。そして不注意にも、自分の人生を投げ出したのだ。私がしてしまったことは彼らの理解を超えるものだった。祖父母の家のリビングルームで開かれた緊急家族会議の場に座り、どうにかして何が起きたのか明らかにしようと、私は恥ずかしさで身を固くしていた。彼らは何時間も質問をくり返した。

「そのお金を一体どうしたっていうの?」と、不可解な様子でとうとう祖母が聞いた。

「あのね、おばあちゃん、私は別にお金が目的でやったんじゃないの」と私はぎこちなく答えた。

「何てことなの、パイパー!」と、彼女は怒りを爆発させた。私は一家の恥であり、家族にとって失望なだけでなく、愚かな人間だった。

彼女は私が愚かだとは口にしなかった。誰も実際に私が一家の恥だとか、彼らを失望させたなんてことも言わなかった。彼らにはその必要がなかったからだ。だって私にはそれがわかっていたのだから。驚いたことに、母も、父も、そして祖父母も——私の家族全員が——私を愛していると言ってくれた。私を心配してくれた。そして私を助けてくれると言うのだ。祖父母の家を出る時、おばあちゃんは私を強く抱きしめた。彼女のか細い腕が私の体を包んだ。

家族とほんの数人の友人は私の状況について本気で心配してくれたものの、私のような〝良家の子女であるブロンドの女性〟が刑務所に送られることはないだろうと考えていた。でも、弁護士の意見はちがった。連邦裁判所による私に対する共謀罪での起訴は、私の元恋人の麻薬の密輸の失敗に端を発していた。ノラ、ジャック、そしてその他13人（知っている人物もいれば、知らない人物もいた）、そしてアフリカの麻薬王アラジが私とともに起訴されている。ノラもジャックも拘留されており、誰かが取り調べで自白しているのだ。

私たちがどれだけひどく別れたとしても、私はノラが自分の罪を軽くするために私を売るとは夢にも思っていなかった。でも弁護士が取り寄せた検察官の証拠開示手続き関連書類——政府が私を起訴するために集めた証拠——には、私がヨーロッパに現金を運んだことについての、ノラの証言内容が詳細に記されていた。〝共謀罪〟と〝量刑の下限〟が私の人生を決定する。私は今まで暮らしてきた世界とは全く別の場所にいた。

共謀罪とは、個人の不法行為というよりは、集団が罪を犯そうと企むことの責任を問うものだということを学んだ。共謀罪は他の人間を裏切ることで免責を得ようとする共謀者、あるいはもっと最悪の場合、〝秘密情報提供者〟の証言を根拠として起訴に至ることが多い。検察官が共謀罪をお気に入りである理由は、大陪審から容易に起訴状を獲得しやすく、それが人々に罪を認めさせるための強力な手段だからだ。いったん共謀罪に問われれば、共犯者たちに公開審理になる可能性はないと納得させるのは簡単だ。共謀罪の下では、その犯行で関係した麻薬の総量を元にした量刑に問われることになる。私の、ほんのわずかな関わりではなく。

アメリカ合衆国での量刑の下限は、20世紀終わりの〝麻薬戦争〟において欠かせない役割を果たした。議会によって1980年代に制定されたガイドラインでは、連邦裁判所判事が、そのケースにおける特定の状況に関わらず、また、刑を言い渡される人を評価する裁量もなしで、薬物犯罪の刑を課すよう求めていた。連邦法を基に州議会は広く運営されている。刑期の長さに、私は完全に震え上がった。10年、20年、25年。麻薬犯罪に対する量刑の下限が設定された主な理由は、アメリカの刑務所人口が1980年代以降、ほぼ300パーセントもの勢いで爆発的に増え、250万人に達したからだ。世界中のどの国よりも多い、100人の大人のうちのひとりが刑務所に収監されているのだ。

穏やかに、しかしはっきりとした口調で、弁護士は私に、もし共謀容疑について法廷で争うというのであれば、彼がそれまで仕事をしてきた中で、最も勝ち目のある被告になるだろうと言った。同情を集められるし、物語が整っているからだ。でももし負ければ、最高刑を下されるリスクがあり、たぶんそれは10年以上の懲役になるだろうということだった。有罪を認めれば、まずまちがいなく刑務所に収監されるが、刑期はずっと短くなるだろうと彼は言った。

私は後者を選んだ。ラリーと、その時もまだ慌てふためいていた家族と辛い話し合いを重ねた。でも、決めるのは私だった。私の代わりに、弁護士が粘り強く、賢明な方法で交渉を重ねてくれ、最終的に連邦検事事務局は、共謀罪ではなく、マネーロンダリングの罪で有罪を認めることを許してくれた。それであれば、連邦刑務所における13ヵ月の服役という最も軽い量刑となる。

1998年のハロウィーンの日、ラリーと私は〝ティーンエイジャー〟のコスチュームでシカゴに行った。私の惨めな状況は変装で隠されていた。その日の夜、私たちは、私が窮地に立たされているなんて全く知らず、ただ仕事でシカゴに来たと思っている友人のギャブとエドと一緒に街に繰り出した。翌朝、私は青ざめながらも、心を決めていた。一張羅のスーツを着て、私たちは裁判所のある連邦ビルに入って行った。ラリーが見守る中、運命が委ねられた言葉を絞り出すように口にした。

「有罪です。裁判官」

私が有罪を認めてほどなくすると、驚きの展開が待っていた。西アフリカの麻薬王アラジがアメリカの令状により、ロンドンで逮捕されたのだ。突然、私の刑務所への収容が無期限に先延ばしになった。裁判にかけるために、アメリカが彼の引き渡しを模索したからだった。警察は私にオレンジ色の囚人服を着せるのではなく、ふだん着で、彼に不利な証言をして欲しかったのだ。

終わりは見えなかった。私はほぼ6年間も連邦捜査局によって監視されることになったのだ。ボサボサのマレット・ヘア(*14)の、生まじめな若い女性公判前管理者に、月に1回報告書を提出した。マンハッタンのパール通りに連邦裁判所のオフィスはあった。月に1回はセキュリティーを通ってビルの中に入り、エレベーターに乗って公判前サービスに向かい、サインインし、忍耐力やコンドーム使用の大切さだとか、そんなことを思い起こさせる、啓蒙的なポスターが貼られた薄暗い部屋で待たされる。待合室にはほぼ私ひとりだけだった。黙って品定めするか、お構いなしにじっと見るかのどちらかしかしない、若い黒人男性やラテン系の男性と一緒になることもあった。

そしていつもの、金のジュエリーをじゃらじゃらと身にまとった、首の太い年配の白人男性が現れる……そして彼は私を見て、素直に驚いて見せる。時には、その3人のうちひとりが女性だったり、一度も白人だったことはないけれど、子ども連れで来ている場合もあった。彼女たちは必ず私を無視した。とうとう私の担当のミス・フィネガンが現れて手招きし、私は彼女の後を追ってオフィスに入り、ぎこちなくそこに数分間座るのだ。

「それで……何か進展はあった?」

「いえ、全く」

「あら、長く待たされちゃうわね」

時折、彼女は申し訳なさそうに、私がドラッグを使っていないかどうかのテストをした。私はいつもテストをクリアした。最終的にミス・フィネガンはその部署を辞めてロースクールに行くことになり、私の担当は彼女と同じように温厚なミス・サンチェスに引き継がれた。彼女は長い爪をバービー人形の服のようなピンク色に塗っていた。「あなたのケースは一番シンプル!」と、彼女は毎月明るく言うのだった。

5年以上も待ち続ける間、私は刑務所がどんな場所なのか、ありとあらゆる想像をした。私の窮状に関して、ほとんどの知り合いに秘密にしていた。だってそれはとんでもないことだったし、あまりにも重大なことだし、何が起きているのか誰かに話すには、状況は漠然とし過ぎていた。身柄引き渡しが長引くことが決まった時に、説明がややこしくなったのだ。「私、刑務所に行くんだ……そのうちね？」なんて、言えっこない。私はただ、沈黙を守り通すしかないと思った。ありがたいことに、私の窮状を知る数少ない友人たちは、まるで神が私に待ったをかけたかのように時間が過ぎていく間も、その話題については一切触れずにいてくれた。

私は未来に起こる出来事を考えないように一心不乱に働き、ウェブ会社のクリエイティブ・ディレクターとして、自分のエネルギーのすべてを注ぎ込んだ。そしてラリーと友人たちと一緒に、ニューヨークのダウンタウンを探索し続けた。莫大な弁護士費用を支払うためにお金が必要だったので、ヒップスターな同僚曰く、セクシーでもなく、くそったれのクライアント――大きな通信会社、石油会社、謎に包まれた企業――と一緒に働いた。

ラリー以外の人との関係は、部分的に途絶えがちだった。自分の恐れや恥を打ち明けることができるのはラリーだけだった。私の秘密の犯罪行為と、迫り来る収監の日について知らない人たちに対して、私は単に自分自身ではなくなってしまったのだ。愉快で、時にはチャーミングにふるまったかもしれないけれど、実は彼らから距離を置き、心を閉ざし、無感覚でさえあった。すべてを知る親しい友人たちとでさえ、私は完全に繋がっているとは言えなかった。私は常に、今起きていることは、これから起きることと比べたら大したことではないという、暗黙の配慮のような感覚とともに自分を客観視していた。

何年もの月日が経過すると、私の家族は、私が奇跡的に無罪放免になるものだと信じ始めていた。母は明らかに長い時間を教会で過ごすようになった。それでも、私は1分たりともその妄想にふけることはしなかった。私には自分が刑務所に行くことはわかっていた。かなり精神的に落ち込んだ時期もあった。でも大事なのは、私が目も当てられない大失敗をしたというのに、家族もラリーも私を愛してくれていたこと。私の事情を知っていた友人たちも、決して私に背を向けなかったこと。表向き、人生に失敗したとは言え、私はプロフェッショナルで、社会的な面でも役割を果たすことができていた。時間が経過するにつれ、私は自分の未来や幸せへの期待、そして刑務所についてさえ、さほど不安を感じないようになっていた。

その主な理由はラリーだ。私が起訴された時、私たちはまちがいなく愛し合っていたけれど、ニューヨークに来たばかりの上、28歳と若かったので、アパートを又貸ししてもらっていた男性がロンドンから戻った後に引っ越しをすることくらいしか、将来について考えてはいなかったのだ。私の犯罪歴が白日の下にさらされた時、彼が私を座らせて、「いいか、俺は無関係だ。君は楽しくてクレイジーだと思っていたけど、まさか凶悪なタイプのクレイジーだったのかよ?」なんて言ったとしても、誰が彼を責められる? ニュージャージー生まれのやさしいユダヤ人の男性の、元レズビアンで自由奔放なアングロサクソン系白人の彼女が、いずれ重罪犯になるなんて話をどう理解しろっていうの？

社交的で、頭の回転が速く、カフェインをたくさん摂っている私のボーイフレンドが、とても辛抱強く有能で、そして機知に富んでいるなんて誰が知っていただろう？　私が過呼吸になるくらい泣いてしまっても、彼は私を抱きしめてくれて、落ち着かせてくれたんだよ？　彼は私の秘密を守り、自分の秘密としてくれたよ？　私があまりにも意気消沈し、なんて私は可哀想なのかしらとぐずぐずし始めると、彼はそこから私を何とかして連れ出し、それが最悪の闘いであり、苦しい日々であり、苦しい夜であることも知りながら、助けてくれたんだよ？

2003年の7月、私たちは家族がマサチューセッツに所有する浜辺の小屋に滞在していた。太陽が降り注ぐとても美しい日、ラリーと私は、バザーズ・ベイの近くにある、岩と砂でできた小さな洞窟、ピーアイランドまでカヤックで向かった。ピーアイランドはとても静かで、誰もいなかった。私たちはそこで泳ぎ、岩の上に座り、入江を眺めていた。ラリーは水着姿で何かを探していた。私は不可解な行動を目で追っていた。彼は水着のトランクスからプラスチックの袋を引っ張り出すと、そこから金属の箱を取り出した。

「パイパー、君のためにこの指輪を買ったよ。君を愛してる。そしてこれを君に持っていて欲しい。君は僕にとって大切な人だから。指輪は7つある。それは僕らが今まで過ごした7年という数と同じだ。結婚したくなければ結婚しなくていい。でも、これを君に持っていて欲しい……」

その後、ラリーが何を言ったかなんて思い出すことはできない。だって、すごく驚いて呆気にとられていたし、感激して、うれしくて、それ以上何も聞こえてこなかったから。私はただ、「イエス！」と叫んだ。金属の箱には鎚目リングが7個入っていて、マニラ紙のように薄くて、すべてをまとめて指にはめられるようになっていた。そして彼自身も自分用の指輪を買っていて、それは薄い銀の帯のようなデザインだった。彼は緊張しながらそれを指にはめた。

私の家族は有頂天になった。それはラリーの両親もそうだったが、息子と私の関係が長くなればなるほど、彼らにとって未来の義理の娘に関する知らないことも多くなった。ふたりはいつも親切で私を受け入れてくれていたけれど、私の醜い秘密をふたりが知ったら、一体どう反応するだろうと私は心の底から怖れていた。キャロルとルーは、元ヒッピーの私の両親とは全くちがうタイプだった。彼らは1950年代だった高校生時代からの付き合いで、カウンターカルチャーの前の世代だ。ふたりは未だに、牧歌的雰囲気のある故郷の田舎町で暮らし、フットボールの試合を楽しみ、弁護士協会主催の夕食会に出席するような人たちだ。私が若かりし頃抱いていた、社会の暗部に惹かれる気持ち、国際的な麻薬取引への関与、あるいは差し迫る収監について、ふたりは理解してくれないだろうと私は考えていた。

その時点で、私が起訴されてから5年という月日が流れていた。ラリーは、自分の両親に何が起きているか正直に伝えることは大切だと考えていた。私たちは、まずは他の人たちから試してみることにした。ラリーはそれを「白状&逃走作戦」と命名したのだった。反応は首尾一貫していた——まずは大笑いし、私たちが本当のことだと念を押すとショックを受け、私を心配してくれるのだった。友人の反応はそういったものだったが、自分の将来の義理の両親に伝える時になれば幸運は尽きるのではないかと、心の底から怖れていた。

ラリーは両親に電話をして、面と向かって相談したい、とても大切なことがあると告げた。8月の夜、私たちは車で彼の両親の家に向かい、夜遅くに到着した。そして、とてもおいしい夕食を食べた。ステーキ、ゆでたとうもろこし、大きくて瑞々しいトマト、桃のコブラー（パイの一種）という夏らしいメニューだった。ラリーと私は向かい合ってふたりのキッチンテーブルに座った。キャロルとルーは、とても不安そうに見えたけれど、怖れているようには見えなかった。ふたりは、それは私のことであって、ラリーのことではないと考えていたようだった。とうとうラリーが口を開いた。

「悪いお知らせがあるよ。でも、がんになったってことじゃないけどね」

物語は、ラリーの説明も挟みながら、すべて私の口からふたりには伝えた。すべてが理路整然としていたわけではなかったけれど、少なくとも、すべてを打ち明けた。

キャロルは私の横に座っていて、私の手をぎゅっと握り、そして「あなた、若かったのよ！」と言った。ルーは弁護士モードに切り替えることで、この過激なニュースを頭の中で整理しようとしていた。起訴内容と、弁護士は誰なのか、裁判所の場所、そして彼にはできる事があるかどうかを私に質問してくれた。そして彼は、私にヘロインの常習者だったのかとも質問した。

ラリーの家族の美しい皮肉。小さなまちがいは、彼らにとってはまるでタイタニックの沈没のような大事なのだ。それなのに、本当の災害が起きた時、彼の家族ほど人生のいかだに一緒に乗り込みたいと思える人たちはいない。嵐のような非難と拒絶を受けると思っていたのに、その代わりに私は彼らに抱きしめられたのだ。

最終的にイギリスは麻薬王のアラジのアメリカへの引き渡しを拒否し、その代わりに彼を釈放した。私の弁護士は、ナイジェリア人の彼は、英連邦の市民であり、それ故に英国の法律の保護下にあると説明してくれた。ほんの少しウェブで調べてみると、アフリカでの彼は、裕福で力のあるビジネスマンでありギャングスタであることがわかった。彼には、犯人の引き渡しなんて厄介事を始末してくれるコネがあるのだろうと容易に想像できた。

最終的に、シカゴの連邦検事は、私の訴訟に関する手続きを始めることになった。判決手続きに備えるため、私は裁判所に宛てて身上書を書き、ついに沈黙を破り、秘密をより多くの友人や同僚に打ち明け、彼らに私の人柄を保証する手紙を書き、そして裁判官に寛大な措置をお願いしてくれるよう頼んだ。何年も知っている人たちに自分の境遇を告白し、助けを請うのは、想像以上にプライドを傷つけられる困難な体験だった。彼らの反応は圧倒的だった。拒絶されたって仕方が無いと覚悟を決めた。だってそれを拒否する理由なんていくらでもあるんだから。でも、彼らの優しさと気遣いに心を打たれた。彼らが書いてくれた、私の幼少期の様子、私との友情、高い労働意欲について綴られた手紙を読む度に私は涙を流した。全員が、私がどれだけ大切な人間か、そしてどれだけ素晴らしい人間か、一生懸命書いてくれていた。それを読んで私は、自分はその言葉に値しない人間だと思わずにはいられなかった。私の大学時代からの大切な友人、ケイトは裁判官に対してこう書いてくれた。

彼女が犯罪行為に手を染める決意をした背景には、彼女が孤独を感じていたこと、そして自分自身を探さなければいけないと考えたことも理由としてあったと思います。現在、彼女の他人との関わりは変化し、そして深くなりました。彼女は今、自分の人生が彼女を愛している人によって包まれていることを知っているはずです……。

ついに、判決の時が近づいた。「すべての経験は人を強くする」という言葉が、ただ待っていただけの、私の頭の中に響き渡っていた。その6年間、私はその言葉が与える真実を、ただ繰り返し考えるしかなかった。偽り、暴露、蔑《さげす》み、破産ギリギリの経済状態、そして自分自身が招いた孤立というカードと私は対峙してきた。それは本当に、ゲームとして成立しないようなカードばかりだった。それでもどうしたわけか、私はゲームのこのステージであってもひとりではなかった。家族、友達、同僚……心優しき人々が、私の腐り切って、荒れ果てていたあの数年前の行動や、「私は砦の中にたったひとりでいるので、問題にはひとりで向き合います」という態度にも関わらず、私を見捨てようとはしなかったのだ。もしかしたらそれは、彼らが私を助けようと思うほど愛してくれていたからかもしれないし、もしかしたら私は、自分が考えていたより悪い人間ではなかったのかもしれない。もしかしたら私の中に、彼らの愛に値する何かがあったのかもしれない。

ラリーと私は再びシカゴに飛び、判決の前日、弁護士のパット・コターに会った。私たちは13ヵ月よりも短い刑期を願っていたし、パットの注意深く、労を惜しまず、そして説得力のある法律業務により、連邦検事は長期間の待機時間を考慮し、私たちの動きに反対しないことを承諾してくれた。私はパットに法廷で着る予定のワードローブを見せた。光沢を帯びたクリエイティブ・ディレクター風パンツスーツと、ミリタリー風の濃紺のドレス（私が持っている服の中では最もコンサバティブな雰囲気だった）、そしてｅＢａｙで購入した、１９５０年代の、やわらかなクリーム色に細かい格子柄が入ったスカートスーツで、とってもカントリークラブ的だった。

「それがいい」と、パットがスカートスーツを指して言った。「検事には、君を見た時に、自分の娘とか姪っ子とかご近所さんを思い出して欲しいんだ」

その夜、私は眠ることができなかった。ラリーはホテルのテレビのスイッチをヨガ・チャンネルに合わせた。小ぎれいでハンサムなインストラクターが、ゆったりとした雰囲気のあるハワイのビーチでプレッツェルのポーズをしていた。私は心の底から、その場所に行けたらいいのにと願った。

２００３年12月８日、私はチャールズ・ノーグル裁判官の前に立った。数人の家族と友人が、法廷の中で座っていた。彼が私に判決を言い渡す前に、私は裁判官に対して発言をした。

「裁判長、10年以上前、私はまちがった判断をしました。それは実質的にも、道徳的にもまちがった行為でした。自分勝手に行動し、周囲の人たちへの敬意を欠き、それが悪いことだと知りながら法律を破り、愛する家族に嘘をつき、本当の友達から距離を置きました」

「私は自分の行いによって引き起こされた結果を受け入れる準備ができていますし、この法廷が定める罪を受け入れる気持ちでおります。私が周囲の人に対して起こしてしまったことについて、心からお詫び申し上げます。そしてこの法廷が私を公平に裁いて下さると信じております」

「この場をお借りして、ここに来てくれている両親、フィアンセ、そして友人、同僚に感謝します。私を愛してくれ、そしてサポートしてくれてありがとうございます。私があなたたちに与えてしまった痛み、不安、そして悩みに対して、心からお詫びします」

「裁判長、私の発言をお聞き下さってありがとうございます。そして、私の事件について考慮して下さってありがとうございます」

私は連邦刑務所での15ヵ月の懲役を言い渡された。ラリー、両親、そして私の親友であるクリステンが私の後ろで泣き声を上げていた。より長い刑期ではなかったことは奇跡的だったと私は思ったし、待つことに疲れてしまった私は、一刻も早くすべてをやり遂げてしまいたかった。それでも、私の両親の苦しみは、私の裁判が長期間遅れたことで私自身が被った、緊張、疲労、絶望よりもずっと深刻なものだった。

待つ時間は続いていたが、今度は刑務所の割り当てを待つ時間が訪れた。まるで大学合格通知を待つような気分だった。それはまるで、コネチカットのダンブリーに受かるといいな、という感じだったのだ。それより遠くであったら、ラリーや両親に頻繁に会うことが難しくなってしまう。５００マイル離れたウェストバージニアにある連邦刑務所が、次に近い場所だった。連邦保安官から薄い封筒が届き、私が行く場所はダンブリーにある連邦矯正局で、日程は2004年の2月4日だとわかった時は、心から安堵した。

私は、1年以上いなくなることに備えて身辺整理をした。すでに刑務所で生き延びる方法を書いた本を読んではいたけれど、それは男性用だった。祖父母を訪れたが、二度と彼らに会えないのではという恐れと心の中で闘っていた。

私が収監される1週間ほど前になって、ラリーと私は友人数人と、イーストヴィレッジ6丁目のジョーズバーで、即席のお別れパーティーを開いた。彼らは私の秘密を知っていた、街で知り合った友人たちで、私を助けてくれた人たちだ。私たちはパーティーを楽しんだ。ビリヤードをし、話をし、テキーラを飲んだ。夜が更けていってもスローダウンせず、テキーラをあおった。期待外れな人間にはなりたくなかったのだ。朝になり、家に帰る時間になった。私は大いに酔っ払い、友人たちを何度もしつこく抱きしめた。これは本当の別れなのだと思ったのだ。次に私の友だちにいつ会えるのかも、その時私がどうなっているのかもわからなかった。そして私は泣き出した。

私はラリー以外の誰の前でも泣いたことはなかったが、その時私は涙を流し、友人たちも泣き始めた。はたから見れば相当おかしかっただろう。私は、1人ひとりに別れを告げ、泣いて泣いて、泣きまくった。長い時間がかかった。少し時間をかけて落ち着きを取り戻し、別の友だちと向き合っては、また泣いた。恥ずかしいなんて思わなかった。私はとても悲しかったのだ。

その日の午後は、腫れ上がった両目に入った切り込みから、かろうじて自分の姿が見えるような有様だった。そこまで酷く腫れ上がったのは初めてだった。それでも、少しは気が楽になった。

私の弁護士のパット・コッターは、クライアントであるホワイトカラーの人々を刑務所に送り出してきた。彼はこう言った。「いいかい、パイパー。君にとって最もややこしいのは、どうでもいいルールを押しつけてくる、どうでもいい奴らだ。何か問題が起きたら僕に電話すること。そして、絶対に友達は作るんじゃないぞ」

＊10　スカイラブ　1973年にNASA（アメリカ航空宇宙局）によって打ち上げられた宇宙ステーション。アメリカが初めて打ち上げたもので、1979年まで地球を周回していた。
＊11　インフォマーシャル　番組形式のテレビコマーシャル。
＊12　ブルース・ジェンナー　元陸上競技選手で、リアリティー番組出演者のキム・カーダシアンの母、クリス・ジェンナーの元配偶者。性同一性障害を公表し、ケイトリン・ジェンナーに改名。
＊13　アメリカの関税の麻薬取締捜査官は、アメリカ司法省の法執行機関であり、連邦捜査機関でもある麻薬取締局に所属している。
＊14　マレット・ヘア　全体はショートカットだが、後ろだけを伸ばした髪型。1980年代に流行。

Chapter 3

#11187−424

#11187−424

２００４年２月４日、私が罪を犯してから10年以上の月日が経過したこの日、ラリーが私をコネチカット州ダンブリーにある女性刑務所まで車で送り届けてくれた。前の晩はふたりで過ごした。ラリーが私に、とても手の込んだ夕食を作ってくれた。私たちはベッドの上で一緒に丸くなって泣いた。

殺伐とした2月の朝、私たちは何が起きるのかもわからない場所に向かって車を走らせていた。右折して連邦準備銀行の方向に向かい、丘を登って駐車場に到着すると、３本の有刺鉄線のフェンスに囲まれた、背筋が凍るように怖ろしい建物がそびえ立っていた。これが軽警備の刑務所ですって？　とんでもない場所に来てしまったもんだわ。

ラリーは駐車スペースに車を停めた。私たちはじっと互いを見つめ合った。直後、屋根に警察のライトを乗せた白いピックアップ・トラックが私たちの車の後ろに停車した。私は窓を開けた。

「今日は面会日じゃありませんよ」と警官は言った。

私は恐れを隠すために、顔をぐっと上げた。

「出頭です」

「ああ、なるほど」と言い、彼は車を走らせて去って行った。**彼、驚いていたの？** 私には判断できなかった。

車内で私は身に着けていた貴金属を外していた——あの7本の金の指輪、ラリーがクリスマスにプレゼントしてくれたダイヤモンドのイヤリング、祖母からもらったサファイアの指輪、私がずっと身に着けていた1950年代の男性用腕時計。それから祖父がとても嫌がっていた、私の耳に開いたたくさんのピアスの穴から外したイヤリング数点だった。私はジーンズとスニーカー、それから長袖のTシャツを着ていた。場ちがいな虚勢を張った私は、「さあ、準備はできたよ」と言った。

私たちはロビーに歩いて入って行った。制服姿で落ち着いた雰囲気の女性がカウンターの向こう側に座っていた。ロビーには、椅子、ロッカー、公衆電話、そしてジュースの自動販売機が設置されており、完璧なまでに掃除が行き届いていた。

「出頭してきました」と私は言った。

「ちょっと待って下さいね」と彼女は言い、受話器を持って、誰かと短い会話を交わした。「どうぞそこに座って」と言われ、私たちは座った。数時間も。

ランチタイムになった。ラリーは私に、夕べの豪華ディナーの残りもののフォアグラで作ったサンドイッチを手渡した。私は全くお腹が空いていなかったけれど、ホイルを開いて、惨めな気分でそのグルメ・サンドイッチを食べた。連邦刑務所のロビーで、がちょうのレバー入りサンドイッチをコーラで流し込んだのは、名門7女子大卒では私が初めてにちがいない。人生って何が起きるかわからないものだ。

そしてとうとう、なんだかあまり優しくなさそうな女性がロビーに入って来た。頬から首にかけて、ひどい傷跡があった。

「カーマンか？」と彼女は大声を出した。

私たちは勢いよく立ち上がった。「はい、私がカーマンです」

「そっちは？」

「私のフィアンセです」

「あんたを連れて行く前に、この人には帰ってもらわないとね」ラリーは激怒しているように見えた。

「ルールだから。問題回避だよ。個人的な持ち物はある？」

私は手に持っていた茶封筒を彼女に手渡した。その中には連邦保安局から渡されていた出頭に関する注意事項と、法的手続き関連書類、25枚の写真（猫の写真ばかりで恥ずかしい）、友人と家族の連絡先リスト、持ってくるよう指示されていた290ドルの銀行小切手が入っていた。刑務所では電話をかけたり、品物を買ったりするのにお金がかかるとは知っていた。でも、何を買うっての……？　全く想像できなかった。

「これは持ち込めないね」と、彼女は小切手をラリーに渡した。

「でも先週電話した時は持ってこいって言われましたけど！」

「まずはジョージアに送って、そこで処理してもらうこと」と、彼女はきっぱりと言い放った。

「まずは**送る**、ですって？」と私は聞いた。猛烈に腹が立っていた。

「ちょっと、ジョージアの住所わかる？」と看守は、私の渡した茶封筒を指さしながら、カウンターの向こうにいる女性に話しかけた。「これは何？　写真？　エロ写真はないだろうね？」彼女はすでに歪んだ顔をよりいっそう歪ませて、眉を上げて聞いた。エロ写真？　こいつ、本気で言ってんの？　彼女はまるで、写真を全部チェックするのは面倒だから、自分がエロい女だったらさっさと白状しなとでも言いたげだった。

「いいえ、いかがわしい写真なんてありません」と私は言った。出頭してから3分もしないうちに、私は辱められたような、踏みにじられた気分になった。

「さ、準備はいい？」私は頷いた。

「それじゃあ、お別れを言うんだね。あんたたちは結婚してないから、次に面会できるまでは時間がかかるだろうから」彼女はわざとらしく私たちから一歩離れた。たぶん、プライバシーを与えてくれたんだろう。

私はラリーの顔を見て、彼の腕の中に飛び込み、力いっぱい彼を抱きしめた。今度いつ彼に会えるのかも、これからの15ヵ月間で自分に何が起きるのかも全くわからなかった。彼は泣きそうになっていたけれど、同時に腹を立てているようだった。

「愛してるわ！　愛しているから！」私が選んだ、とても素敵なオートミール色のセーターを着る彼にしがみつきながら私は言った。彼は私をぎゅっと抱きしめ、彼も私を愛していると言ってくれた。

「できるだけ早くに電話するわ」声を詰まらせながら私は言った。

「わかったよ」

「私の両親に電話してあげてね」

「わかってる」

「あの小切手、すぐに送ってよ！」

「もちろんだ」

「愛してる！」


そして彼はロビーから出ていった。手の甲で目を拭っていた。彼はドアをバタンと勢いよく閉めると、早足に駐車場まで歩いて行った。看守と私は彼が車に乗り込む姿を見ていた。彼が見えなくなってしまうとすぐに、恐怖がこみ上げてきた。看守は私に向き直った。「準備はいいか？」看守、そして私を待ち受ける運命。私は孤独だった。


「ええ」

「さあ、行くよ」


ラリーがたった今出ていった場所に彼女は私を連れて行った。右に曲がって巨大で物騒なフェンスに沿って歩いて行った。フェンスは何重にも張りめぐらされていた。フェンスとフェンスの間にはゲートがあり、そこでは電子ロックを開ける必要がある。看守がゲートを開けた。私は一歩進んだ。私は肩越しに振り返り、自由な世界を垣間見た。次のゲートが開いた。私は再び足を踏み入れ、通り抜けた。そびえ立つような金属の網と有刺鉄線に囲まれた私は、リアルなパニックに襲われた。こんなの絶対にちがう。こんなはずじゃなかった。軽警備の刑務所はこんな風に説明されていなかった。〝お手軽な連邦刑務所〟なんて、嘘っぱちだ。私は震え上がった。

私たちは再びドアにたどり着き、そして再び電子錠を解除した。短い廊下を進み、目を刺すような蛍光灯の明かりのついた、タイル張りの冴えない部屋にたどり着いた。古くて、薄汚くて、病院みたいで、空っぽの部屋だった。看守は、壁と金属の衝立にボルトで固定された、刺々しい金属ベンチが置かれた待機房を指さした。「そこで待ってて」と彼女は言い、部屋から出ると別の部屋に行った。

私はドアから顔を背けながら、ベンチに座っていた。壁の高い位置にある小さな窓をじっと見ても、雲しか見えなかった。次に美しいものを見ることができるのはいつなのかと、私は考えていた。遠い昔の自分自身の行動が引き起こした結果を考え、なぜメキシコに逃げなかったのかと本気で思い始めていた。私は足を投げ出した。それでパニックを抑えられるわけがないのに、15ヵ月の服役のことを考えた。ラリーのことは考えないようにしていたけれど、しばらくしてそれも諦め、彼が何をしているのか想像したが何もわからなかった。

次に何が自分に起きるのかなんて、ほとんど見当もつかなかったけれど、勇敢で居続けなければならないことだけはわかっていた。向こう見ずな行動を慎み、リスクと危険からは遠ざかり、自分が怖れていないことを見せるために、愚かな態度を取らないようにしなければならない——本当の意味で、とことん勇敢にならなければ。必要な時は沈黙を守る勇気を。身を投じる前に観察する勇気を。自分が進みたくない方向に誰かが私を導こうとした時、誘われた時、本当の自分を捨てない勇気を。静かに、でも一歩も引かない勇気を。私は延々と待たされていた。

「カーマン！」犬のように呼ばれることに慣れていなかった私は、それが「動け」という意味だと理解できず、看守は何度も怒鳴ることになった。私は飛び上がり、待機房の外を恐る恐る覗き見た。

「来い」看守のかすれ声のせいで、余計に理解が難しかった。

彼女は、同僚のくつろぐ隣の部屋に私を連れて行った。同僚はふたりとも禿げ頭の男性で、白人だった。ふたりのうちひとりはびっくりするほど体が大きく、2メートルを超える大男だった。もうひとりはとても背が低かった。ふたりは私を容赦なくじろじろと見た。書類に書き込みながら、「出頭だって」と、エスコートの女性はふたりに説明して言った。彼女は手続きについて何も教えてくれず、まるで間抜けを相手にしているかのように私に話した。私の答えが遅くなるたびに、あるいはもう一度質問してくれと頼むたびに、チビ男は嘲笑うように鼻を鳴らすか、私の答えを真似して、繰り返した。私は信じられないといった態度で彼を見た。本当に最低な男だ。明らかに意図的に私を怒らせようとしていたし、実際に私は怒り狂っていた。私が闘っていた怖れから気持ちを切り替えるには、絶好のチャンスではあったけれど。

書類に記入している間、女性看守は私に大声で怒鳴り続けた。直立不動の姿勢で答えている間も、建物の外の自然の明かりがどうしても見たくて、窓の方に目を向けずにはいられなかった。

「さあ、行くよ」

私は待機房の外の廊下を看守の後をついて進んだ。看守は衣類が詰まった棚を引っかき回して、おばあちゃんが履くタイプのパンツを数枚私に手渡した。安物のナイロン製のブラ、病院の手術着にそっくりな、ウェストにゴムが入ったオレンジ色のズボン、オレンジ色の上着、そしてソックスも。「靴のサイズは?」「9・5(インチ)か、10」看守は、中華街で売られているタイプのキャンバス地のスリッパを私に手渡した。

看守がプラスチックのシャワーカーテンの向こう側の、トイレと手洗い場を指した。「脱いで」と彼女は言った。私はスニーカーを脱ぎ、靴下を脱ぎ、ジーンズを脱ぎ、Tシャツを脱ぎ、ブラを外し、下着を脱ぎ、看守はそれをすべて私から受け取った。とても寒かった。「両腕を上げて」私は両腕を上げて、脇の下を見せた。

「口を開けて、舌を出して。向こうを向いて、しゃがんで、股を開いて、咳をして」

私はこの手順の咳の部分に最後まで慣れることはなかった。こうすることでプライベートな部分に隠された携行禁止物を見つけることができるらしい。とにかく、ものすごく不自然なことだった。私は裸の状態で前を向いた。「服を着て」

彼女は私が着ていた服を箱に入れた。まるで戦死した兵士の遺品のように、衣服はラリーに送られるのだ。ブラはぞっとするほど醜くてチクチクしたけど、サイズは合っていた。そしてオレンジ色の囚人服も、驚くほど私にぴったりだったのだ。看守の目は確かだったのだ。数分で私は受刑者に変身した。

この時点で、彼女は私に対して少しだけ優しくなっていた。私の指紋を採っている時には(奇妙なほどに親密なプロセス)、私に「彼とはどれくらい付き合ってるの?」と訊いてきた。

「7年です」と私は不機嫌に答えた。

「彼はあんたがどんな状況か、わかってんの?」

どんな状況か、ですって? アンタこそ何を知っているっていうの? 私は再び苛立ち、そして「10年前の違法行為です。彼には何の関係もないことです」と言った。彼女は私の返答に驚いた様子で、私はそれを精神的な勝利と捉えた。

「結婚してないから、彼に会えるまでにしばらく時間がかかるかもしれないわね。彼があんたの面会者リストに掲載されるまではね」

次にラリーに会えるのがいつなのかわからないという身震いするような現実が私を落ち込ませた。看守は、たった今私に与えた破壊的な一撃については無関心なようだった。

誰もIDカメラの使い方を知らなかったことで、看守は苛立っていた。いろいろな人がカメラを触ったり指さしたりして、とうとう、連続殺人鬼のアイリーン・ウォーノスそっくりに写る私の写真ができ上がった。あごは反抗的に上を向いていて、全くひどい有様だった。刑務所のIDカード用写真では、誰もがチンピラとか、殺人鬼とか、恐怖におののいているとか、惨めな姿で写ることが後になってわかった。

「米国司法省連邦刑務局——受刑者」という文字列と、バーコードが印刷されたIDカードは赤かった。全く魅力的でない写真に加え、そのカードには私の新しい登録番号が大きな数字で印刷されていた。11187-424だ。最後の3桁の数字は私が裁判を受けた地区を示していた——イリノイ州北部である。

最初の5桁の数字は私にとっては見知らぬ番号で、それは私の新しいアイデンティティだった。6歳の時に叔父と叔母の電話番号を教えられた時と同じように、私は静かに自分の登録番号を記憶に残そうとしていた。11187-424。11187-424。11187-424。11187-424。11187-424。11187-424。11187-424。11187-424。

数字がぐちゃぐちゃになった後に、ミズ人格者さんが「ブトロスキーから話があるけど、まずは医療室に入って」と、彼女は別の小さな部屋を指した。**ブ…ブトロ…えっ？** 私は窓の外を睨み付けながら、有刺鉄線と、私から奪い去られた向こうの世界に取り憑かれていた。その内科医に会うまでは——彼は太ったフィリピン人だった。彼は最も基本的な質問をし、私が幸運にも完璧に健康体だったこともあって、診察はあっという間に終了した。彼は私にツベルクリン検査をする必要があると言ったため、私は両腕を伸ばした。「素晴らしい血管だね！」と彼は心底驚いたように言った。「注射痕ゼロじゃん！」皮肉一切なしの彼の言葉に、私は感謝した。

ブトロスキーは小柄でヒゲをたくわえた50代の男性だった。うるうるとした、よく瞬きをする青い瞳の持ち主で、それまで会った刑務所のスタッフとはちがうタイプに思えた。明らかに知的な人だった。椅子に深く腰をかけていて、彼の前の机には書類が広がっていた。それは私に関する調査報告書だった。連邦政府が私のような人間について作る書類だ。個人の犯罪に関する基本的事実や、逮捕歴、家族構成、子どもの有無、薬物乱用があるか、職歴、その他重要な事実を文章化したものだ。

「カーマンかい？ ここに来て座りなさい」と、彼はまるで私を観察するような、洞察するような、推し量るような視線を投げかけながら、手招きした。私は腰を下ろした。彼は何秒間か黙って私を見つめていた。私はあごをぐっと引いて、彼の方を見ようとはしなかった。「気分はどうかな？」と彼は聞いた。

私がどんな風に感じているか、そして実際にどんな気分でいるのか、わずかであっても誰かが知りたがっているというのは驚きだった。感謝の気持ちがあふれ出た。

「大丈夫です」

「本当かい？」私は頷き、タフなふるまいを続けるにはいいシチュエーションだと考えた。彼は窓の外を見て、「少ししたら、君を収容施設に連れて行くことになる」と話し始めた。私の脳は少しリラックスし、お腹の緊張はほぐれ始めていた。私は彼の視線を追い、窓の外を見た。あの悪魔のちび男と一緒に過ごさなくていいのだと、心から安堵していた。「収容施設では僕が君のカウンセラーになる。君のファイルは読んだ」、彼は机の上の私の調査報告書を指した。「ちょっとふつうじゃないな。かなり大きな事件だ」

本当に？　私はそれまで自分の事件が大きいか、小さいのかなんて考えたこともなかったことに気づいた。私がビッグな犯罪人だとしたら、私の刑務所仲間もビッグってわけ？

「犯罪行為に君が荷担したのは随分前の話だ」と彼は続けた。

「これもある意味ふつうじゃない。その時代に比べれば君が成長したことは見ればわかる」と彼は私を見て言った。

「ええ、そうでしょうね」と私はぼそぼそと言った。

「いいか、僕はここで10年以上働いている。僕がこの収容施設を管理している。これは私の収容施設で、ここでは私に対して隠し事は無理だ」

私はどれだけ自分が安心したかと言うことに気付いて恥ずかしくなった。私を守ってくれる人物として、彼や刑務所のスタッフと出会いたいなんて願ってはいなかったけれど、現時点で私が出会った中では、最も人間に近いと思える人だったのだ。

「いろいろなタイプの囚人がいる。君が最も気を付けなければならないのは、他の受刑者だ。一部はまぁまぁ大丈夫なタイプ。君が弱いところを見せなければ、誰も君とひと悶着起こそうなんて思わない。今ではけんかもほとんどない。よくしゃべるし、ゴシップが大好きだし、噂を広める人たちだ。たぶん『金持ちのお嬢ちゃんが来たわよ』なんてことを言い出すだろう」

私は居心地が悪くなった。私ってそういう風に見えるの？　鼻持ちならない金持ちのビッチって？

「それからレズビアンもいる。収容施設内にいる奴らだが、君にちょっかいを出すことはないだろう。友だち面してきても、決して近づくな！　いいかい、女同士でセックスをする必要はない。私は堅苦しいタイプの男だからね。そういう厄介事はごめんだ」

私はニヤけないようにするので精いっぱいだった。彼は私の報告書をそこまでしっかりと読んではいなかったらしい。

「ブトロスキーさん？」

「何だい？」

「フィアンセと母が面会に来れるようになるのは、いつなんでしょうか？」声に混ざる不安を隠し通すことができなかった。

「ふたりとも君の報告書に名前の記載はあるんだろ？」私の経歴書には、保護監察部の面談を受けたラリーを含む私の家族全員の詳細が記載されているはずだ。

「はい、ふたりの記載はあります。父もです」

「君の経歴書内に記載のある人物であれば、面会はできる。今週末には来ることができるだろう。リストを面会室に届けておく」彼は立ち上がった。

「周りとつるまなければ、君は大丈夫だ」彼は私に関する書類をまとめると、部屋から出ていった。

私は、快適な生活を演出してくれる品物を看守のところまで取りに行った。それは、シーツ2枚、枕カバー、綿の毛布2枚、安物の白いタオル数枚、そしてハンドタオルだった。このアイテムすべてがメッシュ状のランドリーバッグに詰め込まれていた。それに加え、とても醜い茶色のスタジアムコート（ジッパーが壊れている）と、サンドイッチ用の紙袋に入れられた、太くて短い歯ブラシ、小さなチューブに入った歯磨き粉、シャンプー、そして長方形の粗末な石けんが手渡された。

モンスターみたいなゲートをいくつかくぐり抜けつつ進みながら、ゲートから出られたことに大喜びしていたものの、収容施設の謎がとんでもない勢いで私に迫ってきていた。白いミニバンが私を待ち構えていた。軍隊の制服のようなふだん着を着てサングラスをかけた中年の女性ドライバーが、私を温かく迎えてくれた。彼女は化粧をしていたし、小さな金のイヤリングもしていた。ローと呼ばれるその人は、ニュージャージー出身の素敵なイタリア系アメリカ人といった感じだった。**看守が優しくなってきている……**助手席に乗り込みながら、私はそう考えていた。彼女はドアを閉めると、私を慰めるように笑いかけてくれた。はつらつとした人だった。私は彼女を見つめ返した。

彼女はサングラスを外した。

「私の名前はミネッタよ。私も収容されてるの」

「えっ！」私は彼女も囚人だと知って、そして彼女が車を運転しているということに面食らってしまった。それに化粧までしてる！

「あなたの名前は何？　ラストネームは？　ここではラストネームで呼び合うんだよ」

「カーマンよ」と私は答えた。

「ここは初めて？」

「初めてってどういうこと？」私は混乱していた。

「初めての刑務所かってことよ」私は頷いた。

「ねえカーマン、アンタ、大丈夫？」彼女は小さな丘をミニバンで進みながら私に尋ねた。「ここでの生活も、そう最悪ってわけじゃないよ。きっと大丈夫だから。アンタの面倒は私たちが見てあげる。みんないい人たちだよ。ただ、盗みには気を付けること。それでアンタ、どんだけくらったの？」

「くらったって？」私は泣きそうになりながら言った。

「刑期はどれぐらいかかってことよ」

「ああ！　15ヵ月よ」

「何だ、どうってことないじゃん。すぐに終わっちゃうよ」

　1970年代の小学校の校舎を思わせる、低層で横に長い建物の裏口に彼女は車を回し、障害者用の出入り道路の横に車を停めた。私はランドリーバッグを手に取り、建物に向かう彼女について行った。氷が張った道を避けながら歩く私の薄いゴム底の靴から、刺すような冷気が伝わってきていた。揃いの醜い茶色いコートを着た女性たちの集団が、2月の寒さの中でタバコを吸っていた。全員がタフで、陰気で、黒くてヘビーな靴を履いていた。中のひとりが大きなお腹を抱えた妊婦だということに気付いた。**妊娠中の女性が刑務所にいるってどういうこと？**

「ねえあんた、たばこ吸う？」ミネッタが私に尋ねた。

「いいえ」

「それは最高だね！　今からベッドを割り当てて、落ち着けるようにしてあげるから。食堂はここだよ」と左側の階段を指した。彼女は常に話し続け、私にダンブリー連邦刑務所収容施設のすべてについて説明してくれたが、私の頭にはひとつも入ってこなかった。私は彼女の後について階段を上がり、建物内に入っていった。

「……ここがテレビ室。それから教育室、そしてCOの部屋。こんにちは、スコットさん！　COっていうのは、刑務官（correctional officer）の意味。まあ、悪い男じゃないよ。あ、サリー！」彼女は背の高い白人女性に挨拶した。

「この子、カーマン。新入りの出頭組」サリーも例の慰めの口調で「大丈夫？」と私を励ました。私は黙って頷いた。ミネッタは続けた。

「それからこっちが事務所。部屋は上、あっちは別の建物」彼女は真剣な表情で私に向き直った。「あっちの建物には入っちゃダメ。あんたにとっては立ち入り禁止区域。わかった？」

私は頷きながらも、何も理解できていなかった。黒人、白人、スパニッシュ系、あらゆる年齢層の囚人たちが取り囲んでいた。リノリウムの床と軽量コンクリートブロックでできた私の新しい家で、全員がとんでもなく大きな声で騒ぎ立てていた。彼らが着ていたのは、私の着ているものとは違うカーキ色の制服だった。そして全員が、大きくて重そうな、黒い作業靴を履いていた。私は自分の服装が、明らかにここでは新入りに見えることに気付いた。私は自分の履いているキャンバス地のスリッパを見つめ、茶色いコートの中で身を震わせた。

長いメインホールを歩いて進むと、数人の女性が私たちに近付いて、私に挨拶してくれた。

「あんた、新入りだね……大丈夫？」と、本当に私を心配してくれているようだった。私はどうやって彼女たちに答えたらいいのか全くわからなかったけれど、弱々しく笑い、こんにちはと返していた。

「よし、ここがカウンセラーの事務所だよ。あんたのカウンセラーって誰なの？」

「ブトロスキーさんです」

「あら。まあ、書類仕事はしてくれるだろうね。ちょっと待って、あんたの場所を確認するから」彼女は力強くドアをノックした。ドアを開け、事務的な感じでそこから頭を突っ込んだ。6号室に私を連れて行った。

「カーマンはどこに行きますか?」ブトロスキーが返答し、それを理解した彼女は、6号室に私を連れて行った。

部屋には二段ベッドが3台と、腰の高さの鉄製のロッカーが6台置いてあった。ふたりの年配女性が二段ベッドの下に寝ていた。「アネット、この子、カーマンよ。出頭してきた新入りだよ。アネットがアンタの面倒は見てくれるからね」と彼女は私に言った。「ここがアンタのベッドだよ」と、彼女は二段ベッドの上にあるマットレスがむきだしになったベッドを指して言った。

アネットが起き上がった。背が低く、肌が黒い50歳ぐらいの女性で、短くて釘みたいに尖った黒髪をしていた。とても疲れているように見えた。「こんちは」と、彼女はニュージャージーのアクセントで言った。「気分はどう? あんたの名前、もう一度教えて?」

「パイパーよ。パイパー・カーマン」

ミネッタの仕事が終わったようだ。私は彼女にていねいに礼を言い、感謝の念を伝えた。彼女は去って行った。私はアネットともうひとりの物静かで、背が低く、髪が薄くなっていて、随分年配……たぶん70代の女性と共に部屋に残された。私は注意深くランドリーバッグをベッドに置くと、部屋の中を見回した。スチール製の二段ベッドに加え、部屋の中には、ハンガーに掛けられた服、タオル、そしてそこからぶら下がった手提げ袋がありとあらゆる場所にあった。まるで兵舎だ。

アネットがベッドを降りて立ち上がった。彼女の身長は150センチほどだった。

「こっちはミス・ラズだよ。あんたのロッカーに荷物を入れてあるから、出さなくちゃね。これがトイレットペーパー。トイレにはないよ」

「ありがとう」私はその時点でも書類と写真などが入った封筒を握りしめてたが、今やトイレットペーパーまで持つことになってしまった。

「点呼については聞いてる？」と彼女は訊ねた。

「点呼？」私は完全に何も理解できない状態になることに慣れ始めていた。まるでそれまでの人生を自宅学習で過ごしてきて、突然、生徒の多い巨大な高校にでも入学したような気持ちだった。**ランチのお金？　何それ？**

「点呼だよ。1日に5回、あたしたちは人数を点呼で確認される。その時はここに、あるいはいなければならない場所に、ちゃんといなくちゃならない。4時の点呼は起立しての点呼だ。他の点呼はすべて夜中で、午前2時、5時、それから夜の9時だ。PAC《パック》ナンバーは？」

「PAC《パック》ナンバー？」

「電話をかけるのに必要なんだよ。電話シートは？　まだ？　それに記入しないと電話できないよ。トリセラに聞けば、たぶん電話はさせてもらえるよ。今日、彼が夜勤だからさ。泣くと効果的だよ。夕食が終わったら頼んでみなよ。夕食は午後4時の点呼の後だから、もうすぐだよ。ランチは11時。朝食は6時15分から7時15分の間。どれぐらいの期間なの？」

「15ヵ月。あなたは？」

「57ヵ月」

この情報に対する適切な反応があったとしても、私にはわからなかった。ミドルクラスで中年で、ニュージャージー州出身のイタリア系アメリカ人女性が何をやったら57ヵ月もの間、連邦刑務所に服役しなければならないんだろう？　彼女ってもしかしてカーメラ・ソプラノ（＊15）だったとか？　57ヵ月って！　出頭前の猛勉強で、犯罪歴について聞くのは**御法度**だと知っていた。

彼女は私が言葉を失っていることに気付いて、助け船を出してくれた。「ああその通り、長いお務めだよ」と、少し冷ややかに言った。「確かに」と私は返した。私は体の向きを変えて、ランドリーバッグから自分の荷物を引っ張り出そうとした。

その時だった。彼女が大声で叫んだのだ。

「ベッドをさわるんじゃねえよ!!」

私は飛び跳ねるように振り向き、辺りを警戒して見回した。

「あたしたちがやったげるから」と彼女は言った。

「あっ……いいのよ、そんなことまでしてもらうなんて……」と私は、綿とポリエステル混紡のシーツにもう一度向き直った。彼女は私のベッドのところまでやって来た。

「お嬢ちゃん。あたしたちが、ベッドを、整える」彼女は頑として譲らなかった。

「私にもできるんだけど……」私は完全に混乱していた。部屋の中を見回した。5台あった二段ベッドはすべてきちんと整えられていた。そしてアネットもミス・ラズも、ベッドカバーの上に寝ていた。

「私にだってできるのよ」私は恐る恐る主張した。

「いいかい、よく聞きな。あたしたちがベッドを整える。どうやったら検査をパスできるか、あたしたちは、よーくわかってるんだ」

検査? 検査されるなんて誰も教えてくれなかった。

「ブトロスキーがやりたい時にやるんだよ――あいつはいかれてる」とアネットは言った。

「ロッカーに乗ってライトの器具の上のほこりをチェックするんだ。あんたのベッドの上を歩くような奴さ。完全にいかれちまってんだよ。それから、あっちも」彼女は私のベッドの下のベッドを指した。

「あんたは手伝う必要なし!」

おっといけない。そりゃ私だって掃除は大嫌いだけど、新しいルームメイトを激怒させるつもりもない。

「ええと、ベッドは毎朝整えるの?」と私は聞いた。マズい質問だ。アネットは私をじろりと見た。

「いや、寝るのは整えたベッドの中じゃなくて、ベッドの上だ」

「ベッドの中で寝ちゃいけないの?」

「ダメだ、ベッドカバーの上に寝て、毛布だけをかける」以上。

「でも、シーツを使って寝たかったら?」

アネットは手に負えない6歳児に腹を立てているママみたいな顔で私を見て言った。

「いいかい。ベッドの中で寝たいっていうんだったら、やってみな……そんなことやるのは、この刑務所内でアンタだけだ！」

こういう種類の周囲からのプレッシャーには抗えなかった。ベッドシーツの下に寝ることは、これから15ヵ月間無理だということだ。ベッドの問題は忘れることにした。完璧に整えられた、軍隊のようなベッドの上に何百人もの女性が寝ているなんて、その時の私には奇妙過ぎて理解することができなかったのだ。そして、近くで男性が大声を上げ始めた。

「点呼の時間だ、点呼の時間だぞ、点呼だ！　点呼の時間だぞ、レディーたち！」私は不安そうな表情のアネットを見ていた。

「あの赤いライトが見えるだろ？」廊下の向こう、刑務官事務所の隣の巨大な電球が点滅していた。

「点呼の時間にはあれが点くんだよ。赤いライトが点いている時は、必ず、いるべき場所にいなくちゃならない。それから、ライトが消えるまで絶対に動かないこと」

女性たちが廊下を行ったり来たりし始め、ふたりの若い女性が急いで部屋に戻ってきた。アネットは簡単な説明をした。「この子はパイパー」。ふたりはほとんど私を見なかった。

「ここには誰が寝るの？」私は自分のベッドの下のベッドについて聞いた。

「あいつはキッチンで働いてるから、点呼はキッチンなんだよ。これから会える」と、アネットはしかめっ面で言った。

「オーケー、シーーーッ！　起立の点呼だよ。私語禁止！」

二段ベッドの横で私たち5人は静かに立って待っていた。建物全体が突然静寂に包まれた。耳に入ってくるのは、ジャラジャラとした鍵の束の音と、重いブーツの足音だけ。ひとりの男が部屋に入って来た。そして……私たちの人数をカチカチカチとカウンターで数えた。そしてその数秒後に、もうひとりの男が部屋に入って来て、もう一度私たちの数を数えた。彼が去ると全員がベッドの上や足載せ台に座ったけれど、ベッドをシェアしている人がそこにいないというのに、彼女のベッドに座るのは良くないと思ったので、空のロッカーに寄りかかった。数分経過した。ふたりのスパニッシュ系女性がミス・ラズにスペイン語で囁き始めた。

突然「再点呼だよ、レディーたち！」という声が聞こえ、全員が飛び上がるようにして立ち、直立不動の姿勢をとった。

「いつもまちがえやがる」と、アネットが小声でつぶやいた。

「数えることの何がそんなに難しいって言うんだい？」

私たちは再び人数を数えられ、どうやら今回は成功したようで、検査が行われることの意味が私にはよく理解できた。「夕食の時間だよ」とアネットは言った。午後4時30分は、ニューヨークシティーのスタンダードに乗っ取れば、全く洗練されていない夕食の時間だった。

「あたしたちは一番最後」

「一番最後ってどういうこと？」

PAシステムで刑務官が番号を呼んではじめて、夕食が始まるのだ。

「A12、A10、A23番！食え！B8、B18、それからB22！食え！C2、C15、C23、食え！」

アネットが説明してくれた。

「彼はまず名誉キューブの連中を呼ぶ。そいつらが最初に食う。それからA棟、C棟。検査結果が良かった順番でね。最後にルーム。あたしたちは検査でいつもビリだから」

私は食堂に向かう女性たちの列をドアからのぞき見た。名誉キューブってどんな人なのか気になったが、「今日のメニューは一体何なの?」と聞いてみた。

「レバー」

学生時代の悲惨なカフェテリアを思い出させてくれる、乱雑としたホールで給仕されたレバーとライマメのディナーが終わると、ありとあらゆる体型、サイズ、顔つきの女性たちが、英語やスペイン語を話しながら、建物のメインホールに流れ出るようにして進んで行った。誰もがメインホールで何かを待っているように時間をつぶしていた。階段で座ったり、踊り場で並ぶ集団がいた。たぶんそこにいるべきなのだろうと考えた私は、何とかして目立たないようにしながら、私の周りで渦巻いている言葉に耳を傾けていたけれど、一体何が起きているのかさっぱり見当もつかなかった。ついに私は、おどおどしながら横にいた女性に訊ねてみた。

「郵便物の配布よ、ハニー!」と彼女は答えた。

階段の踊り場にいる背の高い黒人女性が化粧品を手渡しているようだった。私の右側にいた誰かが彼女を指した。「グロリアが家に帰るのよ。今日が最後の日なんだって!」私は、誰かに紫のくしを手渡そうとしているグロリアを興味を持って見つめた。**家に帰るんだって!** 家に帰るという言葉にうっとりとした。すべての持ち物を手渡していく彼女はとても美しく、幸せそうだった。ほんの少しだけ気持ちが軽くなった。だって、いつの日かこの最低の場所から家に帰ることができるとわかったのだから。

私は彼女のくしが欲しくてたまらなかった。中学生の時、ジーンズの後ろポケットに入れ、勢いよく立てた前髪を整えるのに使っていたものと似ていたのだ。私はくしをじっと見ていたが、欲しいとは言い出せなかった。すると、他の人が欲しがって、取られてしまった。

ミネッタが話していた看守とは別の看守が、刑務官事務所から出てきた。彼は黒髪の角刈り、ブラシみたいな口ひげ姿で、まるでゲイのポルノ男優のようだった。彼は「郵便だ！　郵便だぞ！」と叫び始め、そして手紙を配り始めた。

「オーティズ！　ウィリアム！　ケネディー！　ロンバーディー！　ルイーズ！　スケルトン！　プラット！　プラット！　プラット！　ちょっと待ってくれよ、もう一通もプラットだ。メンドーザ！　ロジャス！」

女性たちは立ち上がると、笑顔で手紙を受け取り、そしてうれしそうに軽快にどこかに歩いて行くと、その手紙を読むのだった。私が知らないプライバシーが確保できる場所でもあるんじゃないの？　彼が手紙の入った箱を空にすると、ホールにいた人数は減り、わずかな望みにかけた数人だけが残った。「たぶん、明日だよ、レディーズ！」彼は大声で言うと、空になった箱をひっくり返して見せた。

郵便物の配布の後、私は建物の中をそっと歩いて回った。私が新入りだという目印である、不格好なキャンバス地のスリッパを履きながら、襲われるのではないかと危険を感じていた。私の頭は新たな情報で常に回転しているような状態だった。最初の数時間は、自分の思考の中に留まっているような状態だったが、それは瞬時にラリーと両親への思いに切り替わっていった。彼らだって戦々恐々としているにちがいない。私が無事でいることを何とかして彼らに伝える方法を考えつかなくては。

おどおどしながら、私は刑務官事務所のドアに歩み寄り、アネットが記入方法を教えてくれていた青い電話シートを握りしめ、近い将来公衆電話から電話をかける許可を得たい人の名前を書いていった。ラリー、家族の携帯電話、親友のクリステン、そして弁護士の携帯の電話番号だった。事務所の電気は点いていた。私はドアを軽くノックすると、くぐもったような、鼻を鳴らす音が聞こえてきた。私は注意深くドアのハンドルを回した。

いつも少し驚いたような表情をしているトリセラという名のカウンセラーが、私が彼の作業を中断させたことに少し腹を立てた様子で、私を見て数回瞬きをした。

「トリセラさんですか？　私、カーマンです。新入りなんです。ここに話をしに行けって教えてもらったので……」と、私は次第に小さな声で、言葉をのみ込むようにして話した。

「何か用事か？」

「電話リストを提出した方がいいって教えてもらって……あの、私、ＰＡＣ番号がないんです……」

「私は君のカウンセラーじゃないよ」

喉がぐっと詰まり始めた私には、嘘泣きの必要などなかった。両目からは涙があふれそうになっていた。「トリセラさん、フィアンセに電話して、私が無事だと伝えたいんです。あなただったら助けてくれるんでしょ？」私は懇願していた。彼は静かに私を見て、とうとう「入って。ドアを閉めなさい」と言ってくれた。私の心臓は2倍の速さで脈打ち始めた。彼は受話器を取ると、私に手渡した。

「番号を言って。私がダイアルするから。2分だけだぞ！」

ラリーの携帯電話の呼び出し音が鳴り始め、私は目を閉じてどうか答えてちょうだいと祈り続けた。このチャンスを逃したら、彼の声を聞くことができなかったら、私はその場で死んでしまうかもしれない。

「ハロー？」

「ラリー！　ラリー！　私よ！！」

「ベイビー、無事なのか？」

彼がどれほど安堵したか、私にはわかった。涙があふれた。私は2分という持ち時間を無駄にしないように、そして取り乱すことでラリーを怖がらせてはいけないと必死だった。私は鼻をすすった。

「うん、私は大丈夫だよ。元気でやってるから。愛してる。今日は見送りに来てくれてありがとう」

「パイパー、本当のことを言っていいんだよ。本当に大丈夫なのか？　大丈夫だって、口で言ってるだけなんじゃないか？」

「本当に大丈夫。トリセラさんが電話をかけさせてくれたもの。でも、しばらくは連絡できないと思う。でもね、今週末、面会できるんだって！　リストに掲載してもらえるらしいから」

「よし！　金曜に会いに行くよ」

「ママにも来てもらえるわ。ねえ、お願い、ママとパパに電話してあげて。この電話を切ったらすぐにふたりに電話して、私と話したこと、それから私が無事だって伝えてあげて。しばらくはふたりに電話ができないから。電話はまだ許されてないの。それからあのお金、すぐに送ってね」

「もう郵送したよ。ねえベイビー、本当に無事なのか？　本当？　問題があったら僕に何でも言ってくれるんだろ？」

「大丈夫よ。ニュージャージー南部出身の女性が同じ部屋にいるの。とてもいい人で、イタリア人なの」


　トリセラさんがゴホンと咳をした。

「ダーリン、もう切らなくちゃ。２分しか時間がない。愛してるわ、とっても。あなたに会いたい！」

「ベイビー、僕だって愛してる。君のことが心配だよ」

「心配しないで。私、何とかやってるから。本当にね。愛してる。お願いだから会いに来て。それからママとパパに電話してあげてね！」

「この電話を切ったらすぐにふたりに電話するよ。何か他にお願いはある？」

「愛してる！　ああもう、切らなくちゃ！」

「僕も愛してるよ！」

「金曜日に会いに来て。それから両親に電話してくれてありがとう……愛してるわ！」

私は電話を切った。トリセラさんは、小さなその目にシンパシーのようなものを浮かばせながら、私を観察していた。「ここは初めてなのかな？」と彼は聞いた。

彼に礼を述べると、私は鼻を腕で拭きながらホールに向かって歩いて行った。ぐったりしていたけれど、とてもハッピーな気分だった。私は立ち入りを禁止されたA棟からC棟のドアを見下ろしながら、理解しがたいイベント情報や意味のわからないルールがびっしりと張られた掲示板を注意深く読んだ。洗濯の日程、何人もの職員と収容者の面談日程、かぎ針編みの許可について、週末の映画のスケジュールなど。今週末の映画は『バッドボーイズ２バッド』だった。

私は誰とも目を合わせなかった。それにも関わらず、女性たちは定期的に私に声をかけた。「あんた、新入り？　気分はどう、かわいこちゃん？　大丈夫？」声をかけてきたのはほとんどが白人女性だった。それはこの先私が何百回も目撃することになる、グループ間の儀式だ。新しい収容者が現れると、同じグループの人間——白人、黒人、スパニッシュ系、あるいはそれらに属さない「その他」——が即座に状況を把握し、落ち着かせ、到着後の指示を出すのだ。「その他」のカテゴリーに入る場合——ネイティブ・アメリカン、アジア人、中東——は各グループ内で最も優しくて、最も思いやりのある女性で構成される歓迎委員会からの助けを得ることになる。

白人女性が石けんと、ちゃんとした歯ブラシと歯磨き粉、シャンプー、切手、便せん、インスタントコーヒー、コーヒークリーム、プラスチックのマグカップ、そして最も重要だと思われる、水虫を防ぐシャワー用スリッパを持ってきてくれた。後になってこれらはすべて刑務所内の売店から個人で購入しなければならないものだということがわかった。歯磨きや石けんを買うお金がないって？ ご愁傷様。他の囚人がプレゼントしてくれるといいね。女性たちがケア用品を持ってきて、「きっと大丈夫だよ、カーマン」と安心させてくれるたびに大声で泣きたくなった。

私の脳内とお腹の中で、対立する物事がぐるぐると回り始めていた。ここ、ダンブリーでの状況ほど、意味がわからないシチュエーションにハマったことってある？ 何を言ったらいいのかわからず、まちがった行動が実際に何を引き起こすのか、理解できなかったことってあった？ 彼女たちの刑期に比べたら、私の15ヵ月なんてどうってことなくて、文句なんて言えないとあっという間に気付いたとは言え、翌年のことは、私の前にぼんやりとあるだけだった。

だから、不満を口にするべきではないとはわかってはいたものの、私は打ちのめされていた。ラリー、友人、話ができる家族もそこにはいない。私の側にいて、笑わせてくれる人、頼りにできる人もいない。歯の抜けた女たちが私にデオドラント石けんを手渡してくれるたび、私の心は、自分が失ってしまった人生を知った絶望と高揚の間で揺れ動くのだった。全く知りもしない人から、こんなにも優しくされたことが今まであっただろうか？ みんな本当に優しかった。

私にシャワー用のサンダルを持って来てくれた若い女性は、ローズマリーだと自己紹介した。肌がとても青白く、カールした短い茶髪で、いたずらっ子のような茶色の瞳に分厚い眼鏡を掛けていた。彼女の口調は慣れ親しんだものだとすぐにわかった。しっかりとした教育を受けている、マサチューセッツ州の労働者階級出身の雰囲気が強かった。イタリア人だと言ったアネットのことも知っていて、努めて何度も私に挨拶をしてくれ、そして6号室から読みものを私に持ってきてくれた。「私も出頭したのよ。とても怖かった。大丈夫だからね」と彼女は私を安心させてくれた。

私は遠慮がちに「あなたはマサチューセッツ州出身なの？」と聞いた。「あたしのニューイングランド系ボストン訛り、わかりやすかったみたいね。ノーウッド出身よ」と言って彼女は笑った。彼女の訛りで私は気が楽になった。私たちはレッドソックスや、ケリーの前回の上院議員選挙で彼女がボランティアをしていた時期のことなどを話した。私はなにげなく「あなたってここにどれぐらいいるの？」と聞いてしまった。ローズマリーは奇妙な表情をした。「54ヵ月よ。インターネットのオークション詐欺。でも矯正プログラムに行ったから、それを差し引きすると……」と、彼女は言い、模範囚への減刑と、構成訓練施設への収容期間を計算した。私は、彼女のあっさりとした罪の告白と刑期に衝撃を受けた。ｅＢａｙの詐欺で54ヵ月も連邦刑務所に入れられるっておかしくない？

ローズマリーの存在は、私を元気づけてくれるほど、慣れ親しんだ雰囲気を醸し出していた。あの口調、マニー・ラミレス好きなところ、ウォール・ストリート・ジャーナル（＊16）を定期購読してるなんてところが私に刑務所以外の場所を思い出させてくれたのだ。「困ったことがあったら言ってね」と彼女は言った。「泣きたくなったら肩を貸してあげる。私だって最初の1週間は泣きまくったんだから」

刑務所での初めての夜を、私は泣かずに乗り切ることができた。何も感じることができなかったというのが本当のところで、とにかくショックが大き過ぎたし、疲れ切っていた。その月の夕方、壁に背中をくっつけた状態でテレビ室に入り込んだ。テレビにはマーサ・スチュワート（＊17）の裁判のニュースが流れていて、誰も私に気付くこともなかった。ジェイムス・パターソンやV・C・アンドリュース、そしてロマンス小説が押し込まれた書棚を必死に探すと、やっとのことで古い『高慢と偏見』のペーパーバックを見つけた。そして、自分の二段ベッドで丸くなった――もちろんベッドカバーの上で、だ。私は喜んで、慣れ親しんだイギリスのハノーバー家の世界へ身を委ねた。

知り合ったばかりのルームメイトたちは私をそっとしておいてくれた。午後10時になると突然消灯したので、私はジェーン・オースティンをロッカーに入れ、天井を見つめ、アネットの呼吸器の音を聞いていた――彼女はダンブリーに来た直後、ひどい心臓発作を起こし、夜間は呼吸するためにそれを使用しなくてはならないのだ。ミス・ラズはもうひとつの二段ベッドの下にいて、ほどんと見えないほど小さかった。彼女は乳がん治療が終わったところで、小さな頭には毛が生えていなかった。私は刑務所で最も危険な行いは、病気になることではと考え始めていた。

＊15　カーメラ・ソプラノ　アメリカの衛星およびケーブルテレビ放送局、HBO制作の人気テレビドラマ『ザ・ソプラノズ　哀愁のマフィア』の主人公でマフィアのボスのアンソニー・ソプラノの妻のキャラクター。

＊16　ウォール・ストリート・ジャーナル　アメリカの新聞社、ダウ・ジョーンズ社が発行する世界最大の日刊の経済新聞。

＊17　マーサ・スチュワート　アメリカの女性実業家。料理や園芸、手芸、インテリアなど、ライフスタイル全般を提案する活動（テレビ番組への出演や雑誌の出版、自己ブランドのプロデュースや販売など）を通じて世界的な有名人となった。2002年にインサイダー取引の容疑で起訴され、有罪となり、服役も経験した。

Chapter 4

Orange Is the New Black.
オレンジ・イズ・ニューブラック

翌朝、私と8人の新入りたちは、最も狭いテレビ室で行われる、1日がかりのオリエンテーションに呼び出された。グループの中には、私と同室のグラマラスなドミニカ出身の女性がいた。彼女は不機嫌な時と優しい時があって、不思議な印象の人だった。腕には踊るメフィストフェレス(*18)のタトゥーがあり、その下には"JC"と彫られていた。私は躊躇しながらも、それがジーザス・クライスト(Jesus Christ=イエス・キリスト)を意味しているのか彼女に尋ねた——悪魔から彼女を守ってくれるとか、そういう意味なの?

まるで完全にどうかしているといったそぶりで私を見ると、彼女は目を回して呆れながら、「彼氏のイニシャルに決まってんだろ」と言った。

壁にもたれかかるようにして私の左側に座っていたのは、若い黒人女性で、私は意味もなくあっという間に彼女のことが気に入ってしまった。雑な感じに編み込んだ髪と、角張った顎のラインも、彼女がとても若く、魅力的な女性であるという事実を隠すことはできなかった。私は彼女と少しだけ話をし、彼女の名前や出身地、刑期など、聞いても問題はないだろうと考えた質問を少しだけしてみた。彼女の名前はジャネットで、ブルックリン出身、刑期は6ヵ月だった。彼女は私のことを変わり者だと思ったらしい。

部屋の反対側には背の低い白人女性がいて、ふたりに反して彼女はおしゃべりだった。私よりは10歳ぐらい年上で、親切な魔女っぽい一面があって、ボサボサの赤毛で、ワシ鼻で、顔には深い皺が刻まれていた。まるで山で暮らしてきた、あるいは海の近くで暮らしてきたかのように見えた。彼女は保護観察中の違反行為で戻ってきたそうだ。「ウェストバージニアで2年務めたんだよ。大きな収容施設で食べものも良かったね。ここはゴミ溜めだ」と、とてもあっけらかんと明るく言い、私は刑務所に戻ってきた人がこんなにも率直で楽観的なことに驚きを隠せなかった。

グループの中にいたもうひとりの白人も違反行為で戻ってきたらしかったけれど、彼女は機嫌が悪く、私にはその方が自然だと思えた。残りのメンバーは壁に寄りかかる黒人のスパニッシュ系の女性陣で、床や天井をじっと睨み付けていた。私たち全員が同じような格好をして、あのダサいキャンバス地のスリッパを履いていた。

私たちはダンブリー連邦矯正局の主要部署による、苦痛に満ちた5時間のプレゼンテーションを受けた――ファイナンス、電話、レクリエーション、売店、安全性、教育、精神医学――様々な専門的な配慮があっても、結局のところ囚人の生活水準は驚くほど低かった。話をした人たちはふたつのタイプに分けることができた。言い訳がましいか、偉そうかのどちらかだ。

言い訳がましいタイプを代表するのは刑務所専門精神科医のカーク医師で、彼は私と同じくらいの年齢で、ハンサムで、私の友人の夫にもなり得るタイプだった。彼は決まり悪そうに私たちに、彼が収容施設に来るのは木曜の数時間だけで、メンタルヘルスに関するサービスを「緊急時」以外は「あまり提供できない」と言った。ダンブリー収容施設にいる１４００人の女性に対して精神的ケアを提供してくれるのは彼しかおらず、彼の基本的な職務は精神薬を処方することだけだったのだ。鎮静されたかったら、カーク医師にお任せってこと。

偉そうな人の代表がスコットだ。彼は生意気な若い刑務官で、私たちに対人関係に関する基本的な「質問と答え」のゲームをやるよう押しつけ、「刑務所内限定のレズビアン」になるなと、何度も警告した。でも最悪だったのは保健室の女性で、彼女があまりにも不機嫌な態度をとるので、びっくりさせられた。彼女は私たちに、時間を無駄にさせるなと断固として主張した。私たちが病気かそうでないかは彼女たちが決めることであり、薬が必要かどうかも同じで、命がかかっている場合以外、病状の説明など期待するなと言った。わりだ。私は心の中で、自分の健康に感謝した。病気になったら、そこで終わりだ。

保健室の人間が部屋を出ると、赤毛の違反者が高い声で言った。「何なんだよ、あの女？」

次は背が高くぶっきらぼうで、あり得ないぐらい眉毛がボサボサに生えた管理課の男だった。「こんにちは、みなさん！」と彼は大声で言った。「私はリチャーズと申します。ここにいなくちゃならないなんて、本当にお気の毒です。なぜここに来てしまったのか理由はわかりませんが、何が起きたかに関わらず、残念なことだったなあと思います。こんなことを今言っても、何の慰めにもならないとは思いますが、本心なんです。皆さんには家族、そして子どもがいて、戻る家がありますからね。ここでの時間が短ければいいですね」まるで嘘つきで恩知らずのガキみたいな扱いを何時間も受けた後だったから、この男の態度はとても目立つものだった。私たち全員が少しだけ元気になった。

「カーマン！」クリップボードを持った囚人が部屋に頭を突っ込んで叫んだ。「制服だよ！」

刑務所に到着したのが水曜で、私はラッキーだった。制服の配布は木曜日に行われるから、月曜に出頭したとしたら、緊張した時にかく汗の量によっては、数日後にはかなり臭うことになる。私はそのクリップボードさんの後について廊下を進み、制服が配布される小さな部屋に向かった。この施設が男性用施設だった頃から残っていた部屋らしい。私はウェストにゴムの入ったオレンジ色のズボンとポリエステルの混ざった生地でできた、同じくオレンジ色のボタンダウンシャツを5枚手渡された。その胸ポケットには前の所有者であるマリアリンダ・マルドナド、ヴィッキー・フレイザー、マリー・サンダーズ、キャロル・ライアン、そしてエンジェル・チェヴァスコの名前が書かれていた。そして、白い保温性の下着、チクチクするウール素材の帽子、マフラー、手袋、白いTシャツ5枚、靴下4足、スポーツブラ3枚、おばあちゃんが履くタイプのパンツが10枚（何回か洗うとゴムが緩くなることがすぐに判明する）、それから笑っちゃうくらい大きなナイトガウン——そのナイトガウンのことを、みんなはムームーと呼んだ——が配布された。

無言で衣類を手渡していた看守が、とうとう私に聞いた。

「靴のサイズは？」

「9・5です」

看守は赤と黒に塗られた靴の箱を私の方に押し出した。その中にはゴツゴツした、足の先に鉄板が入った、黒いヘビーブーツが入っていた。50ドルの見本セールで手に入れた、つま先が見えるタイプのマノロ（・ブラニク）（*19）の靴を履いた時以来、靴を履くことにこんなにもうれしさを感じることなんてなかった。この美しい靴は、とってもしっかりとしていて、強さを約束してくれていた。私はこのブーツがすぐに好きになった。私はにっこり笑いながら、キャンバス地のスリッパを戻した。さあ、これで私もいっぱしの囚人。私はすっかり気分が良くなった。

私はスチールの靴を履いて気取ってオリエンテーションに戻った。仲間はまだそこにいて、終わらないだらだらとした話に白目をむいていた。管理課の優しい男性は、私に前の晩ラリーに電話をさせてくれたカウンセラーのトリセラと交代していた。私は彼を「マンブルス(*20)」と認識するようになった。セイウチのような顔立ちの彼の、その表情はほとんど変わらなかった。彼が声を荒らげるのを見たことはないけれど、彼の軽い苛立ち以上の気分を読むことは難しかった。彼は私たちに、クーマ・デブー所長が短時間ではあるけれども挨拶に来てくれると伝えた。

突然、私は興味を抱いた。この刑務所のボス(女性)である所長については何も知らないけれど、とにかく変な名前だ。この刑務所に来てから24時間の間に、彼女のことなんてひと言も耳にしなかった。ウェンディー・O・ウィリアムズ(*21)とか、ラチェッド婦長(*22)みたいな人なのだろうか?

どちらでもなかった。デブー所長はさっと部屋に入ってくると、私たちに対面する位置にある椅子に腰掛けた。彼女は私よりたった10歳上で、えり抜きで鍛えられ、オリーブ色の肌をして美しい、たぶん中東系の女性だった。やぼったいパンツスーツ姿に趣味の悪い偽物の宝石を身に着けている。彼女は私たちにくだけた、わざとらしい話し方で語りかけて、それを聞いた私はすぐに、選挙に出馬する立候補者を連想した。

「みなさん、私の名前はクーマ・デブーです。ダンブリーにようこそ。とは言え、ここに来たいなんて思っていた人はいないことぐらいはわかっているわよ。ここにいる間は、私があなたたちの暮らしを支える責任者です。私があなたの安全を守ります。あなたが刑期を務め上げる手助けをします。だからいい？　ウザいことはここでストップだよ」

彼女はこんな調子で、私たちの個人的な責任について盛り込みながら話し、そしてとうとうセックスについて言及し始めた。

「この施設にいる誰かが万が一、性的なプレッシャーをかけてきたり、脅したり、傷つけたりしたら、私のところに直接言いに来て欲しい。私は毎週木曜日のランチタイムにはやって来ますから、私のところに来て何が起きているか話して欲しい。このダンブリーでは違法な性行為については、いかなる小さな罪をも許しません」

彼女は看守について話していた。襲撃してくるレズビアンの話ではないのだ。刑務所の壁のこちら側では、明らかにセックスと権力は切り離せないものだった。何人もの友人が、私は他の収容者よりも看守に狙われる危険が高いのではないかという怖れを口にした。

デブー所長が演説を終え、部屋を出た。一時的にボランティアをしていた囚人のひとりが、「優しそうな人じゃん」と言った。ダンブリーに最近収監された、機嫌の悪い違反者は鼻を鳴らして言った。

「口先だけの女だよ。彼女に会えるなんて思わない方がいいよ。毎週木曜日に電話で15分ってとこだよ。調子のいいことは言うけど、あの女がここに来ることはない。あの女がここの管理をしてるってわけじゃない。小さな罪でも許さないだって？　いいかい、覚えておくんだよ、あんたたち……小さな罪でも許さないっていう言葉はね、あいつらに向かってあんたが言うべき言葉なんだ」

連邦刑務所の新入りたちが「A&O」の時期、地獄の苦しみを1ヵ月ほどは味わうことになる——つまり、入所（admission）&オリエンテーション（orientation）の時だ。「A&O」である場合、何もすることができない——仕事もだめ、GED（*23）の授業もだめ、他の囚人が全員行くまで食堂もだめ、夜の変な時間に雪かきをさせられる間も、ひと言だって話したらだめなのだ。表向きの説明は、医学的検査と試験の結果は謎に包まれた施設に送られ、それが戻るまで本当の刑務所ライフは始まらないのだ。刑務所では、紙の仕事が早く進むことは一切ないし（独房に入る手続き以外は）、刑務所の職員から素早い結果を導く方法なんて、囚人は一切持ち合わせていない。何もない状態なのだ。

くらくらするほど多くの公式の、そして非公式のルール、スケジュール、そして儀式が存在した。それを早く習得しなければ、ややこしいことに耐えねばならない。例えばバカだと思われたり、バカ呼ばわりされたり、嫌われたり、トイレ掃除を強制されたり、残飯を食べさせられたり、報告書に「穴」を開けられたり（事故報告ともいう）、懲罰房とかSHU《シュー》（別名を独房、穴蔵と言う）なんて呼ばれる施設に入れられたりする。でも、公式のルール以外の質問への答えは、ほとんどこれだ。

「ねえハニー、刑務所では質問しないって知らないの？」

それ以外の全ての公式でないルールに関する疑問の答えは、観察、推測、あるいは、信用できるかもしれないと思われる人に対する、極めて注意深い質問でしか得られない。

その年の2月にA＆Oとして過ごすのは混乱したし、とても退屈だった。私は収容施設の中を歩き回った。連邦検査局だけではなく、天候にも悩まされていた。仕事もなく、お金もなく、持ち物もなく、電話という恩恵もなく、私はほとんど存在していない人間みたいだった。他の囚人がくれた切手と紙、それから本があり本当に良かった。ラリーと母に会えると思い、週末が待ちきれなかった。

金曜日、雪が降っていた。私の足を揺さぶって、不安そうな表情をしたアネットが私を起こした。

「パイパー！　雪の作業でA＆Oを呼んでるよ！　起きな！」

私は混乱しながら起き上がった。まだ辺りは暗かった。私、今どこにいるの？

「カーマン！　カーマン！　刑務官事務所に来い！」拡声装置ががなり立てた。アネットは目を丸くしていた。「早く行きな！　着替えるんだ！」

私は慌てて鉄板が入った靴を履き、刑務官事務所に向かった。頭はボサボサで、歯も磨いていなかった。勤務中の刑務官はレズビアンっぽい金髪女性だった。彼女はまるでベジタリアンのトライアスロン選手のようだった。私みたいにフレッシュな魚を食べた直後みたいな印象だった。

「カーマンか？」私は頷いた。

「A＆Oは30分前に呼び出した。雪かきだ。どこにいたんだ？」

「眠っていました」

彼女はまるで、春の日の雨の後、歩道でくねくねうごめく虫けらのように私を見た。「へえ、眠ってたんだって？　コートとシャベルを持って来な」

え、朝ごはんは？　私は保温下着を身に着け、すごく醜い、チャックが壊れたスタジアムコートを着込んで、道を雪かきしている仲間たちに加わろうと、打ちつけるように冷たい風の中を歩いた。その時すでに日は昇っていて、辺りは薄明かりに覆われていた。シャベルは全員に行き渡っておらず、私が使っていたものは壊れていたけれど、仕事が終わるまで、誰も建物の中に戻ることはできなかった。融雪剤散布機の方がシャベルよりも多かった。

A&Oの中に、英語をほとんど話すことができない、背の低い70代のドミニカ人女性がいた。私たちは彼女にマフラーを渡して厚着させ、彼女に風が当たらないように出入り口に移動させた。彼女は怖がって中に入ることができなかったけれど、厳しい寒さの中で私たちと一緒に屋外にいることなど、絶対に無理な状況だった。彼女は、親戚の男がやっていた麻薬取引に関する留守電を受けた「通信罪」で4年の刑を受けているのだと、風越しに私に教えてくれた女性がいた。それで連邦刑事が立てた手柄は、どんなものだったのだろうと思わずにはいられなかった。

私はこのひどい天候が原因で、ラリーがニューヨークから車で来ることができなくなるのではと心配になったのだけれど、それでもラリーがどうなるのか知る手立てはなく、面会が始まる午後3時より前に、何とか身なりを整えようと努力した。シャワーを浴びて、一番ましな制服を着て、老朽化したバスルームの蛍光灯の明かりに照らされた鏡の前に立った。そこには、見知らぬ女性が映っていた。飾り気のない、私の目には女性らしくない印象に思えた。アクセサリーを身に着けていないし、化粧もしていないし、飾りという飾りを身に着けていないのだ。私の名前じゃない名前が、オレンジ色のシャツのポケットには記入されていた。ラリーが今の私を見たら、どう思うかな？

私は面会者が待機する大きなレクリエーション・ルームに向かった。外で待つためだった。面会室の壁には赤いライトが設置されていた。家族や友人が丘を登って、収容施設の中に入ってきたり、拡声装置から自分の名前が呼ばれるのを聞くと、囚人は部屋の二重ドアの横にある電源スイッチを入れる。ドアの向こう側にある赤いライトが点灯し、囚人が決まった場所にいて、面会人に会う準備ができていることを面会室にいる刑務官に知らせる。刑務官がその気になったら、席を立ち、ドアのところに行き、収容者の肩を叩いて面会室への入室を許可する。

面会室横の階段の踊り場で1時間ほど過ごした私は、退屈し、ナーバスになりながら、メインホールをうろついた。拡声装置から私の名前が呼ばれたのを聞いた私は（「カーマン、面会だ！」）、急いで踊り場に駆け戻った。明るい青いアイシャドウをした巻き毛の女性看守が踊り場で私を待っていた。両腕と両足を開かせ、私の手足、襟の下、スポーツブラの下、そして腰のゴムの辺りを指でなぞった。

「カーマン、初めての面会よね？　彼は部屋の中にいてあんたを待ってる。密着し過ぎないよう！」

彼女は面会室のドアを開けた。

面会のために、大部屋にはテーブルと折りたたみ椅子が置かれていた。私が部屋に入ると、テーブルは半分くらい人で埋まっていて、ラリーはそのうちのひとつに腰掛け、不安そうに、そして期待に胸を膨らませているように見えた。彼は私を見て、勢い良く立ち上がった。私はできるだけ早足に彼に向かって歩み寄り、彼を抱きしめた。彼が幸せそうに見えて本当にうれしかった。私は、再び私に戻ることができたような気がした。

面会者を抱きしめてキスする（舌はだめ！）ことは、面会の最初と最後には許可されている。看守によっては手を繋ぐことを許してくれるが、許さない看守もいる。アンラッキーな日とか、週とか、人生に苦しんでいる場合だと、囚人たちは侘しいリノリウムの床の面会室で、それを感じ取ることになる。そして面会室では常にふたりの囚人が刑務官の助手として働いていて、看守と何時間も世間話をして閉じ込められている。

ラリーと私はテーブルに席を取った。彼はただ私を見つめ続け、笑顔を見せていた。私は急に恥ずかしくなって、彼は私が変わったと考えているだろうかと思いを巡らせていた。私たちは会話をし始め、ありとあらゆることについて一度に話そうと努力した。刑務所のロビーから彼が去った後、何が起きたかを話し、彼は私にロビーを離れた時の辛さを話してくれた。彼は私の両親と話をしたことを教えてくれ、ふたりが何とか耐えてくれていること、明日、母が訪ねて来ると話してくれた。私の様子を聞きたいと電話連絡してきてくれたすべての人の名前を記入したリストを作り、また、私の面会者として登録したいと言ってきてくれた人のリストも作ってくれていた。私は彼に、私の面会リストに登録できる人数は最高で25人だということを説明した。友人のティムがサイトを作ってくれ（www.thepipebomb.com）、ラリーはそこに関連情報のすべてを書き込んだ（FAQ〈よくある質問〉も含む）。

私たちは何時間も話をした（金曜の面会時間は午後3時から8時まで）。ラリーは刑務所に関することだったら細かいことでも、とにかく何でも興味があるようだった。ふたりでテーブルに座っていると、私はそれまでの3日間の、私のすべての瞬間や行動を支配してきた緊張感や警戒心から解き放たれて、リラックスすることができ、自分がどこにいるか忘れそうになった。彼とそこに座っていると、自分が心から愛されていることを感じとることができたし、いつか必ずこの最悪の場所を離れることができると、より強い自信を持つことができた。私はラリーに何度も何度も、私は大丈夫だと念を押した。私は彼に周りを見回してみてと言ってみた。他の囚人たち、そんなにひどい状態に見える?彼にはそう見えなかったようだ。

午後7時45分になって、ラリーも他の面会希望者たちも、その場を去る時間になった。胸がいっぱいになった。私はテーブルの近くに漂う、ラリーと私の愛を残して、そこから離れなくてはならなかった。また1週間、彼に会うことはできない。

「手紙は受け取ってくれた?」と、ラリーが聞いた。

「ううん、まだ、まだ手紙は届いてないよ。ここって何もかもが刑務所時間なの……まるでスローモーションだね」

別れは辛かった。でもそれは私たちだけではなかった。小さな子どもが母と別れるのを嫌がり、父親が何とかスノースーツを着せようとしたが、泣き叫んでいた。面会者も囚人たちも、ゆっくり歩きながら、どうにかしてさようならと言おうとしていた。許されていた最後のハグが終わると、愛する人たちの背中が夜の闇に消えて行くのをじっと見つめた。何度も経験したことがある囚人たちは、すでに靴の紐を緩めて身体検査の準備を終わらせていた。

私がこの先何百回も経験することになるこの儀式は、決して変わることはなかった。靴と靴下、シャツ、パンツ、Tシャツを脱ぐ。スポーツブラをめくり上げて両胸を見せる。足の裏を見せる。そして女性看守に対して背中を向けて立ち、パンツを脱ぎ、スクワットをして見せるのだ。そして最後に、咳をするよう指示される。そうすると理論上は、体内に隠されているかもしれない持ち込み禁止品が床に落ちるとされているのだ。私はいつも、全裸になるしか選択肢のない女性と、きびきびとビジネスライクに命令を下す看守の間にやりとりめいたものを感じていたが、中には裸での所持品検査をあまりにも屈辱的と捉えて、面会を控える人たちもいた。私は家族の面会がなければ到底耐え抜くことができなかったから、歯を食いしばりながら大急ぎで検査を受けた。これは刑務所のシステムからのしっぺ返しみたいなものだ。外界とコンタクトを取りたいだって？　だったら毎回裸になりな。

服を再び着ると、私はメインホールに歩いて戻った。ふわふわとした気持ちで、ラリーが言ってくれた言葉の1つひとつを思い出していた。誰かが「よお、カーマン、郵便物の配布があるって、あんたの名前が呼ばれたよ！」と教えてくれた。私はまっすぐ刑務官事務所に向かった。刑務官が私にとても素敵な16通の郵便物を手渡してくれた（そこにはラリーからの手紙もあった！）。そして6冊の本も届いていた。私を愛してくれている人がいるのだ。

翌日は、母が面会に来てくれる予定だった。私はこの72時間が彼女にとってどれだけ最悪なものだったか想像することしかできなかったし、レーザーワイヤーのフェンスに囲まれている私を見て彼女がどう思うのか心配だった——それは本能的な恐怖を呼び起こすものだからだ。所持品検査を受けている時に私の名前が拡声装置から聞こえて来て、私はまっすぐ立っていることができなかった。面会室までのドアを走って通り抜け、母の顔を探した。とうとう彼女の顔を見つけた時には、私たち以外のすべてが遠い背景に溶け込んで行ったかのように思えた。母は私を見つけると、ボロボロと泣き始めた。私の34年の人生の中で、あれだけ安堵した母の表情を見たことはなかった。

それからの2時間は、私が大丈夫だと母に伝えることで費やされた。誰も私をいじめたり、傷つけたりはしていない。私のルームメイトは私を助けてくれているし、看守にいじめられることもない。面会室にいる別の家族の存在は（多くは子連れだった）、辛いのは私たちだけではないと私に思い出させてくれた。実際のところ、何百万人のアメリカ人家族が刑務所のシステムに耐えようと努力しているのだ。母は別のテーブルで幼い子どもが両親と遊ぶ姿を見て言葉を失っていた。彼女の表情に浮かぶ深い悲しみが、私が抱いていた不満や自己憐憫をかき消した。彼女は勇敢にふるまってはいたけれど、私にはわかっていた。車に戻る間ずっと、母が泣くであろうことを。

刑務所の面会室で私が過ごすことになる時間は、私の人生にとって最高の安らぎだった。あっという間に時は過ぎて行った。収容施設で唯一時間が早く流れるのがこの時だ。面会室の反対側にある、人間のごった煮のような状態は完全に忘れ去ることができたし、面会が終わった後も、その気持ちを何時間も保ち続けることができた。

しかし、何人もの看守、見知らぬ人々、頑丈な管理システムに囲まれた、オレンジ色の制服姿の私を見て、私の経験している物事をほんの少しでも感じ取ることは、家族にとっては残酷で恐ろしいことなのだと私にはわかっていた。彼らをこの世界に晒さなければならなくなったことについて、本当に申し訳なく感じていた。母とラリーに対して、乗り越えてみせる、私は大丈夫だからと、毎週約束し続けた。裁判官の前に立った時に感じた罪の重さと不名誉は、家族が心配する姿を見た時の方が強かった。そして、裁判所で裁判官の前に立つという経験は、それまでにない酷いものだったのだ。

収容施設には、混乱した行いと、凪のような平穏という、全く別のリズムがあった。それはまるで高校と救急医療室のリズムのちがいのようでもあった。所内の活動が始まると、様々な言語を話す女性たちが一斉に行き交い、集団になって動き、われ先にと急いだり、だらだら歩いたり、順番を待って大きな騒音の中でしゃべり続けた。様々な地域の訛りと感情が、言語の渦に混ざり込んでいった。

施設内が動きを止め、静かになる時……それは、眠気が出てくる午後の数時間で、収容者のほとんどが割り当てられた作業や雑役を終え、洗濯の割り当てを急いで終わらせ、昼寝をするか、編み物をするか、カードゲームをする時間だ。夜は午後10時になると消灯となり、ホールは静寂に包まれる。規則を破って誰かがテレビを見ている談話室から漏れる明かりを頼りに、ムームーを着た幽霊みたいな女たちが、トイレに行ったり、ポストに行ったりするのだ。

この一連の行動パターン――食事、郵便物の配布、仕事の開始合図、薬の列、売店の開く日、電話の時間――が必要な理由は、私にとってはどうでもいいことだった。それでも私は毎日学び続け、情報を増やし、私の居場所がどこにあるのかを模索した。

手紙と素晴らしい書籍、本当にたくさんの良書が外の世界から流れ込み始めた。郵便物の配布では、ほとんど毎日、例のゲイ・ポルノの男優が「カーマン！」と私の名前を叫び、半分ムカつき、半分途方に暮れながら、プラスチックの箱に入った山ほどの書籍をブーツで蹴って見せるのだ。収容施設全体が、私がその郵便物の受け取りを観察し、「慣れてきたみたいだねえ？」と嫌みを言った。

一方、外の世界の人たちが私を応援してくれるのを目撃し、驚いてもいた。山のように送られて来る書籍は私が他とはちがう怪物だという証になった。「本だったらあの女だよ」アネットと他の女性たちは、新しい本が山ほど届くと喜んで、私の図書館から自由に借りて行った（許可あり）。

ジェーン・オースティン、ヴァージニア・ウルフ、そして**『不思議の国のアリス』**は時間つぶしに役立ち、私の考え事に付き合ってくれたけれど、実際の生活では私はとても孤独だった。私は用心深く友だちを作ろうとしていたけれど、刑務所のその他すべての物事と同じように、それはとてもトリッキーだった。新入りの私みたいな女がまちがえて踏んでしまうような罠が、そこら中にあったのだ。それはつまり、食堂だ。

食堂はまるで高校のカフェテリアのようだった。高校のカフェテリアにいい思い出がある人っている？　リノリウムの巨大な部屋に、4つの回転椅子が付いたテーブルが所狭しと並べられていて、部屋の二面には駐車場や障害者用の傾斜路と、誰も使っていない侘しいバスケットボールのゴールのある収容施設の裏口を見渡すことができる窓が並んでいた。午前6時半の朝食は静かなひと時だった。瞑想的で平和な朝の儀式を楽しむ、一部の、多くは年寄りの囚人が参加していた。

朝食で待たされることは決してなかった——トレイとプラスチックのカトラリーをつかんで、他の囚人によって食べものが盛りつけられるキッチンラインに並ぶだけだ。無表情な人もいれば、おしゃべり好きもいる。冷たいシリアルかオートミール、あるいはラッキーな日はゆで卵があった。全員にりんごやバナナ、それから岩みたいに固い桃といった果物の切れ端が割り当てられる。大きなバットに入った水っぽいコーヒーが、水や、時には薄いスポーツドリンクで満たされた冷たいドリンク用ディスペンサーの横に置かれていた。

私は朝食に行くことが日課になっていた。静かにひとりで座り、まずいコーヒーは飲まずに他の囚人が行き交う様を観察し、東側の窓から朝日が昇ってくるのを眺めた。

ランチとディナーは全くちがう雰囲気だった。窓の下の壁に食事を待つ女たちの列が伸び、時にはドアの外まで続いた。その上、とんでもなく騒がしい。私はこの食事がとても苦痛で、トレイを持って恐る恐る前に進み、誰も座っていない椅子の近くに知り合いがいないか室内に素早く目を走らせた。完全に空いたテーブルがあれば尚良かった。知らない誰かとテーブルに座るのは危険な判断だった。睨み付けられるか、完全なる静寂に迎えられるか、「この席は先約済みだよ」と言われるだけだ。それでも、おしゃべりだとか知りたがりの囚人に会うこともある。私がちょっとでも冒険をすると、食後、アネットに腕を引っつかまれて「パイパー、あいつはヤバイよ。そのうち売店でおねだりされるに決まってる」と言われるのだ。

アネットには自然に備わった母性本能があり、そのアネットの本能を頼りに私は、例えば点呼を記憶しておくとか、PACナンバーとか、何曜日に洗濯室に衣服を持って行けば洗ってもらえるといった刑務所の規則を学ぶことができた。しかし彼女は、ミドルクラスとか白人以外の囚人のほとんどに対して警戒心を持っていた。後でわかったことだけれど、アネットは以前、若い囚人に騙されたことがあったらしい。その娘は年上の囚人の同情を巧みに利用して、売店でたくさんの品物を購入させていたのだ。新米の囚人を騙すことで悪名高かったらしく、アネットは傷ついて、警戒心が強くなってしまったのだ。アネットは、下手な私を渋々受け入れてくれた他のイタリア人仲間たちとの、延々と続くラミーのゲームに私を引き入れた。いくつか向こうのテーブルでは黒人女性たちがやかましくスペードをプレイしていた。イタリア人は、黒人は全員いかさまをすると軽蔑していた。

アネットが、イタリア人仲間のニーナを私に紹介してくれた。ニーナは私と年が同じで、数部屋向こうで生活していた。彼女も私を守ってくれたひとりだ。ニーナは1ヵ月のSHUから戻って来たばかりで(彼女は雪かきを拒否した)、棟に戻される日を待っていたのだ。アネットは他の囚人のほとんどを怖がっていたように思えたアネット同様警戒心は強いけれど、ブルックリン出身で世慣れたニーナはそうではなかった。

「アイツらみんなどうかしてるよ――一緒にいると気分が悪くなる」彼女はタフな人生を歩んできたらしく、刑務所のことに詳しく、とても愉快で、私の未熟さに驚くほど寛大だった。私は子犬のように彼女についてまわった。他の囚人に騙されないための彼女のアドバイスは、しっかりと受け止めた。私はイカれた人間が誰なのかを見つけ出すことに必死になっていたのだ。

A&Oグループの中にも親しくなった女性がいた（それに彼女たちの名前は覚えることができた）。タトゥーを入れた同室のスパニッシュ系で、車に6キロの石油を乗せていたとして逮捕され（それの何が悪いのか、私には意味が全くわからなかった）、6ヵ月の懲役となった女性とか、ウェストバージニアの刑務所がダンブリーに比べてどれだけ良かったか延々と言い続けるボサボサの赤毛とか（「でもこっちには北部の子が多いんだよね、あ、言ってる意味わかる……？」）。

そして、ブルックリン出身の小柄なジャネットだ。ゆっくりではあるけれど、私に好意を持つようになってくれていた。それでも、私が彼女にフレンドリーに接するなんておかしなことだと思っていた様子だった。彼女はまだ20歳で、ドラッグを運んだとして休暇中に逮捕された大学生だ。連邦捜査局が彼女に会いにくるまで、カリブ海の刑務所で恐怖の1年間を過ごした。そして今、彼女は6ヵ月の刑期をここで過ごしている。20歳という年齢の（年の）半分以上を刑務所の中で過ごすのだ。

ある日、もうひとりのジャネットがランチに加わってきた。50代の、長身で美しく、目立つ人だった。私はそれまで彼女をずっと観察していて、一体彼女に何があったのだろうと考え続けていたのだ。彼女は私の叔母を私に思い出させるような人だった。ジャネットは私に似ていた。ミドルクラスの薬物犯罪者だ。彼女はマリファナの罪で2年間の服役をしていた。

話してみると、とてもフレンドリーだけど押しつけがましいところがなく、周囲の人間との距離感を明確に尊重する人だった。私は彼女が旅人であること、昔ながらの自然保護活動家で平和運動家タイプの知識人で、ヨガのエキスパートで、敬虔な仏教徒で、辛口のユーモアのセンスがあり、仲間の囚人たちとの交流に対しては驚くほど積極的な考えを持っていることを知った。

施設の食事には禅の心構えが必要だ。ひどく混雑したホールのランチは温かい時もあれば、そうでない時もあり、最も人気があったのがマクドナルド式のハンバーガーで、滅多にないけれども一番人気だったのはフライドチキン・サンドイッチだった。とにかく囚人たちは、どんなメニューであれ、チキンが出ると大喜びだった。頻繁に出されたのはソーセージと、ゴムみたいにブヨブヨのオレンジ色のチーズがパンに乗せられた代物と、安っぽくて脂っこい、でんぷんのような米、じゃがいも、そして吐き気がするほどまずい冷凍ピザだった。

デザートの種類は豊富で、とってもおいしい手作りのクッキーやケーキが出される時もあれば、ゼリーが出る時もあり、ボウルに入ったプリンもあったけれど、これについては食べないように言われていた。「あれは〝砂漠の嵐作戦〟って印字された缶詰めのプリンでね。表面に苔が生えてたら、スプーンでさっとすくって、残りを出すんだよ」

ベジタリアンの囚人数人に対しては、粉末の野菜プロテインが出された。〝TVP〟とは大豆から作る植物性タンパク質の粉を水で戻した気持ちの悪い代物で、キッチンで働く誰かが空しい努力を重ねて何とか食べられるようにしている。いつ見ても毛虫みたいだった。たまねぎの切れ端を入れた時には、飲み込むことができる。かわいそうなヨガジャネットはベジタリアンで、生きていくために最低限の食事を仕方なく取ることが多かった。

ランチとディナーにはサラダバーが付いていて、アイスバーグ・レタスやスライスしたきゅうり、生のカリフラワーを食べることができた。ヨガ・ジャネットのような特定の女性たちだけが、サラダバーの常連だった。私はおずおずと、繊維質シスターたちに挨拶した。他のベジタリアンがサラダバーに来る時もあった。ブロッコリー、缶詰めのもやし、セロリ、にんじん、そして滅多にないことだけれど生のほうれんそうが出た時だ。こういった野菜は、あっという間に取られ、食堂から持ち去られる。囚人たちが料理をするためだ。野菜は棟近くにある2台の電子レンジで調理される。囚人に与えられる食事は、食堂にあるもの、そして売店で購入できるものだけだった。

食堂にいつもいたのは、イタリア人のニーナの元ルームメイトのポップで、人目を引く50代のロシア人ギャングスタ（ギャングの一員）の妻だった。彼女はキッチンを完全に支配していた。ある晩、ディナーの終了時間近くにニーナと座っていたら、胸元に白い糸でポップと刺繍されたワインレッドのキッチンスモックを来たポップがそこに加わってきた。全く何も知らない私は、食事について文句を言い始めた。その時点では、自分の割り当てられた作業に誇りを持っている囚人などいるわけがないと思っていたのだ。しかしポップはちがっていた。私がハンガーストライキをするとジョークを言い、それが決定打だった。

ポップは私を猛獣のように睨み付け、指さすと、こう言った。

「いいかいお嬢ちゃん。あんたが新米だってことは百も承知だ。何にも知らないってことはわかってる。ひとつ、教えてやるよ。ここでは『暴動の誘発』と呼ばれる物事がある。あんたが言ってるようなハンガーストライキってやつだ。そのクソ下らねえ行動が、暴動の誘発ってものなんだよ。そんなことやったら、とんでもないことになるさ。てめえはあっという間にSHUにぶち込まれる。あたしはどうってことないさ。でもあんたは奴らのことを知らない。もしやっかいな奴があんたのハンガーストライキなんて言葉を聞いたらオシマイさ。刑務官にチクられ、あんたをブチ込むために補佐官がすっ飛んでくる。あっという間の出来事に驚くことしかできねえ。あたしの言うことをよく聞け。口には気をつけるんだね」

彼女はそう言うと、その場を立ち去った。ニーナは静かに私を見て、「このバカ野郎」と言いたげだった。その日からというもの、私はポップからは遠ざかるようにして、配膳の列では彼女に見つからないように頭を低くして過ごした。

2月はブラック・ヒストリー月間で、誰かが食堂をマーチン・ルーサーキング・ジュニア、ジョージ・ワシントン・カーヴァー、そしてローザ・パークスなどのポスターで飾り付けた。私の後ろに並んでいたロンバルディという名の女性が「コロンブス記念日には何も飾らなかったくせに」とぶつぶつ文句を言った。彼女は本当にキング牧師を嫌いなの？　私は何も言わないことにした。

軽警備のダンブリー収容施設には、常に２００人ほどの受刑者が暮らしていて、時には２５０人といった悪夢のような収容人数に増えることもある。女性たちの半分がスパニッシュ系で（プエルトリコ人、ドミニカ人、コロンビア人）、約24パーセントが白人、24パーセントがアフリカ系アメリカ人とジャマイカ人、そしてその他の人種はまばらだった。インド人がひとり、中東人が数人、ネイティブ・アメリカンが数人、背の低い60代の中国人がひとりだった。もし刑務所の中に同じ人種の仲間がいなかったら、どんな気持ちだろうと私はいつも考えていた。これってまるで、ウェストサイド・ストーリーそのものだ——自分の立場をわきまえなさい、マリア！

人種差別は堂々と行われていた。3つのメインの棟には、居住場所を決めるカウンセラーによって決められた原則があった。A棟は「国外」として知られていて、B棟は「ゲットー」と呼ばれ、C棟は「スパニッシュ・ハーレム」だった。新入りがまず入れられるルームは、ごちゃ混ぜだった。ブトロスキーは居住場所の割り当てを武器のように巧みに使っていたので、彼の機嫌を損ねればずっとルームに入れられたままになる。収容施設で最も体調の悪い女性とか、初日に目撃したように妊娠している女性は二段ベッドの下を占領していた。上のベッドは新入りとか行動に問題のある囚人でいっぱいで、数が減ることはなかった。私がいた6号室は懲罰室というよりは医療室として使われていた。私はラッキーだったのだ。夜中、いびきをかいているポーランド人女性の上のベッドで私は、アネットの呼吸器の音を聞きながら、二段ベッドに眠る人影の向こうにある、ベッドと同じ高さの窓の外を眺めていた。月が出ている時は、もみの木のてっぺんと、遠い谷にある白い丘を見ることができた。

私はできるだけ長い間、東側にある巨大なコネチカット・ヴァレーを見つめ、寒い屋外に立って過ごした。収容施設はこのエリアで最も小高い丘のてっぺんに建てられていて、起伏のある丘や農場、何マイルも先にある谷の下流にある、巨大なすり鉢のような土地に散在する町を見渡すことができた。2月は毎朝日の出を見ることができた。私は醜い茶色のコートとチクチクする緑の帽子、マフラー、そして手袋をはめ、ジムと運動場の更衣室に続く凍てついた階段を降り、氷を踏みしめながらトレーニングに通った。常に、ありがたいことに、そこには私しか来なかった。私はそこで手紙を書き、本を読んだ。でも、時の流れはまるでモンスターのようだった。とても大きくて、怠け者で頑固なモンスターだ。一刻も早くそれを進めようとする私の努力など、興味もないようだった。

ほとんど話をしない日もあったし、目を開けていられない日もあったし、おしゃべりをやめられない日だってあった。私は怖かった。身体的な暴力を受ける恐怖よりも（私はその形跡を一切見たことがなかったけれど）、刑務所のルールを破ったとか、囚人のルールを破ったなど、自分がやってしまった過ちで公然と罵られることが怖かった。例えば、まちがったタイミングでまちがった場所にいたり、誰かの椅子に座ってしまったり、自分が求められていない場所に侵入したり、まちがった質問をすると、恐ろしい看守か恐ろしい囚人によって（時にスペイン語で）、呼び出され、怒鳴り散らされることになる。ニーナを質問で困らせるとか、A&Oの新入り仲間とメモの交換をしてルールを理論化したり、何が起きているのか確認する以外は、私は心を開かなかった。

でも私の仲間の囚人たちは、私の面倒を見てくれた。ローズマリーは毎日、ウォール・ストリート・ジャーナルを私に持ってきてくれ、私の様子を確かめてくれた。ヨガ・ジャネットは食事の時は私と一緒に座ってくれ、ヒマラヤ山脈やニューヨーク、そして政治の話をしてくれた。彼女は私の郵便物の配布でニュー・リパブリック誌が届いた時はとても驚いたようだった。「あなたきっと、ウィークリー・スタンダードも読むんじゃないの？」と、愛想を尽かしたように言った。

売店が開く日――ショッピングは、週に2回、夕方に行くことができる。収容施設の半分が月曜日に行き、残りは火曜日に行く――ニーナが6号室のドアの前に現れた。その時はまだ刑務所の口座にお金が入っていなかったので、貸し出されていた石けんで洗濯をしており、他の囚人が毎週ショッピングに行くことを心からうらやましく思っていた。「ねえパイパー、ルートビア（*24）フロート、欲しくない？」とニーナが言った。

「え、何のこと？」私はびっくりしたし、お腹が空いていた。夕食は気味の悪い、緑がかったローストビーフだったのだ。私は米ときゅうりのスライスしか食べていなかった。

「売店でアイスクリームを買うんだけどさ。それでルートビアフロートを作ることができるから」私はうれしい気持ちになり、直後にがっくりと肩を落とした。

「私、買い物できないんだよ、ニーナ。まだ口座にお金が入っていなくて」

「いいから黙んな。一緒に行こう」

売店では安いアイスクリームのパックを買うことができる――バニラ、チョコレート、あるいはストロベリー味だ。冷凍庫はないから、すぐに食べなければならない。囚人用の大きな製氷機があるだけなのだ。製氷機にアイスを入れるのを他の囚人に見られたら、悲惨なことになる！　不潔だと怒鳴られる。他の多くのルールと同じく、それは御法度なのだ。

ニーナはバニラアイスとルートビアを2缶買った。彼女がプラスチックのコーヒーマグの中にルートビア・フロートを作る姿を見て、喉がごくりと鳴った。彼女はマグをひとつ私に手渡し、私はそれを少し飲み、口にクリームのヒゲを作った。刑務所に着てから味わったものの中で、最高の味だった。

涙がにじむのがわかった。私はとても幸せだったのだ。
「ありがとう、ニーナ。本当にありがとう」

郵便物の配布では、その後も私は多くの手紙を受け取り続け、私はその一通一通を大切に読んだ。私の親しい友人から送られて来たものもあれば、家族からの手紙もあった。中には一度も会ったことがない人からの手紙も届いていた。友人の友人が、私の身の上話を聞き、紙とペンを用意し、見知らぬ私に慰めの言葉を送ってくれた。ラリーが言うには、私たちの友人のひとりが、自分の友人に私の話をし、その友人の父親が、私のアマゾンのウィッシュリストにある本をすべて読むことを決めたのだそうだ。あっという間にたくさんの物品を受け取った。かつての同僚からは素敵な絵はがき、そして美しい便せんに書かれたアリンからの手紙は、飾り気のない灰色の施設では宝物になった。7ページにプリントアウトされたスティーブン・ライトのジョーク、コーヒーについての小冊子、友人のピーターによる手描きのイラスト、それからたくさんの猫の写真も。これらすべてが私の財産で、私が唯一持っている価値のあるものだった。私の叔父のウィンスロップ・アレン3世がこう書いてくれた。

パイパー
君のウェブサイトを見たよ。友人と知り合いの何人かに勧めてみたから、知らない人から古

本がたくさん届いても驚かないように。

『日本語のスラング（＊25）』（未邦訳）を同封する。いつ何時必要になるかわからない。ジョー・オートンについては説明の必要はないだろうが、とにかく、本の最初に彼の名前もある。パーキンソンは『パーキンソンの法則：進歩の追究』を作った老いぼれで愉快な男だったが、内容は忘れてしまったな。いや、思い出したぞ、あの本は使える時間を埋めるために、拡大していく課題について書かれたものだった。グループセラピー、安全なセックスのためのレクチャー、そして12ステップのプログラム（＊26）が終わったら、仮説を検証できるかもしれない。

それから『君主論』（＊27）は、マキアヴェリの中でも私のお気に入りだ。君と私のように、彼は永遠の嫌われもの。

『重力の虹』（＊28）は私の文学仲間全員が、この本を『火山の下』以来の傑作だと言う。私は両方とも最後まで読めなかった。

ポスターを何枚か同封した。これで、マーサがちゃらちゃらした飾りを持って現れる前に、その穴蔵の飾り付けができるだろう。

それでは　ウィンスロップ　最低の叔父より

私はジョー・ローヤという名の男性から手紙を受け取るようになった。彼はライターでサンフランシスコにいた頃の友人の友人だった。ジョーは銀行強盗の罪で連邦刑務所で7年服役したことがあるため、私の状況はよくわかっていたようで、彼に対して手紙を書いて欲しいと記してあった。彼は書くという行為が、独居房での2年間の暮らしから彼を救ったと私に教えてくれたのだ。私は彼の親しげな手紙の内容に驚いたものの、同時に感激し、私が今現在身を置いているこの非現実的な世界について知っている人が、壁の向こうにも確かにいるのだと知ることができて勇気付けられた。

私よりも手紙を受け取っていたのは、尼だった。収容施設に来た最初の日、誰かが親切にも収容施設の中に尼がいると教えてくれた。私はといえば、まだショックで呆然としていたから、漠然と、囚人たちに囲まれて過ごすことを選んだ尼なのではないかと思っていた。私はある意味正しかった。

シスター・アーデス・プラットは政治犯で、平和活動家の囚人であり、収容されている何人かの尼の中のひとりだった。彼女たちは、コロラドにあるミニットマンIIミサイル格納庫に侵入し、非暴力的抗議運動をしたとして長期の懲役刑を言い渡されていた。すべての囚人たちが、69歳の、タフで、可愛くて、妖精みたいで、キラキラして、愛らしい姿のシスターに敬意を払っていた（彼女は有名な存在だった）。シスターがヨガ・ジャネットの二段ベッド仲間なのは、本当にぴったりなことだった——彼女は毎晩ジャネットに、やわらかでしわのあるおでこにキスをして、抱きしめてもらい、毛布をかけてもらうのが好きだった。イタリア系アメリカ人の囚人たちは、シスターの苦境について、最も怒り心頭だった。「連邦捜査局の野郎どもは、尼さんをぶち込むなんて正気かよ？」と言い、つばを吐き、憤慨していた。シスターは大量の郵便物を、世界中の平和主義者たちから受け取っていた。

ある日、私は親友のクリステンから手紙を受け取った。彼女とは、スミス大学に入学して最初の週に出会った。封筒には短いノートが入っていて、それは、機内で新聞の切り抜きに書き込まれたものだった。2月8日、日曜版ニューヨーク・タイムズに掲載された、写真家ビル・カニンガムの「オン・ザ・ストリート」というファッション・コラムの切り抜きだった。様々な年齢、人種、サイズ、体型の女性たちが明るいオレンジの衣装に身を包んだ写真がページの半分に掲載されている。「解き放たれたオランジーナ」とヘッドラインにあり、クリステンは青い付せんに「苦境にあるパイパーと団結するため、ニューヨーカーはオレンジを着ているわよ！　K」と書いてあった。

私は自分のロッカーのドアにその切り抜きを注意深く貼り付けた。親愛なる友人の手描きのメモとオレンジ色のコート、ハット、スカーフ、ベビーカーまでオレンジの女性たちの笑顔が、ドアを開けるたびに私を励ましてくれた。どうやら、オレンジは外の世界でも流行りらしい。

＊18　メフィストフェレス　16世紀ドイツのファウスト伝説や、それを素材とした文学作品に出て来る悪魔のこと。道化師のような衣装をまとった異形の怪人。

＊19　マノロ（・ブラニク）　イギリスの高級な靴のブランド。同名のデザイナー、マノロ・ブラニク（スペインのカナリア諸島出身。1973年に靴の店舗を立ち上げた）によって1972年に設立された。エレガントなデザインと抜群の履きやすさで定評があり、ダイアナ妃やマドンナといっ

た有名人が好んだことや、1990年代後半から放映された人気テレビドラマ『セックス・アンド・ザ・シティ』の登場人物が履いていたことから一躍有名になった。

＊20 マンブルス
映画『ディック・トレイシー』に出てくる、ダスティン・ホフマン演じるキャラクター。何を話しているのかよくわからないといった特徴がある。

＊21 ウェンディー・O・ウィリアムズ
1970年代後半から1980年代にかけて活動したアメリカ合衆国のハード・コア・パンク・バンド、プラズマスティックのヴォーカリスト。

＊22 ラチェッド婦長
1975年のアメリカ映画『カッコーの巣の上で』に出てくる看護婦で、抑圧的で残酷なキャラクター。

＊23 GED
(General Education Development：一般教育修了検定）アメリカ、またはカナダにおける試験。5教科の試験に合格することで、後記中等教育課程（高校など）を修了した者と同等以上の学力を有することを証明できる。

＊24 ルートビア
アルコールを含んでいない炭酸飲料の一種。バニラや桜などの樹皮、リコリスの根などを原料としている。

＊25 『日本語のスラング』
ピーター・コンスタンティンによる日本語の俗語に関しての本。原題は、『Japanese Street Slang: Completely Revised and Updated』。日本語版は出ていない。

＊26 12ステップのプログラム
嗜癖、強迫性障害、アルコール依存などの問題行動から回復するためのガイドライン方針のリストのこと。

＊27 『君主論』
1532年に刊行された、イタリアのルネッサン期の政治思想家、ニッコロ・マキアヴリによる政治学の本。原題は『Il Principe』。

＊28 『重力の虹』
1973年に出版された、トマス・ピンチョンによる長編小説。

Chapter 5

Down the Rabbit Hole

うさぎの穴を真っ逆さま

２週間を過ぎると、週２回の検査のための掃除が上手くなってきた。この掃除では絶対にヘマをしてはいけないという周囲からのプレッシャーがある。検査をパスした人たちが先に食べ、そしてとても清潔に掃除できた「名誉キューブ」は、何があってもとにかく一番偉い。掃除に生理用ナプキンを使う人が多いのは驚きだった。生理用ナプキンは私たちにとって最も大切な掃除道具だったのだ。

６号室では、誰が掃除をして、誰がサボったのかで緊張感が増していた。70代でがん闘病中のミス・ラズには、誰も掃除を期待していなかった。二段ベッドの上に寝ているプエルトリコ出身の女性は一切英語を話すことはできなかったけれど、私とアネットが埃を払って拭き掃除をするのを静かに手伝ってくれた。私が寝ている二段ベッドの下を占領していた頑固なポーランド人は、掃除することを拒否し、それがアネットの怒りを買っていた。タトゥーが入ったＡ＆Ｏ仲間は、適当に手伝っていた。それも彼女が妊娠していると気づく前までで、妊娠が明らかになると、彼女はあっという間に別部屋の、下のベッドに移動させられた。連邦警務局（ＢＯＰ）は裁判沙汰が嫌いなのだ。

６号室に来た新入りは、大柄なスパニッシュ系だった。スミス大学で学んだように、最初は偏見のない「ラティーナ」という言葉を使っていたが、肌の色に関わらず周囲の誰もが、私がどうかしているかのように見るのだ。結局、「あたしたちは自分をスパニッシュと呼ぶ。セクシー・スパニッシュだ」とドミニカ人女性にきつい口調で言われることになった。

この新入りのセクシー・スパニッシュは二段ベッドの上の、カバーをしていないマットレスに心ここにあらずといった様子で座っていた。さて、ここは私の出番だ。刑務所のコツを教えなくちゃね。

「名前は？」

「マリア・カーボン」

「生まれは？」

「ローウェル」

「マサチューセッツの？　私もマサチューセッツよ、育ったのはボストン。長さは？」彼女はぽかんとして私を見た。

「刑期はどれぐらいなの？」

「知らない」

それを聞いて私はたじろいだ。自分の刑期を知らないなんてこと、あり得る？　それが彼女の言葉の問題だとは思えなかった。彼女の英語に訛りはなかった。私は心配になった。彼女がショック状態のように見えたからだ。「ねえマリア。大丈夫だよ。助けてあげる。書類を記入したら、必要な物はすぐに準備してもらえるから。カウンセラーは誰なの？」マリアは力なく私を見るだけだった。どうにかしてマリアを助けてくれるセクシー・スパニッシュを探し出し、新入りの世話を頼むことができた。

ある晩のことだ。拡声装置が「カーマン！」と大きな音を出した。私はブトロスキーの事務所に急いだ。「B棟に移動！」と彼は怒鳴った「キューブ18！　ミス・マルコムが二段ベッド仲間だ！」

私はそれまで、一度も棟に足を踏み入れたことはなかった（A&Oにとっては〝立ち入り禁止〟の場所だったから）。私の想像上の棟は、熟練の犯罪者がひしめき合う薄暗い洞窟のような場所だった。私の刑務所エキスパートで、ポップと一緒にA棟に戻る日を未だに待ち続けているニーナが、「あんた、奴のお気に入りだよ」と言った。「ルームメイトがミス・マルコムだからね。彼女は長老さ。それに、B棟に入れば、アンタはずっと名誉キューブ連中の仲間でいられる」

私にはそのミス・マルコムが誰かはわからなかったけれど、刑務所内で「ミス」と呼ばれているということは、年長者であるか、とても尊敬されているか、どちらかだ。

私はわずかな荷物をまとめて、制服が詰め込まれたランドリーバッグと枕を握りしめながら、とても不安な気持ちで階段を降り、B棟、別名「ゲットー」に向かった。山ほどある本は、再び部屋に戻って運び出さなければならなかった。棟はとても広く、半地下式で、ベージュ色の狭いキューブが迷路のように入り組んで設置されていた。各キューブには囚人がふたり、二段ベッドが1台、金属製のロッカーがひとつ、それからはしごが置かれていた。キューブ18はバスルームの横の部屋のようで、細長い窓のついた壁に面していた。ミス・マルコムはキューブの中で私を待っていてくれた。肌の色が濃い、小柄な中年女性で、カリブ訛りが強い人だった。彼女はそっけない人だった。「それはあんたのロッカー」と空のロッカーを指した。「これがあんたのフック。あっちはあたしの。それがルール」彼女の衣類はチェックの調理用パンツと赤紫色のスモックとともに、きちんとフックにかけられていた。「あんたがゲイだろうと何だろうと知ったこっちゃないけど、二段ベッドで馬鹿なことはしたくない。あたしは日曜の夜に掃除をする。あんたも手伝うんだね」

「もちろんよ、ミス・マルコム」と私は納得して言った。

「ナタリーって呼んでいい。あんたのベッドはあたしが整える」

突然、キューブの壁の向こうからブロンドの頭が飛び出した。

「こんにちは、新入りさん！」それは食堂で皿洗いをしていた、背の高いベビーフェイスの白人女性だった。「ミス・ナタリー、お元気？」

「ハロー、コーリーン」ナタリーの声の調子はお茶目で女性らしい人への寛容さを表していたけれど、その寛容さもコントロールされたものだった。フレンドリーではないとか、嫌みだという意味ではなく、少しだけ厳しめなのだ。

「ご近所さん、お名前は？」

私が自己紹介をすると、彼女は二段ベッドの上段で体を起こし、ミス・マルコムと私がシェアしているキューブの入り口付近に飛び降りた。私のクールで奇妙な名前や刑期、出身地について質問攻めにあい、私はすべてに答えようと努力した。コーリーンは、収容施設のアーティストで、花、おとぎ話の王女様、それから美しいレタリングが専門だと言った。「ああ、そうだったわ、お隣さん。あなたのネームタグを作ってあげなくちゃ！　スペリングを教えて」

コーリーンは、キラキラと飾り付けた女性らしい手描き文字で描かれたキューブ別のネームタグをB棟の新人全員のために作っていた。丘を下りた場所にある連邦矯正局にいた人間は別。ナタリーのように、黒いプラスチックに白文字の公式のネームタグを持っているから。

ルームメイトのくじで、私は当たりを引き当てた。8年の刑期が終わりに近づきつつあるナタリーは、静かな威厳を称えた、素晴らしい助言者だった。彼女の訛りの強さのために、話の内容を注意深く聞き取る必要はあったけれど、彼女が言うことに無駄なことはひとつもなかった。彼女はキッチンでベイキング担当のトップを務めていた。朝の4時に起きてシフトを開始して、選ばれた数人の友人とだけ付き合っていた。それは西インド諸島出身の女性ひとりと、キッチンの同僚だけ。静かに読書を楽しみ、運動場を歩き、手紙を書き、夜は8時になると就寝するような人。私と彼女は刑務所の外の人生についてほとんど何も話さなかったけれど、ダンブリーの生活で私が聞きたかった質問には、それがどんなものでも彼女は答えることができた。なぜ彼女が刑務所にたどり着いたかについて、彼女はひと言も口にしなかったし、私も聞かなかった。

ナタリーが午後8時に就寝できることは、私にとっては完全なるミステリーだった。だって、B棟は本当にやかましいのだ。B棟の初日、私は二段ベッドの上段でまるでネズミのように息を殺して静かにしていた。大きな部屋に詰め込まれた大勢の女性たちのわめき声や大声を理解しようと努力していたのだ。眠ることができないのではないか、あまりに耳障りな大音響に頭がおかしくなってしまうのではないかと心配だった。それなのに、メインライトが消灯すると、騒ぎはあっという間に収まって、そこに暮らす47人の寝息を子守歌に、私は眠ることができた。

翌朝、日の出前だというのに、私は目を覚ました。フラフラして、混乱しながら、私はベッドから起き上がった。部屋はまだ真っ暗で、そこにいる人たちのまどろみがすべてを包み込んでいた。何かがおかしかった。誰かの声が聞こえてきた。叫んでいるわけではないが、確かに怒っていた。私は下の方を見た。ナタリーはすでに仕事場に向かった後だ。ゆっくりと首を伸ばして、用心深くキューブからのぞき見た。

ふたつ向こうのキューブに、前の晩に大騒ぎしていたスパニッシュ系女性が見えた。彼女は腹を立てているようだった。彼女が何に怒っているのか、私には見当がつかなかった。突然彼女は屈み込むと、私の横のキューブの前に水たまりを残して大股で立ち去った。

私は両目をこすった。今私が見たものって、ホント？　1分くらいすると、黒人の女性がキューブから出てきた。

「リリ！　カブラレス！　**リリ・カブラレス！**　戻ってきて片づけな！　リリ‼」

こんな風に起こされたことに他の女性たちは腹を立て、大きな部屋のところどころから「静かにしろよ！」という声が出始めた。私は頭を引っ込めた。どちらの女性にも私がすべてを見たことを知られたくなかったのだ。静かな声で誰かが悪態をつくのが聞こえた。私は気をつけながら辺りの様子をうかがった。黒人の女性は大量のトイレットペーパーを使って、水たまりを掃除した。のぞき見ている私に気付き、恥ずかしそうな表情を浮かべていた。私は自分のベッドに急いで戻って天井を見つめ続けた。私はうさぎの穴に落ちてしまったのだ。

翌日はバレンタインデーで、私にとっては刑務所に入って初めての休日だった。ダンブリーに来た時、ここではレズビアンの行為がないようだという事実に驚いた。ルームは礼節の拠点である看守部屋にとても近かった。ハグもキスも、ありとあらゆる性的なアクティビティーが休憩室で繰り広げられることはなかったし、ジムを個人的な恋愛小屋にした、以前ここにいたという囚人の話を聞いたことはあったけれど、私が行った時はジムにはいつも誰もいなかった。

これを考慮に入れた時、バレンタインデーの朝、B棟の周辺で繰り広げられた感情の爆発には不意を突かれてしまった。手作りのカードとキャンディーの交換が行われ、それは私に5年生のクラスで目撃した秘密のやりとりを思い出させた。部屋の外に貼られた「私のものになって」というカードは明らかにプラトニックなものだった。でも、雑誌を注意深く切り抜いたり、ゴミ箱から集めた素材を使っててていねいに作られたバレンタインカードには、私に対する情熱が明らかに示されていた。

私は最初から、自分のサッフォー的（レズビアン的）過去を、囚人の誰にも言わないことを決めていた。もしひとりにでもそれを打ち明けたら、収容施設全員の知るところとなり、それがプラスになるとは思えない。そんな理由もあって、私は自分のダーリンでありフィアンセのラリーのことばかり話していたので、収容施設内で私が「そうじゃない」ことは知れ渡っていた。でもそれは、「そうである」人たちを過剰に怖れていたからというわけではなかった。率直に言えば、私の中では、その人たちの誰も「本物のレズビアン」に近づけてはいなかった。スコット刑務官の言葉を借りれば、彼女たちは「刑務所内限定のレズビアン」で、刑務所バージョンの「卒業までのレズビアン」だった。

あれだけ人の多い環境で、どうやったら誰かが誰かと親密な関係を持つことができるのか、想像するのは難しかったし、その上禁じられた関係である。現実的なレベルとして、収容施設のどこで誰にも見つからずにふたりきりになれるというんだろう？　私が目撃したロマンチックな関係は、そのほとんどが女子高生の恋愛のようなもので、1ヵ月とか2ヵ月以上交際を続けるカップルはまれだった。

安らぎが欲しい、気にかけて欲しいという孤独な女性と、ロマンスを求めている、本物の現在進行形のレズビアンを見分けるのは簡単だった。例えば刑期の長さがあまりにもちがうとか、別の棟に住んでいるような長年の恋人同士だとか、実際にはレズビアンでない誰かに熱を上げるようになるには、大きな障壁があった。

隣の部屋のコーリーンと彼女の二段ベッド仲間には、他の囚人たちからたくさんのバレンタインのプレゼントが届いた。私はひとつももらわなかったけれど、その晩の郵便物の配布は、私が多くの人から愛されていることを証明してくれた。一番うれしかったのはラリーから送られてきたパブロ・ネルーダの詩集『二〇の愛の詩と一つの絶望の歌』(＊29)だった。私は毎日詩を読もうと決めた。

おれたちは今日もまた

Chapter 5

Down the Rabbit Hole

おれたちは今日もまた　たそがれを見失なう
この地上に青い夜が降りてきても
おれたちは離ればなれだ

遠い丘のうえに燃える夕焼けが
窓から見える

かってはおれの手の中で
ひとかけらの太陽が　メダイユのように輝いていた

おまえのことを　思い出す
悲しさに　胸をしめつけられながら

おまえは　どこにいたのだろう？
どんな連中といっしょに　いたのだろう？
どんな言葉を　口にしていたのだろう？

悲しみに沈み　おまえが遠く感じられるというのに
どうして愛はやってくるのだろう？

たそがれ　いつも手にとる本も　手から落ちて
おれのポンチョは　傷ついた犬のように足もとに横たわっている

おまえは　夕ぐれの中を　絶えず遠ざかり
夜はたちまち　おまえの姿をかき消してしまう

2月17日、私はとうとう売店で買い物をすることができた。私が購入したのは以下のものだ。
XLサイズのスウェットパンツ　24ドル70セント（まちがって届いたもの。返品不可だった）
ココアバター　4ドル30セント
ツナのパック、オイルサーディン、サバの缶　各1ドルぐらい
インスタントラーメン　25セント
スクイーズチーズ　2ドル80セント
ハラペーニョピクルス　1ドル90セント

ホットソース　1ドル40セント
便箋、ペン、封筒、切手　プライスレス

私はどうしても42ドル90セントの小さなポータブルラジオが買いたかった。外で買えば7ドルぐらいの代物だ。連邦刑務所の基本給は1時間14セントで、そのラジオはざっと300時間以上の労働を示すものだ。週末の映画で音声を聞いたり、テレビで流れている番組の内容を聞いたり、ジムで使うために私にはそのラジオが必要だったのだけれど、売店を管理している職員がぶっきらぼうにラジオは売っていないと言った。残念だね、カーマン。

外からのお金に頼ることはできたので、私が刑務所に来たばかりの時に助けてくれた人たちに、それらを返すことはできた——石けん、歯磨き粉、シャンプー、シャワーシューズ、インスタントコーヒーのパック。返す必要なんてないと言う人たちもいた。「気にすんなって、カーマン」でも、私は譲らなかった。入所直後の数週間で、私にいろいろなものを貸してくれたアネットは「いいんだよ、そんなこと！」と言った。「あんたはあたしの娘みたいなもんなんだ！　ねえ、新しい本は受け取った？」

郵便物の配布では、途切れることなく本は届き続けた。あまりにも届き過ぎるので恥ずかしくなったし、心配にもなった。それは、外の世界で私がそれだけ「持っていた」こと、そして私を心配している、本を買うお金と時間を持つ人たちのネットワークがあるという明らかな証拠だったからだ。今のところ、怒鳴るとかひどい言葉を投げかける以上の脅迫をしてくる人間はいなかったし、私から何か奪おうとする囚人はいなかったが、私は騙されたり、利用されたり、あるいはターゲットにならないように慎重に行動した。最低限のものしか持てず、囚人として何とか生き延びている、外からの支援を受けられない女性を何人か見た。それに、私と一緒に暮らす囚人の多くはプロの詐欺師連中だ。

Ｂ棟に移動した直後のある日、見知らぬ女性が私のキューブに顔を出した。ミス・ナタリーはそこにおらず、私は本をロッカーに入れているところで、もう少しであふれそうだった。私は彼女に目を向けた――黒人、中年、ふつうの人、そして見知らぬ女性だった。私の警戒レベルが上昇した。

「こんにちは、新入りさん。ミス・ナタリーは？」

「えっと、キッチンだと思うけれど」

「あんたの名前は？　私はロシェール」

「パイパー。カーマンよ」

「どっちが名前？」

「パイパーって呼んでくれていいわ」彼女は私に何を求めているの？　私はキューブの中に閉じ込められたような気持ちになった。彼女が何かを嗅ぎ回っていることは確かだった。

「ああ、あんただね、本を持ってるっていうのは……たくさんあるらしいじゃん！」実際、私はその時両手に本を抱えていたし、ロッカーの上にも積み上げていた。彼女が何を求めているのかわからず、そして彼女に何をされるかわからず、私は恐怖を感じていた。

「本が読みたいの？」私は喜んで本を貸してはいたけれど、郵便物の配布で私の荷物をチェックしてくる数人にしか貸していなかった。

「そうね――何がある？」私は本を選び始めた。ジェーン・オースティン。ジョン・アダムスの自伝。ミドルセックス。重力の虹。彼女がこういった本を読めないとは考えたくはなかったけれど、彼女の本の好みなんて、どうやったらわかるっていうの？

「どんな本が好き？ これ、すごく、すごくいいわよ」私はゾラ・ニール・ハーストンの『彼らの目は神を見ていた』を手にして言った。ロシェールのために「黒人が出てくる本」を選ぶのは差別的に感じられたけれど、彼女が好きかもしれないし、読むかもしれないし、私をほっといてくれるかもしれない。少なくとも、しばらくの間は。

「いいね、いい感じだ。ありがとう、パイプ！」と彼女は言うと、私のキューブから姿を消した。

1週間ほどしてからロシェールは再び戻ってきた。本を返しにきたのだ。「いい感じだったんだけど、のめり込めなかったわ」と言い、「シスター・ソールジャの『コールデスト・ウィンター・エバー』って持ってる？」と聞いてきた。持ってなかった。すると彼女は、立ち去ったのだ。

ロシェールのことをどれだけ自分が怖れていたか考えて、自分が本当に嫌になった。私は今までの人生でずっと、中流階級の黒人と学校にも行ったし、一緒に住んだこともあったし、付き合ったこともあったし、一緒に働いたこともあったというのに、いざ、見ず知らずの私とはちがう黒人女性と対面しただけで私は恐怖を感じて、彼女が私から何かを盗むにちがいないと考えたのだ。実際のところ、ロシェールはとても温厚で、気のいい人で、教会と下らない小説を何より愛する人だった。私は自分を恥じて、二度と下劣な人間になりはしないと誓った。

私の人生に現れたこういった新しい人たちとの出会いの一方で、私はアネットと一緒に行動することを特に心がけた。B棟に移動した時、彼女は落ち込み、観念したようだった。

「もう二度とあんたには会えないんだね」

「アネット、そんなことあるわけないでしょ。すぐ近くにいるんだから」

「前も同じことがあったのさ……ドームに移動すると、私のことなんてそっちのけになるんだよ」

健康問題があったため、アネットはルームに捉われの身だった。だから、6号室に立ち寄って挨拶をしたり、レクリエーション・ルームでカードゲームをしたりするように心がけた。それでも、ラミー500には飽きてしまったし、いつも不機嫌な中年女性たちと時間を過ごすことに、以前のように気乗りしなくなってきた。スペードを習った方がいい。彼女たちの方がずっと楽しそうに見えたから。


ナタリーはB棟の全員から敬意を払われていたし、私は彼女に決して迷惑をかけるつもりはなかったから、彼女も私を受け入れてくれたようだった。控えめな態度と思慮深さにも関わらず、彼女はドライで陽気なユーモアのセンスがあって、B棟での日常に関する、鋭くて、でも一歩引いた見解を私に授けてくれた。「あんたは今、ゲットーにいるんだよ、相棒!」

彼女の親友のジンジャー・ソロモンは同じくドミニカ人。素晴らしい料理人で、ナタリーとはまるで陰と陽のような関係だった。ふざけるのが好きで興奮しやすく、やかましかった。ミス・ソロモンは見事な腕前の料理人で、私が信用でいる人間だとわかってからは、土曜の夜のスペシャルディナーをナタリーと一緒に私に作ってくれるようになった。通常はキッチンにある禁制品で作った、最高においしいカレーだった。特別な時には、ナタリーがまるで魔法のようにロティ(＊30)を作ってくれた。

カリキュラム外の刑務所クッキングは、ドームとドームの間にある共同キッチンに置かれた2台の共用電子レンジを使って行われていた。その使用は特別なことで、職員は（とても楽しそうに）その使用を取り消すと脅すのが常だった。特に、ホームシックになったスパニッシュ系と西インド人の女性が、驚きのレシピをその電子レンジで作り上げる。ジャンクフード、ポリ袋に入れられた鶏肉、サバとツナのパック、そしてキッチンからくすねて来た新鮮な野菜という、限られた材料しか与えられていないというのに、私は大いに感心した。

コーンチップは水でふやかしておいしい「チラキレス(＊31)」になり、これは私のお気に入りとなった。禁制品のたまねぎが特に貴重で、鼻の効く看守から守るため、常に監視の目を光らせていた。何ができ上がろうとも、それは愛と思いやりの味がした。

残念なことにミス・ソロモンが料理をするのは土曜日だけだった。ラッキーだったのは、刑務所ダイエットによって、1ヵ月で5キロほど痩せたことだった――だってレバーとライマメ、アイスバーグ・レタスが食べ放題だからね！　私が刑務所に来た日、私は34歳、もしかしたらそれよりも老けて見えた。出頭した月は、悲しみのあまり、ワインとニューヨークのおいしい食べものに溺れるようにして過ごしていたのだ。今となっては、私の大いなる安らぎは凍てついた運動場とジムでのウェイトリフティング。それは収容施設の中で唯一、自由と支配を自分で把握できる場所だった。

B棟で暮らす利点のひとつは、バスルームを2箇所から選べることだった。2箇所ともシャワー室が6つ、流し台が5つ、トイレが6つあり、それらが共通している設備だった。ナタリーと私は、地獄の入り口と呼んでいたバスルームの横の部屋で暮らしていた。タイルとフォーマイカの床はごちゃ混ぜのねずみ色で、シャワーカーテンのロッドは錆び付いていた。プラスチックのシャワーカーテンはビリビリに裂かれてリボンのようで、すべてのトイレのドアがロックできるわけではなかった。

しかし、C棟のバスルームは、このような地獄の入り口とは比べものにならないくらいにひどかった。その場所をさっと用を足したり、歯磨きをする以外に使い物にならないようにしていたのは、虫の蔓延だった。暖かい時期のシャワー近辺には黒くて小さなウジ虫が定期的に発生し、タイルの上を這い回った。何をやっても退治することはできなかったし、トイレの消耗品も在庫がなかった――清掃用品は少しずつしか配布されなかったのだ。そうしているうちに、ウジ虫は忌々しい小さなハエに成長する。ハエはそのバスルームが地獄への直行ルートに建設されたことの証となった。

私はB棟の反対側にある、Aドームに接続された場所のバスルームでシャワーを浴びた。汚いバスルームに比べればそこはまるでスパのようで、ベージュ色に塗り替えられたばかりだった。装備も新しく、電灯も明るかった。シャワーカーテンがみずぼらしかったが、それでもムードは悪くなかった。

シャワーは複雑な儀式だ。すべての衛生用品をバスルームに持ち込まねばならなかったからだ――

シャンプー、石けん、カミソリ、体を洗う布、その他自分に必要な物、すべて。これには偉大なるミニマリズムの思想や、シャワー用バッグが必要だった。持ち込みが禁止されている毛糸で編んだバッグに入れて持ち込む人もいたし、売店で買ったメッシュのナイロンバッグを持ち込む人もいた。ピンク色の大きな、本物のシャワーバッグを持っている人もいた。ずっと前に売店で売られていたものか、禁制品だということはわかっていたから、聞くつもりはなかった。

朝と夕方はシャワーの利用がピークになる時間で、徐々に熱いお湯の量が少なくなってくる。午後にシャワーを浴びたり、夕方早くにシャワーを浴びれば他の女性と競争する必要はなくなる。午後10時の消灯以降にシャワーに入ることは許されていない。中でセックスをしないようにするためだ。

「自分専用の」シャワーが空くのを待って、女性陣は長い列を作る。きれいなバスルームの中には、明らかに水の出が良いシャワーが1箇所ある。ポップみたいな大御所になると、そこに使い走りを送ってシャワーが空いているかどうかを確認させたり、小銭を払って順番の列に並ばせたりする。もし「誰かさん専用」のシャワーを使って、早朝にシャワーの儀式を行う連中の邪魔をすると、シャワーを終えて出てきた時に氷のような鋭い視線を浴びせられることになる。

一度シャワーを占領できたら、そこが正念場だ。ムームーを着たまま、慎ましやかにシャワーカーテンの向こうに消える人もいれば、みんなの前で大胆に服を脱ぎ去って、堂々とシャワーに出入りする人もいる。カーテンを開けて、みんなに見せつけるようにしてシャワーを浴びる人も何人かはいる。

最初、私もムームーのまま入っていたのだけれど、シャワーの水は、最初はいつもとても冷たくて、裸の肌に触れると寒くて声を上げてしまう。「どうしたんだよ、カーマン?」といつも誰かがジョークを言ったものだった。「パイパーは忙しいんだってば!」

『汚れた青春・非行少女クリス』でリンダ・ブレアがレイプされたシーンはこの収容施設では絶対に再現されないと確信した私は、シャワーに入る前に少なくともぬるま湯の状態になったことを確認してからムームーを脱ぎ捨て、飛び込むようになった。これで私には何人かのファンができて、特に近くに収容されているデリシャスは驚いた声で叫ぶのだ。

「パイパーちゃん! きれいなおっぱいしてるね! テレビに出てくるおっぱいみたいだよ! 元気いっぱいでピチピチ! いいね!」

「えーっと、ありがとう、デリシャス」デリシャスの発言に危険な意味合いは一切なかった。実際のところ、彼女が私に少しでも感心があるなんて、うれしかったのだ。

収容施設の掃除には厳しい決まりがあり、それには日曜の夜、全員が総力を挙げて行われるキューブの床の掃除も例外ではなかった。B棟の洗濯は週に1回なので(洗濯は囚人の仕事で、みんながおばあちゃんと呼んでいた年寄りの女性が担当していた)、その日の前の晩、ランドリーバッグに、履いた靴下と洗濯用石けんを詰め込む。ナタリーは朝の5時15分の洗濯場のオープンに合わせて私を起こしてくれるので、私は誰よりも早く汚れ物を洗濯機に入れることができる。そうしなければ、まだ薄暗い廊下に、半分寝た状態の女性陣が殺到して、ランドリーバッグを洗濯機に入れるための列の中のひとりになってしまうからだ。なぜそんなに急がなくちゃならないのかって? さあね。洗濯物を、夕方ではなく午後早い時間に戻してもらう必要があったかって？　いいえ。洗濯物ラッシュを避けるため、私は自分自身が意味のない刑務所の習わしに参加していることに気付いていた。だって刑務所はいつ何時でも、並んで待つことが必要だからだ。

ほとんどの女性たちにとって、これは特に目新しいことではないのだと私は気付いた。例えば公営住宅に住むとかメディケイド（＊32）とか、フードスタンプ（＊33）を利用するなど、政府と深く関わる人生を送っている場合、すでにとんでもない時間、列を作って待つことに時間を費やしているからだ。

商品保管所に行き、配布係の無表情な囚人から8パックの洗濯用石けんを受け取るという、毎月の巡礼をすでに2回経験していた。洗濯用石けんの配布は月に一度だけなのだ——平日の決められた日のランチタイムに、すべての「偶数の人たち」が保管所に行き、各自8パックを手に入れる。翌日は、「奇数の人たち」が取りに行く。商品保管所で働く囚人たちは選ばれし集団で、この仕事を真剣にやっていた。彼女たちは洗濯用石けんの日を、縄張りへの侵入の日と捉え、保管所の中で静かに座るか立つかして、他の囚人たちが刑務所から与えられるお恵みを列をなして受け取る様子を見ているのだ。

私は洗濯用石けんが無償で配布される意味が全く理解できなかった（週に1回手渡されるトイレットペーパーと、バスルームにストックされた生理用ナプキンとタンポンの配布以外で）。洗濯用石けんは売店でも販売されていて、タイド（洗剤）を購入し、配布される無償のものを何も持たない人にあげるという囚人もいた。体を洗う石けんを配布しないのは、なぜ？　歯磨き粉は？　刑務所の管理局内部の途方もなくいい加減なお役所仕事の中では、こういったことにもすべて意味があるのだろう。

私はナタリーのような長期受刑者について注意深く認識を深めていった。あなた、一体何をやったっていうの？　優雅で、威厳があって、正気を保ちながら、どうやって8年もの長い間、この腐り切った場所で過ごしてきたというの？　外の世界に戻るまで残り9ヵ月という今の時点まで、どうやって無事に過ごしてきたのだろう？　多くの先達から私が受けたアドバイスは、「時間を潰せ。時間に潰されるな」だ。刑務所にいるすべての囚人と同じように、私は師範たちから学ばなければならなかった。

私は刑務所の習わしに慣れ、そのことで私の存在の質は明らかに向上した。まず最初に学んだのは、コーヒーの淹れ方、そして飲み方だった。私が初めて刑務所に来た日、元株式仲介人の図々しい囚人が私にホイルに包まれたインスタントコーヒーと缶に入ったクリームをくれた。癪に障るほどのコーヒー通のラリーは、あり得ないほどその淹れ方にこだわる。彼はフレンチプレスを好むのだ。もし彼が刑務所に入れられたらどうするんだろう——彼はコーヒーを一切飲まなくなるのか、それともネスカフェで満足できるのか？　私は朝、熱々のお湯をディスペンサーから注いでカップ1杯のコーヒーを作り、食堂まで持って行き、朝食とともに飲むようになった。

夕方遅くのディナーでは、ニーナが私のところに立ち寄っては、私がコーヒーを飲みたいかどうか聞いてくれた。私は必ず飲みたいと答えた。私たちはカップにコーヒーを作って、席を見つけ、天気の良い時はAドームの裏で南のニューヨークの方角を見ながらコーヒーを飲んだものだった。ブルックリンのこと、彼女の子どもたちのこと、ラリーのこと、そして本のことをよく話した。他の囚人の噂話をすることもあった。私は彼女に、どうやって刑期を務め上げたらいいか、数え切れないくらいの質問をした。ニーナには、コーヒーを飲む気分ではない時もあった。私のつきまといに飽きたこともあっただろうけれど、私が彼女の知恵を必要とした時には必ず付き合ってくれた。

私は受け取った本はすぐに読み進め、テレビの部屋には近寄らず、刑務作業に向かう囚人たちを羨望のまなざしで見つめていた。フットロッカーの整理なんて、いくつもやり方があるわけじゃない。刑務作業をすれば時間を潰すことができるのではと私は疑っていた。誰がどんな作業をしているのか、なぜ数人がアーミーグリーンのかっこいいジャンプスーツを着ることができるのかを考えた。

収容施設のキッチンで働いている囚人もいたし、他は床を磨いたり、バスルームや休憩室を掃除するといった雑用係のような仕事をしていた。雑用の有利な点は1日に数時間しか働かなくていいということ、そして通常はひとり作業という点だ。盲導犬の訓練士として、夜中の12時から朝の7時まで犬と一緒に暮らす囚人も4、5人いた。「檻の中のパピー」という、何とも悲しいプログラムだ。CMS（修理メンテナンス部門）で数名が働いていて、毎朝バスで配管工事や敷地のメンテナンス作業に向かっていた。エリートたちは商品保管所に向かった。刑務所に入ってくるもの、そして出て行くものすべてがいったん集まる場所だ。そして禁制品を手に入れる機会がたっぷりある場所だった。

ユニコールで働く囚人もいた。刑務所内の工業会社で、連邦刑務所のシステム内で運営されていた。ユニコールは、幅広い種類の製品を製造しており、何百万ドルもの製品が政府に販売されている。ダンブリーでは、連邦矯正局がアメリカ軍向けのラジオを製造していた。他の刑務所の作業に比べて圧倒的に金払いが良く、1時間の通常賃金が14セントなのに対して、1ドル以上の賃金を支払っていた。そしてユニコールの従業員は体にフィットする、しっかりとアイロンがかけられた制服を常に着用していた。ユニコールで働く囚人たちはセミトレーラーが屋外に駐車された、巨大な倉庫に消えて行く。中には、緊張しつつも興味津々のトラック運転手との間で、静かなイチャイチャを楽しむ囚人もいた。

ローズマリーはAドームで行われるパピープログラムで働くことにしていた。それは、彼女が盲導犬や爆弾探知犬になるべく訓練されるラブラドール・レトリバーと暮らすということだ。犬はとても美しく、子犬はとてもかわいらしかった。暖かくて、膝の上で動き回るラブラドールの子犬は、舐めたり噛んだりとても機嫌が良く、絶望の淵にいたとしても、それを消し去ってくれるかのようだった。

私に塀の中のパピープログラムに参加する適性はなかった——15ヵ月の刑期では短過ぎたのだ。最初はがっかりしたけれど、それも悪いことではないと思い直した。プログラムはいてもたってもいられない落ち着きのないタイプの囚人を惹きつけていたし、彼女たちの強迫観念は犬を訓練することで次第に大きくなるかもしれないし、それが犬との強い絆に発展して、人間との間の確執の原因になるかもしれないからだ。ローズマリーはあっという間にアンバーという犬の訓練に没頭するようになった。私にはそれが気にならなかった。なぜなら、彼女の仲間のトレーナーたちが、快く思っていなかったのにも関わらず、私が子犬と遊ぶことを許してくれたからだ。

パピープログラムの専門家はミセス・ジョーンズで、収容施設で唯一みんなが「ミセス」と呼ぶ女性だった。ミセス・ジョーンズは刑務所に入って長く、それは見た目に明らかだった。灰色のゴワゴワとした髪をしたアイルランド人女性で、胸がとても大きく、麻薬の罪で15年ほど刑務所で暮らしていた。彼女の夫は外の世界で彼女をひどく殴りつけていたらしく、刑務所内で死んだそうだ。死んでくれて彼女にとってはラッキーだった。

ミセス・ジョーンズは少しイカれた人だったけれど、ほとんどの囚人と看守たちは、他の囚人たちに比べれば彼女に自由を与えていた――15年も刑務所で過ごしていれば、誰だって少しはイカれてしまう。時々ビリー・ポールの「ミー・アンド・ミセス・ジョーンズ」のメロディーを歌って楽しむ人たちもいた。若い女性は彼女をOG（オリジナル・ギャングスタ、生粋のギャング）と呼び、本人もそれをとても気に入っていた。「あたしのことだね……OGだ！　あたしはすごい女だよ……まるでキツネみたいにずる賢いんだから！」と言って、彼女は指でこめかみを叩きながら笑った。彼女はいつでも、思ったことは何でも率直に言うタイプで、遠慮がなかった。ミセス・ジョーンズと会話するには忍耐が必要だったけれど、それでも私は彼女と彼女の率直さが好きだった。

私は犬の訓練士にはなれなかったけれど、私にぴったりな作業だってどこかにあるはずでしょ？ダンブリーには個別の労働ヒエラルキーがあり、私はその一番底辺にいた。一般教育修了検定（GED）プログラムで教えたかったけれど、それは専門教師によって監督されていたし、「個人指導教師」である囚人たちが補助をしていた。

私が頻繁に一緒に食事をしていたミドルクラス出身で教養のある囚人たちは私に、それはすべきでないと警告した。プログラムの女性スタッフは人気の仕事とは言え、囚人と退屈なプログラムというコンビネーションは、しばしば最悪の労働環境を引き起こすというのだ。「楽しい経験じゃないよ、あれは！」「ファックな状況だらけだね」「あたしは1ヵ月で投げ出した」とみんなは言った。まるでニューヨークの公立高校で教師を勤める友だちのエドみたいなコメントだった。私が仕事をリクエストしたにも関わらず、割り当てを担当するミスター・ブトロスキーは、いつかは割り当てるからとしか言わなかった。しかし、彼は言葉通りの人ではなかった。

＊29　『二〇の愛の詩と一つの絶望の歌』　チリの詩人、外交官、政治家のパブロ・ネルーダによる詩集。同詩集の日本語訳の一部は『ネルーダ詩集』（思潮社　2004年刊）に収録されている。

＊30　ロティ　インドやアフリカ諸国等で食べられている、全粒粉を使った平べったいパンのこと。

＊31　チラキレス　とうもろこしのトルティーヤ（薄焼きパン）を4等分して揚げ、ソースをかけたメキシコ料理の一種。

＊32　メディケイド　アメリカの医療扶助制度。1960年代の社会保障法の改正を機に、1966年より実施されている。個人と民間の保険会社との契約を基本としたアメリカの医療保険制度を利用できない低所得者や特定の疾患をもつ病人、身体障害者などを対象としている。

＊33　フードスタンプ　アメリカで低所得者向けに行われている食費補助対策で、公的扶助の一種。正式名称は、「補助的栄養支援プログラム」（SNAP: Supplemental Nutrition Assistance Program）。

Chapter 6

High Voltage

高電圧

ある日の朝、私のA＆O仲間のリトル・ジャネットが私を見つけて、「ねえ、仕事が見つかったよ！」と言った。私たちは修理メンテナンス部門内にある電気設備作業所での仕事を割り当てられたのだ。私はそれに不満だった。囚人に教える仕事はダメだというの？――自由になることを待ちわびている、抑圧されて飢えた心に栄養を与えてくれるのに？

一般教育修了検定プログラムは一時的に停止していた。２部屋の教室は凶悪なカビで汚染され、テキスト、壁、家具を汚染し、多くの人がそれで気分が悪くなったのだ。教師である囚人たちがそのカビのサンプルを密かに持ち出して、シャバにいる親切な誰かに分析を依頼し、苦情を申し立てた。専門教師たちも囚人の味方となったため、刑務所の管理部門を激怒させた。生徒たちはプログラムの一時停止に大喜びした。そもそも、大部分がそのプログラムに参加したいとは思っていなかったのだ。おかげで私は残念でしかたがなかった。

翌日、リトル・ジャネットと私は他の修理メンテナンス部門の働き手と一緒に、食堂の裏に停められていた白い大きなスクールバスに向かった。３月の寒さの中を歩いた。収容施設の中で１ヵ月以上も閉じ込められていた後だったので、バスに乗ることにわくわくした。私たちは連邦矯正局の裏手を走り、そして背の低い建物が立ち並ぶ場所に降ろされた。これは修理メンテナンス部門の作業所だ――

ガレージ、水道設備、セイフティー、建設、大工仕事、道路設備、電気設備、すべての作業所がそれぞれの建物の中にあった。

私とリトル・ジャネットは電気設備作業所に入ると、突然現れた薄暗い空間に何度も瞬きをした。部屋のコンクリートの床の半分には椅子が並べられていて、そのほとんどが壊れていた。テレビが置かれたテーブルと、大きなカレンダーが黒板に手描きされていて、曜日にバツが付けられていた。冷蔵庫と電子レンジ、そして弱々しげな鉢植えの植物があった。網が張られたアルコーブがあり、明るく照らされていて、小さなハードウェアストアには十分なツールやストックが置かれていた。立ち入り禁止のオフィスのドアにはステッカーが貼られていた。私の仲間の囚人たちは、まともな椅子を選んで座った。私は机の上のテレビの横に座った。

ドアがバンと開いた。「おはようございます」トラック運転手のご用達の帽子をかぶって背が高く、ヒゲを生やし、目の下にクマのある男性が、オフィスからずかずかと作業所に入ってきた。彼はリトル・ジャネットと知り合いのようで、彼女は「ミスター・デサイモンだよ」と言った。

約10分後、デサイモンはオフィスから現れると、点呼をし始めた。彼は1人ひとりの名前を呼ぶたびに、全員を品定めし、「事務員がツールルームの決まりを説明する」と言った。

「もしその決まりを破ったら、SHUにぶち込む」彼はオフィスに戻って行った。私たちはジョイスを見た。「ねえ、仕事ってあるの?」

彼女は肩をすくめた。「仕事がある時もあるし、ない時もあるよ。奴のムードによるね」

「カーマン！」私はびっくりして飛び上がり、ジョイスを見た。彼女は目を見開いて私を見ると、「中に行きな！」と言った。

私は恐る恐るオフィスのドアに近づいた。

「文字は読めるか、カーマン？」

「はい、ミスター・デサイモン、私は文字を読むことができます」

「そりゃいいこった。これを読め」彼は入門書を机にドスンと落とした。「それから新入りの服役囚のお友だちにも読ませることだ。テストするからな」

私はオフィスから出た。その束には、発電、電流、基本回路についての基礎知識が書かれていた。私はこの仕事の安全要求事項についてふと考え、不安そうな同僚たちの顔を見回した。皮肉屋のフィリピン人のジョイスのような年配者も何人かいた。それ以外は私のように新米だらけだった。ジャネットに加え、すごく神経質なイタリア人でいつも刺されるのではと心配しているようなシャーリー。イヴェットはやさしいプエルトリコ人で14年の刑期を半分務め上げたところだったが、英語はほとんど話せなかった。レヴィーは背の低いフランス系モロッコのユダヤ人で、ソルボンヌ卒だと言っていた。

自慢のソルボンヌでの教育にも関わらず、レヴィー電気系の勉強は全くできなかった。私たちは数週間をかけてこの入門書を学び（私たちのうち何人かはがんばった）、ある時点でテストをさせられた。全員がカンニングをして、答えを教え合った。落第したり、カンニングを見つかったりすることはないと確信していた。私にとってはすべてが馬鹿げて見えた。だれも能力不足でクビになどならない。しかしながら、自分が丸焦げにならないで済むよう、わずかな自衛本能が私に、入門書内の電圧管理について読み、記憶することを強いた。そんな最期なんて迎えられない。ポリエステルのオレンジ色の制服姿で腰にツールベルトを巻き、リノリウムの床にだらしなく横たわる私なんて、あり得ない。

雪の降るある日、電気設備作業所に配属されてからちょうど1週間後のランチの後に、デサイモンが鍵をジャラジャラと鳴らしながら、大きな白い電気設備作業所のバンに乗って現れた。

「カーマン……ライルズ、それからレヴィー。バンに乗れ」

私たちは彼を追いかけて、転がるような足取りで歩くと、バンに乗り込んだ。バンはものすごい勢いで丘を下ると、刑務官の子どもたちが通う保育園の前を通り過ぎ、そして一部の刑務官が住んでいるという、政府の建物群の間を走り抜けた。私たちはこういった建物の外灯の電球を替えたり、電気パネルをチェックすることで勤務時間の大半を過ごした。でもこの日、デサイモンはここで車を停めなかった。代わりに、彼は刑務所の建物から離れ、施設内の大通りに向かったのだ。リトル・ジャネットとレヴィーと私は驚いて顔を見合わせた。私たちをどこに連れて行くっていうの?

刑務所のグラウンドから500メートルほど離れた場所の居住区域近くにある、小さなコンクリートの建物の横にバンは停まった。私たちはデサイモンの後について建物に向かった。彼は鍵を開けた。けたたましい騒音が聞こえてきた。

「ミスター・デサイモン、ここは何ですか?」とレヴィーが聞いた。

「ポンプ室だ。施設への水を管理している」彼は答えた。彼はドアの内部を見回して、再びドアをかけた。「ここにいろ」そして彼はバンに乗り込むと、走り去っていった。

私とリトル・ジャネット、そしてレヴィーは建物の外で口を開けていた。私、幻覚でも見てるの？彼は本当に外の世界に私たちを置き去りにしたの？　3人の制服を着た囚人が、外に出てぶらぶらしているだなんて――これって試されてる？　ダンブリーに来る前、最悪のコンディションの刑務所でおおよそ2年を過ごしたリトル・ジャネットはショック状態のように見えた。

レヴィーが動揺して言った。「あいつ、何考えてんだ？　誰かに見られたらどうすんだ？　囚人だってわかっちまうよ！」

「**絶対に**規則違反にちがいないわ」私は言った。

「ヤバイじゃん！」リトル・ジャネットが泣きそうな声で言った。

私たちが逃げたらどうなるか、考えてみた。もちろん、大ごとになってSHU送りになり、新しく「脱走」という罪を問われるだろうが、とっ捕まるまでどれくらい時間がかかると思う？「この家を見てごらん！　全く……あ、スクールバスだよ！　子どもたちに会いたい！」レヴィーは泣き出した。

刑務所によって子どもと引き離された囚人に対しては本当に気の毒だと思っていた。彼女の子どもたちが近くで暮らしていることも知っていたし、刑務所にいる姿を子どもたちに見せたくないという理由で彼らの面会を断っていることも知っていた。私はその状態はとても悲しいことだと思ったし、刑務所の喜ばしくない状態を見せることは、子どもにとっては、親の元気な姿を見ることで得た安心感をかき消してしまうとも考えていた。いずれにせよ、レヴィーにはとっとと泣き止んで欲しかった。

「ちょっと様子を見てみようよ」と私は言った。

「ダメだって！！」と、リトル・ジャネットが叫んだ。「パイパー、そんなことしたらあたしたち全員がとんでもないことになるよ！　絶対に動かないで！」彼女はとても緊迫した様子だったので、私はおとなしく従った。

私たちはバカみたいに突っ立っていた。何も起きず、郊外は静かだった。数分に1回車が近くを通り過ぎた。誰も私たちを見つけて指さしたり、3人の囚人が敷地外にいることに驚いて金切り声を上げ、車を停めることもなかった。最後には、男性が大きな犬を連れて横を歩いて行った。

私は陽気にふるまった。「今のってニューファンドランドだっけ、グレートピレニーズだったっけ。どっちかわかんなくなっちゃった。かっこいい犬だよね、そう思わない？」

「あなたって本当に信じられない人ね。犬を見てたっていうの?!」と、リトル・ジャネットは言った。

男性は私たちを見ていたのだ。

「彼、私たちを見たのよ！」

「そりゃ見てるわよ、レヴィー。私たちは3人の囚人で街角に立ってるんだから。どうやったら気づかないなんてことになるのよ？」

彼は明るく私たちに手を振り、通り過ぎた。45分ほど経過してから、デサイモンがほうきを持って戻ってきて、ポンプ室の掃除を私たちに命じた。翌週、私たちは刑務所敷地内の背の低い納屋のような、根菜類を貯蔵しているセラーの掃除を命じられた。セラーの中はすべての作業所から集めた装置でめちゃくちゃな状態だった。暗闇の中で巨大なサメの皮を見つけ出した私たちは恐怖に震え、デサイモンは大喜びして笑い転げた。外部査察の日程が迫っており、刑務所職員が準備を急いでいた。

セラーには廃棄すべきゴミがあり、その作業は汚くて力のいる仕事だった。私たちは何日もかけて巨大な鉄製のパイプを引っ張り出し、ハードウェアの山を崩し、備品を片づけ、そして部品を巨大なゴミ容器に入れていった。その巨大なゴミ容器には、新しいベースボードヒーター、22キロの釘が入った未開封の、セラミックのバスタブとシンクが入れられ、運ばれていった。「あたしらの家族が払っている税金、こうなっちゃうわけだ」と、私たちはコソコソと話した。私は生まれて初めて、ここまで厳しい肉体労働を経験した。すべての作業が終わる頃には、セラーは空っぽになり、整理整頓され、完璧に片付いていた。これで監査も受けられる。

私は、たとえ刑務所内であっても、そのルールはスタッフや囚人たちによって破られるものなのだと学んだ。それと同時に、電気設備作業所での仕事には、細心の注意を払って行われたものもある。作業所の従業員が中で座っていたツールが収納されている「檻」には、帯のこ、振動ドリル、そして様々なタイプの特殊なスクリュードライバー、ペンチ、ワイヤーカッター、そして基本の道具がセットになって入ったツールベルトなど、ありとあらゆるものが入っていた。部屋全体が危険を及ぼす可能性のある物でいっぱいだったのだ。これらのツールは、出入りをチェックするシステムがあった。囚人1人ひとりに番号が割り当てられ、それに合わせた犬用のネームプレートのような金属のタグが配られる。仕事に向かう時には、各囚人が道具を持ち出し、道具が置いてあった場所にタグを残す。そして返却する義務が課せられる。各シフトの終わりにデサイモンがツールの檻の中を検査する。ツールが戻らなければ、その空いたスペースに置かれたタグを割り当てられている囚人と作業所の従業員の双方がSHU行きになると明言していた。このルールが彼にとっては唯一重要なもののようだった。ある日、ドリルの先が見つからなくなり、私たちは作業所内とトラックを彼の監視下で探し続けた。ツールボックスの蓋に金属の曲がった部品を探し当てた時、作業所の従業員は今にも泣きそうだった。

デサイモンは刑務所のスタッフのほとんどに対して容赦なく、皆は彼を「スワンプ・ヤンキー（*34）」（あるいはそれ以下）と呼んでいた。彼はほとんどの人から嫌われていたかもしれないけれど、それでも彼は収容施設の組合支部のトップで、それは管理部が、彼の思うがままに何でもやらせるという意味でもある。「デサイモンは面倒な奴だ」と、他の作業所のトップが私に率直に言ったことがある。「だから彼を選んだんだよ」

面倒な奴の気のない指導によって、私は電気工事の基本を学んだ。

全く経験のない女性グループが高電圧を取り扱うこと、監督のほとんど全員が面白くも何ともないこと、時折怪我をすること。男性っぽいツールベルトに加えて、刑務所での作業は私に平常でいる感覚を大いにもたらしてくれた。それは別の方法で時間を作ることであり、私と共通点のある女性たちと知り合うことだった。とりわけ良かったのは、刑務所内での自動車免許を取得するためにガレージに送られたことで、これで修理メンテナンス部門の車両を運転できるようになったのだ。デサイモンは大嫌いだったけれど、週に5日間、まあまあ忙しくいられることはうれしいことで、刑務所の敷地内を電気設備作業所のバンに乗って走り回るという自由を得たことも、とてもうれしかった。
金曜日、仕事を終えて収容施設に戻ると、修理メンテナンス部門のバスをB棟のビッグ・ブー・クレモンズが出迎えた。「4つの訴因、全部で有罪だよ!」と、彼女は大喜びで報告した。施設内のテレビ室は囚人であふれんばかりだった。捜査妨害と、インサイダー取引の容疑で取り調べを行った捜査官に対しての虚偽の証言に関する4つの訴因で、陪審がマーサ・スチュワートに有罪を言い渡したのだ。優雅な生活を象徴する彼女も連邦刑務所でお務めしなくちゃならない。彼女のケースは、ダンブリーでは強い興味を持って追いかけられていた。ほとんどの囚人が、彼女が有名な女性だからターゲットにされたと思っていたのだ。「男はこういうクソみてぇなことから、いつだって逃げ仰せるのさ」

ある日の午後、レヴィー、私たちの神経質な同僚のシャーリー、そして私はツールベルトを身に着けて、敷地内のスタッフ専用住宅エリアを行ったり来たりしながら、各住宅の配電盤をチェックしていた。デサイモンが私たちを家から家へと案内し、彼は私たちが作業している間、居住者と少しだけ話をしたりするのだ。私たちを刑務所の中に閉じ込めている人たちの家に行くなんて奇妙なことだったし、天使の人形のコレクションだとか、家族写真とかペットの写真、洗濯物、乱雑な地下室などを見るのだって変な気分だった。「品がないよな」とレヴィーがニヤニヤしながら言った。私も看守は好きではなかったけれど、彼女の言い方は、鼻持ちならなかった。

電気設備作業所に戻るとデサイモンは去ったので、トラックの中を空にし、ツールを檻の中に戻した。この時、私は自分のツールベルトの中に、余分なスクリュードライバーがあるのに気付いた。「ねえ、レヴィーとシャーリー、私、あなたたちのどちらかのスクリュードライバーを持ってるみたいなんだけど」ふたりは自分たちのベルトをチェックした。ふたりともちゃんとスクリュードライバーを持っていた。「でもあなたたちが持っているとすると、それじゃあ私のは……」私は当惑した。「私、もしかして……どこかの家から持ってきちゃったの？」

私の視線がレヴィーと、大きく見開かれた神経質なシャーリーの目に合った。

「ちょっと、どうしてくれるのよ？」シャーリーが叫んだ。

胃が痛くなった。冷や汗をかき始めた。刑務官の家にあった殺傷可能なスクリュードライバーを盗難した罪で、みんなまとめて懲罰房に入れられ、ラリーの面会も受けられない姿の自分を想像した。そして私の目の前にいる、このふたりの愚か者も共犯者となってしまう。

「どうしたらいいかわかんないよ、でもあんただってわかんないでしょ？」と、私は叫び返した。

ふたりは急いで作業所の中に入り、私は作業所の外で立ち、周りを見回していた。何なんだよ、この、くそスクリュードライバーは？　私は怯え切っていた。だって、凶器だと見なされる可能性もあるのだから。捨てる？　隠す場所があったとして、誰かが見つけたらどうするの？　スクリュードライバーの破壊の仕方ってわかる？

私の視線は修理メンテナンス部門の大型ゴミ箱に吸い寄せられた。すごく大きくて、すべての作業所がその中にゴミを投げ入れる。様々な種類のゴミを、だ。頻繁に空にされ、そして中のゴミは、たぶん遠くの木星のあたりまで運ばれていくのだ。私は作業所のゴミ袋をつかむと、大型ゴミ箱に突進していった。ゴミ袋を触りながら、密かに、でも狂ったようにスクリュードライバーの指紋を必死に拭き取った。そしてゴミ袋とスクリュードライバーの両方をゴミ箱に投げ入れた。残念なことに無音とはいかなかった。捨てた。心臓をドキドキさせながら私は作業所に戻り、ツールベルトを片づけた。私は神経質なシャーリーとレヴィーを見ることもしなかった。

その夜、私は心の中でスクリュードライバーのことを何度も何度も反芻していた。刑務官がスクリュードライバーがなくなったことに気づいたら、そして囚人が彼の家に入っていたことを記憶していたら？　彼は警戒を強めて、そして何が起きるの？　調査、尋問、そんなことがあったら、レヴィーと神経質なシャーリーが私を売るだろう。私は目を閉じた。死んだも同然だった。

翌朝の作業所で、聞いたこともないようなサイレンが響き渡った。私は吐きそうになった。シャーリーは真っ青で、レヴィーは全く無関心だった。通常、このサイレンは「呼び戻し」の際に鳴らされることになっている——緊急事態、あるいは特別な訓練のため、居住しているユニットに戻るのだ。でもこの時は何も起きなかった。サイレンはとても長い間鳴り響き、そして突然止まった。シャーリーは、たばこを吸うため建物の外に出た。両手が震えていた。

ランチでニーナに会ったので、私は慌てふためいて何が起きたかを話した。彼女は呆れた表情で「勘弁してよ、パイパー。ランチの後に探しに行こうよ。デサイモンに返して、説明したらいいんだって。

どこにもぶち込まれはしないよ」でも大型ゴミ箱は空だった。ニーナは冷ややかな目で私を見た。私は泣きたかった。「ニーナ、今朝のサイレンってまさか……？」

彼女は考えていたけれど、冗談だと思ったようだった。「いいえ、パイパー。今朝のサイレンはあんたの事件じゃないよ。ゴミはどこかへ行ったってことは、スクリュードライバーもどこかへ行った。証拠が消えたんだったら、何にも証明できやしない。たぶん何も起きない。もし何か起きたんだとしたら、レヴィーやシャーリーの言い分を覆せばいい。いいかい、現実をちゃんと見るんだ。あいつらはイカれた変人さ。だれが変人を信じる？」

ある日の午後B棟に戻ると、ご近所さんのコーリーンが大喜びしていた。

「あたしの娘みたいなジェイとボビーがブルックリンから来たのよ！　ねえパイパー、何か、ふたりにプレゼントできるもの、持ってない？　歯磨き粉でいいんだよ」コーリーンは、ダンブリーに収容される前に、ブルックリン・メトロポリタン矯正センターという名の連邦刑務所で、ふたりと一緒にいたと説明してくれた。輸送バスでそのふたりが到着したというわけだ。「ふたりともめちゃくちゃクールだよ、パイパー。絶対に好きになると思う」

ジムに行く道すがら、初春の小雨の中を、黒人女性と白人女性が収容施設の建物の裏に立ち、雲を見つめていた。ふたりが誰かはわからなかったが、コーリーンの友達にちがいないと考えた。

「ハイ、私、パイパーよ。あなたたちってコーリーンの友達？　私、彼女の隣に住んでるの。何か必要だったら言ってね」

　ふたりは空に向けていた顔を戻して、私を見た。黒人女性は30歳ぐらいで美しく、がっちりと鍛えられた体格で、頬骨が張っていた。白人女性は黒人女性に比べて背が低く年齢も上で、たぶん45歳ぐらい。珊瑚みたいにざらざらの肌をし、海のように様々な影を映す青い目をしていた。まるでアクアマリン（*35）みたいだ。「ありがとう」と彼女は言った。「あたしはボビー。こっちはジェイ。タバコ、持ってる？」彼女の強いニューヨーク訛りが、激しい夜遊びとたくさんのタバコを想像させた。

「ジェイ、あたし、タバコは吸わないの。ごめん。洗面道具だったら持ってるわよ」私は雨で体が濡れてしまっていて、外はとても寒かった。それでも、このふたりに好奇心を持った。

「最悪な天気だよね」こう言った時、ふたりは顔を見合わせた。「あたしたち、２年間も雨に当たってなかったから」と、黒人女性のジェイが言った。

「えっ？」

「ブルックリンじゃあね、小さなデッキに出ることができるんだけど、カバーが掛けられてたり、有刺鉄線があってさ、空がよく見えないんだ」と彼女は説明した。「だから、雨なんてへっちゃらだよ。大好きさ」そう言うと彼女は再び顔をぐっと上げて、なるべく近くで見られるように、空を眺めていた。

　電気設備作業所では物事が変わり始めていた。最も経験豊富だったヴェラが、テキサスにある女性専用ブート・キャンプ（＊36）に行くことになり職場を離れた。ブート・キャンプは（すでに廃止となった早期釈放プログラム）、灼熱のテキサスで行われる6ヵ月間の過酷な訓練で、噂によると巨大なテントに入れられ、虫がついたらすぐにわかるように陰毛を剃られるという場所だった。

ヴェラのテキサスへの移動は電気設備作業所のリーダーシップがジョイスに委譲されるという意味だった。ジョイスへリーダーシップが移ることは妥当だったし、ヴェラからは、ほぼ毎日行う必要のある電気的な作業は習得していた。2・5メートルの長さの蛍光灯を替えたり、すごく重い電灯を外したり、新しい出口のサインと固定具を取り付けたり、配電盤をチェックしたりといった仕事だ。

レヴィーの存在が、作業所内をあっという間に一致団結させた。彼女に対抗するために全員が協力し合ったのだ。彼女は精神的なバランスを失って毎日泣き、ひっきりなしに自分のたった6ヵ月という刑期に大声で文句を言い、不適切で個人的な質問を繰り返し、偉そうな態度で人々に接し、他の囚人の容姿や教育の欠如、素養、彼女が言うところの「品」について、ひどいコメントを大声でまくしたてた。他の収容者たちに彼女を吊るし上げないように話をしなければならなかったほどだ。1回や2回の話ではない。彼女にはSHUに行くほどの価値はないと言いきかせることでどうにか止めていた。彼女は常に不安定でヒステリックの境目にいるような状態で、それは激しい身体症状という形で表された。びっくりするようなでこぼこのこぶができて、まるでエレファントマンのように見えたし、いつも手に汗をかいているため、電気工事では特に役立たずだった。

デサイモンは作業所にテレビを置いていた。彼は時々オフィスから出てきて、VHSのテープを私たちに投げてよこし、そして「見ろ」と低くうなる。そして何時間も私たちを放置する。この教育ビデオは電流の基礎と、とても基本的な配線の手順を説明するものだった。ビデオの中身が興味をそそるものではなかったことから、同僚たちはあっという間に、違法で、その場しのぎのアンテナをテレビに取り付ける方法を考え出した。そうすれば、誰かが窓の側で刑務官が近づいてくるのを見張っている間に、ジェリー・スプリンガー（*37）を見ることができるのだ。

私はスペイン語を習おうと努力していて、同僚のイヴェッタがとても根気よく私に教えてくれていたのだけれど、私が習うことができたのは、せいぜい、食べ物とセックスと、罵りの言葉だけだった。イヴェッタはその時、私の同僚の中では最も技術力があったし、彼女と私は、ツールの扱いに高い技術が求められる仕事を、頻繁にこなしていた。私たちの会話には、注意を促す動作や、複数箇所の骨折などが、ありとあらゆるセンテンスに含まれていた。私たちのどちらも感電だけはごめんだった。私は感電がどんなものかすでに習っていた。あごを蹴り上げられたように頭が反り返るんだってさ。

私のご近所さんのコーリーンの仲間のジェイが、電気設備作業所に配属されてきた——彼女はブルックリンの矯正センターですでに仕事をする許可を得ていたので、書類の手続きに長い時間がかかることはなかった。彼女は事務員の職を得た。「ワイヤーに触る必要がない仕事だったら、問題ないよ」と彼女は言った。

彼女は最初から、職場では私と一緒に行動した。私はリトル・ジャネットととても仲良しだったし、リトル・ジャネットは、作業所ではジェイの他では唯一の黒人だったのだ。ニューイングランドの美しい春が訪れると、私たちは作業所の前に置かれたベンチを占領して、タバコを吸ったり、他の囚人が行ったり来たりする様子を眺めていた。看守が、電気棟の真ん前にある豪華なジムに入っていく。活動していない時間が長く、私たちはくだらないことを言い合った——ドラッグゲーム（私にとっては遠い思い出）、ニューヨークのこと（私たち全員がそこに住んでいた）、男のこと、人生のこと。

15歳年下にも関わらず、リトル・ジャネットは私たちを言い負かしたし、私だって、白人とはいえ、彼女たちに引けをとらなかった。リトル・ジャネットは興奮しやすく、議論好きで、ダンスムーブを見せたがったり、ただ単にくだらないふるまいをしたけれど、ジェイは面白くてゆったりとして、屈託なく笑う人だった。彼女は10年の刑期のうち、2年を終えたばかりだった。でも、決して落ち込んでいるようには見えず、ただ堂々として、心配りのできる人だった。でも彼女は自分自身に関する悲しみを抱えていたようだったし、周囲の環境や状況が彼女のその側面を破壊することを許さないような、深い、確固たる人柄を持っているように感じられた。彼女は10代と8歳の息子たちの話をする時、ぱっと顔を輝かせるのだった。

私は彼女のユーモアと、人生の損失と刑務所の世界に対処できる冷静さを素晴らしいと思っていた。彼女の威厳はナタリーの静かなものとはちがっていたけれど、同じように美しかった。

電気設備作業所のジョイスが出所する日が近づいていた。彼女は作業所の黒板にカレンダーを書いて、チョークで日付を消していった。釈放される1週間ほど前、彼女が私に髪を染めてくれないかと頼んできた。そんな親しげなリクエストに私は、驚きを隠せなかったにちがいない。「あんたぐらいしかまともにできそうもないだろ」と、彼女はぶっきらぼうで事務的に付け加えた。

私たちは収容施設の中央廊下横のサロン室に行った。サロンはとても狭かった——大きなクローゼットぐらいのスペースだ。２台の古いピンクの洗髪台があって、それには髪を洗い流すためのノズルがついていた。そしてボロボロの椅子が数台、１９６０年代初頭に使われていたようなヘアドライヤーが置いてあった。バリカンやその他髪を切る道具は壁に備え付けられた鍵付きのケージに収められていた。それを開けることができるのは刑務官だけだ。１台の椅子に友だちに髪をセットしてもらっている女性が座っていた。私はジョイスのストレートで美しい髪を分け、箱に書かれた説明書きを注意深く読んだ。私に頼んでくれたことがうれしく、そして自分のガールフレンドの身支度を調えることで得られる、ふつうの女の子の感覚がよみがえった。私がノズルの扱いをまちがえて、そこら中に水を吹き付けてしまった時、驚くことにそこにいた誰もが私を責めることなく、大笑いしたのだ。多分、ほんの少しずつだけれど、私はここに受け入れられたのかもしれない。

自由な世界では、長い仕事の後に戻る家は、幸せを感じるご褒美のようなものかもしれないけれど、刑務所では、そうでもない。B棟では、おならに関する激しい議論が巻き起こっていた。犯人は、実際はB棟の住人ではないエイジャで、彼女は追い出された。「エイジャ、あんたは立ち入り禁止だよ！

その汚えケツをここから出しな、この屁こき売春婦！」と、誰かが彼女の後ろ姿にわめき立てた。

ナタリーとペアになれたという幸運も手伝って、私は「ゲットー」と呼ばれるB棟でしっかりと生き延びることができていた。そして多分、B棟から移動しようとダダをこねたらガキのように見えるにちがいないという思いと、私がエリートの女性が行く大学に通ったという事実もそれを手伝っていた。女だけの暮らしには、それが上流であっても、下流であっても、一定の条件がある。スミス大学では、食物はキャンドルライトの灯るディナーの席と金曜午後に行われる学部ごとのお茶会でふるまわれるものだった。ダンブリーでは、電子レンジでの調理と盗んだ食品だ。多くの意味で、女性だけの集団で暮らすことに苛立ちを隠し切れない囚人仲間よりずっと、私は多くの女性と寝泊まりすることに慣れていた。私が大学の時に考えていたより、過食は少なく、けんかはずっと多かったが、女性特有の精神がそこにはあった。親密な仲間意識と楽しい日の下品なジョーク、そして芝居がかったドラマと、おせっかいと、悪い日の意地悪なゴシップだ。

そこはとても不思議な場所だった。すべて女の社会に数人の奇妙な男たち、軍隊スタイルの生活、女性のレンズを通した支配的な「ゲットー」の負の感情（都会的であり、田舎じみてもいた）、すべての年齢層にある人たち、分別のない若い女の子から年老いたおばあちゃんまで、すべての人たちが一緒になって様々なレベルの忍耐の中に放り込まれているのだ。狂った集団は狂った行動を引き起こす。今となっては、非現実的な特異性を理解するために、一歩下がって十分距離を取ることができるけれど、ラリーのいるニューヨークの生活に戻るためには、吹雪の中、割れたガラスが散乱する道を裸足で歩くことになるだろう。家までの道を、ずっと。

私のカウンセラーであるミスター・ブトロスキーには、彼が勝手に決めたポリシーがあった。週に1回、彼は自分が管理しているすべての囚人たち——収容施設にいる囚人の半分——を1分間の面談のために呼び出すのだ。トリセラと彼がシェアするオフィスに出向き、そこに来たことの証に大きな日誌にサインを記入する。「何かあるか？」と彼は聞く。この時が質問をしたり、何かを白状したり、苦情を述べるチャンスなのだ。私はいつも、面会者を承認してくれるように頼むだけだった。

彼が知りたがりになる日もあった。「調子はどうだ、カーマン？」私は元気だった。「ミス・マルコムとはうまくやってるかい？」ええ、彼女は素晴らしい人だったわ。「彼女はやさしい女性だ。全くトラブルなしだ。似たような連中とはちがってね」ええっと、ミスター・ブトロスキー……？「カーマン、君のような人にとっては、順応するのもひと苦労だろう。でも、うまくやっているようだな」他に何かありますでしょうか、ミスター・ブトロスキー？もし何もないのであれば、私……。

それでも話は続く。

「そろそろ終わりだ、カーマン。この仕事を始めて20年ほどになるんだ。物事は変わった。上の奴らの考えも変わってね。囚人たちの間で本当に何が起きているのかなんて、彼らは一切知らないからな」そうね、ミスター・ブトロスキー、定年退職するのが楽しみよね。「ああそうだね、ウィスコンシン州なんていい……いわゆる、私たちのような北部出身者が多いからね。意味はわかるだろ」

刑務所に来た最初の日、私を収容施設に運んでくれたドライバーのミネッタは、4月に釈放される予定だった。その日にちが近づいてくると、収容施設の中ではドライバーを誰が引き継ぐのかという話で持ちきりになった。ドライバーは敷地外で毎日運転することを許されているのだ。彼女は刑務所職員たちの使い走りや、収容者と刑務官を病院の診療につれて行ったり、釈放された囚人をバスの停留所まで送る責任者だった――そして、彼女にはそれ以外の仕事は決して与えられなかった。ドライバーが「北部出身者」でなかったことは、決して、一度もなかった。

ある日、私は呼び出しを受けてカウンセラーのオフィスに行った。私が日誌にサインをしていると、ブトロスキーがじっと私を見た。「カーマン、ドライバーのポジションを志願してみる気はないか？ミネッタはもうすぐ釈放だ。彼女の仕事の次の責任者となる人材が必要だ。すごく大切な仕事だぞ」

「ええと……少し考えさせていただけますか、ミスター・ブトロスキー？」

「もちろんだ。すぐに考え始めてくれ、カーマン」

一方で、ドライバーになるということは、外の世界にあるガソリンスタンドのトイレでラリーと会う機会に恵まれるということだ。他方で、ドライバーは収容施設の密告者であると考えられていた。私は絶対に密告なんかしなかったし、刑務所のスタッフとなれ合いになったっていいことなんて全くない。しかしこのなれ合いがドライバーには求められている。居心地の悪い特権を与えられた上で内通者でいなければならないなんて私にはがまんできないことだった。それに、スクリュードライバーの災難の後、私にはルールに反した活動は無理だったし、その上密会だなんて、いくら私がラリーを求めていたとしても到底できることではなかった。翌週、ブトロスキーのオフィスで私は仕事の引き継ぎを静かに辞退し、それはブトロスキーを驚かせた。

私が初めて収容施設に来た時、キッチンの支配者であるポップがミネッタと、ポップの二段ベッド仲間であるニーナを従えて、刑務所での映画上映を見ていた。3人は部屋の後ろの特別席に座り、映画に余計な茶々を入れ、ポップが手配した禁制品のごちそうを食べていた。ミネッタが社会復帰訓練所に移動すると、彼女の映画用の席は一時的に、背が高く、印象的で、口数の少ない、多くのかぎ針編みの作品を作った白人の女性に譲られた。この女性も出所間近だった。ニーナも同じく出所する準備にとりかかっていたけれど、彼女は「丘を下りて」、居住施設のある麻薬更生プログラム(*38)を9ヵ月にわたって受けることになっている。そのプログラムはドラッグとアルコールの依存症だと指摘された囚人のためのもので、彼女たちは幸運にも、量刑手続きを行った裁判官によってプログラムの必要性を指摘されたのだ。ダンブリーにおいては、これが唯一の本格的なリハビリテーションプログラムで(子犬の訓練以外では)、現状では、このプログラムへの参加が連邦制度の中で大幅に刑期を減らす唯一の方法だった。ドラッグ・プログラムに参加する施設収容者たちは、必ずこのプログラムを恐れた。それは収容所内で行われるのではなく、「本物の」刑務所内で行われるからだ。警備が厳重で、封鎖され、長い刑期を務める1200人の女性が収容されている。中には終身刑の者もいる。

ニーナには、ポップの相棒を務めるのに適した人物を探さなくてはならないという心配もあった。ポップに対して食堂で無礼なことを言った私は候補にもならなかったけれど、ある土曜の晩に、ニーナが休憩室に私を手招きした。彼女と、例の静かな女性がポップと一緒にそこに座っていた。「パイパー、こっちに来て何か食べな！」禁制品のごちそうの魅力には抗えなかった。愛のこもったシンプルで目新しい食べ物にありつけず、施設内の食事だけ与えられてきたのだから。それでも、食堂でポップに脅された後の私は尻込みしていた。

彼女たちはワカモレ（＊39）とチップスを食べていた。アボカドは売店で販売されていることは知っていたし、禁制品というわけでもない。私はひと口食べたけれど、欲張りだとは思われたくなかった。

「ああ、すっごくおいしい！　ありがとう！」ポップは横目で私をちらりと見ていた。

「ほら、もっと食べなよ！」とニーナが言った。

「いいの、お腹いっぱいだし。でも、ありがとうね！」と、私は徐々にその場を立ち去ろうとした。

「いいじゃん、パイパー。まあちょっと座りなよ」

私は心配になった。それでもニーナのことは信頼していた。私は椅子を引き寄せ、そこに座り、ポップが機嫌を損ねたらすぐに逃げられるようにした。私は外の世界へ釈放間近の囚人の話を少しして、大工仕事が見つかるかどうか、10代の息子との再会はどれだけ素晴らしいことになるだろうと話した。映画が始まると、私はその場を離れた。

彼女たちは翌週も同じように私に働きかけた。その晩、私はハンバーガーを与えられた。それは食堂でふるまわれるものに比べたら、ずっとジューシーで脂肪分が多かった。私はそれをガツガツと食べ、オレガノとタイムの風味を堪能した。ポップは私が喜んだのを見て楽しかったらしく、私に体を寄せて囁いた。「スパイスをたっぷり使ったのさ」

それから数日後、ニーナが私に質問をした。「麻薬更生プログラムに私が行っている間、ポップと一緒に映画を見るっていうのはどう？」と彼女は聞いてきたのだ。何ですって？

「私がいなくなったら、誰か彼女のそばにいる人が必要になるんだよ。氷とソーダを用意してくれる人がさ。わかるだろ？」ポップは本当に私がいいの？

「あんたはバカじゃないからさ。わかってんだろ？　だからあたしたちだって友だちでいられるんだ。あんたにだったらいろいろな話ができるから」

その誘いは究極の推薦のように思われた……そして、簡単に断れるようなものでもなかった。私がポップに会った時は、チャーミングで、そしてある意味、それは成功していたはずだ。バカじゃない軍団はその時収容施設では数が少なかった。なぜなら1週間後、ニーナが私にポップの二段ベッド仲間にならないかと聞いたのだ。A棟、別名「サバーブ地区」だ。私は完全に混乱してしまった。

「でも、あたしもうB棟にいるし……移動はできないわ」ニーナはあきれた顔をして言った。

「パイパー、ポップは何でもできるんだよ」

私はこの隠された事実に衝撃を受けた。囚人が何でもできるだなんて。もちろん、その人物が施設のキッチンを上手に機能させていたのであれば……。「私を移動させるっていうことなの？」もっと呆れた顔をされた。私は顔をしかめ、相反する衝動の間で揺れていた。

B棟は、確かに「ゲットー」という俗称の通り、ヒリヒリとした刺激に満ちていた。B棟のある行為で、私は歯ぎしりし、正気を失いそうになるほど苛つかされていた。ヘッドフォンを金属製の二段ベッドにかけて、ポケットラジオのスイッチを入れ、その場しのぎの「スピーカー」にして音を出し、キーキーとやかましい音楽を二段ベッドの上にいる人間に、小さな音量で押しつけるのだ。私が聞きたい音楽ではなかったし、ひどい音質だった。

しかし、A棟はわがままな年寄りとパピープログラムの犬たちとその訓練士（ほとんどの場合、いかれてる人たち）で、人口過密のように感じられた。それに、私は誰にも自分が人種差別主義者だとは思われたくなかった。それでも、私以外の収容者の中で、人種的概論を表現することに対する良心の呵責をわずかでも感じている人はいなかった。

「ねえちょっと」他の囚人が私にゆっくりとこう言った。「ここにいる奴らは全員、最悪の文化的ステレオタイプに従おうと努力してるみたいだね」実際のところ、それはこの誘いの動機の一部であったのだ。「ポップはレズビアンは求めていないんだ」と、率直なニーナは言った。「それにあんたは白人の美人さ」

一方ポップは、まちがいなく好都合な二段ベッド仲間になる。彼女は収容施設の中で明らかに大きな影響力を持っている。しかし、私は彼女がやっかいなキューブ仲間になることも強く疑っていた。ニーナがどれだけがんばって彼女に耐えていたかでそれは明らかだ。

そして最後に、私はナタリーのことを考えた。彼女がどれだけ私に親切にしてくれたか、どれだけ一緒に過ごしやすい人であったか――そして彼女はたった9ヵ月で釈放なのだ。私が彼女を残して立ち去れば、次にどんな変人がキューブ18に来るかわからない。

「ニーナ、私、ミス・ナタリーを見捨てることなんてできないよ」と言った。

「彼女、本当に私に良くしてくれたのよ。ポップがわかってくれるといいんだけど」

ニーナは驚いて私を見た。「ごめんね……他に誰がいいかな。トニなんてどう？　彼女はイタリア人よね？」私はそう胸を張って言い、ふたりはぴったりだと伝え、私のゲットーの家、B棟に戻った。

＊34　スワンプ・ヤンキー　アメリカ北部出身の田舎者のこと。
＊35　アクアマリン　青緑色のベリル（緑柱石）のこと。
＊36　ブート・キャンプ　アメリカで「新兵訓練施設」を意味する口語表現で、現在では軍隊式のトレーニング全般を意味するものとなっている。ここでは成人矯正プログラムのこと。
＊37　ジェリー・スプリンガー　イギリス出身で、政治家として活躍後、タレントに転身。1991年からアメリカで放映されていた人気番組『ジェリー・スプリンガー・ショー』の司会者として有名。
＊38　麻薬更生プログラム　麻薬常習者のための更生プログラムのこと。
＊39　ワカモレ　メキシコ料理のサルサ（ソース）の一種。アボカド、トマト、たまねぎをすりつぶしたものにライムやスパイスなどを加えたもので、アボカドの緑色が特徴。

Chapter 7

The Hours

時間

ダンブリーでは宗教的な場面を目撃する機会が多かった。カトリック教徒のための金曜ミサ、時には日曜のミサもあった（通常このミサは、若くギターを奏で、イタリア語を話す「ホットな神父」によって行われ、イタリア系アメリカ人には喜ばれていた）。週末にはスペイン語の礼拝があり、週末には仏教の瞑想グループの集会とラビ（＊40）の訪問があった。そして良い香りのするキャンドルとアコースティックギターを抱えたボランティアによる、特定の宗教とは無関係の風変わりな集会が行われた。最も大きなグループは「クリスチャン」（別名原理主義者）の礼拝で、それは日曜の夕方、面会時間が終わった後の面会室で行われていた。

3月、私はドイツ人の尼僧で聖職者のトップを務めていたシスター・ラファーティーに、米国聖公会の復活の主日《しゅじつ》（＊41）が行われる予定があるかどうか質問した。彼女は私を驚きの目で見ると、もし私が自分で牧師を探し出し、彼、または彼女を私の（すべての）面会者リストに載せることができれば、チャペルを使うことはできると言った。この役立たずめ！

これ見よがしに力を誇示したい、更生して生まれ変わったらしいご近所さんたちが行う宗教的な祈りにはあきあきしていた。信仰の篤い人の一部はうぬぼれが強く、どんな話題であっても祈りを捧げると声高に言い、収監中の彼女たちとともに神が歩いているのだということ、ジーザスがどれだけ罪深き人々を愛していたかということなどをとにかくごちゃごちゃと言うのだった。個人的には、誰だって神に（静かに）感謝を述べることができるし、それはもう少し控えめであってもいいと思う。大声で神を賛美する一方で、うんざりするような態度を取る人間が多いことは、ドーム周辺で起きていることを見れば明らかだった。

刑務所の中には、飾りのついた帽子やドレスはないけれど、イースター（復活祭）の前の週に、誰かが気味の悪い木製の十字架を、食堂のすぐ外、収容施設の裏側に立てた。私はそれに向かい合って座らなければならず、私は朝食の席で、朝食に参加する年配の女性のひとりで、パピープログラムの女王を務めるしわがれ声のミセス・ジョーンズに「一体何なの？」と聞くことしかできなかった。彼女がまだ55歳だということには驚いた。刑務所は女を早く老けさせる。「いつもやるんだよ」と彼女は言った。「修理メンテナンス部門のピエロが来て、立てていったのさ」

数日後、ニーナと私はインスタントコーヒーを飲みながら、間近に迫った休暇について話し合っていた。レヴィーともうひとりのユダヤ人は、箱に入った過ぎ越しの祭り用のマッツァー（＊42）をドイツ人尼僧から受け取っていた。これは興味津々の囚人たちを興奮させた。「何であの人たちはクラッカーをもらえるわけ？」と、信仰のミステリーを分析しながら、B棟の住人が私に聞いた。「ゼリーを乗せたらうまそうだね」

前髪にカーラーを巻いたニーナは頭を傾けると、過ぎ越しの祭りの思い出に浸りだした。「ライカーズ島の刑務所にいた年があってね。マッツァーぐらいしか食べられるものをもらえなくてさ」と彼女は、両手の指でタバコを巻きながら、物思いに耽るように言った。「バターを塗るとうまいんだよね」今年、私はラリーの実家のセダー（＊43）と、自分の実家のイースターの間を行き来することはない。残念だわ……10の災い（＊44）が大好きだったのに。

ポップとその子分たちは、イースターのディナーに全力を尽くした。それはとてもぜいたくなもので、まるで春の奇跡のようだった。メニューは、ベイクドチキン、キャベツ、濃厚なダンプリング（＊45）で、あまりに濃厚で武器として使えそうなくらいだった。それから、マスタードのかかったデビルド・エッグ（＊46）、ちゃんとした野菜がサラダバーに盛り付けられていた。デザートには、ナタリー特製、鳥の巣のような砂糖菓子が用意されていたのだ――揚げたトルティーヤのカップの中にプリンが入れられ、緑に色付けされたココナツが「芝生」として飾られ、そこに散らされたジェリービーンズが「卵」に見立ててあった。そしてその上には派手に色あいのマシュマロが乗っていた。周りの囚人たちがうれしそうに食べている中、私はただそれを見つめ、自分の目を信じることができなかった。この美しいジオラマを食べるなんて無理だよ。コーティングして永遠に手元に置いておきたかった。

イースターの直後、ニーナが丘の下にある高警備の刑務所に麻薬更生プログラムを受けるため移動した。寂しくなる。彼女は何週間もスカーフを編み続けていて、私はその相談を受けていたのだ。「次は何色がいいと思う？」と彼女が、かき集めた見事な編み糸のコレクションを見せながら言う。私は「紫がいい！」とか「緑！」とか言うのだ。

収容施設全体が、厳しい9ヵ月の麻薬更生プログラムに向かう8人の女性のための準備のプロセスに入っていた。このプロセスには、丘を下りて刑期を過ごす女性たちに禁制品の処分をさせ、売店で新しいものを買い揃え、スナックやメッセージを添えて渡すことも含まれる。最悪のサマーキャンプに送り出すことに似ていた。

ニーナは世にも恐ろしいフェンスから数百メートル先の施設に行くだけだが、数百キロ先に行くことと同じようなものだ。彼女には二度と会えないかもしれない。7人の女性同様、彼女のダッフルバッグもドライバーのバンに詰め込まれた。私は彼女を抱きしめた。「ニーナ、いろいろしてくれてありがとう」

「ねえパイパー、あんたのスカーフ、絶対に編み上げるからね!」

ポップは泣いていた。ニーナが丘を下りて連邦矯正局に向かうと、私は本ものの喪失感に見舞われた。彼女は私が作った最初の本当の友だちだったし、これから先、彼女とは一切連絡を取ることができない。刑務所とは、人生から去ってしまう人、そして自分のイマジネーションを満たしてくれる人との出会いに満ちている。人生から去ってしまった人たちが刑務所のグラウンドの向こう側にいる場合もある。姉妹やいとこが丘を下った高警備の刑務所にいる人を少なからず知っている。ランチを終えて仕事場に歩いて戻る途中、私は連邦矯正局のバックゲートでニーナの姿を見つけ、必死になって飛び上がり、手を振った。彼女も私を見て、手を振った。刑務所の外をパトロールしているトラックが私たちの間に停車した。建物内部の警備から、「やめろ!」という鋭い声が飛んだ。

今の収容施設に送り込まれる前、「丘の下の収容所」で何年も過ごしたことのあるポップは、塀の中にいても、友人たちにごちそうを届けるメッセンジャーを何人も抱えていた。A棟、別名「サバーブ地区」に住み、キューブ内に私やナタリーが持っているものの2倍の大きさのロッカーを、ポップは持っていた。その中には彼女のお気に入りのものが詰め込まれていた。売店では購入できないスパム(*47)だとか、誰も持っていなかった服、そして何より香水。

彼女はそれを自分用に調合するのが好きだった——ホワイト・ダイアモンド(*48)を少しに、オピウム(*49)を少し混ぜ合わせる。〝オー・ド・ポップ〟だ。貴重な禁制品であるレースのブラを、丘を下りた場所にいる終身刑の友人に送るために選びながら、「そろそろ終わりだ」とポップが言った。「こんなもの持っていても意味がないだろ? 1月になったらここことはおさらばさ。アクセサリーに似合うきれいな新しいブラを買うよ!」

ポップは疑問と秘密と新しい事実の源のような人だった。その時はまだ知らなかったのだけれど、ニーナはありとあらゆる意味において、私が刑期を全うできるよう、ポップに頼んでくれていた。ポップは助けが必要な時に私を助けてくれ、他に選択肢がない時には、愚痴を言わずにタフになれと言ってくれた。ポップは最初、私を懐疑的に見ていたが、私が彼女の背中の痛みを緩和するためにマットレスの下に敷く板を修理メンテナンス部門から調達してくると、私に関する考えが大きく変わった。彼女のために休暇申請を書く私の能力も、使える人間との印象を与えた。その上、彼女の料理と身の上話に対する私の貪欲さが彼女の興味を引いたのだ。

ポップはそれまで荒々しい人生を歩んできていた。3歳でロシアからアメリカにやって来た。18歳でロシアのギャングと結婚して、両親の家を出た。ふたりの結婚生活は1970年から1980年代のニューヨークのディスコの輝きにあふれていた。そして連邦捜査局から逃亡していた数年間も。「連邦捜査局はあたしたちをとっ捕まえようと必死だったよ……夫は笑ったもんだったね。もし奴らが本当に捕まえたかったなら、捕まるはずだ。ギブアップはしない」彼女の夫は南部の刑務所に入っていたらしい。子どもたちは成人しているそうだ。彼女はすべてを失ったけれど、10年以上も服役し、人々を団結させ、そして最大限に活用してきた。ポップは狡猾で、活力にあふれていた。優しく、同時に冷酷にもなり得た。システムをどう動かすのか、そしてそのシステムからどうやって身を守るのかを知っていた。それは休むことなく、自分たちを潰そうとするものだ。

ポップの子どもたちは、ロシア語でつぶやく年長の家族を連れて、毎週彼女に面会に来ていた。面会室は、彼女がカーキ色の制服を着ている姿を見る唯一の場所だった――その場所以外では、彼女はいつもチェックのキッチン用ズボンと、胸元に白い糸で「ポップ」の刺繍の入った、赤紫色のスモッグ、そしてヘアネットを着用していた。でも面会の日には、彼女は必ず髪を整え、メイクをして、まるでレディーのように、女性らしく見えるようにしていたのだ。

定期的に面会を受ける囚人たちは、そのために最低でも制服を1枚用意していた――体にちゃんとフィットし、アイロンを当て、シミのないもので、特別にしつらえたものもあった。制服のデザインを変えることは刑務所の規則には反していたが、だからといって冴えない男物のような制服をちょっとは見栄え良く見せたり、少しだけ女性らしくすることを諦める人はいなかった。四角張った大きなシャツの後ろに模様のような折り目を付ける人もいた。縫い物が得意なのは誰かということは知れ渡っていたので、売店のグッズと交換することで、より一層フィットする制服に改造してもらうことができた。

スパニッシュ系の女性たちはパンツをタイトに履くことを好んでいた。タイトに、本当にタイトに。とてもいい感じのタックのないチノパンをもらった時はわくわくした。ウェスト部分の幅が詰めてあり、かかとの部分で細くなっていたのだ。内股はボロボロだったけれど、それでも仲の良い囚人たちは、私が面会のためにそれを着てさっそうと歩くと、頷きながら舌を鳴らした。「ああ、パイパー！」と、デリシャスが楽しそうに叫んだ。「セクシーだよ！」とラリーは言って、タイトなパンツを履いた私を見て、両目を飛びださせんばかりだった。

髪型は制服と同じくらい重要だった。これは私みたいにストレートなブロンドの女には関係ない話だったけれど、黒人とスパニッシュ系の女性にとっては、終わりのない関心事であり、数時間にも及ぶ女の時間の源となっていた。誰が面会に来るのか、その髪型を見ればわかるほどだった。サロン・ルームでは、パーマ液の強い匂いと髪の燃える悪臭が原因の口論が絶えなかった。部屋の電源供給は需要を満たしておらず、ヒューズが飛んでばかりいたが、非難されるべきデサイモンは対策を拒んだ。作業所の女性が電気工事のスタッフに配線工事を依頼したらどうかと提案した時、「『ビューティーサロン』なんてものは閉めるべきだ」と、彼は怒鳴って言った。「囚人には電気なんて必要ない！」

髪を整えたら、次はメイクだ。施設内にいる囚人の約3分の1が、ほぼ毎日化粧をしていた。習慣で、正常な精神状態になる努力として、あるいはスタッフや他の囚人を魅惑するために。化粧品は売店で買ったり、ボルゲーゼの化粧品の虜だった元株のブローカーは、面会者を経由して持ち込んでいた。麻薬更生プログラムに参加する前に、ニーナがワンコインショップで売っているような、ハートの形をした小さなコンパクトを私にくれた。私は派手なアイシャドウを試してみた。スパニッシュ系の女性の多くが、アイライナー、リップライナー、そして眉毛のタトゥーをしていて、その効果にはぎょっとしてしまった。私はニューヨークのミートパッキング地区（*50）のトランスジェンダー（*51）の売春婦をイメージしてしまうのだ。タトゥーで入れた眉毛は本当の眉毛とはズレていて、それが理由で剃ったり抜いたりせねばならず、そしていつしかタトゥーの色が黒から青に変わる。

面会者を待つ囚人は、服にアイロンをかけ、髪をなでつけ、愛する人が駐車場から丘を登ってくるのが見える公衆電話横の階段の踊り場にじっと座る。面会者の予定がない囚人は、階段の至る所で面会者がきて、去る姿を観察して、喜びを追体験するのだ――いつも来るほとんどの面会者のことは、見ればすぐにわかるようだった。「あ、ジンジャーの子どもだよ！　アンジェラの両親もいるね――いつも駐車する前にお母さんを車から降ろすんだよね。腰が悪いから」

面会者は、武器や麻薬を持ち込んではいないと明示された書類にサインをしなければならない。そして刑務官が収容者リストをチェックして、面会者の名前が記載されているか確認をする。リストがアップデートされているかどうかは、祈るしかない。囚人のカウンセラーにすべて委ねられているのだ。書類仕事はやってくれたかしら？　ちゃんと届け出はしてくれた？　もししていなかったとしたら、諦めるしかない。面会者が誰であろうと、どれだけ遠くから会いに来ていようとも、施設に入ることはできない。ラリーは一度、面会者——老いた人、若い人、パンク、あるいは金持ちのヤッピーでも——が不満を飲み込み、刑務所の看守におべっかを使って、どうにかして中に入れないかと交渉する様を見るのがどれだけ辛かったか話してくれたことがある。刑務所の看守の経験によって大きく煽られるパワーゲームは、面会室にまで及んでいたのだ。ラリーは私に会うために毎週来てくれ、私はその面会を頼りに生きていた。ダンブリーでの暮らしにおいて、面会の時間は唯一の希望だった。それは私が彼を愛しているという、胸いっぱいに広がる肯定感だった。母は私が2週間に1回でいいからと頼むまで、往復で6時間も車を運転して私に会いに来てくれた。ダンブリーで暮らした11ヵ月の間に、私と母は、本当に多くの時間を共有することができた。成人してから母に会った回数よりも、ずっと多く彼女には会うことができた。

ヨガ・ジャネットとシスター・プラットはいつも多くの面会者の訪問を受けていた。年をとったカウンターカルチャーのヒップスターとか、グアテマラ産のコットンで手織りした服を着たバラ色の頬をした左翼とか、そんな人たちだった。シスター・プラットは、彼女の面会リストへの連邦刑務局の効力のある検閲に苛々させられていた。国際平和を象徴する人たちが彼女に面会しようと申請し、却下されていたのだ。

外の世界と完全に別れを告げたために、面会者が一切いない囚人も何人かいた。子どもも親もおらず、友達もいない人たちだ。誰ひとりとして。生まれ故郷から地球半周分ぐらい離れてしまっている人もいた。率直に、こんな場所にいる自分を誰にも見られたくないという人だっていた。一般的に、刑期が長いほど、誰かが面会に訪れる回数は少なくなる。私は自分の二段ベッド仲間のナタリーが心配になっていた。彼女は8年の刑期をもう少しで務め上げる。幼い息子と毎晩電話で話をしていたし、多くの手紙を受け取っていたけれど、一緒に暮らした1年の間に、1回も面会者の訪問を受けていなかったのだ。私たちが共有した2メートル×3メートルのスペースの中に、語られることのないプライバシーの壁があると考えた私は、一度もそれについては聞かなかった。

1日は終わりがないように感じられたものの、それでも面会があることで私が想像するよりも1週間が早く終わるようになった。木曜日と金曜日、それから土曜日と日曜日に誰かが面会に来てくれていた私はとても幸運だった。これはラリーと母との約束だったし、私に喜んで会いに来てくれるニューヨーク在住の多くの友人のおかげだった。ラリーは私の複雑な面会スケジュールをクルーズ船の操縦士の冷静さで調整してくれた。

カウンセラーのブトロスキーが突然去り、私は官僚的お役所仕事の悪夢に見舞われるのではと恐れた。彼よりもずっと若く、「北部出身者」ではないデブー所長の意思に従い、彼は早期退職を希望したらしい。そして彼のポジションは別の「古株」であるミスター・フィンに引き継がれたのだった。彼は同じく刑務所に勤務して20年目を迎えつつあった。フィンはプライベートなオフィスを要求することと、フロアワックスの品質について雑役係に文句をつけることで、あっという間に施設内の囚人たちと職員の中に敵をつくった。きれいに片付けられたプライベートオフィスに入る時、彼はそのドアに真鍮のネームプレートを取り付けた。もちろん、直後にそのくだらないプレートはどこかに消え、それが原因で刑務官の集団が収容施設にやって来て大騒ぎになった。フィンさんのネームプレートが見つかるまで、彼らは絶対に諦めない！「一難去ってまた一難さ、相棒」と、丘の下の施設にいた数年前から彼を知っているナタリーは言った。「奴はどうにもならない野郎さ。事務仕事を最低限こなしてくれたブトロスキーはまだマシだ。フィンは書類仕事が大嫌いなのさ」

これは私にストレスを与えた。フィンの性格を考え、長い面会者リストの調整をしようと試みたのだ。でも、ブトロスキーの時もそうだったように、私のブロンドと青い目が私を助けてくれた。ミスター・フィンはあっという間に私を好きになったようで、私が新しい面会者のフォームと、特別な面会を許可してくれるか、あるいはミスター・ブトロスキーがしてくれたように私のリストを取り扱って欲しいという遠慮がちなリクエストを持って彼に近づいた時に、彼は鼻を鳴らしたのだ。

「よこせ。何人リストに乗っていようと構わん。全員許可だ」

「本当ですか？」

「もちろんだ」フィンは私を上から下まで眺め回した。「お前、こんなところで何やってんだ？　お前みたいな女は、あまり見ねえなぁ」

「10年前の麻薬がらみの犯罪なんです、フィンさん」

「もったいないねえ。この収容所にいる半分にとって無駄なことだ。麻薬がらみの奴らのほとんどがここにいるべきじゃないんだ。丘の下のあの外道どもとはちがう。あそこには自分のガキをふたりも殺した女がいるんだ。生かしておくのは無駄だね」

私は何と答えていいのかわからなかった。

「面会者をリストに載せてくれるんですよね、フィンさん？」

「もちろんだ」確かに、彼はリストに載せてくれた。私の面会者リストは一気に25人に膨れ上がり、不可解な刑務所のルールは不変ではないという例がまたひとつ増えた。

ラリーと母は外の世界と私をつなぐライフラインだったけれど、私に会いに来てくれる友人がいることも私にとっては幸運だった。特に、友達が来てくれることは気分転換になった。彼らは私がラリーと家族に経験させてしまった罪の自覚に染められていなかったからだ。彼らの驚くほどふつうの暮らしからもたらされるニュースや疑問や情報を聞いて、リラックスして大笑いしていればよかったから。

サンフランシスコのブッククラブで知り合った、ラリーの元ルームメイトのデイビッドは、面会室の常連だった。彼はその時ブルックリンに住んでいて、月に1回コネチカットまで電車で来てくれたのだ。彼の面会がとてもうれしかった理由は、彼が私の状況を好奇心と理解をもって見渡して、完璧にふつうにふるまってくれたことだった。彼は自動販売機が大好きだった。「あそこに行っておやつを買おうぜ！」私の悲惨な状況を受け流してくれる友人を見て、涙が出そうだった。

デイビッドは収容施設で注目の的だった。彼の赤毛と洗練された魅力というコンビネーション、そして芸術家のような眼鏡が辛辣なコメントを引き出した。それとも、囚人たちはニューヨーク在住のゲイのユダヤ人に慣れていなかったのかもしれない。彼の面会の後で「すごい奴と友達だな」と言ったのは、男性刑務官だった。

ミスター・フィンは流し目をしながら、「お前も、女に気のあるフリをしてりゃいいだけさ」と言っていた。でも囚人の中にはおしゃべり好きなデイビッドが大好きな女性もいた。「あのゲイの友だちと楽しい時間を過ごしたのかい？」とポップがデイビッドの面会の後に私に聞いてきた。もちろんよ。「ゲイは親友になるよね」と彼女は悟ったように言った。「彼らは忠実だからね」

友人のマイケルは毎週金曜日に美しいルイ・ヴィトンの便せんに手紙を書いて送ってくれた。彼の手紙は遠く離れた異国文化の芸術品のように思えた。彼が初めて私を訪れてくれた時、彼は輸送バスと同時に到着するという不運に遭ってしまい、ジャンプスーツが乱れた状態の女性が、ライフルを持った看守によって連邦矯正局に足かせ付きで入る場面を見てしまったのだ。陽気な雰囲気でカーキ色の制服を着た私がカードテーブルに座った時、彼は動揺し、また安心したように見えた。

ピッツバーグ、ワイオミング、カリフォルニアからも友人たちが会いに来てくれた。親友のクリステンは私に毎月会いにくるため、ワシントンでの新しい仕事を辞めて、他の誰もが気づかないようなトラブルのサインを私の表情から読み取って、心配そうに私をじっと見るような人だった。私たちは大学に入学して最初の週から離れがたい友人となった。おかしなふたり組だったと思う。彼女はまじめできちんとした南部人で、実直で、誰かを喜ばせようとやたらとがんばる人だった。私は、そうまじめではなかった。それでも、深いところで私と彼女はそっくりだった――同じような家族、同じような価値観、そして同じような気質を持っていたのだ。彼女は苦労しているようだった。会社の立ち上げと同時に結婚は終わりを迎えつつあり、親友と心と心を通わせた話をするためには、コネチカットの刑務所まで出てくる必要があったからだ。クリステンが会いに来るたびに、スコット刑務官が面会室に姿を現して、まるでティーンエイジャーのように彼女を見つめることに私は気付いていた。

私に男性の友人が面会に来た時のことだ。彼は背が高く、カーリーヘアーの弁護士で、近くの男性刑務所で無料のクライアントのコンサルティングをしていた。そこで、家に戻る途中に私に会いに来てくれたというわけだ。いつもは、彼と彼の妻が一緒に面会に来てくれていた。静かな木曜日の午後、彼と私は昔ながらの素敵な時を過ごした。何時間も話し、笑い合った。

後になって、ポップが私を部屋の角に追い詰めた。「面会室であんたを見たんだ。楽しそうにしてたじゃないか。あの男は誰だい？　ラリーは彼が来ていることを知ってるんだろうね？」私は澄ました顔でポップに、面会に来た人はラリーの大学時代からの古い友人で、はい、もちろん私のフィアンセは彼が面会に来ていることは知っていますと説明した。檻の中にどれだけ自分のファンがいるか、ラリーは知っているのかしら。

面会時間が終わると、最後まで残っていた収容者が面会に来ていた愛する人を抱きしめ、キスをして別れを告げた。私たちは一緒に部屋を出て、互いに物思いにふけり、刑務官が面倒だからと全身検査をやめてくれないかな、と願った。誰かが泣いていれば、共感しながら笑顔を見せ、肩を抱いた。誰かがニヤニヤと笑っていれば、「面会はどうだった？」と、靴の紐を解きながら聞くのだ。全裸でスクワットし、咳をゴホンとしたら、二重になったドアを急いで抜けて収容施設の建物内に戻ることができるし、多くの女性たちが当てもなくぶらぶらしている階段の踊り場に出ることもできるし、電話の順番を待ったり、丘を下りて駐車場まで歩く訪問者を見ることもできる。すべてを早く終わらせることができた場合、窓に駆け寄って、面会者が立ち去るその姿を最後にもう一度観ることができる。ラリーは後日、私が安全な家に戻った時に、窓から手を振る私の姿を見ることが、そして私を残して丘を下りて立ち去ることがどれだけ辛かったかを話してくれた。

＊40　ラビ　ユダヤ教における宗教的指導者で、学者のような存在のこと。
＊41　復活の主日　復活祭（イースター）のこと。キリスト教において、十字架にかけられて死んだイエス・キリストが3日目に復活したことを記念し、記憶するための祭り。移動祝日であり、年度によって太陽暦での日付が変わる。
＊42　マッツァー　ユダヤ教の記念日、過ぎ越しの祭りで食べられる乾燥した平べったいパン。

＊43　セダー　ユダヤ教の過ぎ越しの祭りの第1夜に行われる儀式。

＊44　10の災い　紀元前15世紀頃、奴隷として働かされていたイスラエル民族の神が、懲りないエジプトのファラオに対してもたらした10種類の災害。

＊45　ダンプリング　小麦粉を練ってゆでただんご、あるいは果物入りの焼きだんご、あるいはだんご状にしてゆでたものをシチューやスープに浮かせた料理のこと。日本のすいとん、中国の餃子、イタリアのニョッキなどもダンプリングの一種とされる。

＊46　デビルド・エッグ　ゆで卵の黄身をくり抜いてマヨネーズなどで和え、白身の上に盛り直した料理。オードブルとして人気のある、アメリカの伝統的な料理のひとつ。

＊47　スパム　ホーメル食品が販売するランチョン・ミートの缶詰のこと。

＊48　ホワイト・ダイアモンド　アメリカの大女優、エリザベス・テイラーの名を冠したフレグランス・ラインの香水。ゴージャスでグラマラスな香りが特徴。

＊49　オピウム　フランスのファッション・ブランド、イヴ・サンローランの香水。東洋的な香りが特徴。

＊50　ミートパッキング地区　ニューヨークのマンハッタン内に位置し、チェルシーやウェストヴィレッジに隣接する地区のこと。元々は肉の問屋街だったが、現在ではブティック、レストラン、ナイトクラブやカフェ、ギャラリーなどが立ち並ぶプレイスポットとなっている。

＊51　トランスジェンダー　性同一性障害のひとつ。身体の性と心の性が一致しない状態の人のことを指す。

Chapter 8

So Bitches Can Hate.

ビッチに思い知らせてやる

私が挑戦しなかった趣味のひとつがかぎ針編みで、このかぎ針編みは施設にいる囚人のほとんど全員が虜になっていた。手作りの作品の中には感動的なまでに見事なものもあった。洗濯室の運営をする、ナンシーという、ぶっきらぼうで田舎者の白人の受刑者は、誰のことも嫌っていたが、「北部出身者」はその例外であることはよく知られていた。彼女の性格は残念なところが多かったが、それでも彼女は卓越したアーティストだった。

ある日、C棟でナンシーがアリー・Bとや根暗のサリーと立っている場面に出くわした。3人とも大笑いしていた。「何よ?」と何の気なしに聞いた。「見せなよ、ナンシー!」と、クスクス笑いながらアリーが言った。ナンシーは両手を開いた。両手に握られていたのは、まるで生きているように生々しいかぎ針編みのペニスだった。ふつうサイズで勃起していて、ピンクのコットンの糸で縫われ、睾丸とわずかな茶色いコットンでできた陰毛、白い糸が先から飛び出していた。「感傷的っていうか、実用的よね?」と言うのが精いっぱいだった。

アリー・Bはいくつか向こうのキューブに住んでいた、背が高くて痩せていて、がっしりとした肩とあごをした、奇妙なんだか美人なんだかよくわからない人だった。彼女はキャンディーが大好きで、ポパイに出てくるウィンピー(*52)に似ていた。「来週の火曜日には必ず返すからスニッカーズをおごってくれよう!」間抜けで欲情しやすく、反省など全くしていないジャンキーな彼女は、残りの日数が何日で、家に戻って、セックスして、ジャンクフードを食べるんだ（この順番は守る）と大声で言っていた。彼女は麻薬好きであることに関して、率直で悪びれることもなかった。ヘロインが彼女のお気に入りだったけれど、とにかく何でもいいからハイになりたくて、仕事場の建築資材作業所にある溶剤を頻繁に吸い込もうとしていた。その場所に吸い込む価値のあるものなんて、私にはないように思えた。

アリーの仲間はペンシルベニア西部出身の若い女性で、自らを自慢げにレッドネック（*53）と呼んでいた。私は彼女を〝ペンサタッキー（ペンシルベニアとケンタッキーを合わせた造語）〟と呼んでいた。

ある日、ペンサタッキーと私がB棟にある私のキューブで立ち話をしていた時、私のキューブの横のコーリーンと彼女の仲間のカルロッタ・アルヴァラードが歩いてきた。カルロッタに「だから？ 先週あげた、あのおもちゃ、どうだったのさ？ めちゃくちゃいいだろ？ え？」と、ニヤニヤ笑いながらコーリーンが聞いた。カルロッタは、フフフと満足げに笑い、ふたりはそのまま通り過ぎた。私は目を見開いてペンサタッキーを見た。「ディィィィルドオ（張型）」と、彼女はゆっくり、強い訛りで呟いた。私は好奇心があるように見えたにちがいなかった。だって彼女は急いで説明し始めたのだ。

「コーリーンがすごいものをにんじんか何かで彫ったんだって。いつもとはちがうやつだ」

「いつものって？」

「鉛筆に伸びる包帯を巻き付けて、それに診療所にある指サックをかぶせて使うんだよ」

「あら、ステキ」

「フン。郡刑務所にぶち込まれていた時は、スポークとかナプキン、それからゴム手袋の指の部分を使ってディルドーを作ってたんだよ!」ナプキンって便利よね。刑罰制度内の勤勉な趣味人は、持てるものすべて使って作品を作り上げるのだ。

「機能的っていうか、気分的なものよね、ペンサタッキー?」

「ああそうだ、意味はわかんねぇけどよ」


8人の囚人が丘を下り、麻薬更生プログラムに参加し始めたのと同時に、下の連邦矯正局はお返しに「ムショ生活の長い囚人」軍団を丘の上に送りつけてきた。こういった女性は釈放が近い場合もあるし、長い刑期が残っている場合もある。いずれにせよ、彼女たちは群れとなって行動し、静かに状況を見定めようとする。もちろん、収容施設内に刑務所内で知り合った友だちがいたり、以前からの知り合いがいたら話は別だ。

連邦矯正局から来た軍団の中に、スパニッシュ系で、錯乱したマヤのプリンセスのようなルックスのモリーナがいた。狂った人だったけれど、それは彼女のボサボサ頭だとか、ワイルドな風貌のせいではなかった。彼女には、刑期を務め上げる術を知る者だけが持つ空気のようなものがあった。「上質な」制服に完璧なまでにアイロンをかけ、きちんと身なりを整えていて、常に落ち着き払っていた。それなのに、モリーナの目は狂気に満ちていた。見開かれた茶色い目は強烈な印象を放ち、それが一体何を伝えようとしているのか全く見当もつかないのだ。彼女が何かに悩み、それを何とか抑え込もうと一生懸命になると、彼女の両目がその感情を表に出してしまうのだ。彼女の不気味な目に気付いたのは私だけではなかった。「ここがおかしいんだよ」と、こめかみを叩きながらポップが言った。「気をつけな」

朝、職場に行く際に一緒に行かないかとモリーナに誘われた時はとても驚いた——彼女は修理メンテナンス部門内にあるセイフティー部門での仕事を割り当てられていたのだ。私はいつも職場までの道をひとりで歩くことにしていた。それは私が大切にしていた、わずかな自由だった。私は彼女と何を話したらいいのかわからなかった。彼女は同年代ではないかと思ったのだけれど、彼女がどのあたりの生まれなのかは見当がつかなかったし（彼女の英語には強いアクセントがあったが、きれいな英語だった）、いきなり個人的な質問をすべきではないことは何よりも理解していた。

「セイフティーの仕事ってどう？」という質問は、妥当だったと思う。クレイジー・アイズがその質問に腹を立てるわけがなかった。

「まあまあだよ」と彼女は鼻を鳴らして言った。「連邦矯正施設のボスを知っているから。問題なしだ。ねえお嬢さん、あんたはどこの出身だい？」

私はいつもの必要最低限の情報しか彼女には与えなかった——ニューヨーク、刑期は15ヵ月。

「子どもは？」

いないわ。あなたは？

モリーナはしわがれ声で、狂ったように笑いながら言った。

「ウブでストレートなかわいい子だね。あたしがタチ（男役のレズビアンの意味）だってことがわからないんだから。男なんてひとりもいないこのムショの中でも、外でもね……ああ、あんたを食っちまいたいよ。いいや、ベイビー。あたしに子どもはいないよ」

翌週、そしてその次の週も、私がそうしたいか、したくないかに関わらず、モリーナは通勤仲間となった。収容施設内の女性の悪口を山ほど聞いた。「あいつらはまるでガキだよ。これがゲームだって思ってる」と彼女は見解を述べ、唇をめくりあげた。狂気をおびた彼女の目が怖くて、私は細心の注意を払って礼儀正しく、そしてあいまいに対応していた。職場に行く道すがらの、たどたどしい会話に加えて、収容施設内での彼女の私に対する関与が明らかに増えてきた。「こんにちは、ベイビー！」と言いつつ、彼女はやって来るのだ。B棟に移ったら、誰も私の部屋に来て欲しくはない。スペースは狭かったし、ナタリーとシェアすることになる。それは私が得ることになるプライバシーに最も近い場所であった。私は部屋から出て人間関係を築いてきた。部屋にいる時は、本を読むか、手紙を書くか、あるいは眠っていた。他の女性たちは、特に若い女子はベッドや足台にいっぱいになるほど人を招き入れ、立ち話をぺちゃくちゃとするのが好きだった。でも私はそれを望んでいなかった。「新しい友だちができたみたいだね、相棒」と、ナタリーが冷ややかに言った。

職場に一緒に向かっていたある日、クレイジー・アイズが単刀直入に言い出した。彼女はその日も、収容施設内の女性たちがいかに愚かで幼いか、わめき散らしていた。「ここでバケーションでもしてるつもりかね。走り回ってまるでバカみたいだよ。女性らしくふるまえないかね」

私は穏やかに、きっとあの人たちはとても退屈していて、あまり良い教育も受けていないだろうから、気分転換でバカなことをしてしまうのだろうと返事をした。

私のこの考察が、クレイジー・アイズからの、突然の、そして熱烈な言葉に結びついてしまった。

「ああパイパー！　あたしはガキなんていらないんだ、本物の女を探しているんだよ！　あんなバカな女たちなんてどうでもいいのさ！　ストリートじゃあたしは伝説のドラッグディーラーだった！　あたしは本物だ、本物のディーラーなんだ！　あたしの人生は本物だよ！　ここにいるからって、あのバカ女たちのために時間を無駄になんてできないんだ。あたしには本物の女が必要なんだよ！」

私は口をあんぐりと開けて、そして閉じた。まるでメロドラマの世界に投げ込まれたかのような気持ちになった。モリーナの胸元が刑務所のカーキ色の制服の下であえぐように動いていた。もちろん、私は彼女が言おうとしていることは理解していた。彼女の人生は本物にちがいないし、彼女の欲望だって本物で、彼女が刑務所生活を楽しいものにするためにレズビアニズムの実験中の、軽薄でバカな女たちと時間を無駄にしたくないのも理解することはできた。でも、私は絶対に無理だから。

私は思いやりの言葉を使うように心がけて言った。

「あのね、モリーナ、あなたはきっとあなたにぴったりな女性を見つけられると思うの。彼女が現れるまで少しは時間がかかるかもしれないでしょ？　そうよね？」

彼女はいつもの訳のわからないクレイジーな目で私を凝視し見た。ねえ、怒ってる？　傷ついた？　それとも痛めつけるつもり？　わからなかった。職場に着いた時には、心から安堵した。たった10

分の徒歩での通勤をこれほど長く感じたことはなかった。私はこの会話を自分の中だけに留めた。

モリーナはこの会話の後も数回、どれだけ彼女が本物の女を必要としているか私に説明しようとした。たぶん、私が彼女の意図をくみ取れない鈍感な女だとでも思っていたのだろう。でも、私の答えは同じだった。彼女にぴったりな女性はきっとこの矯正システムのどこかにいて、神の導きによってもうすぐダンブリーまで送られてくるだろうと言ったのだ。とにかく、早く送ってきて欲しい。

私が彼女の未来の恋人にはならないとはっきりとわかった時、クレイジー・アイズはあっさりと私への興味を失った。私に挨拶はしてくれたけれど、まるで興味がなさそうな様子だった。私はこの出来事を可能な限り優雅に切り抜けられた気分だったし、私の暗黙の拒絶が恐ろしい余波を招くようには思えなかった。私は少しだけ気持ちが楽になり、クレイジー・アイズが他のレズビアンたちに私が「そうじゃない」ことを広めてくれればいいと願っていた。過去に一度はそんな時期があったとしても。

私は何年ぶりかに完全に化学薬品を抜いた生活を送っていた——バースコントロールのためのピルの服用を止めていたのだ。私の体はそもそもの状態に戻りつつあった。3ヵ月の強制的禁欲生活のおかげで、私はとても感じやすくなっていた。もし私に水をかけたら、ジュージュー音を立てただろう。

ラリーも私たちが離れていることで、落ち着かなくなっていたようだ。彼の面会室での挨拶のキスはより情熱的になり、カードテーブルの下で足を絡めたがった。私の、彼と足を絡めたいという切なる思いは、看守への恐怖心ですべて完璧に抑えられていた。ラリーはできていなかったけれど、私は理屈抜きのレベルで理解していたのだ。看守たちは面談をストップさせることもできるし、面会という特権のすべてを確実に私から奪うことだってできるのだ。ある日、ゲイ・ポルノの男優（別名ロットメンセン看守）が、面会時間にこのポイントをラリーに目に見える形で示した。彼は気取ったサディストで、角刈りでより目で、もじゃもじゃの口ひげを蓄えていた。ヴィレッジ・ピープル（＊54）のトリビュート・バンドにもなれない男だった。小さなお友達である、「ジーザスは僕の仲間」刑務官に会いに、面談室に入ってきたのだ。小さなお友だちは面談室の刑務官代理として、面談室にふたりの退屈した囚人のヘルプと一緒におり、囚人たちの大喜びを見学していたのだ。

私は面談室に入り、ラリーにキスをし、ラリーは指定されたテーブルに座る時、もう一度、さっと私にキスをしたのだ。これを見たゲイ・ポルノの男優が「**オイッ！　次はつまみ出すぞ！！！**」と、怒鳴りつけた。全員の顔がこちらに向き、静かに私たちを見た。ラリーは早口で話した。

「一体、何なんだあいつ？」彼は私の膝をテーブルの下で触ろうとした。

「あの人たちはここではあんな感じなのよ――**ちょっと、触らないで！　あいつ、本気なのよ！**」

私の何よりの望みは彼とのふれあいだったという時に、あんな形で彼に怒りをぶつけるのは本当に悲しかった。でも刑務所の中でのきわどい行為は、悲惨な結末を招きかねない。彼らには私たちの面談を終わらせる力だけではなく、気まぐれでSHUに私をぶち込むことだってできるのだ。

まだトラウマを引きずっていた後日、私は面談室で働いている囚人のひとり、エレーナに一体何が起きたのか聞いてみた。「ああ、あの小さな男があんたのことを見てたんだよ。で、顔を赤らめたんだ」と彼女は言った。「小さなお友達があんたたちのキスを見て顔を真っ赤にしたことに腹を立てたロットメンセンが、キレたってわけ」翌週は、いつもの刑務官が戻っていた。「あんた、いい気になってたらしいね」と、ラリーに会う前に私の体を触ってチェックしながら彼女は言った。「見てるからね」

厳しくて、腐り切り、そして矛盾した環境の中で、刑務所の要求と自分自身の弱さ、そして人間性の間を、囚人はデリケートなバランスを保ちながら歩く。ラリーが来るとあまりにうれしくて、その喜びが突然、自分の人生に対する悲しみに、瞬間的に変わる時があった。この狂気の中で、私たちはふたりの関係を変えずにいることができるだろうか？　ラリーは私が刑務所に行くその時を確固たる信念を持って待ってくれた。そして今、私は刑務所の中にいる。面談室でのふたりの時間はとても大事なものだったから、私たちは難しいことやネガティブなことを話すことに、決して耐えられなかった。私たちはあの部屋での1分1秒を、愛にあふれた完璧なものにしたかった。

刑務所が愛する人との関係に影響を与えることについて、どのように対応するかは人それぞれだ。ある週末の気怠い日の午後、私は友達のローズマリーと電子レンジの近くに立っていた。彼女は複雑な調理プロジェクトの真っ最中で、とろけるチーズでチキン・エンチラーダ(*55)を作っており、私は一応「助手」を務めていた。たまねぎを刻むことを任されてはいたけれど、私の助手の仕事のほとんどは、私たちの将来の結婚式に対する彼女の情熱に耳を傾けることだった。ローズマリーは、毎週休むことなく彼女を訪れて来てくれる、優しくて穏やかな男性と婚約していて、結婚式の計画に夢中になっていたのだ。彼女は結婚関連の安物の雑誌を定期購読していて、それは彼女の部屋に山積みになっていた。彼女は、その大切な日のことを夢見て、計画することが大好きだったのだ。

同時に彼女は私の大切な日についても計画したがった。ラリーと私が婚約してから約2年が経過していた。しかし、伝統的な結婚式には全く興味がなく、その上すぐに結婚する予定もないとわかっていたから、彼女の結婚プランを真剣に受け取らず、軽く扱っていた。これがローズマリーを苛立たせた。私が赤いブライダル・ドレスを着ないだろうと言った時、彼女は激怒して金切り声を上げた。

特にこの日のローズマリーは、私のヘッドギアに夢中になっていた。もし私がヴェールをかぶらないというのなら（彼女はそれを残念がっていた）、ティアラが最もおすすめだと言うのだ。私は鼻先で笑って「あのさあローズマリー、私が王冠をかぶってバージンロードを歩くなんてマジで考えてるわけ？」と言った。新進気鋭のウェディング・プランナーに任せれば、何だってお手のものだ。

ローズマリーがトルティーヤに具を詰め、情熱的に小粒の真珠について語っていた時、シャーロット・アルヴァラードが近づいてきた。彼女は電子レンジを次に使うのは誰かと聞いたのだ。これは戦略的な質問だった。規律を乱すことに熱心なシャーロットは、誰が彼女の順番を譲ってくれるか見極めようとしていたのだ。ローズマリーは確実に譲ってくれる人物だった。ふたりは盲導犬の訓練を一緒にやっていて、ブロンクス出身のやりたい放題のシャーロットと、ニューイングランド出身の良家の子女であるローズマリーは、一見共通点が少ないにも関わらず、とても仲が良かったのだ。ローズマリーはエンチラーダの調理をいったん止め、シャーロットに、何もかもをオレンジ色で塩辛く、そしてスパイシーに味つけするセゾンという、ラテン系スパイスとたまねぎを温めてもいいと言った。

たまねぎを炒めるジュージューという音を聞きながら、「シャーロットだって婚約してるんだよ！」とローズマリーは言った。収容施設内で婚約は珍しいことだった。

「素敵ね、シャーロット。彼の名前は？」シャーロットはにっこりと笑った。

「リックだよ——私の恋人。いつも面会に来てくれる。そう、結婚するんだ。待ち切れないよ」

「**すっごく**楽しみ！」と、ローズマリーが歌うように言った。そしてニヤニヤと笑った。「シャーロット、私に教えてくれたこと、この子にも言ってやりなよ」

シャーロットは勝ち誇ったように微笑んでみせた。「そうだよ、結婚が本当に待ち切れないんだ。理由はわかる？」

私にはわからなかった。シャーロットは、神聖なる結婚について考えると、動悸が速くなることをしっかり伝えられるように、一歩下がって言った。彼女は両手の平を私の方に見せ、力説するように人差し指を天に向けた。

「ビッチどもを見返してやるのさ！」

ええと……ビッチども？

「ああ、そうだよ。地元に戻って結婚するだろ、それで私の悪口を言った奴らに示すことができるんだよ。私は、私の男と結婚する。奴らに男がいると思う？　まさか。男がいなけりゃ赤ちゃんなんて生まれない。結婚が待ちきれないね、だってあのビッチどもが私を憎むだろうから！」

私はシャーロットを観察していた。未来を想像した時、彼女の美しい顔がぱっと明るくなった――恋人、ビッチども、指にはめられたリングのある未来だ。彼女は望みをかなえるにちがいない。収容施設にいるすべての女性の中で、彼女は常に天使を見つけ出せる人だった。彼女は介護犬を育てるという刑務所での重要な仕事を持っていて、禁制品のたまねぎを必要なだけ手に入れることができ、ペディキュアをしてあげるというサイドビジネスも持ち、噂では彼女は密かに携帯電話さえ手に入れていて、とんでもなく高い料金の刑務所の電話の順番を待つことなく、塀の外にいる恋人に、電話をすることができるという。彼女は賢い女の子で、感傷的でない世界観を持つ人だった。結論として、恋人のリックは、ラッキーな男というわけだ。

私はといえば、今住んでいる世界と、戻りたいと願う世界との間に捉われているような気分だった。収監されることに折り合いをつけられない人たちが、刑務所のスタッフや他の囚人との軋轢に苦しむ姿を見た。他の囚人たちと合わせることができない人たちは、常に衝突のさ中にいた。貧困しか知らない人生で自暴自棄になり、権威に怒りをぶちまける若い女性や、下の階級だと思っていた人たちとの生活にとまどっていた中流階級の女性などだ。私は、彼女らはすべて、必要以上に不幸せな生き方を選んでいると思っていた。刑務所によって人生を支配されることは絶対に嫌だけれど、それに対抗する唯一の手立ては頭の中で考えることなのだ。それでも私は、頭の中で考えることが苦手だということはわかっていたし、私が嫌っていた人たちにさえ、勝てていなかったのだ。

しかし一方で、刑務所暮らしを楽しんでいる人たちもいた。まるで外の世界を忘れてしまったかのように見えた。中の生活になじみ、合わせようとはしても、毎日、いつ何時でも家に戻る準備はできているものだ。それはたやすいことではない。実際のところ、刑務所とそこに住む人たちが思考を埋め尽くしてしまい、ほんの数ヵ月も経てば、自由がどんなものなのか思い出すことが難しくなる。未来を思い描くより、刑務所がどれだけ悲惨な場所か、多くの時間を費やして考えることになる。刑務所のシステム内での日々の作業は、自由な市民として塀の外に出た時の人生がどうなるのかという関心を、受刑者たちから根こそぎ奪い取るのだ。これが収監にまつわる悲惨な真実のひとつであり、恐怖、葛藤、そして刑務所内の生活への関心が、「本当の世界」を頭の中から外へ追いやるという現実なのだ。これが多くの受刑者を外の世界に戻りにくくさせている。

ということで、私はほぼ連日、出所のことで頭がいっぱいになり、「**今週は誰が家に戻るの？**」と自分自身に問いかけていることに気づいた。心の中でひっきりなしに記録をつけるようになり、もし私が出所するその人のことを気に入っていた場合、朝食が終わった後に面会室のフロントドアに行き、手を振るようになった。これは、すべての受刑者の出所時に囚人たちの集団によって行われていた儀式だった。人々が去って行くのを見るのはうれしくもあり、また寂しくもあった。だって彼女たちと一緒にあの場所を去ることができるのならば、私は何だって捧げたからだ。出所時の服装を考え、それを外の世界の誰かに頼んで用意してもらい、R＆D（入所＆出所エリア）に送ってもらう。友人が特別な食事を準備し、そして刑務所内で持っていた私物を配り始める。売店で売られている衣服や、「状態の良い」制服、毛布、その他、刑期を務めている間に彼女らが集めてきたものだ。私は自分のすべての持ち物をみんなに配る妄想をした。

刑務所に送られてくる人たちを見るのは、楽しくはないけれど、同時に興味深くもある。もちろん彼女らに同情はしたけれど、私の視線は奇妙な優越感のようなものに染められていた。なぜなら、少なくとも私は刑務所内の仕組みについて彼女たちよりは知っていて、それだけ優位に立っているからだ。この気持ちは、保護観察の条件に違反してダンブリーに舞い戻ってきた囚人だと明らかになる際にまちがいだとわかる——舞い戻って来た囚人たちはまっすぐカウンセラーのオフィスに歩いて行き、以前同部屋だった相棒と一緒の部屋に入りたいということ、そして同じ仕事の割り当てを要求する。釈放された囚人の3分の2は再び収監されるという事実に最初は困惑した——私は絶対にここには戻って来ない、絶対に。それなのに……見慣れた顔がダンブリーに戻って来ても、誰も驚きはしない。

収容施設に「出頭」してきた人はわかりやすい。多くは白人の中流階級出身者で、完全に困惑して、死にそうに怯えているからだ。私は自分自身によく問いかけたものだった、「私もあんなにビビってたの？」と。そして私は、必要な時に出せるようにロッカーに保管しておいた、シャワー用の靴と歯磨き粉を彼女たちに手渡すのだった。

最初に逮捕された時から保釈の許可が下りなかったり、保釈金が支払えなかったり、郡刑務所から移送されてきたり、ＭＣＣ（メトロポリタン矯正センター）や、ＭＤＣ（メトロポリタン拘置所）と呼ばれる連邦刑務所から移送されてきたりといったことが理由で、新米の囚人たちのほとんどは、その時点である程度拘留されている。郡刑務所は例外なく不潔で、酔っ払いの巣窟で、売春婦とジャンキーのいる場所だと私は聞かされていた。連邦刑務所にいる私たちのレベルには達していないということだ。郡刑務所からダンブリーに到着する女たちが疲れ切った様子だったことは当然だった。彼女たちは環境が良いダンブリーに来ることができてうれしそうに見えた。これにはがっくりさせられた。

また興味深かったのは、モリーナのように、警備の厳しい連邦矯正施設から丘の上の警備の緩い収容施設に「自ら」這い上がってきたような女性たちだ。理論上、彼女たちは面の皮の厚い、潜在的に危険な犯罪者である。彼女たちは決まって、見た目はとても落ち着いていた――髪は整えられ、制服も同じくきちんとしていた。シャツのポケットには名前と登録番号が刺繍されているのだ（収容施設では刺繍はされていなかった）。彼女たちは決して怯えて見えなかった。でも、私たちが与えられていた程度の「自由」に慣れていなかった彼女たちは、よく驚いていたし、収容施設で行われているプログラムやレクリエーションに比べれば、連邦施設ではやることが全くなかったと言っていた。彼女たちの多くが収容施設では惨めな有様で、警備の厳しい刑務所に戻りたがった。ココという名の女性は、カウンセラーの事務所に勢いよく歩いて行くと、与えられた自由に対処することができないと説明し、頼むから丘の下の施設に戻してくれと訴えた。脱獄したいという欲求のせいで、楽しい時間を無駄にしたくないというのだ。丘を下った先にある連邦矯正施設にいるガールフレンドと離ればなれになるのが耐えられないというのが事実だと私は聞いた。ココは翌日送り返された。

コネチカットの丘に春がゆっくりと近づき、徐々に寒さが和らいできた。大勢の「イカれた奴ら」と閉じ込められていることで私の世界観にも影響が出始めていて、外の世界に戻る頃には私も少しイカれてしまうのではと怖くなった。それでも私は観察や指示を通して毎日新しいことを学び、新しいミステリーや捉えがたいできごとを解決していった。

運動場にある走路は泥まみれだったけれど、どんどん体重が落ちていくことに励まされ、私は断固とした強い気持ちで走り続けた。私に会いに来てくれた人たちは驚いた表情で「すごくきれいになった！」と言ってくれた。私は黙々とドロドロの円を描き続けた。というのも、売店はその時も42ドルもするゴミのようなラジオの在庫を切らしていたからだ。私は毎週ラジオをリストに書き込んだが、いつもラジオはなかった。プライベートではフレンドリーなのに公の場所ではすごく嫌な奴である売店の看守は、ラジオはいつ入荷するのかと聞くと、「ラジオはない！」としか言わなかった。新米たちは皆同じような状態で、私たちはとても同情していた。音声を聞くことができるラジオがない私にとっては映画会も退屈でしかなく、運動場を走っている時やジムでの運動中には、頭の中に自分の考えが響き渡るようになってしまった。私にはどうしてもあのラジオが必要なのに！

倉庫の相談役であったライオネルは、部屋の周辺で私が最も親しかった囚人だ。私がB棟に初めて来た日に抗議のおしっこをしたリリ・カブラレスのターゲットだったのが、彼女と同部屋の囚人で、水たまりを掃除したのは彼女だった。ライオネルはナタリーがつけていたような黒い名札を身につけていて、それは彼女が丘を下った場所にある連邦施設出身であるということであり、たぶん長い刑期を務めているという意味だ。彼女は手強い人だったが、それでもフレンドリーで、馬鹿げた行いはせずに刑期を務め上げ、皮肉めいた観察が得意な、明るいクリスチャンだった。ライオネルは、いわゆる「地域社会問題」について声高に主張する人だった。盗みはだめ、法廷では「正しくふるまう」こと、そして敬意を持って他の囚人と付き合うことが彼女の言い分だった。彼女は私のような白人とランダムに付き合うような人ではなかったけれど、それでも彼女は朝には私に挨拶をしてくれたし、時にはトイレのシンクで横に並んだ時に私が言うジョークに笑顔を見せてくれたりした。

　ある静かな午後だった。私がＢ棟で電気の修理をしていた時、彼女が部屋から姿を現した。いつも倉庫で働いている彼女にとって、これは珍しいことだった。私は謎めいたラジオに何が起きているのかどうしても知りたくなった。「ライオネル、邪魔して悪いんだけど、質問があるの」私は手短かにラジオ問題を説明した。

「音楽がないとどうにかなってしまいそうなの。看守に聞いても、いつ入荷されるのかとにかく教えてくれないのよ。どう思う？」

　ライオネルは疑い深い目で私を見た。「あんた、それは倉庫の人間に聞いちゃいけないことだって知ってんだろ？　あたしたちは倉庫の中身について、話すことができないんだ」

私はびっくりしてしまった。「ごめん、ライオネル、聞いてはいけないことだとは知らなかったわ。そんな危険にあなたを晒す意図はなかった。ごめんなさい」

「いいよ」

5月は1週間後に迫っていた。太陽は存在感を増し、泥を乾かし始めた。木々には葉が生い茂り、渡り鳥が飛び、運動場には多くの赤ちゃんうさぎが飛び跳ねていた。私は、眺めるものがたくさんあるのなら、自分の考えが頭の中に響き渡ったとしてもそれほど悪くないと気付いた。

3ヵ月耐え抜いたが、それは私の刑期の4分の1ほどになる。この次の10ヵ月、無声映画を見せられたとしても、だから何だっていうんだろう。その週、ショッピングリストにラジオを記入することすら面倒になってしまった。売店で買い物を済ませた囚人が、ラジオがまだ欠品だったと文句を言っていた。だから、新しいラジオがレジを通って私の日用品の山の上に置かれていたのに驚き、ただじっと見つめてしまった。「何か問題でもあるのか、カーマン?」と看守が怒鳴った。「ブロンドの女ってのは、評判通りのバカだよなあ?」

私はその看守を通り過ぎ、ガラス窓の向こうの売店を覗き込み、そこにライオネルを見つけた。彼女は私の目を見なかった。私は密かに微笑んで、領収書にサインをして看守に手渡した。刑務所の中での物事の動きはとても興味深い。囚人がコントロールできるなんて最高だよ。私の行いの何が正しかったのかはわからないけれど、今となってはどうでもいいことでしょ?

その週、刑務所スタッフの演説を聴くため、収容施設に暮らす人々のすべてがメインホールの廊下に集められた。薄ら笑いを浮かべることさえ、退屈過ぎてできないかのように見える大勢の白人男性たちだった。私たちはこんな事を聞かされた。

1　日用品が不足している！　検査の回数を増やす！

2　部門マネージャーの部屋の窓の下で喫煙しない！　何度も注意している！

3　収容施設内でのセックスは禁止！　いかなる違反も許さない！　お前のことだ！

私たち全員が、最悪だと思った。囚人たちは、シニアカウンセラーのフィンが棟内の検査に熱心ではなく最低限しか行わないし、刑務所内のほとんどの規則の実施に興味を持っていないことを知っていた。フィンが熱心だったのは、ヒエラルキーだけだ（それは名札の失敗で私たちに示されていた）。そして管理部門マネージャーは収容施設のことなんて、気にもかけていなかった。

私たちに対するスタッフの要求にも関わらず、ブトロスキーが去った後、女性たちの中では「性的な」衝突が増えていた。そしてそれはコミカルな組み合わせにつながった。ビッグママは明るくて怪獣のような人でA棟の住人だった。言葉遊びに長けていて、概して親切で、とんでもなく体の大きな人だった。しかしながら、彼女の節度は相当スリムで、オープンな部屋の中で行われる、ずっと若くて、ずっとスリムな囚人たちとの間のあっけらかんとした性的な行いがそれを示していた。私はビッグママが好きだったし、彼女の恋愛の成功に魅了されていた。どうやってやったの？　何がトリックだったの？　太った中年の男が、若くて魅力的な女性を寝る相手に選ぶのと、同じことなの？　女の子たちは、裏切りといった、失礼なことを彼女にしなかった。ということは、好奇心だったの？　私自身、それについて興味があったけれど、勇気がなくて聞くことはできなかった。

囚人とスタッフの間では、刑務所の規則についてあいまいな部分が常に存在していた。新しくローテーションに入る刑務官が現れると、そのごまかしは最初から始まる。ゲイ・ポルノの男優がいなくなったことで私はほっとした。彼の不在により収容施設がずっと過ごしやすくなることは驚きだった。

ポルノ男優の後任になったのは、ミスター・メイプルで、彼は前任者とは正反対のタイプと言えた。メイプルは若くて、アフガニスタンに駐留経験のある元軍人で、大げさなくらい礼儀正しく、そして優しかった。彼は収容施設内の女性の中であっという間に人気者になった。私自身はすべての看守が敵であるという信条を持っていたが、囚人たちがなぜ看守を悪意に満ちた存在以外に見ることができないかは、理解し始めていた。「刑務所内限定のレズビアン」かどうかに関係なく、女性の囚人たちのほとんどがヘテロセクシュアルで、男性とのふれあい、男性的態度、そして男性の注意を引くことに飢えていた。一部の幸運な囚人は夫やボーイフレンドから定期的な訪問を受けていたが、ほとんどの囚人にはそれがなかった。囚人が唯一接点を持つのは刑務所の看守で、もし刑務官がある程度まともな場合、ひと目惚れの対象になる。彼がいばり散らしたクソ男の場合、余計そうなのだ。

アメリカ国内で、看守と囚人の間の恋愛ほど、不平等な大人の関係は存在しない。施設によって実施される規則に従った関係では、ひとりの言葉がすべてで、もうひとりの言葉はほとんど一切意味を持たない。ひとりが相手に対してどんなことでも命令できて、それを拒否することは完全なる身体の拘束という結果を招く可能性もある。例えば、顔を叩くといったことだ。外の世界で権力を与えられた人たち――警察官、役人、兵士――との関係でも、私たちの権利は相互作用の中にある。私たちには権力に対して声を上げる権利があるが、その権利を行使することはないかもしれない。

しかし、囚人として、刑務所の壁のこちら側に入った途端に、その権利を失う。それはどこかに消えて無くなる、とても怖ろしいことだ。囚人とその管理者の日々の関係の中にある極端な不平等が、軽い侮辱からひどい犯罪まで、あらゆるタイプの虐待につながるのは至極当然のことなのだ。ダンブリーの看守や他の地域にある女性専用の刑務所内では、毎年看守による性的虐待が報告されている。私が出所してから数年後、ダンブリーにいた警部補がそのうちのひとりとなった。17年間刑務官を務めたベテランだった。彼は起訴され、塀の中で1ヵ月過ごすこととなった。

ミスター・メイプルは夜勤の時、定期的に棟内部をパトロールしていた。ムームー以外に何も身につけていない姿でいる自分を男性刑務官に見られることは、私にとってはぎょっとしてしまうことだった。この気持ちは強いものだった。ジムでのトレーニングを終え、ショートパンツとスポーツブラ姿で着替えている時、看守の視線を感じることは、もっとぎょっとすることだった。彼らが私の体を見ること自体はそう気にならなかったけれど、この気持ちは私を尻込みさせた。私の個人的な時間――着替え、ベッドに横たわること、読書、泣くこと――がすべて公のもので、知りもしない男性たちから観察され得るということに対する感情だ。

メイプルが来たばかりの頃のある日、彼がメールコールをしていた。「プラット！　プラット！　モンゴメリー！　プラット！　エスポシート！　パイパー！」

私は立ち上がり、彼は郵便物を私に手渡してくれた。私は彼に背を向けて、みんなの方に戻った。何人かがクスクス笑って、ささやき合っていた。私はアネットの横に立って、彼女を疑わしげに見た。

「あいつ、あんたのことパイパーって呼んだよ！」他の囚人も私のことを興味深そうに見つめていた。

事件はそこでは終わらなかった。私は恥ずかしくなってしまって、顔を真っ赤にして感情を表に出し、それがよりいっそうクスクス笑いを引き起こしたのだ。「彼は知らないだけだよ。私のラストネームだって思ったんでしょ」と、私は自分を守ろうと説明した。翌日のメールコールでも、彼はまた同じことをした。「それってあの子のファーストネームだよ」と、どこかの嫌みな奴が指摘するように言い、私はまた真っ赤になってしまった。

「そうなの？」と彼は聞いた。「珍しい名前だね」

そんなことがあったのに、彼は私をパイパーと呼び続けたのだった。

＊52　ウィンピー　アニメ『ポパイ』に出てくるハンバーガー好きな中年男性。
＊53　レッドネック　アメリカの南部やアパラチア山脈周辺などの農村部に住む保守的な白人層のこと。
＊54　ヴィレッジ・ピープル　アメリカの男性6人組のバンド。ゲイをテーマとした曲作りをしている。1970年代後半～1980年代にかけ、ディスコ調の曲を中心として世界的なヒットを飛ばした。
＊55　チキン・エンチラーダ　とうもろこしのトルティーヤに鶏肉のフィリング（具）を詰めて、唐辛子のソースをかけた料理。

Chapter 9

Mothers and Daughters

母と娘

収容施設では、母の日は手に負えないほどの大騒ぎだった。朝、起きた瞬間から囚人全員が、顔を合わせれば「母の日おめでとう」と声をかけ合うのだ。私は、自分には子どもはいないと説明するのを早々に諦め、「あなたも母の日おめでとう！」と返すようになった。アメリカの刑務所に服役している囚人の約80パーセントに子どもがいることから、私がそう言ったとしてもまちがいではない。

多くの女性が、「ムショのママ」や友達のために、長い茎のついた赤いバラをかぎ針で編んだ。刑務所内の女性の中には、自分たちの「家族」的関係性を他の囚人と形成する人たちもいる。特に、それは母と娘のペアといった形が多い。ダンブリーでは、多くの派閥が存在していた。若い女性は、助言、関心、食べ物、日用品の購入のためのローン、愛情、導き、規律といった物事でさえ、ママたちに頼った。若い囚人が行いを誤れば、イラついた囚人たちから指導を受けることになる。「ママのところに行って考え直してきな！」と、言われるわけだ。どうにもこうにも手のつけられなくて、口が悪かったり、ラジオの使い方がめちゃくちゃといった問題がある場合は、ママに直接依頼が届く場合もある。「娘と話をつけた方がいい。あのガキが態度を改めない限り、追い出してやるからね！」

私の刑務所の事実上の「家族」はポップの周辺の人たちで構成されていた。それはまるで、奇妙な形に整えられた装飾庭園のように刑務所内で複雑に形成される、家系図の典型例であった。私の急ごしらえの「姉妹」はトニで、彼女はポップの元相棒、ニーナの後釜だった。トニが一番仲が良かったローズマリーも、自動的にその家族の一員だった——私はふたりをイタリア人の双子だと考えていた。ポップには他にも大勢の「娘たち」がいて、その中にはビッグ・ブー・クレモンズや、もっと体の大きいアンジェリーナ・ルイーズ、それから、ポップとともにキッチンで働いているイヴォンヌも娘のひとりだった。私は特にイヴォンヌが好きで、お互いを「邪魔な姉妹」と呼び合った。ポップの黒人の「娘たち」は彼女を「ママ」と呼んだ。白人はポップと呼んだ。彼女にはスパニッシュ系の娘はいなかったけれど、同格の仲間の中にスパニッシュ系はいた。

刑務所の中の母親像は、崇拝され、同時に別離、罪状、不名誉によって複雑化していた。私からすればほとんどの囚人は、貧困層、あるいは中流階級出身の母親であり、祖母であり、時には曾祖母だというのに、その一部の刑期はとても長かった——5年、7年、12年、15年だ。

警備が厳重ではない刑務所にいることの長所は、他の囚人が凶悪犯である可能性が低いことだとは理解していた。私の隣人たちを観察してみれば、高校の教育さえ受けることができなかった若い囚人が面会室で子どもと会っている。私は自分自身に（頭の中で）何度も何度も、**「ここでそれほど長い刑期を務める理由となった、彼女の犯した罪とは一体どんなものなのだろう？」**と問い続けた。彼女たちはそれほど邪悪な犯罪の黒幕といったタイプではなかったのだ。

ダンブリーに来てから3ヵ月で、妊娠した女性が母になるのを何度も目撃した。2月には若いドリスが出産し、それは私が刑務所で初めて目撃した出産となった。それまで産気づいた女性を見たことがなく、周りの環境がどうであれ、ドリス本人と赤ちゃんが出産するゾーンまで引き渡されたのを見た時は、期待感でわくわくすると同時に、とても恐ろしかった。

私が心底驚いたのは、収容施設の住人である。ぱっと身構え、できる限り彼女を助けようと協力し始めたのだ。代理母のような中年女性たちがその時のために彼女を抱き抱え、彼女に必要なものは何か、どうやったらもっと楽になるかを教え、彼女たち自身の出産経験を語り、不安になっている他の囚人たちに彼女の状態を報告し続けた。刑務所のスタッフは、特に関心はなかったようだった。刑務所での出産なんて、彼らにとってどうでもいいことなのだ。

ドリスにとっては第一子だ。ベッドで体を丸くすることしかできず、それは彼女にとっても、必死に生まれようとしている赤ちゃんにとっても、いいことではないようだった。年配の女性が順番に彼女と一緒に収容施設の長いメインホールを行ったり来たりして歩き、彼女に優しく話しかけ、昔話を聞かせ、笑わせた。熱心に面倒を見ていたのは彼女の相部屋の囚人で、同じく大きなお腹で、赤ちゃんがいつ生まれてもいいような状態だった。ふたりとも、怯えているようだった。

翌朝、陣痛の間隔が狭くなってきたので、ドリスは手錠をはめられ、病院に搬送された。アメリカ国内の多くの女性刑務所で、妊婦である服役囚は、出産時も手かせをはめられている。残忍で野蛮な行いだが、かわいそうなドリーはこれに当てはまらなかった。何時間も苦しんで彼女は、4000グラムの男の子をダンブリー病院で出産し、直ちに刑務所に戻った。顔色が青く、具合が悪そうで、悲しみに暮れていた。彼女の母親が赤ちゃんを、刑務所からは8時間もかかる遠い故郷に連れて帰ってしまったのだ。赤ちゃんの父親もすぐには対面できないだろうということだった――父親には3件の罪に対する逮捕状が出されているという。幸いにも、彼女は1年以内に家に戻ることになっている。

子どもの誕生への恐怖を和らげてくれる物事をダンブリーで目撃したことはなかったけれど、私の中にほんの少し、母子の関係への知識が生まれた。囚人を笑顔にさせるのに最も効果的なのは、子どもについて質問するということ。面会室には常に多くの家族がいた。これは、面談室で長い時間を過ごした私にとって、良い面でもあり、悪い面でもあった。

母親が刑期を全うする間に子どもは成長する。15分の電話の時間と面会室で一緒に過ごす時間を通じて関係を築こうとする。部屋の隅にあるプラスチックのおもちゃで遊んだり、自動販売機で買ったスナック菓子を一緒に食べたり、子どもと過ごす女性たちが、その時間以上に幸せに見えることはなかった。面会の時間が終わり、彼らが別れる場面を見るのは本当に辛かった。1年で子どもはもぞもぞと動く赤ちゃんから楽しげに話す幼児へと成長しする。フットボールの優勝決定戦とプロムを、遠く離れた第三者の立場で見守るしかない場合もある。子どもの卒業式、結婚式、葬式もしかりだ。

子どもと面会するたびに辛い思いをする囚人と同様に、子どもが収監されている姿を見ることは親にとって辛いことだ。私たち囚人の中には18歳や19歳といった若い女性が大勢いた。こういった子どもはダンブリーのような施設にしばらく収監されることになったわけだが、たった一度の愚かな決断が、若い女性を無慈悲で柔軟性のないシステムの中に突然放り込んだという可能性もある。前科の有無やそれまでの善行など全く関係ない。決定された刑期を最低限にするのは連邦政府の命令であり、有罪答弁をしていた場合（私たち囚人のほとんどがそうしていた）、刑期がどうなるか決定を下す裁量を持つ唯一の人物は、検察官であって、裁判官ではないのだ。その結果として、子どもに面会するために刑務所を訪れる、悲しい表情の親が存在することになる。でも私の親はちがった。母は面会室の癒やしのような存在だった。

母はいつも、柔らかで明るい色合いの清潔な服を着て、ブロンドの髪をきれいに整え、完璧なメイクをし、私がずっと以前のクリスマスや誕生日にプレゼントしたアクセサリーを身に着け、週一度の面会に訪れた。私たちは、弟について、母の生徒たちについて、私の叔父や叔母、家族が飼っている犬のことなどを、何時間でも話した。私は母に、その週に習いたての電気技術の話をした。母は面会室で完璧なまでに快適そうに見え、母が面会に来てくれる日はいつも、面会後に他の囚人たちからコメントをもらっていた。「あんたのママって本当に素敵。あんた、ラッキーだよ」とか、「ねえ、あの人ってあんたのママ？　マジかよ！　お姉さんかと思った！」といった具合だ。

大人になってから、ずっとそんな言葉を聞かされ続けてきた。その褒め言葉を母はすでに約300回は聞いていただろうけれど、それでも母を褒める人は後を絶たなかった。母はそう褒められるたびに輝きを増した。以前は、この慣れたやりとりに私は腹を立てていた。**あたしって、40代後半とか50代に見えるワケ？**　でも、今となっては、人々が私と母が似ているという時の、母の喜んだ姿を見るのが楽しい。たとえ私が周囲を巻き込んだ最悪な状況にあるとしても、母は私の母親であることに誇りを持ってくれていた。人生が困難や落胆をもたらした時でさえ、母がそれに打ち負かされた姿など、一度も見たことがなかった。私は、母と私の共通点が、私たちの青い目のずっと向こうにまで及んでくれていることを願った。

数千マイルも離れた場所にいる父は、学年度が終わると私に面会に来てくれた。私の姿を見て父が安堵する様子は手に取るようにわかった。私はそれまでずっとパパっ子で、かわいい娘が、その娘がすでに30代だとしても、こんな場所にいることが父に与えた痛みは私にも理解できた。ピーナツ入りのM&M'S（チョコレート菓子）を一緒に食べ、楽しい時を過ごす間、父の興味を引きつけるような刑務所の話をした。毎週の電話での会話と、実際に顔を合わせて話すことのちがいは、メールでの連絡と、実際に週末を一緒に過ごすことのちがいのようなものだった。この困難の中に希望の兆しがあるとすれば、それは自分の家族の偉大さを思い出す瞬間であった。

その年の母の日には、母と楽しい時間を過ごすことができた。面会室はとんでもない騒ぎだったけれど。大勢の家族が押し寄せ、面会室がいっぱいになる様子は、それまで見たことがなかった。ダンブリーにいる多くの女性の家族は、ニューヨーク在住にも関わらず、頻繁に面会に来るためのリソースが足りないのだ。娘や姉妹が刑務所にいる間、子どもたちの面倒をみている疲れ切った祖母や叔母は、ダンブリーにやって来るために幼児や10代の子どもたちをバスや電車やタクシーに乗せるのに苦労していた。街からダンブリーまでの道のりは、片道4時間かかってしまう場合もあり、またお金もかかる。それでも母の日は特別で、様々な年齢の子どもたちが大勢集まって、何種類もの言語、そしてアクセントでがやがやと話す声が面談室にあふれていた。その真ん中で私の母は、私がその狂乱の中を歩いてやってくると、ニコニコと幸せそうに笑うのだった。

郵便物の配布で『ニューヨーカー』誌が2部届き、私は震え上がった。塀の外の誰かが2冊目の購読申し込みをしたようなのだ。C棟のミス・エスポシートは同じ雑誌を手に入れており、私が最初の1冊を3月に受け取った時からずっと私に怒りをぶつけてきた。彼女は私も同じ雑誌を手に入れるのはお金の無駄だと考えていたらしい。忌々しいその雑誌は、刑務所中に積み上げられていた。

エスポシートは変わり者だった。50代で、背が高くがっちりとした体格で、戸惑いを感じるほどガーリッシュで真っ黒なボブヘアーをしていた。彼女は新しい囚人が来ると、人種に関わらずいつも歓迎した。彼女自身はイタリア系アメリカ人でスパニッシュ系ストリートギャングのラテンキングスのリーダーだったと言っていたが、私は最初、疑っていた——なぜラテンキングスがイタリア人の女王を必要とするの?——でも、それは事実だとわかった。彼女は、1960年代の急進的な知識、ギャングの活動に地域レベルで深く関わっていたのだ。エスポシートは、長い長い刑期を務めていた。

エスポシートは愛情に飢えていたにも関わらず、私が自分の元に置きたいと考えるものを私から奪おうとはしなかった。私が持っている雑誌と本に対しては心が温かくなるほど感謝してくれていた。ある日、彼女が扇風機を持ってやってきた。それはプラスチックの卓上型扇風機で、雑貨店で買うようなタイプのもので、ナタリーが持っていたものにそっくりだった。「相棒、夏になったらこれが最高だよ」と彼女は言った。「もうここでは買えないんだ。売店では取り扱いがなくなったし」。売店では、その扇風機よりずっと小型のものしか売っておらず、ガラクタみたいな小さなものが21ドル80セントもした。古いタイプは、年齢が上の、暑さに弱い女性たちには珍重されていたのだ。

エスポシートの扇風機は壊れていた。まだ暑い時期ではなかったけれど、それでも彼女はストレスを溜めていた。「電気設備作業所で、ちょっと見てくれない？　直してくれるんだったら何でもするよ」と彼女は言った。約束はできないけど、もちろんよというのが私の答えだった。翌日、私は扇風機をバスに運び込んで職場へ行き、分解して、同僚たちと熱心に観察した。結局、簡単に修理することができるとわかった。私がツールを扱えることで他の囚人の役に立ったことがうれしかった。収容施設に戻り、私は得意満面で扇風機のコードをコンセントに差し込むと、扇風機に命が戻った。エスポシートは喜びのあまり倒れそうになっていた。私は売店でおごってくれるという申し出を辞退したのだけれど、エスポシートは私の評判を上げることでそれを返してくれた。

このすぐ後に、古顔が私に近づいてきて、背中の痛みを和らげるために、マットレスの下に敷く板が欲しいと言う。長い刑期を務めている年をとった女性受刑者は少数で――ポップ、エスポシート、そしてミセス・ジョーンズ――もし私がその人たちの望み通りにしてあげれば、それは他の受刑者たちに必ず広められる。すぐに私は、壊れたラジオ、壊れた扇風機、部屋の中の修理が必要なものにがまんし続けていた何人もの女性に囲まれた。服をかけるフック、外れそうになっている電線管、潰れたシューズラック、そんな物ばかりだった。

リトル・ジャネットは限界を超えていると考えた。「それってあたしたちの仕事じゃないよ、パイパー。電機に関係じゃないじゃん、何であたしたちが修理するの?」

「あたしたちがやらなかったら誰がやるっていうの。連邦捜査局はあたしたちのことなんてお構いなし。助け合わなくちゃ」

彼女は、論理を理解してはいた。それに、リトル・ジャネットにはその時、別の悩みがあった。小柄な白人で、偉そうな口を利くエイミーが、リトル・ジャネットのファンになっていたのだ。エイミーは常に私が「エミネムレッツ」と呼んでいた集団にいた。スラム生まれの白人の女で、口も態度も悪く、大げさで、馬鹿にされることを嫌う連中だ(ただし、身近にいる男性が同じことをしても許す)。眉毛を抜いて細く整え、髪を編み上げ、ヒップホップ的な単語を好み、シングルマザーの娘で、パリス・ヒルトンが女性の美の頂点と思っている。エイミーは新しいエミネムレッツの中でも一番小柄で、最も反抗的で、そしてリトル・ジャネットに夢中だった。リトル・ジャネットは彼女より2年も長く刑務所にいるというのに、中学生のような恋心にどう対処したらいいか、全くわかっていなかった。リトル・ジャネットは女の子たちと関わり合いになることを選ばなかったので、エイミーは見当ちがいの努力をしていたというわけだ。

リトル・ジャネットはエイミーを無視するほど意地悪な人でもなかった。彼女はエイミーが自分に向ける子犬のような崇拝を大目に見ていた。しかし、エイミーが電気設備作業所に配属されてからは、ジャネットが彼女に命令しなければならなくなった。エイミーがラブレターを書くのをやめなかったり、失恋してショックを受けているような行いをやめなかった時は、リトル・ジャネットはエイミーと話をしなくなった。エイミーは落胆したようだったが、観念はしなかった。私の推察では、エイミーは実際のところ、レズビアンではなく、それだけにこの恋は基本的には幼いものだと思えた。私はチームのためを思い、また、ジャネットを気の毒に思って、施設のメンテナンスの仕事にエイミーを連れ出した。私は、たとえそれが嫌いな人物からの依頼であっても、修理のリクエストを断ることはなかった。私たちは囚人の部屋に新しいフックを山ほど取り付けた。フックはC型バイスをハンマーで叩いて作ったもので、エイミーは作業の間ずっと、早口でまくし立て、罵り続けた。

彼女の汚い口調と頻繁に起こす癇癪にも関わらず、驚くことに、私はエイミーに辛抱強く付き合い、穏やかだけど安定した対応を身につけた。彼女はまるで、ソーダキャンディのようだった――砂糖がたっぷりだけど、同時に、身震いするほど酸っぱいのだ。私以外の誰も彼女に肯定的な思いやりを持っていなかった。エイミーは私に対して決して揺るがない忠誠心を示し、声高に、私が彼女の母親だとか妻だと呼んだ――そのどちらも私にとっては激しいからかいの原因になった。「エイミー、私、まだあなたの母になるには若過ぎるし、その他についてもダメだよ……だって、あんた、あたしのタイプじゃないいんだから！」

人々の役に立つことで私たちはより人気者になり、以前に比べ、収容施設内で笑顔を向けられたり、挨拶をされることが増えた。これで私は少しだけ積極的になることができた。刑務所に来て4ヵ月を過ぎてはいたけれど、私はそれでもまだ何事にも警戒していて、控えめで、ほとんどの囚人に対してよそよそしい態度を貫いていた。「〝アメリカン・スイートハート〟みたいな娘が、こんな場所で何をやってるんだい?」といった、意地の悪い質問を何度も受けてきたからだ。

囚人のほとんどは、私を金融関係の犯罪者と考えていたようだけれど、実際のところ、私は刑務所内にいた囚人のほとんどとちがいはなかった。非暴力性の麻薬犯罪者である。自分には多くの仲間がいることを知っていたから、その事実を隠そうとはしなかった。連邦制度の中だけでも(アメリカ国内の刑務所人口のほんの一部)、凶悪犯罪で服役している囚人は40000人だが、麻薬犯罪で服役している囚人は90000人を超えているのだ。連邦刑務所の服役囚ひとりに対して、少なくとも30000ドルの収監費用が必要で、女性の囚人に対してはより多くの費用がかかる。

収容施設内の女性のほとんどが貧困にあえぎ、十分な教育を受けておらず、主流派経済が辛うじて存在し、雇用機会のほとんどを麻薬取引が与えているような地域の生まれだ。彼女たちの典型的な犯罪行為は、例えば麻薬のやりとりの場所として自分のアパートを提供するとか、運び屋をする、メッセージを渡す、といった低レベルの取引が多く、報酬も低い。麻薬取引に対するわずかな関与でも、特に裁判所が任命した弁護士である場合、何年も刑務所に服役する羽目になることもある。膨大な数の取扱件数を誇る敏腕弁護士がついてくれた場合でも、弁護に関する十分なリソースがない場合もある。私の15ヵ月という刑期を決めた犯罪に対して、私の側で服役していた囚人にはずっと長い刑期が下されていたことは理解しがたかった。私には最高の法律代理人がついてくれ、ブロンドのボブヘアーに似合う、カントリークラブ風スーツもあった。

麻薬犯罪者に比べ、「ホワイトカラー」の犯罪者たちの方がよっぽど貪欲な面を見せる場面が多かったが、その犯罪の内容は、銀行詐欺、保険金詐欺、クレジットカード詐欺、そして小切手のカイティング（金額の水増し）などが多く、華やかなことは滅多になかった。あるしわがれ声の50代のブロンドの女は株式詐欺で服役していた（彼女は全寮制の学校に通う娘の不遇さについて、私が詳しくなっていくのが好きだった）。元銀行投資家が、彼女のギャンブル癖を支援するために使い込みをしたのだそうだ。そして結婚することばかり考えているローズマリーは、インターネットのオークション詐欺で54ヵ月の刑期を務めていた。

私はこういった女性たちの犯罪情報を、彼女たち自らが教えてくれたとか、他の受刑者が教えてくれたから知り得たわけではなかった。囚人の中には、自分の犯した罪を淡々と語る人がいる。エスポシートやローズマリーなどがそうだが、それ以外の囚人はひと言も口にすることはない。

それでも私にはなぜナタリーがこの最悪の場所に8年もいなければならないのか、一切理由がわからなかった。私たちはとても仲良くなったし、部屋の中で気さくな時間をともに過ごしたりした。私は私のベッドに座り、本を読んだり手紙を書いたりしている一方で、ナタリーはラジオを聞いていた。彼女はよく、「相棒、私はベッドで音楽を聴いて、リラックスするよ！」と言った。毎週日曜日になると私たちは一緒に部屋の片付けをした。私たちは彼女のかけがえのない財産であるプラスチックのボウルを、洗剤と温かい水で満たした。彼女はキッチンから持ち帰った特別な布で床をきれいに磨き上げ、私はバスルームの箱に入ってる生理用ナプキンを使って、壁と天井を磨き、私のベッドの上に走る、金属のI形梁とスプリンクラーシステムについた、ほこりやぞっとするような汚れを拭き取った。

そして私たちは協力してベッドを整えた。私が刑務所1日目で叱られたように、あそこに長年服役している人たちの中で、年下の相棒にベッドメイクを任せる人はひとりとしていない。

私はあっという間にナタリーと意気投合した。彼女は私に対してとても優しかった。彼女と相部屋になることは、他の囚人たちの中で、私に奇妙な信頼を与えてくれていることがわかった。しかし、私たちが最も近い場所で暮らしていたという事実にも関わらず、私は彼女について、事実上、ほとんど何も知らなかった。知っていたのは、彼女がジャマイカ出身であるということ、ふたりの子どもがいたこと、娘と、その下に息子がいたということだけだ。本当にそれだけだった。私がナタリーに服役生活を始めたのは丘の下の連邦矯正施設だったのかと聞いた時、彼女はただ首を振った。

「いいえ、相棒。あの頃はいろいろと今とはちがったよ。少しだけ行ったことはあるけどね……。あそこは最悪だったよ」私が知ることができたのはそれだけだった。ナタリーが、個人的な話題は限界を超えると考えていることは明らかだったし、私はそれを尊重しなければならなかった。

あんな風に閉鎖的な場所に閉じ込められた女性の世界では、興味をそそる話や秘密は漏れ出すことがあって、それは問題となっている囚人がある時点で自分からべらべらと話し始めるか、スタッフがしゃべるかのどちらかが発端だ。もちろん、刑務所のスタッフは個人情報を他の囚人に伝えてはならないことになっているが、そんなことお構いなしである。特定の話は広く流布していた。

凶暴で熱狂的なイエス・キリスト崇拝者であるB棟の住人、フランチェスカ・ラルーはたび重なる整形手術で外見が損なわれていた。風船のように膨らんだ胸、アヒル口、そしてお尻にもインプラントが入った奇妙な姿で、秘密裏に違法な整形手術を行い、「トランスミッション液を注射」して、セルライトを除去していたという噂があった。私は、真実はよくある古くさい医療詐欺なのではないかと疑った。賢く、人を巧みに操る中年のブロンドは、複雑な詐欺のスキームを使って巨額な金を盗んだと噂されていた。彼女はユダヤ教の礼拝堂から相当な金額を盗んで使い込んでいて、とある年配の女性は、その被害が野火のように瞬く間に広がる前に、自分の歩行器をドアから持ち出すのが精いっぱいだったという。ほとんどの囚人がこのことを非難していた（「教会から金を盗むなんて！」）。

他の囚人から聞く話は、意味がないものとして受け入れなければならない。考えてもみて欲しい。多くの女性を閉鎖的な空間に閉じ込め、ほとんどやることを与えずに、時間だけをたっぷり与えるのだ。何を期待できると言うんだろう。それでも、真実であれ、嘘であれ、ゴシップは暇つぶしにはなる。ポップは、最も真実に近く、すべてを明らかにするゴシップを提供してくれた。ナタリーが連邦矯正施設に何年も前に送られた理由を教えてくれたのもポップだった。彼女はキッチンの中で沸騰したお湯を他の囚人に浴びせかけたのだ。私にはそれが信じられなかった。「あのメス豚が、ナタリーに絡んだのさ。パイパー、あんたが知らないことを教えてやるよ。あんたの相棒はキレたら手がつけられない女だよ！」物静かで威厳があり、私にとてもやさしくしてくれる同部屋仲間と、その強い怒りと激しさを一致させるのは難しかった。それでもポップ曰く、「ナタリーはただもんじゃねえ！」

ナタリーのこの新しい一面に困惑して、不安になった私を見て、ポップは刑務所のリアリティーを説明しようと努力してくれた。

「いいかい、パイパー。今は、何事もないかのようにここは静かだけれど、それがいつもそうだってわけじゃない。時には厄介事が始まってしまうのさ。そして丘を下ったあの場所のことは……心配しなくていい。動物みたいな女どもだっている。それにあそこには無期懲役刑もいる。あんたの刑期はすごく短くて、あんたには難しいことだとはわかっているけれど、長い刑期や、ましてや終身刑の場合は物事がちがって見えるのさ。面倒なことを引き受けちゃいられない。だって自分自身の人生だし、もし誰かに面倒をかけられても黙っていたら、いつも面倒事ばかり抱えることになっちまうだろ」

「丘を下った施設に、知ってる女がいたんだ——小柄な女で、とても静かで、自分についてあまり話さず、誰にも迷惑をかけなかった。終身刑だ。仕事もちゃんとしていたし、運動場を歩いていたし、寝るのも早かった。それだけさ。そしてある日、若い女がやって来た。こいつがとんでもない奴だった。終身刑の小柄な女にちょっかいを出し始めたんだ——文句を言ったり、延々と手こずらせてた。とんでもないバカなガキだったのさ。そしたらね、その小柄な女が、誰にも一度も文句を言ったことのないその静かな女が、靴下に石を2個入れて、そのガキに教え込んだのさ。あたしは、あんな光景は一度も見たことがなかったね。グチャグチャさ。そこら中に血が飛び散って、コテンパンの滅多打ちだ。わかるかい、パイパー？　あたしたちが住んでいるのは、そういう場所だ。そして、あたしたち全員が同じボートに乗っているわけじゃない。それだけは覚えておくんだね」

ポップがこういった話をしてくれる時、私はその一言ひと言をじっと聞いたものだった。刑務所で聞く他の話と同様、私にはその話が絶対的真理かどうかを立証する手立てはなかったけれど、それでも私はそういった話にはそれなりの正確さがあることを理解していた。このような話は私たちの世界を、私たちが経験した通りに描写していた。物語から導かれるレッスンはいつも、かけがえのないものであり、犯すべからざるものであった。

ありがたいことに、私がもう少しでけんかしそうになった時、スロック（ソックスに石を詰めた武器の正式名称）は使われてなかった。使われたのは食物繊維だった。カリフラワーとアイスバーグ・レタスがサラダバーに並べられると、私は必ずそれを取りに行った。ある日、サラダバーにほうれんそうがアイスバーグ・レタスと混ぜられた状態で出された。私はウキウキしながら、深緑色の葉を自分のディナー用に選んでいた。静かにハミングし、食堂の中の騒音をかき消そうとしていた。でも、私が注意深くほうれんそうを選びレタスをよけていると、耳の近くから言葉が聞こえてきた。

「オイ！　ちょっとあんた！　やめなって！　選ぶんじゃないよ、選ぶなって！」

私は周囲を見渡して、その怒鳴り声がどこから聞こえているか、誰に向けられているのが確かめた。驚くべきことに、大柄でヘアネットをかぶった若い女が私を睨みつけていたのだ。私は周りを見回し、サラダトングを握りながらこう言った。

「あんた、あたしに話しかけてんの？」

「そうに決まってんだろ。サラダの中からほうれんそうだけ選ぶんじゃねえよ。皿に盛り付けて、さっさと動けよ！」

私は自分の前のサラダバーの敵を見て、こいつ誰だよと考えた。おぼろげながら、彼女が新入りで、キューブに住んでいるトラブルメイカーだと噂されていることを思い出した。まだキューブから出ることができないでいるアネットが、この18歳の減らず口について文句を言っていたのだ。私はポップからキッチンの中の仕事でサラダバーが一番人気がないことを知っていた。理由は野菜を洗ったり、切ったりする準備作業が大変だからだ。ということで、キッチンのトーテムポールの一番下の囚人が担当することが多かった。

私は彼女が私を止めたことに激怒していた。その時点で私は自分が収容施設内の社会生態学で、確固とした立場にあると感じていた。私は他の囚人に迷惑をかけることはしなかったし、友好的だけど敬意を払っていたし、それ故、他の囚人も私に敬意を持って対応していた。だからこそ、ガキが私に対して食堂で文句をつけてきたことは、私の怒りを誘った。それだけではなく、彼女は囚人の間にある重要なルールを破っていた。あたしたちは誰の指図も受けない。あんただって名前の後ろに8桁の番号が付いている。それはあたしも同じだ。黒人女性と公の場で揉めることは、大いに危険な状況だけれど、この生意気なガキに遠慮するなんて、まっぴらごめんだよ。

私は口を開き、つばを吐き、大声で「あたしはアイスバーグ・レタスは食べないんだ!」と言った。

ちょっと、本気? と、私は自分自身に問い正した。**よりによって今、そのセリフ?**

「あんたが何を食おうが知ったこっちゃねえよ。ただ、選ぶなって言ってんだよ!」

私はその時、食堂の一部が静かになったことに気付き、この珍しい衝突が注目を集めていることを悟った。囚人同士のぶつかり合いはまるでスポーツ観戦のようなものだが、私自身がその中にいることは奇妙な出来事だった。私は中学校の駐車場で起きた、とある場面の記憶に引き戻されていた。同級生のターニャ・カテリスが私をそこに呼び出したのだ。戦うか、それとも学校の全員に自分がチキン（腰抜け）であることを知らしめるしか道はないことはわかっていた。マサチューセッツ郊外のその場所で、私はチキンになることを選んだ。しかしここでは、それは決して支持される道ではない。

私がビッグマウスにやり返し、リスクを引き上げるためにひと呼吸する間もなく、私の職場仲間であり、B棟の友達であるジェイが私の味方として姿を現した。いつも笑顔をたたえた彼女の表情は、その時とても厳しかった。私は彼女を見た。彼女はビッグマウスを見て、ひと言も口にしなかった。そして、たったそれだけでビッグマウスは背を向け、去って行ったのだ。

「大丈夫、パイパー？」とジェイは言った。

「うん、大丈夫よ、ジェイ！」と、私はビッグマウスを睨み付け、腹を立てながら答えた。がっかりした囚人たちは再び目の前の食事を食べ始め、騒音はまたいつものレベルに戻っていった。ジェイが私を何ヵ月も続くかもしれないトラブルから救ってくれたことを、私は理解していた。


私はとうとうヘッドセット・ラジオを手に入れた。ラジオがあることで、1日の楽しみを作り出すのがずっと楽になるのが、信じられなかった。売店で購入した白いスニーカーとペアにして、午後になると毎日運動場で走った。悪魔の巣窟のようなB棟の喧噪を、自由自在に耳から追い出せたし、音楽を聴くことができる今は、1周400メートルの運動場をより速く走ることができた。

ローズマリーがWXCY、91・7という周波数をこっそり教えてくれた。それはウェスタン・コネチカット州立大学のラジオ局だった。私は大学の提供するラジオ番組の楽しさをすっかり忘れていた。ランダムに選ばれたこの上なく素晴らしい音楽。19歳の青年たちが曲の合間の20分ごとに行う気さくな会話と、私の脳の空洞に流れる、聞いたことのないような刺激的な音楽。運動場を何周も走りながら、大学2年生の話す、ディック・チェイニーに関する風刺作品を聞きながらゲラゲラと笑い、クラシック・ロック対ヒップホップ対刑務所内の日常の音楽だったスパニッシュ系ラジオの終わることのない演奏の中で、『SPIN』（＊56）誌では読んだことはあったけれど、一度も聞いたことがなかったキングス・オブ・レオンのような新しいバンドの音楽を聴いた。

その中でも最高だったのは週末の番組で、「90年代のミックステープ」という名前が付けられていた。それは1990年代の1年ごとの、すべての週末のベストソングを紹介したものだった。1991年のトップテンには、ペイヴメント、N・W・A、ノーティー・バイ・ネイチャー、ティーンエイジ・ファンクラブ、ブラー、メタリカ、ニルヴァーナ、LL・クール・Jがランクインしていた。すべての曲がラリーを思い出させ、そしてトラブルを探し求めていた女の子だった自分自身を思い出させた。私が何も知らない、無知な子どもとして地球を旅し、その11年後に自分自身を刑務所に導くほどの大きなトラブルに発展させた時に聞いていたすべての曲を、運動場を走りながら再び聴いた。

どれだけ私が愚かだったとしても、どれだけ無意味だったとしても、どれだけ今の状況が辛いものだとしても、私がこのミックステープを毎週聴けば、あの無鉄砲で厚かましい愚か者の自分自身への愛も、心の中で否定することはできなかった。

5月17日は私とラリーの記念日だった。悲しいことに私たちは離ればなれになってしまい、その原因がすべて私にあることは否定できないが、私が教会から無料で渡されたホールマーク社のグリーティングカードの中から、これだというものを選んだ時に、私は少しだけ辛い気持ちになった。

表には、こう書かれていた。

あなたのことよ　ベイビー
とても美しい黒人の男性
自分が誰なのかを知っていて
自分の居場所を知っている
ごまかすことをせず
私の敬意を手に入れ

私に同じものを返してくれた
自分自身を惜しみなく与え
信頼を築き
私たちの大きな夢のために
心を委ねてくれた
私を熱くさせ
愛して、鎮めてくれる
そして彼の腕の中で
私はすべての喜びを知る……

そしてカードを開くと……

あなたのことよ　ベイビー
とても美しい黒人の男性
これがあなたを、これ以上ないほど、強く
愛している私

ジョークは抜きで、感情はすべて本物だった。

私はその日の夜をベッドの上で過ごし、カードに何を書こうか構成を考えていた。その記念日は私たちが交際し始めてから8年目のものだった。私は彼に、時間の経過の速さを伝え、自分たちの人生の4分の1をともに過ごしたことを書いた。私たちがとってきたリスキーな選択がどれだけ楽しいものであったか、私にとって唯一の男性である彼の元にどれだけ私が戻りたいか。彼がいるところに行けるまでそれがどこであれ、私は毎朝、日の出を数えて待つと伝えた。

ある日仕事に行くと、デサイモンがオフィスから出てきてドアをロックした。「今日はリフトの練習をする」と彼は宣言した。え？　リフトって何？

リフトとは、油圧リフトのことだと後になってわかった。私はそれが一体何の作業に使われるのか考えてみた。ここの建物はとても低く、連邦矯正施設は2階建てほどの高さだ。デサイモンは私のこの疑問に対する答えを明らかにしてくれた。運動場周辺のライトは数百フィートの高さがあった。ライトに使われている電球が切れたり、修理やチェックが必要になった時にリフトが使われるのだ。「絶対にやだ！」と、倉庫への移動を願い出ていたジェイが言った。「絶対にあれには乗らないからね！」

残りの囚人たちも彼女に同意した。

だとしても私たちは、リフトを正しく設定するための精密な過程を検査しなければならなかった。基本的には、数平方フィートの金属の台で、ボタンを押すと支柱に沿って空まで上がっていく仕組みだった。安全対策をひとつでも怠ると、コンクリートの上に叩きつけられることは容易に想像できた。最終的に適切にチェックできた時、デサイモンが「乗ってみたい奴はいるか?」と言った。勇敢にも数人――エイミー、リトル・ジャネット、レヴィー――が名乗り出た。台に乗り込んでボタンを押すと、リフトが最も高い位置になるずっと前に止めて、降りてきては「怖い!」と言った。

私は「私もやってみたい!」と言い、プラットフォームに乗り込んだ。デサイモンがコントロールボタンを私に手渡してくれた。上へ、上へ、もっと上へ。コンクリートの地面と、私を見つめる6人の女性とひげ面の男の顔から離れると、鼓動が強くなった。もっともっと上へ。そこら中を見渡すことができた。想像していた刑務所の境界から向こうの景色の、そのまた何マイルも先まで見ることができたのだ。たぶん、私はそこから自分の未来を見ることができたのだろう。私がボタンを押し続ける間、プラットフォーム全体が風に揺られていた。私は一番上まで行きたかったけれど、ハラハラしながら手すりをつかんでいたし、耳の中で血管が脈打つのを感じていた。

台が最も高い位置に到着すると、ガクンと揺れて止まった。私はよりいっそう恐ろしくなってしまった。手で光を遮りながら私を見ていた同僚からは控えめな声援が飛び、女性たちが他の作業所から出て、様子を見にきた。「あいつ、どうかしてるよ!」と、感嘆しながら誰かが言うのが聞こえた。

私は握りしめていた手すりから下をのぞき見て、にっこりと笑った。ミスター・デサイモンはひげで笑顔を隠そうとしているように見えた。「降りてこいよ、カーマン。コンクリートでぶっつぶれたお前を片付けたい奴なんていないぞ」私はその日、彼をほとんど好きになりかけた。

収容施設は空になりかけていた。月の初めには新入りたちが多く入って来た、その中にはマリファナをクーチー・エクスプレス（女性器に入れて運ぶこと）で持ち込んだグループも入っていて（しゃがんで咳をしても、あまり効果は期待できないらしい）、収容施設全体をざわつかせた。でも、新しい囚人たちの到着が突然止まったのだ。連邦刑務所が収容施設を一時的に「閉鎖」したとの噂が流れ、マーサ・スチュワートがダンブリーに送られてくるのを防ぐために、他の施設ですでに刑期を務めたことのある囚人だけを迎えているのだということだった。この施設がおんぼろで今にも倒れそうだからなのか、それともそれ以外の、別の理由があるかどうかは定かではなかった。新顔がぽつりぽつりとしか来なくなり、新しい囚人の到着の一時停止は本当なように思えた。一方、出所して家に戻る人たちは一向に減らなかった。

私も家に帰ることができればいいのにと思った。最初にあった「これやっていい？」という、やる気に満ちたアドレナリンの時期は確実に終わり、私のダンブリーでの残り時間はまだまだ長かった。私もラリーもできる限りの時間とエネルギーを使って刑期が1年にならないかと願い、それが私たちにとっての勝利だと感じていた。今、私はちょうどその真ん中にいて、残りの刑期が永遠に終わらないのではと感じられた。

それでも、刑務所での人付き合いは私の気を紛らわせてくれた。ジェイは私が好きな他の囚人たちと同じ牡牛座で、これはビッグ・ブー・クレモンズがB棟でのジェイのバースデー・パーティーに招待してくれたことで知った事実だった。ビッグ・ブーは巨体のレズビアンだ。私が巨体と言う時は、最低でも300パウンド（約136キロ）は超えている。彼女の肌はチョコレートアイスのようになめらかで、私がそれまで出会った中で、最も美しい300パウンドの女性だった。彼女はその巨大な体で他を威嚇していたけれど、その胴回りより、彼女のウィットの方が人を怯ませた。彼女の言葉には稲妻のような鋭さがあった。彼女は韻を踏むのが得意で、そのカリスマ性と魅力に抗うことは難しかった。彼女のガールフレンド、200パウンド（約90キロ）のトリーナは美人だったけれど嫌な女で、他の囚人たちからは広く「パイ顔」と呼ばれていた……もちろん、彼女の知らないところで。彼女は言い争いが大好きで、付き合いにくい人だった。

ブーがパーティーの日程を教えてくれ、私にチーズケーキを持って来て欲しいと言った。「パーティーの場所はどこ?」と私は聞き、彼女が「ここ、B棟だよ」と答えた時には驚いた。刑務所のパーティーは通常、談話室で開かれるからだ。それでなければ看守に文句を言われる可能性が高くなる。

ジェイの誕生日、私は彼女がどのように感じているのか想像していた。彼女の2度目か、あるいは3度目の刑務所内での誕生日になるだろうし、運動場のトラックに延々と並べられたハードルのように、この先7回もの誕生日を彼女はここで迎えるのだ。夕食が終わるとすぐに、チーズケーキを持ってパーティーに出向いた（それは私が唯一作り方を知っている刑務所料理だった）。パーティーのゲストたちが、相部屋のシーナとシェアしているジェイの部屋の外、B棟の廊下の真ん中に集まっていた。B棟の住人たちが主な参加者で、私たちは折りたたみ椅子とスツールを各部屋から持ち寄っていた。双極性障害で私の部屋の近くに住んでいるコーリーンもそこにいたし、ジェイの友達のボビーもいた。ボビーはブルックリンのMCC（メトロポリタン矯正センター）から来たバイカーのママで、その他にはリトル・ジャネット、エイミー、そしてB棟での初めての朝に私が目撃したリリもいた。

B棟に移ったばかりの頃はリリに苛々させられた。彼女は部屋中に響き渡るような声で何度も、「よう、プーキー、何やってんだよ？　おいプーキー、こっちに来なよ！　プーキー、ヌードルスープ持ってるかい？　腹が減った！」プーキーとはとても物静かな彼女の特別な友人で、私の部屋から2部屋向こうの隣人だった。私はベッドに座って、自分自身に（時にはナタリーに対して）「あいつ、いつになったら黙るの？」と聞き続けた。リリはやかましいブロンクス出身のプエルトリカンの刑務所限定のゲイで、なめんなよ的態度の女だった。でも、愉快なことが起きた。プーキーの出所後、少しだけリリがおとなしくなったのだ。そして彼女は私に興味を持ち始めた。私のタトゥーを見た彼女が私を「イルカ」というニックネームで呼び始めた時には、私も彼女をだんだんと好きになってきたのだと思う。私のちょっとしたジョークで彼女を大笑いさせることができるようになった。

私の胸を褒めちぎったデリシャスも来ていた。彼女はジェイとスペードをしていた。デリシャスはもしかしたら私の古い友達のキャンダスのドッペルゲンガー（*57）かもしれない。キャンダスがノース・キャロライナ出身の白人で、ダートマス大学卒で、西海岸でハイパワード・テクノロジーの専門家をしていて、一児の母で、ひょうきんな人物であることと、デリシャスが黒人でワシントンD・C生まれでひげが生えていて、たくさんタトゥーがあって、爪を長く伸ばし、素晴らしい歌声に磨きをかけながら刑務所で皿洗いをしていて、その場その場で名言を生み出す才能がある女性であることを踏まえると、少し奇妙かもしれない。

でも、ふたりは髪型も背丈も似通っていたし、同じような団子鼻で、世界に対してゆったり構えながらもハイパーな視点を持っている点などがよく似ていた。鳥肌が立った。デリシャスは歌っていた。いつ、何時でも。彼女は話すよりも歌う人だった。B棟に移動してすぐに、彼女は私に「ギャングスタの本って持ってねえの?」と聞いてきた。私が彼女に刑務所の外のキャンダスについて、ふたりがどれだけ、双子のように似ているか話すと、デリシャスは私を変人でも見るかのような目で見た。

パーティーでは、ブーがみんなで楽しむゲームを準備してくれていた。彼女が招待客全員のなぞなぞをライム(韻を踏んだ言葉)で作り、そのなぞなぞが誰を表したものかを当てるのだ。ブーは誰のライムでもこっぴどくこきおろしはしなかったけれど、とても楽しくて、みんなで笑い合った。

彼女はここに住んでいる
あんたとあたしの間にいる
あんたが彼女を見る時に

海を思い出すだろう

　ブーがライムを読んだ時、私はすばやくあたりを見回し、唇を噛んで笑顔を押し殺さなければならなかった。ほとんどの人が混乱していたけれど、数人がニヤニヤし、すぐに誰かわかったことがうれしそうだった。

「誰だと思う？」とブーは聞いた。みんなが肩をすくめ、ブーはそれにイラついた。

「パイパーだよ！」と、シーナとエイミーが声を揃えて叫んだ。

「意味がわかんないよ」とトリーナが口をとがらせながらガールフレンドに言った。

「意味がないよ、全然」

　ブーは苛々していた。「彼女はここに住んでいる　あんたとあたしの間にいる――それは彼女がB棟の住人ってことだろ。そして、あんたが彼女を見る時に　海を思い出すだろう――これはパイパーのタトゥーのことだよ。わかったか？　Sea（海）だよ、魚だよ！」

「ああ、そうだ！」とリリ・カブラレスは笑い、「あたしのイルカちゃんだ！」と言った。

＊56　『SPIN』　『Rolling Stone』誌と並ぶ、アメリカの音楽雑誌。
＊57　ドッペルゲンガー　自分自身の姿を見る幻覚の一種。自分とそっくりの外見をした分身のこと。

Chapter 10

Schooling The OG

OGを鍛える

5ヵ月前に刑務所に来てから、私は多くを学んでいた。生理用ナプキンを使って部屋を掃除する方法、照明設備の配電方法、ふたり組が親友なのかカップルなのかの見極め、スペイン語で誰かを罵るタイミング、「感じてる」（良いこと）と、「いろいろと感じてる」（悪いこと）のちがい、誰かの都合の良い時間を計算する最も早い方法、売店の女を遠くからめざとく見つける方法、どの看守が扱いやすいか、どの看守が嫌な奴なのかの見極めなどだ。私は刑務所の調理法の中からひとつのレシピをマスターした。チーズケーキだ。

ある囚人の出所パーティーで料理をしようとしたのが最初で、同僚のイヴェットのスペイン語による身ぶり手ぶりのレクチャー通りにチーズケーキを作ってみたのだ。他の刑務所での調理とはちがって、主な材料は売店で購入することができた。

〈刑務所のチーズケーキ〉

1．砕いたグラハムクラッカーと、食堂から盗んだマーガリンのパック4つを混ぜる。タッパーに入れ、レンジで1分加熱し、冷まして、固くなるのを待つ。

2. ラッフィングカウ(*58)のクリームチーズ1箱分を包装紙から出して、フォークで潰し、バニラプディング1カップとなめらかになるまで混ぜる。そこへ、気持ちが悪いと思っても、粉状のコーヒークリームを徐々に混ぜていく(ひと瓶すべて)。なめらかになるまでしっかりとかき混ぜる。レモン果汁を材料が固まっていくまで加える。レモン果汁の入ったプラスチック・コンテナをほとんど使うほどの量が必要。

3. コンテナの中のクラストの上に2を流し込み、相部屋の囚人の使っている掃除用バケツに氷を入れ、食べることができるまで冷やしてできあがり。

初めて作った時は少しグニャグニャしていた。もっとレモンを使うべきだったのだ。でも大成功ではあった。イヴェットは味見をして、眉毛をあげた。「ブエナ!(おいしい!)」と彼女は褒めてくれたのだ。私はとっても誇らしかった。

刑務所の料理とサバイバルテクニックは、すべて良く考えられていて素晴らしかったけれど、より積極的に学ぶ時期にきていた。愛想良く、でも継続的に、ヨガ・ジャネットが彼女のクラスに参加するように私を誘い続けてくれていて、背中の筋肉をねじってしまった時に、ベッドにうつぶせに寝る私の背中を彼女が冷やしてくれた。「私たちと一緒にヨガを学んだ方がいいわよ」と、彼女は優しく私をたしなめた。「ランニングは体に負担をかけすぎるんだから」

トラックを走ることを諦めるつもりはなかったけれど、私はヨガのクラスを週に数回受けるためにジムに通うようになった。私がそれを話すとラリーは笑い転げた。彼は何年も、ダウンタウンにある高級なヨガスタジオに私を誘っていたのだけれど、私にむりやりダウンドッグ(*59)をさせるのは、楽しいと同時にイライラすることだと理解していたのだそうだ。

運動場のジムの床はゴムだった。最初は小さな青いフォームマットを使っていたけれど、努力家で諦めることを知らないヨガ・ジャネットが、刑務所外から収容施設宛てに、しっかりとしたオレンジ色のヨガマットの寄付を取り付けたのだ。背が高く、落ち着いていて、堅実なジャネットは、物事を真剣に考えすぎることなく、私たちに大切で価値のあることを教えている感覚を演出することに成功していた。

B棟の住人のカミラはいつもヨガのレッスンに参加していた。ダンブリーにいる大勢のはみ出し者たちと一緒にいると、カミラはとても目立つ存在だった。私の友達のエリックが面談室で彼女を見て、「アメリカ中の刑務所で一番ホットな受刑者だね。あんたには悪いけど、パイパー」と言った。輝くように健康的で美しく、背が高く痩せていて、ふさふさとした黒髪は艶があり、黄褐色の肌をして、あごはシャープだった。茶色い目は大きく、いつも大声で笑っていた。私は彼女の笑いへの意欲に魅力を感じたが、その人柄は一部の白人受刑者の物笑いの種になっていた。

「プエルトリコ人の女って、刑務所にいるってことさえわかってないんだよね。いつもバカみたいに踊って笑っててさ」と、背の高いモップ頭のサリーは嘲りながら言った。彼女は周囲の人間全員を彼女と同じように惨めにしたいのだ。そしてサリーは無知だ——カミラはコロンビア人だった。プエルトリコ人ではない。カミラにとってヨガは自然なもので、簡単に英雄のポーズや後屈をマスターした。もう一方の足を絡めた状態で片足立ちする時には、私と彼女はくすくすと笑い転げた。

カミラの横のマットでヨガをしていたのはガーダだった。ガーダは私が刑務所内で出会った数少ないイスラム教徒だ。彼女の年齢を言い当てるのは難しかった。彼女の顔には深いしわが刻まれていたけれど、いきいきとした雰囲気があったのだ。たぶん50代か60代といったところだろう。髪は白髪混じりで、彼女はそれをその場しのぎのヘッドスカーフで覆っていた。時には枕カバーの時もあったし、禁制品の布ナプキンの時もあった。それに関するしっかりとした話を聞けたことがなかったのだけれど、看守が頻繁に彼女のスカーフを没収していたようだった。我々囚人たちは制服の着用時に「バンダナやスカーフ」を身に着けることを禁じられていた。身に着けることが許されていたのは、売店で売っている野球帽か、刑務所が配布している、被るとチクチクしていてもたってもいられない毛糸の帽子だけだった。イスラム教徒の女性に対しては、当然例外を作るべきだと私は思っていた。刑務所のシステムの中でヒジャブが禁止されていると私が勘ちがいしているのか、それともガーダが刑務所が許可したヘッドスカーフを手に入れることができていないのかは判断ができなかった。ガーダは規則が嫌いだった。

ガーダはレバノン出身だったけれど、南アメリカに長年住んでいたため、スペイン語に堪能だったが、英語はほんのわずかしか話さなかった。ラテンアメリカに長年住んでいたということで、スパニッシュ系の囚人たちから慕われていた。これは良いことだった。なぜなら、彼女は刑務所スタッフの権限を完全に拒絶していたし、施設のルールに全く興味がなかったため、彼女の友だちの多大な努力のみが、彼女のちがいが引き起こす結果としてのSHU行きを免れる手立てだったのだ。この事は彼女の仲の良い囚人たちから、彼女に対する苛立ちとリスペクトを引き出していた。ガーダが収容された理由を知る者はいなかったけれど、彼女が元ギャングスタであることは納得できた。ガーダはヨガ・ジャネットが大好きで、彼女がクラスに通う一番の理由はそれだった。彼女は正しくヨガのポーズをやることについては全く興味がないようだったけれど、その手順に大きな熱意を持っていた。

ごちゃ混ぜの意欲的なヨガ修行者の最後のメンバーはシスター・プラットだった。彼女はとても真剣に、正しい型を習得していた。シスターは腰が硬かったので、ツイストと鳩のポーズでは眉間にしわを寄せていた。昼間の食事で脂っこいものを楽しんだ日には、前屈がトラブルの元になった。私が深い前屈姿勢に入ると、小柄な尼は私の姿を見て悲しげに、「私の何がまちがっているのかしら?」と不思議がっていた。

私たち5人には仲間意識が芽生え、その数時間が1週間の中で最も楽しい時間になっていた。クラスの度に私たちは平和を見出していた。それは、ダンブリーの中では自分自身の体の中でしか見つけることができないものだ。各セッションは、ジャネットが最後のリラクゼーションをした後に、彼女が私たちが終えたワークについて、そして刑務所の毎日で一緒に感謝すべき物事について落ち着いた声で話をして、終了した。そしてガーダは毎週、最後のリラクゼーションに入ると数分で眠りに落ち、誰かが彼女を起こすまでいびきをかいていた。

ある日の晩、丘を下った施設から来ている明るい教育者のミス・マホーニーが多くの囚人たちを幸せな気分にしてくれた。ミス・マホーニーは、刑務所のスタッフの中でわずかにいる私たちの味方のひとりだった。私が知る限り、彼女は教育部門での数少ない救いだった。彼女には拡声器の声が小さいというイライラする癖があったけれど。この日の晩、彼女はジェンダー意識についてのクラスが食堂で開かれるとアナウンスした。何が告げられるのかは定かではなかった。

そして、重要なことも言った。「今から名前を読み上げる皆さんは、刑務官事務所に来てください。一般教育修了検定の結果をお知らせします……」彼女の声を聞けば、読み上げられた女性たちにとってそれが良い知らせだということは明らかだった。「マルコム！」と、マホーニーが呼んだ。

私はベッドから飛び起きた。ナタリーは正確には12回も一般教育修了検定を受験しており、なかなか合格することができないでいた。彼女は試験の時にナーバスになってしまい、いつも数学が鬼門だった。ナタリーはどこにいるの？

メインホールに行くと、喜びの声がすでに上がっていて、各部屋と各棟から女性たちが飛び出して来ていた。25歳、35歳、45歳の女性たちが刑務所内で高校の学位を取得しようと奮闘し、何度も何度も予備試験を受けて、あまり機能していないプログラムとクラスをまるで不良少女のような態度で受けけつつ、実際には合格したのだ。これは勝利だ。30年以上前に学校をドロップアウトした女性もいいる。彼女たちにとってはついに、唯一ポジティブと言えるものを手にしたのようなものだ。唯一の達成の指針となる成果、それも刑務所の中で。それに、このことで刑務所内の作業から得る賃金が最低レベルを超えることになる──一般教育修了検定に合格していなければ、1時間に14セント以上を稼ぐことができない。これは辛うじて歯磨き粉と石けんを買えるくらいの値段だ。刑務所で得られるもののすべてにお金がかかる。衛生用品、電話、罰金もそうだ。一般教育修了検定をパスしていない囚人が、外部からお金を得ることができない場合、どうにもならない。ナタリーは技術力の高いパン職人としてキッチンで何年も苦労して働き、調理スタッフの重要なメンバーであるのに、週に40時間働いても5ドル60セント以上支払われることはないのだ。

ミス・ナタリーはどこ？　5分前に彼女の名前は呼ばれたというのに、ホール内で大喜びして叫び、笑い合う女性たちの中に彼女を見つけることができなかった。私の謎めいた相部屋仲間はどこにいるのだろう。あの、とんでもなく冷静な女性は？　私はナタリーがどれだけその学位を欲しがっていたか知っていたし、長い間、数学のセクションをクリアできなかったことで彼女が傷ついているのではないかと考えていた。彼女は気位が高い人だったから、私が勉強を手伝うと提案した時だって、辞退したのだ。合格したんだってば！　隠れてるの？　おめでとうの嵐に参加することや、禁止されているハグが廊下で行われてるから恥ずかしいの？

いやいや、ちょっと待って。彼女、運動場にいたわ！　私は彼女がスニーカーを履くところを見ていた。私は急いでスリッパを履くと廊下を駆け抜けて建物の外に出て、階段を下って全速力で運動場へと走った。彼女、まだ知らないのよ！　階段を途中まで降りたところで、私は運動場にいる他の囚人に声をかけた。「ねえ、あたしの相棒、そこにいる？」私が運動場横の建物に入ると、ナタリーはクレイジーな友達のシーラとそこにいた。

「相棒！　一般教育修了検定の結果が出たんだって！」と、私は息を切らせながら言った。ナタリーは不安げに笑った。

「おいでよ、相棒、上で結果を見てみようよ！」

「わかったよ、相棒。今行くから」ナタリーはレディーのようなふるまいで、急ぐことはなかった。

数名の囚人が階段を降りてくる中、私は階段を上っていた。「ナタリーはどこ？　ミス・マルコムは？　いたわ、いいからこっちよ、ナタリー！」私の相棒は驚いたようだった。それでも彼女は急ぐことはなかった。彼女は懐疑的な表情で、自分の目でしっかりと確かめるまで、お祝いの輪に加わろうとはしなかった。

彼女の取り巻きとして彼女の後ろにくっついて収容施設の中に入っていくと、耳をつんざくような声がホールにこだまし、皆が口々に「ミス・マルコムはどこ？」と叫んでいた。彼女はすぐに彼女をハグする人、彼女を祝福する人に取り囲まれた。ゆっくりとホールに歩いて向かったナタリーは、笑顔を見せ、感動していた様子だった。刑務官事務所の近くで、誰かが彼女の試験結果を手に持って、振っていた。「ナタリー、合格だよ！」

泣きそうになった。私は泣き虫じゃない。最低の場所で目撃する最高の幸せは、私にとっては大き過ぎる出来事だった。私は深く息を吸い込み、相棒が仲間に囲まれる姿を一歩下がって見ていた。相棒とふたりになったキューブの中で、私がお祝いの言葉を言うと、彼女は感情を抑えようとはしていたものの、とても満足げだった。

私が刑務所の生活に慣れたという事実は私の友だちと家族にショックを与えたが、正式であってもそうでなくても、厳格に管理された儀式が人間を奮い立たせることについては、刑務所の外にいる人間には本当の意味のありがたみは理解できない。これは長期の懲役刑の、油断ならない残酷な矛盾である。女性が7年、12年、20年という刑期を務める時、唯一それを生き延びる方法は、刑務所の存在を自らの世界として受け入れることなのだ。

しかし釈放された後、彼女たちは外の世界でどうやって生き延びるというのだろう？　自分以外の囚人に向けた「制度に飼い慣らされた」という言葉は最もひどい侮辱の言葉だったが、管理化されたシステムに抵抗したとすると、あっという間に報復を受ける。どこに属するか、どれだけ快適に暮らしたいのかということは、刑期の長さ、外の世界とどれだけ接触しているか、外の世界でどれだけ生活の質を保っていられたかによって変わる。もし刑務所内の社会で自分の居場所を見つけることを拒めば、どうしようもなく孤独で、惨めなことになる。

ミセス・ジョーンズは強制収容所に他のどの囚人よりも長く住んでいたが、来年には出所だ。彼女の部屋は、屋外へ続くドアの横、A棟の角にあり、パピープログラムのためのシングルルームだ。とても居心地が良く、彼女が出所したらその部屋がどうなるのか皆が恐れていた。「私、この部屋が好きだよ。空気が新鮮だし、子犬の散歩だってできるしね！」と彼女は笑い転げた。日中、私はミセス・ジョーンズの部屋に立ち寄って、彼女が介助犬として育てているラブラドール・レトリバーのインキーと遊ぶのを楽しみにしていた。ミセス・ジョーンズが部屋の中をせわしなく歩き回り、私に出所した女性の写真や、最近の編み物のプロジェクト（彼女はクリスマスのストッキングの専門家だった）の写真を見せ、15年の刑期中にため込んだいろいろなものを欲しいかどうか聞く間、私は床に座ってインキーのお腹を撫でていた。

ミセス・ジョーンズはインキーの散歩のために、運動場で長い時間を過ごしていた。そして私がランニングしていることに感心していた。彼女は自分が太っていると思っていたようで、彼女もランニングを始めたのだ。「あんたとあたしで競争だよ！」と彼女は大きな声で言い、私の肩を指で強く押した。「お手並み拝見だ！」とミセス・ジョーンズは言ったけれど、彼女は心配になるほど胸が大きく、たった一周走ったところでゼエゼエとベンチに座り込み、息も絶え絶えの様子だった。私は彼女に、走る代わりに早足で歩くことをすすめた。早足だったら大丈夫だとわかった彼女はその朝、とりつかれたように早足で歩き続け、息を弾ませていた。

ある日、ミセス・ジョーンズが私の部屋にやって来た。私はベッドの上で手紙を書いていた。彼女はまるで幼い少女のようにパーテーション超しにあたりを見回し、私は不安になった。

「どうしたの、ミセス・ジョーンズ？」

「忙しいかい?」

「忙しくなんかないわよ。さあ中に入って」

彼女はベッドの近くに来て、いわくありげに「頼みたいことがあるんだ」と囁いた。

「私で大丈夫かな」

「大学のクラスにいるのは知ってるだろ?」

そのクラスは基本的なビジネスコースで刑務所近くの大学から派遣されたふたりの教授が教えていた。それは大学の学位を授与されるものではなかったが(そのためには対応するコースの受講料を払う必要があった)、受刑者のケースマネージャーからは「プログラム」として認知されているようなものだった。ケースマネージャーは受刑者が刑期を全うするための管理を担い、それは私たちの「減刑」を見定めるという意味でもある(減刑が与えられれば、刑期の85%を務めればいいこととなる)。受刑者の口座から罰金を集め(罰金が払えなかった場合、減刑されることはない)、私たちに強制的に社会復帰クラスと「プログラム」を割り当てる。

強制収容所の囚人で「プログラム」を受講できる人間はわずかだった。大学のクラスは唯一のオプションだったけれど、文章にひと通り目を通し、何人もの女性の宿題の修正を手伝ってからは、そのクラス自体の有用性に疑いを持ち始めていた。例えば、ヴィクトリアズ・シークレット(*60)のライバル企業になるというカミラのビジネス計画は楽しかったけれど、あまりにも仮説に基づいたものであり、彼女がこの人間倉庫から出所した5年後にやることとは、一切関係がない仕事だった。

「何をしたらいいの、ミセス・ジョーンズ？」

彼女はプログラムがうまくいっていないのだと説明した。ビジネス計画の成績が悪かったそうだ。OGは心配していた。

「家庭教師が必要なんだ。あんた、やってくれないかい？　この前観た映画についての宿題があるんだ。お金は払うよ」

「ミセス・ジョーンズ、お金なんかいらないわ。もちろん手伝うわよ。宿題を持って来て。一緒に見てみようよ」

OGに手伝うことを伝えた時、私の心の中には典型的な生徒と家庭教師の関係が浮かび上がっていた。課題について話し、考えを促すような質問をして、宿題の評価をし、修正するのだ。彼女はノートと紙と本を持って戻り、それを私のベッドの上に置いた。『ネクスト・ソサエティ―歴史が見たことのない未来がはじまる』（P・F・ドラッカー著）だった。

「何これ？」

「教科書だよ。あんたが読んでくれないと」

「だめよ、**あなたが**読まないと」

彼女は私を見た。苦悩に満ちた表情で、訴えていた。

「読んだら頭が痛くなるんだ」10年以上も同じ場所に閉じ込められて頭がどうにかなっているのに加えて、ミセス・ジョーンズは暴力をふるう夫に殴られて、頭のネジが少し緩んでいると噂されていた。

私は眉をひそめた。「提出しなければならない宿題を見ましょうよ。映画についての宿題」これが再び、苦悩に満ちた表情を彼女から引き出した。「あんたが書いてよ。私は書けない！　私がこの前出した宿題は点数が悪かったんだ」と彼女は言い、ビジネス計画書を取り出して、恥ずかしそうにしていた。赤いペンで大きく、低いグレードが書き込まれていた。

私はさっと読んでみた。ミセス・ジョーンズの手書き文字は読みにくかったけれど、彼女の筆跡が完璧であったとしても、宿題の内容は全く意味をなしていないことに私は気づいた。私は気が滅入ってしまった。私は犯罪者ではあるけれども、教師の親を持つ娘として、テストでカンニングすることには強い嫌悪感を抱いていたのだ。

「ねえミセス・ジョーンズ。私があなたの宿題を書くべきじゃないと思うわ。それに、観たことがない映画について私に何が書けるっていうの？」

「メモしておいたんだよ！」彼女はそのメモを私に突き出すと、得意満面で言った。うわ、最高。内容によると、その映画は産業革命についてのものだったらしい。

ミセス・ジョーンズを落第させた方が良かったのか、それとも彼女に不正行為をさせるのが正しかったのか？　彼女を落第させるつもりはなかった。

「いいわOG、私があなたに映画について質問して、要点をまとめるお手伝いをするから、あなたが宿題を書いてみるっていうのはどう？」

ミセス・ジョーンズは頑固に首を振った。「パイパー、あたしのビジネス計画書を見なよ。書けないんだよ。あんたが手伝ってくれないんだったらA棟のジョニーが手伝ってくれるって言うんだ。でもあんたの方が賢いだろ」

ジョアン・ロンバルディは頭脳明晰というタイプでは全くなく、「個別指導代金」をミセス・ジョーンズに請求するだろうということはわかっていた。それに私のエゴもあった。

私はため息をついた。「メモを見せて」文脈もへったくれもない、彼女の映画についての説明をまとめ、驚くほど一般的な3ページに及ぶ産業革命についての作文を書き始めた。書き終えると、きちんとした手書き文字で書かれた作文をA棟のOGの部屋に持って行った。彼女は熱狂した。

「ミセス・ジョーンズ、これを自分で写して書いてね。わかった?」

「大丈夫、気付きゃしないよ」

これがインストラクターにばれたら私にどんな影響が出るのか、私は考えた。SHUに送られることや、この刑務所から放出されることはないと考えた。

「ミセス・ジョーンズ。最低でもこの作文を読んで、何が書いてあるかは知っていて欲しいの。約束してくれる?」

「誓うよ、パイパー。絶対にね」

ミセス・ジョーンズはクラスで宿題が返却され、我を忘れているようだった。「Aだよ! Aをもらっちまったよ!」彼女は誇らしそうに顔を赤くして言った。私たちは次の映画の要約でも同じくAを取り、ミセス・ジョーンズは大喜びだった。私は彼女の指導者たちが、彼女の以前の文章と今の文章のちがいについて、コメントを書いたり、質問をしてこないことが信じられなかった。筆跡だって全くちがうというのに。

そして彼女は真剣になった。

「最後の文章を書かなくちゃいけない。成績の半分はこれにかかってんだよ、パイパー！」

「OG、課題は何？」

「次の課題はイノベーションだよ。教科書に沿って書かなくちゃならない。それから、もっと長い文章が必要なんだ！」

私は嘆いた。ドラッカーの本なんて、絶対に読みたくなかったのに。私はそれまで、学生時代も専門家としてのキャリアを築いてからも、こういったタイプのビジネス本を完全に避けていたというのに、刑務所に入った途端に読む羽目になるなんて。OGに合格してもらうのならば、その本を読む以外に方法はなかった。

「イノベーションって言っても範囲が広いわね、ミセス・ジョーンズ。もっと具体的なトピックってない？」彼女は力なく私を観た。「いいわ、それじゃあ……低燃費の車なんてどう？」と私は提案した。ミセス・ジョーンズは1980年代中盤から収監されている。私はハイブリッド・カーとはどんなものなのか彼女に説明しようと試みた。「いいね！」と彼女は言った。

私がネット上にあるハイブリッドに関する基本的な記事を送ってくれるよう頼むと、ラリーは困惑した。私は彼にOGの学期末レポートについて説明しようとした。彼は『メンズ・ジャーナル』誌で編集者として働き始めたばかりで、多忙を極めていた。彼の仕事上の交渉事項の中に毎週木曜日か金曜日の勤務は半日だけというものがあった。そうすることで、刑務所にいる、愛する人に会えるようにしていたのだ。私は実際の交渉での会話がどうなっていたのだろうと考えた。彼が私のためにしてくれたことはとても多かった。私のもとにはすぐに書類が入った封筒が郵便物の配布を通じて届けられ、私は『ネクスト・ソサエティ―歴史が見たことのない未来がはじまる』に苦労して取り組むことになったのだ。

マーサ・スチュワートを別の刑務所に送るため、収容施設が「閉鎖する」前の、最後の囚人たちが、5月にやって来た。3人はシスター・プラットのように、政治犯で平和主義者だった。ラテン系アメリカ人の軍事要員（つまり、秘密警察とか拷問をする人とかチンピラのような人）のための米国陸軍訓練センターでジョージア州にある、アメリカ陸軍米州学校で抗議行動をして刑務所に送られた。この特別な新入りたちは、型通りの左翼的思想の持ち主で、何事にも熱心な白人で、目的のためであれば喜んで自らが犠牲になるタイプの人たちだった。そして嫌になるほどそれについて議論をする。中のひとりは『ザ・シンプソンズ』(*61)に出てくるミスター・バーンズに似ていた。キラキラした青い目、姿勢の悪さ、そして喉仏があり、自分が置かれた状況に苛立っていたように見えた。彼女以外の人たちは修道院の若い修練者といった感じで、短く刈り込んだ髪で、ひっきりなしに驚いているような表情を見せていた。そこにはアリスがいた。小柄で、久々に見た、牛乳瓶の底のような眼鏡をしていた。彼女はまるでパピープログラムの子犬のように人なつっこくて、彼女のパートナーたちが目立たなくなるほどおしゃべりだった。全員が私たちのヨガのクラスに参加する時もあった。

シスター・プラットが母アヒルなら、この3人はアヒルのヒナのように、シスターの後ろにつきまとっていた。シスターが刑務所で平和主義者の姿勢を貫くなんてかっこいいじゃない——政府が巨額の血税をドブに捨て、暴力に訴えずに抗議活動をする人たちを裁いて刑務所にぶち込んでも、塀の中では志を同じくする政治犯が徒党を組んでいる。まちがいないのは、シスター・プラットは同志と食堂の奥で何時間も、ああでもない、こうでもないと議論を楽しんでいるってこと。アリスたち3人は苦労の末、GED（一般教育修了検定）プログラムで教える仕事を手に入れた。そう、前はやりたかったけど、そのころはもう興味を失っていた仕事だ。

CMS（修理メンテナンス部門）を希望するのには気が引けたが、教育関係で働く受刑者たちのすったもんだを見てきて、あそことは距離を置くようにしてきた。その冬にGEDプログラムが完全停止に追い込まれると、それまで授業で使っていた書籍や資料はすべて捨てられ、代わりの教材は補充されなかった。前任者は外部の女性教師で、受刑者たちの人気者だった。受刑者のご機嫌取りばかりしていたみたいに見えて、私はちょっと苦手だったけど。

新しい教師は前任者がマシに思えるほどのカスだった。クソださいマレット・ヘアで、大型トラックを転がす、頭が空っぽの運転手並みの知識しかなく、郵便局の採用試験にも落ち、拾ってくれたのが連邦刑務局しかなかったんじゃない、と受刑者たちは陰口を叩き、私は〝スタンピー（ずんぐりむっくり）〟と呼んでいた。おまけにスタンピーは生徒を口汚く罵り、恫喝するような手に出る（どう見ても受刑者をビビらせるのが楽しいとしか思えない）、教師の風上にも置けないカスだ。生徒である受刑者はもちろん、彼の下で助手として働く受刑者たちも、みんなあいつを忌み嫌っていた。教室で助手をやっていた連中によると、あの新任教師が受刑者に接する態度はこのひと言に尽きるそうだ。「受刑者が1足す1は2の計算ができなくても構わない。8時間分の金さえもらえればそれでいい」

ある日、電気設備作業所から戻ってきたら、刑務所は上を下への大騒ぎだった。スタンピーがいつになく教室で挑発をかまし、平和主義者のアリスもついにがまんの限界に達した。アリスは自分を教育係から外してほしいとスタンピーに訴えた。激怒したスタンピーは大声で暴言を吐くと、教師に対して反抗的な態度を取っただの、直《ちょく》の命令を拒んだだの、とにかくアリスをこき下ろすようなことを書き連ねた。

その時教室にいた（そして、このクソ教師の格好のえじきだったと思われる）ペンサタッキーによると、あいつはバカ面を赤黒くしていたそうだ。あのカスは猛然と刑務所を飛び出してシャバに戻り、アリスをSHUにブチ込もうと策を講じているらしいと聞き、受刑者全員がブチ切れた。

噂は本当だった。夕食やメールコールが終わると、厚底のブーツを踏みならし、チェーンをガチャガチャさせる音がする。『スター・ウォーズ』のストームトルーパーでおなじみ、あの不吉な足音を立て、ガタイの良い男たちが拘束具を持って乗り込んできた。電話の脇を抜け、階段を降り、廊下を歩き、男たちのドシドシという足音が刑務官事務所へと近づいてくる。足音は建物の中にいた受刑者全員に聞こえ、正面ホールは黙ったまま成り行きを見守る彼女たちで、あっという間にいっぱいになった。バカをやらかしてSHU送りが決まった当事者が嫌われ者だったら、さあ、みんなでギロチン台送りの護送車に乗せちまおうぜという空気が場を支配することはよくある。だが、この時はちがった。

拡声装置がひび割れた音を出し、続いて刑務官のミスター・スコットがSHU送りの受刑者の名を呼んだ。「ジェラルド！」かわいそうなアリス・ジェラルドは刑務官室まで出頭し、一歩足を踏み入れた。ドアが閉まり、刑務官室の中では、屈強な男たち3人とアリスに対し、警部補が懲戒処分状の内容を読み上げる。女子受刑者のつぶやきが徐々に集まり、大きな声となる。

「こんなバカなこと、許されるかよ！！」

「SHUなんて、ふざけんな……アリスはそんな罰を食らうことなんかしていない」

憤怒の声が、どこからともなく聞こえてくる。

「信じられねぇ、ケツの穴の腐ったサツの野郎ども、アリスをSHU送りにするために雇われてんのかよ！」

刑務官室のドアが勢いよく開いた。アリスに続き、3人の看守が出てきた。看守に取り囲まれ、集まった受刑者たちを見上げるアリスはいつもよりずっと小さく見えた。牛乳瓶の底のような分厚いレンズの向こうで目をしばたたかせ、アリスは明るい声で言い放った。「私、行くから！」警部補が連れてきた間抜け警官が乱暴に手錠をかけると、受刑者のつぶやきは低いうなり声へと変わっていった。その時だ、シーナが口火を切った。

「アーリース！　アーリース！　アーリース！　アーリース！」すると受刑者たちも小さな平和主義者

を〝アリス・コール〟で送り出した。あれほどビビった看守たちを見たのは初めてだった。

ある暑い日の午後、私は日差しを避け、木陰にいた。ミセス・ジョーンズが愛犬インキーを連れてやって来た。彼女の最終課題は私が書き上げた。未来経済でハイブリッド・カーが期待される役割について、かなりわかりやすくまとめた。『ネクスト・ソサエティ―歴史が見たことのない未来がはじまる』にあった壮大な構想をいくつか引っ張ってきて、ナレッジベース経済、グローバリゼーション、人口動態が社会を変える手段についての持論を交えてみた。星の数ほどいるアメリカ人の前科者が次世代の社会で期待される役割とは、なんて考えていると、頭が痛くなってくる。

「強制的な最低刑罰に反対する家族の会」（FAMM）のニュースレター（受刑者の多くが購読している）で知ったのだが、毎年刑務所を出て自宅に戻る元受刑者は60万人を上回るそうだ。そのほとんどが、かつて身を置いた裏社会に戻るしかなく、私が知る限り、刑務所のシステムは社会復帰した元受刑者が別の進路を歩めるようにはできていない。ダンブリーで正規の職業訓練プログラムに参加した女性受刑者を数えたけれど、10人にも満たなかった。ポップは州刑務所で外食業の認定書を取り、リンダ・ヴェガは収容施設の歯科衛生士として働いている。ユニコールという更生施設で働く女子受刑者は、ごくわずかだ。残りの連中は、刑務所で床掃除や配管工事の仕事をしていれば、実社会でも職にありつけるだろうと楽観的だが、そんなに楽なもんじゃないと私は思う。刑務所であてがわれる仕事で成り立つ刑務所の経済が、現実の社会で回っている経済と結びつくはずがないのだ。

「ねえ、ミセス・ジョーンズ！　課題はもう提出したの？」

「今それをあんたに言おうとしてたところさ。はらわたが煮えくり返ってるんだよ！」

心配になって立ち上がった。ミセス・ジョーンズの課題を私が書いたことを、彼女を嫌っているクラスメートにチクられたのだろうか。チクられてもしょうがないことはやっているけどね。

「何かあったの？」

「Aマイナスだったんだ！」

私が笑ったせいで、ミセス・ジョーンズの怒りの炎にガソリンが投下された。

「何がおかしいのさ？」彼女が甲高い声で私を責める。「いい論文なのに！　読んでみたけど、あたしの言いたかったことがちゃんと書いてあったたっていうのに！」

ミセス・ジョーンズはずいぶんご機嫌を損ねている。

「教授はあなたにこれで満足して欲しくないと思ったのよ、ミセス・J。Aマイナスは立派な成績よ」

「どうだか。偉い奴らの考えてることなんかちんぷんかんぷんさ。ま、とにかくあんたに礼を言いたかったんだ。あんたはいい子だ」そう言うと、ミセス・ジョーンズはインキーのリードを引っ張り、意気揚々と歩いていった。

それから2ヵ月後、ミセス・ジョーンズがまたしても得意げな顔で歩く場面があった。GEDプログラムやカレッジの講義を修了した女性受刑者全員を祝うセレモニーが面会室で行われた。大勢の女性たちに混じって、ナタリー、ペンサタッキー、カミラ、もちろんミセス・ジョーンズも卒業生が被る角帽を頭に載せることになる。卒業生はそれぞれ、刑務所の内と外からゲストを数名招待することが許され、私はOGのゲストとしてセレモニーに出席することになった。

総代を務めるのは、GEDの試験で最高得点を取ったボビーだ。セレモニーまでの数週間、総代としてどんな挨拶をしようかと、ボビーは原稿を何度も書き直していた。セレモニー当日は焼けつくように暑く、面会室では、卒業生とゲストが向かい合うようにして椅子が並べられた。角帽にガウンを身につけた卒業生たちが一列に並び、きりりとした表情で、まじめくさって歩いてくる。GED修了生は黒のガウン。カレッジ卒業生は明るいブルーのガウン。ボビーが挨拶をする演壇が設けられたが、その前に我らがボス、デブー所長のスピーチを聞かなければならない。これがデブーにとって最後の挨拶になる。彼女はカリフォルニアに新設された刑務所長となり、その後私たちはフロリダから新しい所長を迎えることになる。

ボビーのスピーチは素晴らしかった。〝私たちはやり遂げた！〟というテーマを掲げ、学ぶことを**やり遂げた**仲間たちを称え、スピーチは順調に滑り出し、刑務所という環境で学位を取るのは決してたやすいことではないが、ここにいる全員はやり遂げたのだと、集まった人たちに訴えた後、やればできるとわかったからには、**やり遂げる**という信念さえあればできないことなんかないと高らかに言い放った。そして**やり遂げた**ことを証明する成果として、修了生はそれぞれ学位記を受け取った。私は感動した。ボビーがスピーチに込めた思い、スピーチを述べる時の毅然とした態度。短くて野心がギラついたスピーチだったが、今日は刑務所ではなく、卒業生を称える日であることをしっかりと示す内容だった。力強く、肩ひじを張ることなく、それでいて誇り高きスピーチだった。

スピーチが終わると、受刑者たちに写真撮影が許可された。面会室の隅に飾った桜の木の造花を背に、私は自慢の友人たちとカメラにおさまった。カーキ色の囚人服姿の私たちを周囲に従え、一緒にポーズを取ったボビーは、ガウンの上に卒業生総代だけが着る金の縁取りがついたガウンを重ね着し、緊張した面持ちでいつもより小柄に見えたが、髪はブローしてきれいに巻いてあった。ペンサタッキーはエミネムレッツの仲間とふたりで撮ったスナップで、高校生活最後の日を迎えた世界中の誰よりも晴れやかな笑みを浮かべていた。そんな修了生たちの脇でカーキ色の囚人服を着て笑っている私は、えらく老け込んでしまったように思えた。中でも一番のお気に入りは、「ミー・アンド・ミセス・ジョーンズ」(＊62)の写真だ。キラキラした素材のロイヤルブルーのガウンと角帽姿、誇らしげに修了証書を手に椅子に座るミセス・ジョーンズ。その後ろに立ち、嬉しそうな顔の私。写真の裏には、ミミズがのたくったような彼女の字で、こう書いてあった。

ありがとね。

だいじな友だち。あたし、やったよ。あんたに神の幸あれ。

ミセス・ジョーンズ

＊58　ラッフィングカウ
フランスのチーズの製造メーカー、フロマジェリー・ベル社のチーズ製品のパッケージに描かれた、笑っている牛のキャラクターのこと。

＊59　ダウンドッグ
ヨガの有名なポーズ。両腕と両足を床に着け、腰を中心としてバランスを取るような姿勢になるもの。

＊60　ヴィクトリアズ・シークレット
アメリカのファッションブランド。婦人服、下着、香水などを取り扱っている。下着や水着などは、セクシーさを強調したデザインで、ファッションショーやカタログにはトップモデルが登場することで有名。

＊61　『ザ・シンプソンズ』
マット・グレイニング作によるアメリカのテレビアニメ・シリーズ。1989年にFOXテレビで放映が始まった長寿番組。

＊62　「ミー・アンド・ミセス・ジョーンズ」
1970年代にヒットした、ソウル・ミュージックのタイトル。歌手はフィラデルフィア・ソウルを代表するシンガーのひとりである、ビリー・ポール。

Chapter 11

Ralph Kramden and the Marlboro Man

良い刑務官、悪い刑務官

目標があると月日はあっという間に過ぎる。刑期4分の1終了、3分の1終了——節目の日を迎えるたび、刑務所暮らしの負担が軽くなってきた。ずっと都会暮らしの女の子だった私に、大自然は見たこともない新鮮な時の流れを見せてくれる。寒い日は重い足取りで、氷や泥、（庭担当の受刑者が刈った）芝生を歩いた。やがて木々は芽吹き、野の花やシャクナゲも満開だ。小道から子うさぎがひょいと出て来たかと思うと、目の前でおいしそうな若うさぎに成長し、私は陸上競技のトラック1周分ぐらいの散歩道を、もうどれくらい走り回ったことだろう。野生の七面鳥や鹿がたわむれる連邦の公有地、その中に刑務所が立っている。私はカナダ雁《がん》（＊63）が大っ嫌いになった。私の散歩道のいたるところに、濃い緑のうんちを落としまくるから。

よく晴れたある日の昼下がり、私は太陽の下、電気設備作業所の前に置かれたベンチに座り、何をするというわけでもなく、どこかの利口ぶった人が暇つぶしにでもなさいと送ってくれた『カンディード』（＊64）のペーパーバック版を読んでいた。ミスター・デサイモンが作業所にずっと顔を出さなくなっていたのもありがたかった。その日の朝、銃声がうるさくて読書にならなかった。CMS（修理メンテナンス部門）の作業所からそんなに離れていない場所、400メートルほど森の中に入ったところに、刑務所のライフル射撃場があるのだ。ここで刑務官が貴重な時間を使って銃器を扱うことが許され、作業時間中は響き渡る銃声がBGMになるのが私たちの日常だった。看守が自分たちを撃つ訓練をしている声を聞きながら、刑務所のために額に汗して働く、というのも、何だか落ち着かない。

ランチから戻ると銃声はもう止み、コネチカット州郊外はふたたび静寂に包まれた。私がいるすぐそば、木工作業所の前に、刑務所の白い小型トラックが停まった。

「何サボってんだ、受刑者?」

ミスター・トマス、作業所のボスだ。木工作業所と建設作業所は電気設備作業所の左にある建物にあり、向かい側には倒れかかった温室がある。電気設備作業所にはトイレがないので、用を足すには隣のビルまで行かなければならなかった。トイレはひとり分だけ、広々とした個室で、壁には誰かがきれいなブルーのイラストを描いていた。私はこのトイレが好きだった。電気設備作業所で一緒の受刑囚たちがつまらないことで口論を始めたり、デザイモンがいないのを見計らって、ガラクタ同然のテレビで所内では禁じられているテレビ番組を観だすと、私はトイレに逃げ込み、数分間の孤独と静寂を楽しんでいた。刑務所の中で鍵をかけていい唯一の場所、それがこのトイレだった。

木工作業所はミスター・キング、建設作業所はミスター・トマスが管理者だった。ミスター・トマスは太っちょでカッとなりやすい性格、ジャッキー・グリーソン(*65)が今生きていればこんな感じかな、というようなルックスで、小うるさくて冗談ばかり言い、時々早口でまくし立てるところがあった。ミスター・キングは痩せてひょろっとして、陰気で体の水気が抜け切ったタイプ、しょっちゅうタバコをくわえていた。マルボロ・マン（＊66）に似ていた。何年もこの作業所を仕切っているから、ふたりの結束は固かった。建設作業所のトイレを借りに行くと、ミスター・トマスは私の気配に気づくとすぐに怒鳴るのだ。「何やってんだ、受刑者！」

ミスター・トマスは、サボっているとは何事だと私に問い質《ただ》したいようだ。私と同じB棟のアリシア・ロビンズが、ミスター・トマスの運転するトラックの助手席に座っていた。アリシアはジャマイカ人で、ベッドメイクをやってくれている、ナタリーの子分だ。そのアリシアがくすくす笑っている。トラブルに巻き込まれなければいいけど。

「えっ……別に？」

「別にだと?!　お前、働く気はあるのか？」

「ありますけど？」

「だったら、とっとと乗れぇぇぇぇぇぇ！！！！」

私はベンチからあわてて立ち上がるとトラックに乗り込んだ。アリシアが席を詰め、私が座る場所を作ってくれた。刑務官と一緒にいてトラブルに巻き込まれるとは思わなかった。ミスター・トマスがエンジンのスイッチを入れ、トラックが動き出した。トラックは向きを変え、配管工事作業所や庭園管理作業所の前を通り、連邦矯正局の裏に向かったが、すぐに砂利の多い、急な坂道を走り出した。一体どこに行くのだろう。みるみるうちに視界から建物が消え、トラックの開いた窓から見えるのは森林の風景――木、岩、たまに小川。みんな切り立った崖っぷちにある。

Chapter 11

Ralph Kramden and the Marlboro Man

ラジオから大音量で昔のロックが聞こえてくる。私はさっきからずっとにやけているアリシアの方を見て言った。

「どこに向かってるの？」ミスター・トマスが鼻を鳴らした。

「ボス、ご乱心」アリシアはそれしか言わなかった。

下りの坂道が延々と続く。もう何分走っただろう。ここが刑務所の中とは思えない。冒険の旅に出るヒロインみたいな気分だ。ひじから先をトラックのドアに載せ、森の奥深くに目を凝らす。過ぎゆく木々を見ていると、ぼんやりとした緑色と茶色の風景しか見えなくなっていった。

数分後、トラックが空き地らしきところに出ると、人影が見えた。目の前に広がるのはピクニック場、木工作業所と建設作業所で働く受刑者数名がピクニック・テーブルの塗装に励んでいる。私に目もくれないのは、彼女たちの背後に、目を疑うような風景が広がっていたからだ。ピクニック場は巨大な湖のほとりにあり、ボート乗り場の淵に波打つ水面に6月の日差しがきらめいていた。

私は息を呑んだ。目をまん丸にして、興奮を抑え切れずにいた。ミスター・トマスがトラックを停めると、私はドアを開けて飛び降りた。

「湖！　きれい！　信じられない！」

アリシアはそんな私を見て笑うと、トラックの後ろから塗装道具をひっつかみ、ピクニック・テーブルまで悠然と歩いていった。

振り返ってミスター・トマスを見ると、彼も湖を眺めていた。思わず頼んだ。

「湖まで行ってもいいですか？」

彼は、そんな私を見て笑った。「もちろん。だが飛び込むなよ。おれがクビになる」

私は湖のほとりまで駆けていった。そこには浮きドック（*67）の他、刑務所の所員たちが係留している小型のモーターボートがいくつも並んでいた。私は湖を一望できる場所を探した。向こう岸には、湖までのなだらかな坂に芝生を敷き詰めた美しい家々が見える。湖は横に長く、右に行っても左に行っても見切れてしまう。私はしゃがんで湖の冷たい水に両手を突っ込んだ。手の平を下に向け、茶色がかった湖の水に浸かった自分の色白の手を見ながら、このまま水に入って息を止め、水中で目を見開いて思う存分泳ぎ回る様子を思い浮かべた。水が私の体に沿って流れ、髪の毛が後光のように広がるイメージまで見えてくるようだった。

湖の岸辺を10メートル近く歩いてから戻りながら、そういえば泳がない夏なんて生まれて初めてだと思った。私は幼い頃から波も恐れぬ子で、泳ぐのが大好きだった。服を脱ぎ、湖に飛び込みたくてたまらなかった。でもそんなことをしたら、せっかくここまで連れて来てくれたミスター・トマスの面目をつぶすことになるし、自分だけ遊ぶのも気が引けた。湖が反射する光がまぶしくて、私は眼を細めた。待ってるのに、誰も声をかけてくれない。結局引き返し、コンクリートの堤防を上った。

そこでミスター・キングの監督下でバスの運転手をしているギセラのところに行き、ペンキの刷毛が余っていないか訊いた。ギセラは笑って「いいよ、塗り方を教えてあげる」と言った。その日の午後はずっと、湖の上のボートの音や水鳥の啼く声に耳を傾けながら、木陰でペンキ塗りに励んだ。

ミスター・トマスが私たちをトラックに乗せ、作業場に戻る時間がきた。私は車を降りると助手席側に立ち、両手で窓枠をつかんで運転席にいるミスター・トマスに目をやった。

「連れて来てもらって良かった。ありがとうございます、ミスター・トマス。いい気晴らしになりました」

彼は照れ臭そうに私から目をそらした。「いや、まあな、お前らのボスが湖に連れてってないのは知っていたから。それより手伝ってくれて礼を言うよ」

そう言ってミスター・トマスはトラックに乗って去っていった。あの日から私は、またあの湖に行ってみたいという思いが募るようになった。


ある日作業場に行くと、デサイモンがひげをきれいさっぱりそり落とし、ちょん切られたペニスが体を探してさまよっているみたいになっていた。私たちは度肝を抜かれた。私は建設系の作業場で一番ムカつく刑務官の下で働いているかと思うとくやしくなって、デサイモンに反抗的な態度を取るようになり、デサイモンもデサイモンで、私に思いつくかぎりの悪態をついては、ゆがんだ満足感を得ていた。ランチの時間、デサイモンを思いっきりディスっていたら、ギセラにたしなめられた。

「建設作業所に来なよ。あたし、9月にシャバに出るんだ。ミスター・キングも後任を探すだろうし。いい人だよ、パイパー」

仕事を変えるなんて考えたこともなかった。交渉するのは恥ずかしいが、恥ずかしがっている場合じゃない。それから2日後、もじもじしながら作業場の前にいるミスター・キングに近づいた。刑務官に何かを願い出るのは初めてだった。

「ミスター・キング？　ギセラがもうすぐ出所すると聞いたので、建設作業所であなたと一緒に働けないかなと、お願いに来ました」

私はわくわくしながら返事を待った。受刑者としては出来のいい方だという自負がある。刑務所の認可証を取ってるし、労働意欲だってある。（仮病を使うような）怠け者でもないし、高学歴だし、マニュアルも読みこなせるし、暗算やらいろいろ特技がある。何より私は口が堅い。

ミスター・キングはタバコをくわえたまま、何を考えてるのかわからない冷たい目をして、こちらを見た。「わかった」天にも昇りそうな私の心臓は、その後すぐに破裂した。

「ただし、異動の言い訳を書いてデサイモンのサインをもらってこい」

私は異動の言い訳を書き上げた。1ページの簡単な書式で、正式な名称は〝**書式番号BP-148.055：受刑囚からスタッフへの願い書**〟という。翌朝、私は意を決してデサイモンのオフィスに入ると、願い書を差し出した。デサイモンは受け取らなかった。差し出したままじっと待っているのにも疲れたので、デスクの上に置いた。

デサイモンは気持ち悪いものでも見るみたいに書類を眺めていた。

「何だこれは、カーミット」

「建設作業所への異動を願い出る書類です、ミスター・デサイモン」

あいつは読みもしないで言った。「答はノーだ、カーミット」

私はデサイモンの球根みたいなピンクの禿げ頭をにらみつけながら、険しい顔でニヤリと笑った。そうくると思った。そしてまた、足音も高らかにオフィスから出ていった。

「あいつ、何て言った？」エイミーが訊いてきた。みんなが私の周りに集まった。じめじめして風通しの悪い電気機器作業場では、エミネムレッツの一員で、私よりも年下の友人、イヴェットと、あと数人が働いている。

「どう思う？」私は訊いた。エイミーは年には似合わない、達観した笑みを浮かべて言った。

「パイパー、デサイモンはあんたを外に出す気はないんだから、あいつとうまくやっていくしかないだろうね」

私の腹立ちはおさまらなかった。刑務所という閉ざされた世界に受刑者が常にいじめの標的にはならない職場があるのを知った。そこに異動したくてたまらないのに。電気設備作業所から出たい、デサイモンとおさらばしたい。もうそれしか考えられなかった。

夏が来て気温はさらに上がり、私たちは面会室のエアコンの回路を新品に取り替える作業をしていた。収容施設でエアコンがついているのはスタッフのオフィスと面会室だけなのに、パワー不足な上、故障でしょっちゅう止まる。そこで、私たち電気設備作業所のメンバーは新しい回路基板を取り付けて配線し、面会室まわりの配管にケーブルを通して、新しい排出口から冷風が出るようケーブルをつないだ。作業はほぼ終わり、あとは回路基板のケーブルをボイラー室の床下にある建物の主電源とつなぐだけになった。

　ボイラー室の電源と面会室の新しい回路基板までケーブルを引く──ケーブルは建物の床下を這わせることになる。そんな大工事の日の朝、私たちはデサイモンが持ってこいと命じた工具をすべて集め、ボイラー室で彼の指示を待っていた。電気設備作業所には力自慢がいなかったので、その手の人材が豊富な配管工事作業所から助っ人を何人か頼んでいた。

　デサイモンはケーブルと格闘していた。産業用の太いケーブルで、その頃の私がふだん扱っていたものとは全くの別物だ。彼は数本のケーブルを取りまとめ、黒の絶縁テープを何度も巻いて、太さ30センチぐらいのケーブルに仕立てていた。ケーブルの端にロープを結び、ロープの先を這い上げるようにして面会室まで引き上げるのだ。面会室では配管工事作業所のメンバーが待っている。

　ボイラー室にいるのは、私、エイミー、イヴェット、そしてヴァスケス。全員がデサイモンの作業を見守っている。

「上の連中が引っ張ったら、おまえらは押せ。このケーブルを上へと運ぶ。だが、役割はもうひとつある。潤滑油を塗る係だ」

　デサイモンの口ぶりから、絶対に嫌な仕事だというのが見え見えだ。彼が誰にやらせようとしているのも見え見えだ。「カーミット。おまえが塗れ。まず、これをはめろ」と、デサイモンはひじまであるゴム手袋を私に手渡した。「はめたら桶から潤滑油を手ですくえ」彼は自分の足元にある工業用潤滑油の桶を指差した。これを塗って面会室まで通そうっていうのか。私の頬はカアッと熱くなった。

「おまえにはしっかり働いてもらうぞ、カーミット」

私は潤滑油の桶に手を突っ込んだ。デサイモンは私の顔の前で束ねたケーブルを振った。ケーブルは固くてなかなかたわまず、私は怒りで表情が硬くなった。

「こいつを突っ込むのは大仕事だ、きちんと潤滑油を塗るんだぞ」

私は腰を曲げ、桶から潤滑油を両手ですくった。潤滑油は淡い青色のゼリーのようだった。さっきまでは何の恨みもなかったが、今では吐き気がするほど忌々しい、太さ30センチのケーブルに潤滑油を叩きつけた。

デサイモンは軽くのけぞってから叫んだ。「引っ張れ!」ロープを引っ張る気配はするのに、ケーブルが動く気配はない。「さあ、カーミット、おまえの出番だ!」

腹が立ち過ぎて目元がかすんでくる。体中を流れる血が氷みたいに冷たくなるよう、意識を集中させる。はがした天井に上ろうとしたが、いつものやり方ではダメだった。青いゼリー状の潤滑油をすくい取り、束ねたケーブル全体になすりつけた。

「すげえな、馬の陰茎みたいだ。こんなでかいの、おまえ好きだろ?どうだ、カーミット?」

馬の陰茎? 私は潤滑油がべっとりついた大きな手袋をはめたまま、両手をだらりと脇に下ろした。エイミーはうつむき、イヴェットは英語が全く理解できないふりをしている。デサイモンがまた「引っ張れ」とわめくと、上の階にいる受刑者たちがロープを引っ張り上げる。ケーブルが動く。「引っ張れ!」また動く。「引っ張れ!」

電気設備作業所の仲間たちがケーブルを上に押し上げる。がんばっている彼女たちを見て、私もひざを曲げ、力の限りケーブルを押し上げた。ケーブルがずるずると上がり始め、後は引っ張るだけになった。私は怒りに任せてボイラー室を出ると、手袋を取って投げ捨てた。

私は分別をなくすほど怒り狂った。はしごと工具、所持品をトラックの後ろに投げ込んだ。力任せに。そんな私を見て、電気設備作業所の仲間たちはうろたえていた。その日の午後、私はずっと誰とも話さなかったし、デサイモンも私に話しかけてはこなかった。収容施設に戻ると、スライム状の潤滑油と怒りをシャワーで洗い落とそうとした。そして再び異動願いを、今度はデサイモンの上司宛てに書いた。内容はこんな感じだ。

以前ご報告しました通り、私の作業所担当刑務官であるミスター・デサイモンは、作業中の受刑者に対して下品な発言をする、冒涜する、わいせつな写真を見せるといった行為が目に余ります。

2004年6月23日、面会室に新しい電気回路を設置するため、私たちはボイラー室で、太いケーブルを何本か取りまとめ、絶縁テープで1本のケーブルにする作業を行っていました。ケーブルがスムーズにパイプを通るよう、私は潤滑油を塗る作業をしていましたが、ミスター・デサイモンは、そのケーブルを馬の生殖器にたとえ、私は極めて不快な思いをしました。「生殖器」とは言わず、それよりも卑猥な表現を使ったのです。

これなら異動願いの根拠として十分通用するだろう。デサイモンの豚野郎に上からつべこべ言われ続けて、あと7ヵ月も刑務所にいたくなんかない。神に誓ってお断りだ。神様にはもうひとつ、デサイモンが私に渡した馬の陰茎形のアレが、自由への切り札になりますようにともお願いしておいた。

あとはどうやって、デサイモンの上司がいるオフィスに行くか。彼は連邦刑務局でキャリアを積み、刑務所をいくつも渡り歩いて、出世街道を歩んできた人物だ。デサイモンとは器が違う。州の住民が皆、刑務所のありようを熟知しているテキサス出身、しかもプロ中のプロ。かなりの長身で必ずネクタイを締め、よくカウボーイブーツを履いていて、礼儀正しい態度を崩したことが一度もない。誰に対しても公平なので、受刑者から慕われている。ポップは「あたしのテキサスレンジャー（＊68）」と呼び、彼が自分の料理を食べに収容施設に来るのを歓迎している。

私はドアをノックし、オフィスに入ると、彼に異動願いを直接渡した。彼は無言で異動願いを読み終え、視線を上げて言った。

「ミス・カーマン、君がこの届けで言いたいことをちゃんと理解できているか、私には自信がない。そこに座ってもらえるかね？」

私は椅子に座ると、被っていた白い野球帽を取った。頬がまた熱くなるのを感じる。彼のデスクの1点を定め、そこから目を離さないようにした。そうすれば彼と目を合わせずに済むし、私の恥じらいを彼に悟られずに済む。警官の前で泣き出さずにも済む。そして、異動願いを書いた経緯を詳しく、詳しく説明した。最後まで話し終えたところで大きくため息をついた。そしてようやく、テキサス育ちのボスと視線を交わした。

彼は私と同じくらい顔を上気させ、「本日、この時点で君の異動願いを受理する」と言った。

7月は酸っぱい臭いとともに始まった。酷暑に耐えかね、収容施設全体がぐったりしている感じだった。電話は鳴らなくなり、洗濯機が壊れ、ホラー映画同然の惨状だ。ある日突然、刑務所からヘアドライヤーが1台もなくなった。200人の女子受刑者が、電話もなく、洗濯機もなく、ヘアドライヤーもない施設で生活している——女性ホルモンで満ちあふれた『蝿の王』(＊69)の世界だ。『豚の王』になるのだけは絶対に嫌だ。

受刑者の不満で爆発寸前の収容施設から逃げるため、私は特に日が落ちる時間帯、松の木が立ち並び、小道と谷が見渡せる木陰に座っていることが多くなった。ここに湖があるのがわかってからは、飛び込んで深く潜り、泳いで脱走したいと空想するようにもなった。聴覚をとぎすまし、はるか遠くのモーターボートの音を聞く。あんなにすてきな場所なのに、刑務所の敷地内で無駄にしているのはもったいない。こんなときにラリーと一緒だったらと、彼がとても恋しくなる。

作業所の担当替えが決まったかを確認したくて、私は毎日オフィスへの呼び出しをチェックしていた。1週間後、あのデサイモンのクソ野郎が前もって届け出ることなく夏期休暇を取ったせいで、あいつが復帰するまで建設作業所への異動を見送る、とのテキサス上司のお達しにより、電気設備作業所を出る計画は棚上げになっていた。全然訳がわかんない。

ところが精いっぱいギリギリ感を演出してテキサス上司にお願いに行くと、彼はもういい、と言いたげに両手を挙げた。「私を信じてがまんしなさい、ミス・カーマン。君の異動は必ずかなえるから」

これは奇跡だ。7月末に呼び出され、電気設備作業所から建設作業所への異動がついに実現した。テキサス上司は約束を守った。私は収容施設のメインホールでひとり、勝利のダンスを踊った。

新しい同僚は同じB棟で、身長180センチ、陽気な変人で仲良しのアリー・B、そしてひどい暴言で白人受刑者とけんか続きのペンサタッキーだ。木工作業所のメンバーは大半が子持ちのスパニッシュ系、2月に6号室に入ってきたばかりの頃は心ここにあらずといった様子だったマリア・カーボンも、そのひとり。その後マリアは心の安定を取り戻し、最初はあんなに怯えていたのに、軽めのマッチョで虚勢を張りまくる受刑者になるとは思わなかった。私は新しい職場のみんなから歓迎された。電気設備作業所で受けたみじめな仕打ちを受けるような空気はみじんもなかった。建設作業所と木工作業所は隣り合っていて、木材とペンキとかんな屑の臭いがした。チェーンスモーカーのマルボロ・マン、ミスター・キングが私の新しいボスになった。

B棟に新しい仲間が入った。ヘアスタイルから、私は彼女にポン・ポンというあだ名をつけた。ポン・ポンははにかみ屋の22歳、寝てばかりいるので、入所まもなく怠け者だと叱られるような子だった。過眠傾向にあるのはたぶん、うつ症状のせいで、刑務所ではよくある話だ。ポン・ポンにはガレージの仕事が割り当てられ、刑務所内の車両にガソリンを入れる役目を熱心に務めていたから、彼女は決して根っからの怠け者ではないと私は思っている。ポン・ポンに笑いかけると、さっと目をそらすが、あの子らしい、はにかんだ笑みを顔に浮かべていた。

ある日、夕食の列に並んでいると、ポン・ポンが突然こっちを向いて話しかけてきた。その頃、彼女のことはよく知らなかったし、てっきりポン・ポンの同僚で、その時私の脇にいたエンジェルと話したかったのかと思った。そうじゃなかった。ポン・ポンは熱っぽく私に語りかけてきたのだ。

「今日、ボスにオフィスに呼ばれて、おまえの家族がここにいただろって訊かれた」

ガレージの責任者はミスター・セネカルだ。「言われてわかったんだけど、ミスター・セネカルはママのボスだったんだって」

私はポン・ポンをまじまじと見た。その当時、収容施設には姉妹の受刑者が3組いて、母子で服役し、母親が私が入所する直前に出所したという話も聞いたことがあった。あの頃私にとって、ポン・ポンが連邦刑務所の受刑者二世ってことより、実の母がここのガレージで働いていたことを知らなかった方が驚きだった。

「ママがガレージで働いてたって知らなかったの？」私は訊いた。

「うん。懲役食らってたのはおばさんから聞いて知ってたけど、ママは何にも話してくれなかった」

ポン・ポンのママはもう死んでるのかも。私は恐ろしいことを考えた。この話を彼女と一緒にガレージで働いているエンジェルは聞き逃さず、優しく問いかけてきた。「で、ママはどこに？」

「わかんない」ポン・ポンが答えた。

話がまずい方向に行ったと思ったが、やっぱり好奇心には勝てない。私は尋ねた。

「セネカルはどうして知ったの？」

「当てずっぽうだったみたい。最初はあたしの姉貴じゃないかって、カマをかけてきた感じだった」

「ママとはよく似てる？　セネカルはあなたを見て、ママを思い出したんじゃない？」

「そうかもしんない。あいつ『かぁちゃん、背が高くて痩せてるだろ？』って言ってたから」と言って、ポン・ポンは笑った。「おれのカンだって言ってたけどさ。で、ムショに入ったら、おまえどこで働きたいんだって訊かれたんだ」

刑務所のスタッフは、自分が選んだ仕事のわびしさを、受刑者の子どもたちの惨めさに重ね合わせたりするのだろうか。マイク・セネカル刑務官は、ポン・ポンがダンブリーに来るのが嫌だったのか、それとも馴染みの受刑者の子が入って来るのを期待していたのか。ポン・ポンの母親がダンブリーのガレージで働かず、依存症の治療をしていれば（これは暗黙の了解事項）、ポン・ポンはあの時、セネカル刑務官のオフィスにいなかったかもしれない。

「あなたのママのこと、セネカルはどう言ってた？」

「あいつは、おれを手こずらせたことが一度もなかったって」

ポン・ポンのボスには興味はなかったが、一度ガレージに遊びに行ってみたくなった。それから私は毎朝、建設作業所の白いトラックで仕事に行く前にガレージに立ち寄っては、ガソリンを入れたりトラックを修理している若い受刑者とくだらないおしゃべりに興じた。その年の夏、どんな曲がヒットしただろうという話になった。ダディー・ヤンキー(*70)の〝レゲトン〟(*71)で大ヒットがあるよと、エンジェルが言う。「オイェ・ミ・カント」という曲名は知らなかったけど、リフレインの部分は全員が歌えた。

ボリクア　モレナ　ドミニカーノ　コロンビアーノ
ボリクア　モレナ　キューバーノ、メキシカーノ
オイェ・ミ・カント

ボニーは不満げに鼻を鳴らした。「みんな全然わかってないよね、キてんのはファット・ジョー(*72)だよ!」

私たちは声をそろえて「リーン・バック」と歌いながら、PV(プロモーション・ビデオ)でやっていたみたいに、右肩をリズミカルに後ろに引く真似をした。

ケンヤッタが言う。「クリスチーナ・ミランは好きじゃないけど、『ポップ・ポップ・ポップ・ザット・サグ』、あの曲にはガツンときたよ」

私はそんなやり取りをにやにやしながら聞いていた。ある日のヨガ・クラスで、ヨガ・ジャネットが腰の力を抜いてリラックスするやり方を私たちに伝授した時のことを思い出しながら。

「いい？　みんな、腰をくねくねさせて。腰を振って。それから回す、左回り……今度は右。オーケー、今度は腰を前に突き出して。恥骨を突き出すの、なめらかな動きで。**あそこを前に出す！**」

シスター・プラットは「うーむ」と考えこんだ。「あそこを前に出す？」それを聞いたカミラと私がバカ受けした、あの時のことを。

ポン・ポンが声を上げた。「みんなさぁ、ウチらが今どこにいるかって考えたら、今年の夏はこの曲っきゃないよ。『ロックド・アップ』。考えが浅いんだよ、もう！　ヒットソングネタはここで終了！」

全員、ポン・ポンの言う通りだと思った。この年の夏、刑務所でラジオが聞こえるところでは必ず、セネガル出身のラッパー、エイコン（＊73）が不気味な声でムショ暮らしを嘆く歌が聞こえて来た。

待ちきれない出所の日、人生をやり直し、前に向かう日
おれを愛し、正しいことを愛する家族、そんな家族を作る
だけどまだ残る刑期、ムショの中で留置

世間ではそれほどヒットしなくても、収容施設にいる受刑者たちに希望を与えてくれる愛唱歌になるはずだ。ヒップホップがそれほど好きじゃない女たちが洗濯ものをたたみながら、この歌を小声でハミングする声が聞こえてくる。

「『ムショの中で留置、おれらみんな放置、冗談じゃないぜ、おれらみんな放置、ムショの中で留置……』」

＊63　カナダ雁《がん》　カナダおよびアメリカの寒冷地域と温暖地域に生息する雁《がん》。

＊64　『カンディード』　フランスの思想家、ボルテールが書いた哲学小説。

＊65　ジャッキー・グリーソン　アメリカのコメディアン、俳優。１９５０年代に自身の名を冠したＴＶ番組『ジャッキー・グリーソン・ショー』のホストを務め、人気を博した。

＊66　マルボロ・マン　タバコの「マルボロ（Marlboro）」の広告に出てくるカウボーイ姿の男性のこと。

＊67　浮きドック　水上に浮かび、船を載せて作業（荷役、建造、修繕）をする施設のこと。

＊68　テキサスレンジャー　テキサス州公安局職員の別名。憧れているアメリカ人は多い。

＊69　『蝿の王』　ウィリアム・ゴールディングの小説。無人島に流された少年たちが、無秩序な世界を作り、孤立した少年を排除しようとする。

＊70　ダディー・ヤンキー　プエルトリコ出身。レゲエとヒップホップなどをミックスさせた音楽性が特徴。

＊71　レゲトン　プエルトリコ人が生み出した、レゲエとラテン音楽が融合した独自のジャンル。

＊72　ファット・ジョー　アメリカのヒップホップＭＣ。ラティーノ・コミュニティーの代表格。

＊73　エイコン　西アフリカのセネガル共和国出身のＲ＆Ｂシンガー、ラッパー。

Chapter 12

Naked

裸になって

私は仕事仲間のアリー・Bが大、大、大好きだった。いつも私を笑わせてくれた。アリー・Bは一見、屈託がないタイプ。ただ、ふだん愛想がいい分、キレた時の振れ幅は大きく、手がつけられないほど暴れる。アリー・Bは収監されるほど重い罪はやらかしてはいないけど、刑務所に入るのはこれが初めてというわけでもない。犯罪者というより違反者であり、彼女がジャンキーだとわかれば納得がいく。違法薬物関連の刑が下ってはいないので、依存症の治療的な措置は何も受けていなかった。

アリー・Bに聞いてみたことがある。「ねえ、ムショに入ればクスリが抜けて、もう依存してないよね、だったらどうして社会復帰しないわけ？」

彼女は小首をかしげ、ニコニコ笑ってこう答える。「全然わかってないようだね、パイパー。ヤクとサオはね、その味を覚えたらやみつきになるもんなんだよ」

それはみんなわかっていた。アリー・Bは薬物だけでなく、セックスにも依存していた。看守だろうが刑務所のホワイトカラー職員だろうが、仕事でたまたま刑務所に来た配達のお兄ちゃんだろうが、自分のタイプの男性を目にすると、彼女は小声でみだらに、その人のどこがセクシーか、実に見事に語ってみせるのだ。

アリーはよく、私のことを自分の〝ヨメ〟呼ばわりしたけど、それについては「まずないわ」と、はぐらかした。彼女は劣情が抑えきれないふりをして（〝ふり〟

だと思う)、みだらな言葉をわめきちらしながらB棟中私を追い回し、キャーキャー言ってる私のグレーのジョギング用短パンを引きずり下ろそうとしたことがあった。私たちのこんな悪ふざけはまもなく、周囲の受刑者たちの神経を逆なでした。

こんな趣味の悪いキレっぷりは別として、彼女の言動や文章から、アリーが受刑者の中でもかなり高い教育を受けてきたのがうかがわれた。親しき仲にも礼儀あり、どんなに仲が良くても、人には踏み入ってはいけない領域がある。アリーが収容施設で才能を出し惜しみしているのは、薬物依存のせいだとしか考えられなかった。アリーが心配だった。彼女とはもう二度と刑務所の中で会いたくなかったし、アリーが本当に死んでしまうんじゃないかと気が気じゃなかった。

もうひとり気になっていたのはアリーの親友、ペンサタッキーで、こちらはクラック(*74)に依存していた(彼女の黒ずんだ前歯を見てわかった)。ペンサタッキーはアリーとはちがい、シャバに出たらすぐヤクをやる気など、さらさらなかった。娘の親権を得ることが先決だったからだ。天使のようにかわいらしい娘は歩き始めたばかりの年頃で、父親と一緒に暮らしていた。ペンサタッキーには親権がなかった。服役中の問題行動に苦しんだり、明らかにメンタルを病んでる親は、〝親として不適切〟のレッテルが貼られる。ペンサタッキーもそういう目で見られていた。ムショ帰りという偏見を克服するのは決して容易なことではなかった。

ペンサタッキーと顔見知りになり、やがて同僚として働くようになると、彼女は周りの評価以上に有能な女性だとわかった。人を見る目があって繊細なくせに、他人を不快にさせる言動が相次ぎ、バカにされたと感じると声を荒らげて怒り狂うことがしょっちゅうあった。幸せな人生を歩めないような欠点なんてないのに、ペンサタッキーはそんな不器用な性格のせいで、ドラッグについ手を出してしまい、売人たちの言いなりになってしまったのだ。

ドラッグのせいで法を犯したとわかると、まず郡刑務所でヤクを抜くことになる。刑務所での長期収監が決まった受刑者は、まず精神状態を調べられ……その病状に合った治療薬が処方される。ダンブリーでは1日2回、薬をもらう長い列が医務室から廊下まで続く。処方薬のおかげでメンタルが大幅に改善される受刑者がいる一方、薬に依存してゾンビ化する受刑者もいる。刑期を終えてシャバに出て、処方薬をタダでもらえる列に並べなくなった時、この人たちはどうなってしまうのか、考えるだけでゾッとする。

びくびくしながら連邦矯正局の門をくぐった7ヵ月前、私は裏社会とはほど遠い世界の人間だったのに、この7ヵ月で、そういう社会の仕組みにかなり詳しくなった。裏社会は自分と仲間さえよければそれでいい。自分がしたことをひどく後悔したのは、大事な人たちに迷惑をかけた、前科者になった、という現実がトラウマになったから。着ていた服を脱がされ、刑務所の制服に着替えてからも、私には**ドラッグとの闘い**なんて他人事だと鼻で笑っていたところがあった。政府のドラッグ規制法なんて、いつまで経っても状況を改善しないばかりか、悪くすると、欲しがる側より与える側を規制する。という見当ちがいの方向につっ走り、行き当たりばったりの計画を立て、人種がどうだ、階級がこうだというルールもなく、不公平に扱って、彼女たちのように知性とモラルを失っていく、と熱弁をふるいたいところだ。しかもみんな、本当のことだ。

ジャンキーだった時代に戻りたくてうずうずしているアリーにがっかりし、ペンサタッキーがドラッグへの誘惑を断ち切り、彼女が望む、いいママになることを世の中に示せるだろうかと思い悩む。また、肝炎やＨＩＶで体がボロボロになった、ダンブリーのたくさんの友人たちに心を痛め、薬物依存で母と子の絆が断ち切られる場面を面会室で目撃してきた今、私はようやく、自分がしたことがどんな結末を招いたかを思い知った。私は彼女たちが転落する手助けをしてしまったのだ。

ようやくわかった。麻薬密売に手を染めた過去の自分をいつしか冷ややかな目で見るようになったのは、政府が私から自由を奪ったせいでもなく、弁護士に払う報酬のせいでふくれ上がった借金のせいでもなく、恋人と一緒にいられないムショ暮らしのせいでもなかった。私のように、ドラッグを売りさばく側の人間のせいで道を誤って刑務所に送られた人々と知り合い、一緒に時を過ごし、話し、働いたからだ。

ドラッグで身を持ち崩した彼女たちは、誰も私をなじらなかった。その多くが、ドラッグ売買そのものに深く結びついていた。そして私は、自分が引き受けた仕事が彼女たちの苦しみに荷担した経緯を初めて思い知った。私は彼女たちをドラッグ依存に追い込んだ張本人のひとりだったのだ。

ヴァネッサ・ロビンソンは男性から女性に転換したトランスジェンダーで、連邦矯正局に入所してから女性としての人生を歩み始めた。刑務所という植民地の中で、彼女の存在は疎んじられた。刑務官は出生時の名前である〝リチャード〟と呼ぶことにこだわった。彼女の入所をめぐって、収容施設中が騒然となった。「男だった奴が入所するってさ！！！」ミス・ロビンソンが来ることに、みんな様々な思いをふくらませていた。ガン無視してやると宣言する者あり、大歓迎する者あり。西インド諸島出身者やスパニッシュ系の一部は毛嫌いし、トランスジェンダーは教義的にアウトなキリスト教徒の集団は怒りの声を上げた。ミドルクラスの白人グループはとまどいと緊張を隠せず、ベテラン勢は正直どうでもいいという姿勢を見せた。「だってさ、逆を目指す女の子をたくさん見てきたわけだし。あいつらは文句を言いたいだけなんだよ」ミセス・ジョーンズは言う。

「逆って？」私は訊いた。

「女から男になるってこと、ホルモン剤やなんやで大変だってずっとぼやいてるけどね」と言って、彼女は嫌なものでも追い払うみたいに手を振った。

それから間もなく、私はヴァネッサ本人の姿を見かけた——身長180センチ強、ブロンドの超ロングヘア、コーヒー色の肌、豊胸手術済みの胸と、どこから見ても女性だった。トランスジェンダーに憧れる若い子たちが群がってきて、ヴァネッサもまんざらではないようだ。運悪く刑務所に入ることになりました、皆さんどうぞ仲良くしてください、という謙虚な態度は**これっぽっちも**なかった。ヴァネッサは**ガチの**性悪女だった。マライア・キャリーを物質転送装置に放り込み、私たち受刑者のど真ん中にブチ込んできたような、そんな感じだった。

ヴァネッサは性悪だけど頭が良く、自分が置かれた立場をある程度謙虚に受け止めるぐらいには大人だった。ダンブリーに来たばかりの頃は猫をかぶっていたのか、むしろおとなしかった。ヴァネッサと一緒の新入りに、びっくりするほど美形の若い女性がいた。名前をウェインライトといい、ヴァネッサとは巨乳仲間で、ふたりして賛美歌を口ずさんでいる。ウェインライトは小柄で、瞳がグリーンの猫のような目をして謎めいた笑みを浮かべ、しかもカレッジにも通っていた知性派。黒人系受刑者はみな、ひと目でウェインライトのとりこになった。見た目は似てるのに内面は大ちがい、ヴァネッサとウェインライトは結構笑えるコンビだった。

ダンブリーに来た最初の数週間、ふたりはいつも一緒だった。ヴァネッサはこちらから声をかけると気さくに応じたが、前評判と見た目を裏切る、控えめなタイプだった。彼女はキッチンに配属された。「男は料理させないからね」〝毛嫌い〟組のポップは鼻で笑い、目をかけてやる気はさらさらないようだったが、ポップの料理人としての主張にもうなずけるところはあった。マリナラソース（*75）にケチャップを入れた事件を、当時の受刑者で知らない者はいない。「こんなバカな真似をしたのはどこのどいつだい！」ポップはキレていたが、ヴァネッサがやりましたとは、私はとても言えなかった。

ヴァネッサはいい子だった。彼女が私の隣の部屋に移って来たのは幸いだった。ヴァネッサとウェインライトは作戦通り、収容施設内の整理整頓係に落ち着いた。ウェインライトは倉庫担当で、目に余るふるまいをする若い黒人受刑者に説教をする（「お嬢ちゃん、いい子にしてないと鶏肉の在庫にあんたの頭をブチ込むからね！」）ライオネルと同室になった。ヴァネッサは私の隣の部屋で、ルームメイトは剛毛のオキシコドン（*76）の不法取引で懲役を食らったフェイスばぁちゃん。フェイスはニューハンプシャー州の森の中から直行で連邦刑務局に移送され、ヴァネッサやウェインライトと同時期にダンブリーに入所した。

フェイスとヴァネッサは仲が良かった。ヴァネッサの部屋がB棟と決まり、ナタリーはかなり反発したが、それでも仕事仲間のジンジャー・ソロモンよりはマシだった。ソロモンはヴァネッサにこう言ったのだ。「こんなのとトイレで出くわしたいのかい、パイパー？　本音を言ってみな？」私はヴァネッサが性転換手術済みだと指摘はしたが、ソロモンに頭からたてつく度胸がなくて、いえ、自分のアソコを見せびらかす露出狂は困りますと答えた。

その後、私はやっぱり露出狂の被害者になった。最初は猫をかぶっていたヴァネッサも、刑務所での生活に慣れてくると地を出すようになり、性転換手術で作った輝かしいヴァギナを、誰に見せるともなくちらつかせだした。間もなく収容施設の半数が彼女の股間とご対面することとなった。Dカップの胸はヴァネッサの誇りと喜びの象徴で、朝目覚めて最初に目にするのが、自分の胸とは高さが段ちがいのヴァネッサのニセ乳、ということもよくあった。

ルックスは女性に生まれた多くの受刑者より確かに上だけど、日が経つにつれ、彼女の男らしさがちらほら見えてくるようになる。腋毛はボーボー……ワックス脱毛ができなくなったから放置しているとのこと。夏の暑い日、B棟の狭い部屋でヴァネッサのそばにいると、汗っかきな男としか思えない臭いがした。刑務所で性転換手術を受けてもなお、ヴァネッサには男の痕跡がどこかしら残っており、中でもその声が特徴的だった。ふだんは若い子らしいハイトーンでしゃべる彼女も、野太くてドスの利いた〝リチャード〟の声を意のままに操ることができた。誰かの後ろに忍び寄っては〝リチャード〟の声で驚かせるのが大好きで、騒がしいダイニングホールで彼女が「**あんたたち静かにしな！**」と一喝すれば、みんな一斉におしゃべりをやめる。ソフトボールの試合中、リチャードに戻って活躍してくれると、ヴァネッサが自分のチームにいてくれて良かったと心から思った。この〝クソ野郎《ビッチ》〟と私の相性はバツグンだった。

　ヴァネッサは面白くて思いやりのある隣人で、元気がよく、茶目っ気と頭の回転の速さと鋭い視点の持ち主でもあり、他人に対する気遣いもできる人だ。矢継ぎ早にスクラップブックを引っ張り出しては、突撃して撃墜した男たちの写真と失恋ストーリーを披露し、その面白さといったら、時間が経つのを忘れてしまうほどだった（「これはね、『ミス・ゲイ・ブラック・アメリカ』コンテストのプログラム。あたしが3位になった時の！」）。かっこいい性悪女にあこがれる生物学上女の受刑者全員が（たいていがB棟の住民だった）間もなく、ヴァネッサはあたしたちの見本と認めた。ヴァネッサも年下のファンたちにいい影響を与えていた。態度が悪い子がいると優しくたしなめ、きっちりとお説教をした後、神様にもっと近づこうよ、自分を大切にしなよと教え諭した。

　ヴァネッサには、一度もさぼったことのない習慣があった。キッチンでの仕事を終え、自分の部屋に戻って寝床に上ると、本当なら持ち込み禁止なのに教会経由で何とか手に入れたテープレコーダーを取り出す。寝床から、彼女お気に入りの〝イエス様は慈悲深く広い心で、私たちをいつだって助けてくださる〟といった内容のゴスペル・ソングが高らかに鳴り響き、ヴァネッサの歌声が聞こえてくる。彼女の抑圧された男性ホルモンが解き放たれる瞬間だ。ヴァネッサは裏声を出す気などぜんぜんなく、野太くてでかい声で歌う。最初の数回は私にも笑う余裕があったのだが、10回も聞かされると枕に頭を埋めたくなった。でも、身近な他の歌姫《ディーバ》たちのへボい歌を思うと、歯を食いしばってでも耐えようと思った。ひと晩に賛美歌1曲聞いたって死ぬわけではないから。

持ち込みが禁じられているのに私が刑務所に持っていたアイテムのひとつに、ネイルポリッシュ（マニキュア）がある。一時期売店で売っていたこともあったが、当時は禁止アイテムだった。ヨガ・ジャネットが明るい赤紫《マゼンタ》のゴージャスなネイルをひと瓶くれたのだが、私がぺディキュアを頼んでいたローズ・シルヴァがあからさまに欲しそうな態度を取った。ここを出る時にあげるねと約束したが、その時は私と、つま先を美しく彩るのが大好きなヨガ・ジャネットの専用にしていた。誇り高きニューヨークの女性たちはちゃんとぺディキュアをする、ムショにいようが、する。

受刑者時代、私はしばらくローズの顧客だった。ムショの中にはネイリストがいるらしいとは、入所前に調べがついていたが、本当だった。この先懲役の機会がある方はぜひ、売店で自分用のネイルツールを買った方がいい、絶対。ムショにはＨＩＶや肝炎など、血液を通じて感染する病気にかかっている受刑者がとても多く、それ以前に、どんな感染症のリスクも避けておきたい。

収容施設に来たばかりの頃、ぺディキュアをしてくださいなんてとても言い出せなかったが、アネットの金のつま先は素敵だと素直に思った。「ローズにやってもらってるんだ」アネットはそう言った。

所内にはローズの他にネイリストがもうひとりいる。シャーロット・アルヴァラードだ。ポップはシャーロットにネイルを任せていた。ダンブリーのネイル市場は、このふたりが独占していた。美容業界は口コミが命、受刑者は出所するまで、ひとりのネイリストにずっとお世話になることになっている。

私がダンブリーで初めてペディキュアを頼んだのは、寒さが残る春の初めのことだった。アネットはサービスだよと、ネイルポリッシュを1本私にくれて言った。「これからペディキュアはローズ・シルヴァに頼みな、あんたが足をバタバタさせんのを見るのは、もうこりごりだからね」1週間が経ち、私はメインホールのはずれにある集合房のトイレに顔を出し、アネットに言われた通り、爪を切るクリッパー、甘皮を押してきれいにするオレンジ・スティック、足の角質を取るやすり（こういうアイテムは売店で全部そろうけど、売店のネイルポリッシュはあまり色のバラエティーがない）と、自分用のネイル用品持参でローズと対面した。ローズはローズで自分の仕事道具を持って来た。タオル、プラスチック製の四角いフットバス、そして色とりどりのネイルポリッシュ。どう見ても変な色のものも混じっていた。初対面だったので私はひどく緊張し、ローズはおしゃべりがうまいが他人行儀だった。

だが、ニューヨーク育ち、という共通点があって、ローズとはすぐに打ち解けた。彼女はブルックリン、私はマンハッタンの出、ローズはイタリア系とプエルトリコ系のミックス、ひたむきな性格で、マイアミ空港から鞄ふたつ分のコカインを持ち出そうとして逮捕され、懲役30ヵ月の服役囚だった。かけ値なしに威勢が良くて、ひょうきんな自分を演じるタイプだ。ペディキュアのスキルも抜群だったが、とろけてしまいそうなほどフットマッサージが上手だった。相手に満足してもらおうという親しみのこもった、心を癒やすフットマッサージを、まさか刑務所で体験できるとは誰も思うまい。私は生まれて初めて気持ち良さのあまり、涙を流しそうになった。

「あらあら、困ったねえ、深呼吸して！」ローズは私に言った。マッサージ込みの施術料として、ローズは売店で売っている商品5ドル分を請求した。買い物の日、ローズが欲しい物を私が買ってあげる、ということだ。こんなサービスを手放せるわけがない。私はローズの常連になった。

ローズが私の足に施してくれる最新のペディキュアは、彼女の会心の作と言っても良かった。淡いピンクのフレンチネイルを基調に、両足の親指にはマゼンタと白で桜の花を描いてくれた。自分のつま先を眺めながら、私は足をバタつかせて喜んだ。綿あめみたいに繊細な傑作だった。

ダンブリーでの生活が快適になっていったのに、受刑者にイラっとくることがたまにあった。ジムで行われるヨガのクラスで、もう少し頑張れば頭の後ろまで足が届くわよとヨガ・ジャネットに言われて、あやうくキレそうになった。「無理」私はきつい調子で答えた。「私の足は頭の後ろまで届きません。この話、もうやめ」

たくさんの人といると自分を抑えられなかったり、抑えちゃいけないという気持ちが強くなったので、改めて自制心についてよく考えてみた。刑務所にいると、愛しているのにちゃんと育ててやれなかった子だくさんの母親や、両親が長期刑で収監されている家族の痛ましい話をよく耳にする。両親が生き方を誤ったせいで苦境に身を置く大勢の子どもたちはどんな生活を営んでいるのだろう。わが国の違法薬物取引政策がお粗末なせいで、需要が大幅に伸びればドラッグの流通が取り締まれるというダメダメな都市伝説が依然として通用する社会。これは後々、自分を抑える心の強ささえあれば起こらなかったはずの悲劇を引き起こし、あらゆる国民に不利益をもたらす結果を招く。

両親のこと、ラリーのこと、彼らに今すぐ伝えたいことを考えた。悔い改める場である刑務所で、自分の行いを悔い改める時がたまにある。反省していると感情がエスカレートして、収容施設に入ってまで、愚かな行為や不快にならずにいられないことを繰り返す受刑者を目にするとイライラしてしまうのには、そんな理由があった。

私の場合、刑務所のスタッフとは〝スタッフと受刑者とはちがう〟ことをわきまえて接するよう、努めていた。一部のスタッフから気に入られていると自覚があっても、他の受刑者たちより待遇が良くなるのは不公平だと考えていた。だが、私の平等精神に反論する、いや、もっとわかりやすく言うと、人を見くびったり、上から目線で接したり、社会性にモロに欠ける行動を取る受刑者を見るにつけ、私は本当に落ち込んだ。おかしくなりそうだった。こうなったのは私が刑務所での生活にどっぷり浸かり、その裏で〝現実社会〟がどんどん色あせている印だからと、新聞をもっと丹念に読み、手紙をたくさん書いた方がいいと考えた。精神をポジティブな方向に持っていくのは難しいけれども、ダンブリーには助けてくれる仲間がいるのもわかっていた。頭の中で囁く声がする。私はもうネガティブな感情にとらわれないし、受刑者という自分の立場に没頭したこと、刑務所であったこと、学んだことはすべて、これからの自分の生き様に反映されるのよ――と。

「あんた、考え過ぎだよ」10年以上も刑務所の外に出ていないのに正気を保ってきたポップが言った。そうよね、刑務所では素敵なペディキュアを塗ってもらえる。電球だって取り替えてくれるし、学校の課題を代わりに書いたり、砂糖の小袋や強い酒をくすねたり、子犬をかわいがったり、集まってはゴシップで盛り上がってひまつぶしができる。刑務所での生活を悪く考えすぎたり、ラリーのことを思いやるべきだったと思うと、ほんの少し罪悪感を覚えた。だけど、一生に一度のことが私抜きで起こるとか、自分がシャバにいなくて良かったと感じることも確かにある。

7月、古くからの友人、マイクがモンタナにある51エーカーの広大な地所にある牧草地で結婚式をした。美しいモンタナの夏の日、友人たちと式に臨席して、マイクと花嫁のためにテキーラで乾杯したかった。私が別世界に去っても、世界は変わることなく動き続けるのか。私はひどいホームシックに陥った。この〝ホーム〟とはロウアー・マンハッタンではなく、〝ラリーがいるならどこだって〟良かったのだが、私にはあと7ヵ月刑期が残っていた。今ならわかることだけど、あと7ヵ月で出所の日を指折り数えて待つのは早過ぎたのだ。

7月20日、マーサ・スチュワートに禁錮5ヵ月、自宅軟禁5ヵ月の刑が下った。ホワイトカラーの犯罪者にはおなじみの〝分割刑〟だが、彼女が問われた罪の最高刑とはほど遠い軽さだった。この判決に、受刑者の一部は不満げな顔を見せた。刑事被告人のおよそ90パーセントが有罪だと主張した。連邦裁判所の法廷で敗訴となった被告人は判事から厳しい裁きが下され、最低どころか最高刑となる。ダンブリーに長い間収監されている受刑者の多くがそういう立場にあった。でも、〝マーサ・スチュワートがあたしたちの後輩としてダンブリーに来れば、面白いことになるね〟と、先輩格にあたる受刑者の相当数が色めき立った。とか言いながら、マーサの服役先がダンブリーに決まれば、彼女たちは強迫神経症（＊77）を病み、A棟の〝すみっこ〟に引きこもるに決まってると私は思っていたけれども。

ダンブリーでは〝子どもの日〟が開かれるという話は入所した頃から聞いていた。年に一度、連邦刑務局が受刑者の子どもたちを刑務所に招待し、母親と過ごさせるイベントを開く。リレー、フェイス・ペインティング、ピニャータ（＊78）、バーベキューパーティーといった催し物が計画され、子どもたちは自分のママと収容施設の庭を散歩し、ふつうの家族が公園で過ごす時間を疑似体験させる。子持ち以外の受刑者は自分の房に引きこもることになるため、頭の回る連中はボランティアとして手伝いたいと積極的に手を上げる。そうすれば、例年うだるような暑さの〝子どもの日〟に、8時間も自分の房に引きこもらなくて済むからだ。

大勢の人手が必要なため、8月第1週、私はボランティア会議に呼ばれた。私はフェイス・ペインティングのブースを手伝うことになった。当日の土曜日が来た。予想通りのゲロ暑い日なのに、所内では活気に満ちたハミングが聞こえている。ポップたちキッチン担当はホットドッグとハンバーガー作りに追われていた。ボランティアは働いている連中のまわりをうろつくか、自分の持ち場で準備作業を手伝う。フェイス・ペインティングのテーブルの頭上には小ぶりの開閉式仮設屋根を広げ、テーブルには7色のフェイス・ペインティング用ファンデーションやペンシルをあちこちに置いた。

なぜこれほど緊張してるのかわからないほど、私はコチコチだった。悪ガキにいたずらされても冷静でいられるだろうか？　よその子を叱りつける気はないし、仮に叱ったらどうなるかも想像がつく。私はフェイス・ペインティングのブースを手伝っているベテラン受刑者におずおずと尋ねた。「どうってことないよ。デザインを見せて、〝どうしてほしい？〟って訊けばいいだけだよ」彼女は呆れ返った顔で答えた。テーブルには虹とちょうちょ、てんとうむしをペンで描いたお手本があった。

その一大イベントに子どもたちの第1陣がやってきた。子どもたちは事前登録が必要で、面会室までの送りと迎えは同じ大人が担当するが、彼らは面会室より先には入れず、子どもたちだけが通される。多くの家族が、刑務所から離れたところから子どもたちを連れて来ている。メイン州、ペンシルベニア州西部、ボルチモア、もっと遠い州から来る子もいる。ママと会うのが年に一度になるかもしれない子どもたちもいる。子どもたちが手続きを踏んで面会室を通過するのは勇気が要るだろうが、通ってしまえば走ってママに抱っこしてもらえるのだ。母子のハグとキスが終わると、ママに手を引かれてダイニングホール脇の階段を下り、収容施設の裏口から外に出ると、ピクニック・テーブルとランニングコースが待っている。目の前には、1日中一緒にいられる大自然も広がっている。

フェイス・ペインティングのブースに最初のお客様が、恥ずかしそうにやって来た。木工作業所で一緒に働いている受刑者の娘だ。

「パイパー、うちの子がフェイス・ペインティングやって欲しいんだって」

5歳ぐらいだろうか、ゴールデン・ブラウンの髪の毛をポニーテールに結って、ほっぺがぷくぷくしている。「いいわよ、お嬢ちゃん、どんな絵を描いて欲しい？」私は見本を指差した。女の子は私をじっと見ている。私も彼女を見つめた。そして母親の方を向いて尋ねた。

「何を描いてあげればいいかな？」

わかんないよと言いたげにママは目を回した。「どうしようか？ 虹を描いてもらう？」見本の虹は、雲から顔を出しているデザインだ。これを描くのは結構難しい。

「ハートに雲の絵でどうかな――お嬢ちゃんのワンピースと同じ青いファンデで？」

「いいんじゃない」

私は女の子の小さなほっぺに手を添え、ブラシを持った手が安定させた。できあがったハートはとても大きく、とっても……青かった。ママは私の描いたペインティングをまじまじと見て、「何このザマは？」的な表情を浮かべてからこちらを見たが、娘には優しく話しかけた。「すんごくかわいいよ、ベイビー、かわいいキリンダ！」ふたりは去っていった。意外と難しい。

だが、私だって少しずつ描き慣れてきた。子どもたちが人見知りしなくなると、先を争ってフェイス・ペインティングをせがんできた。子どもたちはお行儀よく列に並び、自分の番になるとかわいく笑って、見本の中から描いてほしいデザインを選ぶ。私たちフェイス・ペインティング担当は数時間忙しく過ごし、ようやくランチ休憩を取ることができた。食堂でポップとハンバーガーを食べながら、外で芝生を歩いたり、ピクニック・テーブルについたりしている母子を眺めた。小さい子たちは一緒に遊んでいる。10代になるギセラの娘たちは、トリーナ・コックスの同じ年頃の息子たちといちゃついていて、男子の方もまんざらではなさそうだ。戸惑っている母親もいた。ふつうの親子のように、毎日わが子の世話をすることに不慣れになってしまっていたからだ。だけどみな楽しんでいる。あの時と同じだ。ナタリーのGEDプログラムの成績が返ってきた時、心の中を嵐が通り過ぎていくみたいな、うれしくて心が揺さぶられるような感情が戻ってきた。悲劇の代名詞のような刑務所、そこに幸せがぎっしり詰まっている。

ランチを終え、フェイス・ペインティングのブースに戻ると、午後はもう少し年長の子たちが集まってきた。

「タトゥーできる？　虎とかさ、稲妻とかさ？」

「ママからオーケーもらってらっしゃい」

母親からちゃんと許可をもらった子たちの腕やふくらはぎに稲妻とか錨とかヒョウの〝タトゥー〟っぽい絵を描いてあげると、思春期にさしかかったばかりの子どもたちは大喜びした。私が自分のタトゥーを見せびらかすと、子どもたちはうらやましそうな声を上げた。

トリーナ・コックスの息子たちふたりのうち、弟の方がやって来た。ニューヨーク・ジェッツの真っ白なジャージを着て、新品の帽子とグリーンの短パンを穿いている。

「私もジェッツのファンだよ」私のタトゥー・パーラーの席に座った彼に向かって言った。

彼は大まじめな顔でこちらをじっと見ている。

「古英語って書ける？」

「古英語？　筆記体みたいなやつ？」

「そう、ラッパーがよく入れてるみたいな」

私はキョロキョロしてトリーナを探したが見当たらない。

「やったことないけど頑張ってみる。どんな言葉を入れたい？」

「えと……おれのニックネーム、ジョン・ジョンでよろしく」

「オッケー、ジョン・ジョン」私たちはひざをつき合わせ、私は彼の腕を手に取った。14歳くらいだろうか。「縦に長く描く？　それともジョンの字を重ねてみる？」

彼はちょっと考えこんだ。「〝ジョン〟だけでもいい？」

「〝ジョン〟の方がいいね。幅広に描くね、大きく」

「オーケー」

彼はひじを曲げたまま、私がタトゥー風の文字を描き上げるまで、ふたりとも黙っていた。私は慎重に慎重を期し、自分の能力の限界を尽くして、一生もののタトゥーに見えるように描いた。彼はひと言もしゃべらず、私をじっと見ていた。本物のタトゥーを入れる時の気分を想像していたのかもしれない。そして私は満足げに立ち上がった。彼はどう思うだろう？　私は満面の笑みを顔にたたえた。

彼は自分の腕に彩られた模様に魅せられている。

「ありがとう！」

ジョン・ジョンはいい子だ。彼は駆け出して、アメフト部の人気者である兄貴に見せにいった。

イベントも終盤にさしかかったその日の午後、キャンディーとささやかなおもちゃがいっぱい入った、刑務所手作りのピニャータを割る時間になった。ピニャータを割るセレモニーを仕切るのは、売店勤務の間抜け野郎で、子どもたちの受けが良かったのは意外だった。目隠しをしたジョン・ジョンが、本番間際まで私がデコレーションしたポケモン形のピニャータをぶっ潰し、中にあったおもちゃをたくさんの子どもたちに配った。私たち受刑者が考えないよう努めた時間が刻々と近づいてくる。イベントが終わり、さよならを言う時間だ。

遠いところからはるばるやって来た子どもたちが年に一度、ママとぴったり寄り添って、キャンディーを山ほど食べても、〝そんなことをする年〟じゃなくなっても、別れ際にわんわん泣いたって怒られない日。空っぽの心で悲しみをこらえているような母親たちも、夕食の時間になり、食堂に来ればそんな姿をおくびにも出さない。私は1日中働かされ、くたくたになったことで救われたような気になっていた。イベントが終わり、自分の寝床に戻ると、私は背中を丸め、泣きに泣いた。

ある朝、呼び出しをチェックしていたら、私の名前の隣に〈産婦人科〉と書いてあった。「やっぱい、年に一度の産婦人科検診だよ！　断っても怒られないからね」と言ってくれたのはエンジェル。いつもひと言多い彼女も呼び出しをチェックしに来ていた。断らなくてもいいじゃない、私はエンジェルに言った。

「医師は男だよ。だからみんな断ってるんだ」エンジェルが事情を説明した。

何を言ってるんだこの人は。「そんなのおかしいって。女性なら年に一度、必ず受けるべき大事な健康診断なのに！　確かにね、収容人数１４００人の女性刑務所なんだから、女性の産婦人科医を呼ぶのは当然だっていうのはわかる、でも、それとは話が別！」

エンジェルは肩をすくめた。「知るかよ。あたしは男の前で意味もなく足を広げたくないんだ」

「ふうん、私は男だろうが女だろうが気にしないけど」私は宣言した。「受けるよ、検診を」

検診料として払った分だけちゃんと診てもらおうじゃない、私は勝ち誇った顔で、医務室に検診時間を予約した。そんな自己満足感は、医師に呼ばれ、検診室として用意された部屋に入ったその時に吹っ飛んだ。医師は80代らしき白人男性で、ずっと震え声でしゃべる。医師はイラついた声で私に命令した。「服は全部脱いで、紙のシーツを体に巻きなさい。それから検診台に上って。開脚用の台に両脚を載せてから、台の一番下まで下がりなさい。すぐ戻るから！」

間もなく私はスポーツブラを取り、寒くてだんだんわけがわからなくなってきた。紙のシーツじゃうまく体を覆えない。検査着とか、せめてTシャツぐらい着せてほしい。医師がノックしてから入ってきた。私は目をぱちくりさせながら天井を見て、こんなの大したことないと、おろおろする自分に言い聞かせた。

「体を下げて」医師は器具の準備をしながら、きつい口調で私に指示した。「リラックスしなさい。体の力を抜いてくれないと困るんだけど！」

これだけは言わせて。あの時の不快感ったらなかった。そしてひどく傷ついた。検診が終わり、老医師が大きな音を立ててドアを閉めて出て行くと、私は体に巻いた紙のシーツを握りしめ、この刑務所の体制が私にどうあれと求めているかを思い知った。おまえには権限などない、無力で孤独な受刑者なのだと、とくと思い知った。

建設作業所の仕事は電気設備作業所にいる時よりもずっと体に負担がかかった。脚立やペンキの缶、角材を背負い、軽トラックに載せたり下ろしたりを繰り返し、私の体はどんどん逞《たくま》しくなっていった。新任の刑務所長を迎える住居のリフォーム作業は8月の末にはほとんど終わり、ガレージのドアを明るい赤に塗り替え、建設作業で出たゴミをすべて処分した。刑務所長の住居は切妻屋根の古いニューイングランド風建築で、天井を低くし、2階にベッドルームを数部屋作る改築を何度か施したが、十分住みやすい家だ。刑務所で数ヵ月暮らした後だと、ちゃんとした家で過ごすと気分がいい。刑務所のグラウンドの突き当たり、私は同僚たちと、まだ主が引っ越していない家の回りで最後の仕上げに取りかかった

そんな日の午後、2階のバスルームにひとりでいた私は、大きな鏡に映った自分の姿を見てぎょっとした。まるで数年が経過したみたいに老け込み、ヘビが脱皮した後のカラカラに乾いた皮みたいに

なっていたのだ。白いベースボールキャップを取り、ポニーテールをほどき、あらためて鏡の自分を見た。バスルームのカギを閉め、カーキ色のシャツと白いTシャツを脱ぎ、ズボンを脱いだ。白のスポーツブラとデカパン、安全靴だけになって立った。下着も靴も脱いだ。7ヵ月ぶりに、鏡に映った自分の裸体を見た。

刑務所の宿舎には、女性が立って背伸びし、自分の肉体を凝視し、自分の体と向き合う時間も場所もない。刑務所長宅のバスルームで素っ裸になって立っていると、刑務所に来て変わったなあと感じた。公判前の不幸な5年間に塗り重ねてきた虚栄は消え失せていた。10年の年月を物語る目の周りのちりめん皺《じわ》に目をつぶれば、ここ数年では滝から飛び降りた、あの時の自分に一番近くなったと感じた。

＊74　クラック　純度の高いコカイン。
＊75　マリナラソース　トマトをベースにニンニクと香辛料で風味をつけたソース。
＊76　オキシコドン　アヘンに含まれる成分を使った、依存性の高い鎮痛剤。
＊77　強迫神経症　OCD（Obsessive Compulsive Disorder）と呼ばれる精神疾患。自分の意に反して不合理な行為や思考を繰り返す。強迫性障害とも呼ばれる。
＊78　ピニャータ　メキシコでクリスマスになると天井から吊す壺。中には子どもたちへのプレゼントとしてお菓子やおもちゃが入っており、棒でつついて割る。

Chapter 13

Thirty- five and Still Alive

35歳、まだまだこれから

ベニカエデとサワーウッドの葉がもう色を変えてきた。これから秋が訪れ、冬が駆け足でやって来るかと思うと、私の胸は高鳴った。ダンブリーで季節の移ろいを楽しんでいるうちに、出所の日が来ちゃうんだろうなあ。出所がいつになるかはわからないけど。刑務所の外だと、人との触れ合いや人間関係、食事など、あらゆるところでアラを探しては、自分の死期が近づいてくるのを待っている人がいる。そんなことをせず、毎日がもっと速く過ぎていくコツを身につける方が、もっとずっと自由になれるのに。

「時よ、私の友となれ」この言葉を毎日繰り返していた。もうすぐ出所し、本来の生活に戻れば刑務所生活を忘れるだろう、と。ナタリー手作りのクッキー、ポップの昔語りと、劣悪な環境の中にも喜びを見出せることはあった。刑務所の低俗な状況でも手の届く、ささやかな喜びではある。自分へのごほうびとか、ある受刑者から他の受刑者への、ちょっとした親切とか。

丘を下った施設のロビーで1日中ペンキ塗りをした日は、1日を振り返る時間が必要だった。その日に耳にしたのは、新任の刑務所長の出勤初日を祝うため、すべての連邦矯正局で大々的な持ち物検査があったという噂だった。千名強の受刑者が収容されている12の施設で、個人のロッカーを1つひとつ開けるという念の入りようだったという。私たちの収容施設もじきに検査があるだろう。連邦職員がタバコの所持を調べにくるだろう。

連邦刑務局では2008年までに刑務所の全面禁煙化を命じていた。期日までに禁煙を達成した刑務所には報奨金が出る。デブー所長からダンブリー刑務所の受刑者に向けた、はなむけの言葉は禁煙令で、9月1日から正式に始まった。それまでの数ヵ月、禁煙令について活発な意見が交わされた。まず売店が7月に在庫をなくすため、タバコをじゃんじゃん売りまくった。そして8月、人類にとって最も依存性の高いことで知られるタバコへの誘惑を断ち切るまであと1ヵ月と、みんなでタバコを吸いまくった。ぶっちゃけ私は禁煙令など、どうでもよかった。面会室でラリーやママがタバコを吸ってもいいかと聞いてきても、一度だって「いい」とは言わなかったけど、アリー・Bやリトル・ジャネット、ジェイに付き合って、タバコを吸ったことは何度かあった。電気設備作業所の仲間から、金属の糸くず、単3電池2本、短い銅線、黒い絶縁テープでライターを作るやり方を教わっていたけど、タバコがなくてもどうってことなかった。

とはいえ、タバコは〝ガチの〟スモーカーにとって死活問題であり、1日2度薬をもらう長い列には精神病の治療薬をもらう層のほか、心臓病や糖尿病の薬がなくては立ってもいられないような受刑者もいた。CDC（疾病対策センター）によると、全米でタバコが原因による病気で1年に43万5000人を超える人々が命を失っているという。ダンブリーにいる私たち受刑者のほとんどが、違法薬物の取引がらみで収監されていた。同じ政府機関の調査結果だったっけ？　違法薬物に依存して死亡した数は1万7000人だ。ヘロインやりますか、それとも死にますか。決めるのはあなた、というわけだ。

9月が近づくにつれ、どんよりと落ち込む受刑者が続出した。どうぞつかまえてくださいと言わんばかりのおかしな場所に忍び込んでは、煙をふかしていた。ランニングコースを散歩するたび、茂みの中でカサカサ音を立てる集団に出くわしては、びっくりした。やがてタバコの強奪が盛んになり、SHUに送られる受刑者も出てきた。作戦上手のポップは上司と交渉の末、キッチンの目立たない場所でシフトの終わりにタバコが吸える場所を1カ所設けてもらうことにした。

ダンブリーの受刑者数はどんどん減り、空きベッドの数が増えてきた。静かになるのはいいのだが、にぎやかな友人や隣人たちが出所してここにいないのが寂しく思えた。アリー・B、コーリーン、リリ・カブラレス。〝マーサ・スチュワートのムショおこもり期〟が終わるとすぐ、ダンブリーには薬物依存者が押し寄せ、つかの間の穏やかな日々はどこかに行ってしまうだろう。ラリーにすすめられ、以前よりテレビを観るようになったが、ニュースは観ていなかった。刑務所の中で大統領選挙が話題になることはまずなかった。それでも8月、私は『MTVビデオ・ミュージック・アワード（＊79）』の放映日を心待ちにするグループの一員となる。「ワッツアップ、B?」ジェイ・Zがテレビの向こう側にいる視聴者に問いかけると、面会室にぎっしり集まった受刑者の間から歓声が飛ぶ。刑務所にいる皆が声をそろえて歌う。

9月16日はダンブリー連邦刑務局が年に一度主催する模擬就職フェアの日、**受刑者が社会に復帰し**

ますと、口先だけでアピールするイベントだ。ドラッグ依存症の集中治療プログラムを終えた、ひとにぎりの受刑者を除き、社会復帰の準備をしようと努力をしているのを、私はこれまで見たことがない。この就職フェアは、受刑者たちの役に立つ情報を提供する場だというのに。

私は幸い、出所後の就職先が決まっていた。心の広い友人が自分の会社に私の役職を新たに作ってくれることになっていた。その友人、ダンは面会にくるたび私に言った。「刑期を短縮して出てきてくれないか？　マーケティング部には君が必要なんだ！」

ダンブリーで、こんな好待遇が用意されている受刑者は他にいない。出所が決まった受刑者の悩みごとトップ・スリーといったら、子どもたちとの生活（シングルマザーなら、たいてい親権を失っている）、住宅問題（前科持ちには大問題だ）、そして雇用だ。これまで何度となく受刑者の履歴書を書いてきて知ったのは、彼女たちの多くが（巨大な）裏社会で働くしか道がないという現実だった。表社会から外れたところで、彼らは今いるところから抜け出すことすら考えない。当時の刑務所は、そんな現実が変わる場所ではない。

ワシントンDCの連邦刑務局本庁からやってきた、神経質そうな禿げ男が復職フェアの開催を宣言し、私たちを迎えた。手渡されたプログラムはコピーしたものをふたつに折って製本してあり、表紙にフクロウのイラストが描いてあった。フクロウの下に〝自覚を持とう。女性に安定した雇用を〟と書いてある。プログラムの裏表紙には、アンディー・ルーニー（*80）の言葉が引用されていた。

このイベントには各業界の企業が参画しており、その多くが非営利団体だった。この日は〝労働力人口で新たな注目を浴びる職種、採用されるための〝スキル〟に関するパネルディスカッションや模擬就職面接の後、かつてダイアナ・ロスが所属していたモータウン伝説のヴォーカル・グループ、シュープリームスのメンバー、メアリー・ウィルソンが、受刑者に元気をくれるスピーチをすることになっていた。これは見逃せない。でも、まず必要なのは**プロフェッショナル・アパレルじゃない？**

プロフェッショナル・アパレルとは、就職面接に着ていける服を手に入れるのが難しい女性たちにスーツを貸し出すというもので、非営利団体のドレス・フォー・サクセスが運営している。てきぱきとした中年女性が面接にふさわしい服装、ふさわしくない服装について簡単に説明した後、実際に着てみたい人は手を挙げて、と言った。ヴァネッサが隣の受刑者の鼻の骨を折りそうな勢いで手をぶんぶんふり回したため、彼女をモデルにしないわけにはいかなくなった。ヴァネッサが目配せした後、私は知らぬ間に、隣部屋のアマゾネスことヴァネッサとデリシャス、ポン・ポンと一緒に部屋の一番前に立つ、モデル役をすることになってしまった。「ここにいらっしゃる素敵なレディーたちに、就職面接で注意すべき態度を実際にやっていただきます」さっきの中年女性が晴れやかな声で言う。

彼女に誘導され、私たちはバスルームに行き、服装一式を手渡された。デリシャスには、まるで日本人が着そうな、きちんとした黒のスーツ。ポン・ポンには、南部で日曜日に教会礼拝に行く時に着るみたいなピンクのスーツ。私にはひどくダサくて体中がかゆくなりそうなワイン色のドレス。で、ヴァネッサは？　胸元にビーズをあしらった、シルク地のフューシャピンクのカクテルドレス。

「さあ皆さん、急いで着替えて！」

高校最後の文化祭で衣装選びに夢中な女子高生みたいにキャッキャウフフとはしゃぎながら、私たちは着慣れない街着を試着した。「これでいい？」とデリシャスに確認を求められ、私は彼女のアシンメトリーなデザインのロングスカートの位置を調整した。ポン・ポンはピンクが似合っていた。マジで『プリティ・イン・ピンク』(＊81)の世界。

ところが肝心のヴァネッサが浮かぬ顔をしている。「パイパー、ジッパーが上がんないの、助けて！」愛しい隣部屋の住民は、サイズが小さ過ぎるカクテルドレスのせいで、プライドと喜びの両方がぶっ飛んでしまった。これが着られないなら泣き出しそうなほど意気消沈している。

「まあ、ヴァネッサ、気づかなくてごめん。大丈夫、じっとしてて……行くよ、できるだけお腹引っ込めて！」私は少しずつジッパーを上げた。「いいからもっとお腹引っ込めて、もうちょっとだから！」ヴァネッサは背筋を伸ばし、息を止め、私はV字型をした彼女の幅広い背中の上までドレスのジッパーを上げた。「ヴァネッサ、あなた、息さえ止めてれば大丈夫だから」

私たち4人はお互いのチェックに入った。「もう、パイパー、髪の毛をアップにしなよ。もっと仕事ができそうなビッチにならなきゃ」デリシャスがアドバイスしてくれた。私は髪をそそくさとシニヨンにまとめた。さあ、お披露目の時間だ。

私たちがひとりずつキャットウォーク(＊82)でターンを決めると、仲間の受刑者たちが叫び声と口笛を浴びせかけた。カーラーで巻いた髪を揺らし、喝采を浴びて輝かしげな顔のヴァネッサに、**さっき**

のあのザマは何だったんだよ！　と、私たちは心の中で舌打ちした。最後に4人が一列に並び、ドレス・フォー・サクセスのボランティアから、面接にふさわしい服装について説明があった。デリシャスのスーツは〝堅過ぎる〟、ポン・ポンのスーツは〝甘過ぎる〟との評価が下った。ヴァネッサの装いは〝面接には最もふさわしくない服装〟と評され、彼女はすっかりしょぼくれている。

「どんな仕事の面接に行けっつーんだよ」ヴァネッサは悲しげな声でぼやいた。

　私が着ていた、ダサくて真面目くさったスーツが就職活動に最もふさわしい服装として賞賛された。着せ替えごっこの後、働く女性たち数名が、在宅介護など初心者レベルの労働者によって成長している経済セクターについて真剣に話し合うパネルディスカッションが始まった。だが、聞き手の受刑者たちから不安げな声が上がった。質疑応答の時間になり、手がいくつか挙がる。

「そういう仕事に就くにはどんな研修を受けるんですか？」

「そういう仕事の募集はどうやって見つけるんですか？」

「前科者の女を雇ってくれそうな人をどうやって見つけるんですか？」

　矢継ぎ早に上がる質問に、パネリストのひとりがまとめて答えた。「十分に時間をかけて就職先の企業や業界を探し、オンラインの求職票に目を通し、研修を受ける機会を見つけるよう努力することをお勧めします。みなさん、インターネットにアクセスできますよね？」

この回答を聞き、受刑者たちが軽くざわいた。「私たちにはコンピューターすらないってのに！」

　パネリストたちはお互い目を合わせ、当惑した様子だった。「まさかそんなこととは思いませんでした。この刑務所にはコンピューター室もなく、コンピューターについて学ぶ機会もないんですか?」連邦刑務局の禿げ代表がおずおずと口をはさんだ。「いや、設備はあるはずです。コンピューターは全刑務所に配備されています」

それを聞いた女子受刑者たちが間髪を入れずにブーイングした。B棟のロシェールが立ち上がった。

「この収容施設にはコンピューターなんてありません、**1台もね!**」

ここは自分が何とかしないとまずいという空気を察したのか、禿げ代表が場を取りつくろうように言った。「事情が把握できませんが、ただちに調査しますので!」

手入れの行き届いた薄いブラウンのパンツスーツで現れたメアリー・ウィルソンは、小柄でかわいらしい人だった。姿を見せるなり、面会室に集まった受刑者の心を、あの手の平でわしづかみにした。仕事の話なんか、これっぽっちもしなかった。メアリーは人生について語り、時折歌を口ずさんだ。自分の試練と苦難の日々、ダイアナ・ロスとの不仲ぶりを語って終わった。でも、この日のイベントにボランティアとして時間を割いた外部の人々も同感だったろうが、ミス・ウィルソンが何より素晴らしかったのは、彼女は受刑者に対してかなりの敬意を払い、私たちの将来が希望に満ち、意義深く、可能性を秘めたものになると約束するような話をしたことだった。ダンブリー刑務所の日々をふり返ってもこんな体験は初めてで、私の脳裏に深く刻まれた。

マーサ・スチュワートのことは、当時の受刑者たち皆の記憶に鮮明に残っている。マーサが禁固刑

Chapter 13

Thirty- five and Still Alive

となった経緯と所内での別格待遇は、シャバとムショの両方の人々の神経を逆撫でした。コネチカットにいる90歳の母が面会に来やすいので、どうぞ私をダンブリー連邦矯正局に送ってちょうだい、マーサは判事にこう頼んだ。あろうことか、判事は何の反論もしなかった。ダンブリー連邦矯正局（またはワシントンDC）で当時権力を握っていた連邦刑務局の連中がマーサに来てほしくなかったのは、この刑務所がメディアの目にさらされ、あれこれ詮索されるのを恐れていたからだろう。マーサの収監以降、収容施設は〝満員〟を理由に新規受刑者の受け入れを〝一時中断〟したため、空きベッドが毎週のように増えていった。

メディアは私たち受刑者を口汚くののしる記事を載せた。私は別に気にならなかったが、周囲の連中、特にミドルクラスの受刑者たちは動揺した。『ピープル』誌に載った記事では、私たち受刑者を〝人間の屑〟呼ばわりし、マーサ・スチュワートはこんな仕打ちや嫌がらせを受けるんじゃないかと勝手に想像を逞《たくま》しくしていた。メールコールの後、自分のことが書かれた記事を読んで憤慨したアネットが私に向かって言った。「『ピープル』を35年以上も定期購読してたのよ。その私が〝人間の屑〟なわけ？　あなたも〝人間の屑〟なの、パイパー？」

そんなことはないと私は答えた。だが9月20日、収容施設に『ピープル』誌のゲス記事がかわいく思えるほどの衝撃が走った。夕方というにはまだ早い時間、トラックから下りると、A棟の連中がポップを取り囲み、ある新聞記事をめぐって暴言を吐いたり、**〝信じられない〟**と頭を横に振っていた。

「どうしたの？」私は訊いた。

「あんただって捏造はいい加減にしろって思うよ、パイパー」ポップが言った。「あのフランス人のクソビッチ、覚えてるだろ？」

9月19日付けの『ハートフォード・クーラント』日曜版の1面――刑務所の〝情報の流れを管理する〟という理由から、私たちはいつも1日遅れで読んでいた。マーサ・スチュワートがダンブリー刑務所の日常を知りたいと連絡を取ったという〝バーバラ〟という女性を、同紙のリン・チューイー記者が独占取材したものだ。この〝バーバラ〟、なかなか面白いことを言っている。

「収監されたというショックが癒えると、これは休暇だと思えるようになりました」マーサと話したというバーバラは、取材に対してこう語った。「料理も、お掃除も、お買い物もしなくていいの。ドライブもね。車にガソリンを入れなくてもいいし。刑務所には製氷機もアイロン台もあるの。大きなホテルみたい」

ああレヴィーか、じゃあしょうがないわ。詐欺師の元彼に不利な証言をして、さっさとここから出て行ったレヴィーは、6月に1週間だけ収容施設に出戻って、6ヵ月の刑期を満了して、釈放された。マーサのお仲間に加えてもらったんなら、ダンブリーでの暮らしは暴露した内容よりずっと楽しかったのだろう。レヴィーは刑務所の素晴らしさを記者に語り、所内で行われた〝さまざまな授業〟を楽しみ、さらには……。

「ふたつあった図書室には本や雑誌が各種取り揃えてあって、『タウン・アンド・カントリー』(＊83)や『ピープル』もありました」食事について、バーバラは〝素晴らしい〟という言葉では言い尽くせないと語り、「ダンブリー連邦矯正局は、高尚な理想を体現した刑務所です」とも言った。

レヴィーといったら、ミツバチに顔を刺されてエレファント・マン(＊84)みたいになり、6ヵ月の刑期の間はずっと愚痴ばかり、彼女が〝上品〟じゃないとみなした受刑者を片っ端からあざ笑うような女だった。

バーバラの談話は続く。「美容院は週に2回。自宅では、あまり自分に手をかけられませんでした。子どもの世話が忙しくて。家事も手が抜けませんでしたし。刑務所でようやく自分のケアができるようになったんです。家に戻ってから、私は自分を大事にする時間をもう少し増やすようにしました」

彼女は「所内で受けたマッサージがとても気持ちよくて」と慌ててつけ加えた後、友人たちから服役中に「襲われなかった?」と聞かれるんです—性的に、という意味で—と言って笑った。

「言いましたわ。『冗談はよして。ダンブリー連邦矯正局の皆さんはとても上品な方が多かったから』

受刑者には尼僧（シスター）が4人いる、刑務所内の売店でCDプレイヤーが買えるなど、記事には低レベルな事実誤認がたくさんあった。ただ〝刑務所の中ではハーゲンダッツが買える〟というくだりに、受刑者たちは激怒した。その怒りは収集がつかなくなり、今や一般人となったレヴィーを脅してやると公言する者も出てきた。ビッグ・ブー・クレモンズはキレにキレた。「ハーゲンダッツゥ？　ホテルゥ？　あのホラ吹きのクソビッチ、自分が安全な場所にいるからあんなこと言えるんだ。あたしの手にかかったら、きっと『地獄のモーテル』（*85）行きさ！」

「マーサは刑務所のキッチン担当になると思います。料理ができたら彼女もハッピーでしょう」

バーバラはそこまで踏み込んだコメントを残した。

ポップのキッチンを占拠しようとするマーサ・スチュワート。マーサがゴジラと闘う以上に手に汗握る体験ができそう。

ポップが本気で怒っていた理由は、マーサにキッチンを仕切られるからではなかった。「パイパー、何なんだい、あれは？　レヴィーはどうしてデタラメを言ったんだろう？　この刑務所がどんなにひどいところか、暴露するせっかくのチャンスなのに、どうしてきれい事で片付けたんだい？　ここにはきれい事なんかありゃしない、レヴィーはたったの6ヵ月しか懲役を食らっていない。そんなのピクニックに来たのと同じさ、10年ここにいてみろってんだよ！」

でも私には、きれい事を言いたかったレヴィーの気持ちもわかった。自分はおろか、シャバの人間に認めさせたくなかったのだ。第二次世界大戦中のポーランドにあった強制収容所、ゲットーのような場所、自分がそんなところに押し込められていたことを。刑務所は古《いにしえ》の昔から文字通り強制収容所であり、合衆国政府は、心を病んだ人、依存症に苦しむ人、貧しい人、教育を受けられず単純労働にしか就けない人に危険で不便な環境を強いる場所とみなしている。刑務所の外にあるスラム街もまた刑務所と同じで、抜け出すのは矯正施設以上に難しい。都会や田舎のスラム街と刑務所という強制収容所は回転ドアでつながっていて、くるりと抜け出てもまた地獄が待っている。社会は元々そうできているのだ。

レヴィーたち（特にミドルクラスの受刑者）は、社会の害悪と呼ばれる層に分類され、意に反して仕方なく刑務所に閉じ込められ、質素な生活を選び、自分のプライドまで捨てたことが辛く、認めることができなかったのだろう。だから彼女は〝ムショリゾート〟みたいな話をでっち上げたのだ。

ヴァネッサは、ハイスクールのプロム（＊86）でドレスを着る計画を阻止された経緯について、こと細かに話してくれた（彼女は代わりにスパンコールがついた、一見スカートに見えるパンツで急場をしのぎ、理解あるＰＴＡのママを見つけてＯＫをもらい、鼻高々でプロムに出たそうだ）。それなのに、この連邦矯正局に行き着いた経緯とか、以前はセキュリティーの高い刑務所に収監されていた理由については一切語らなかった。薬物がらみでムショに入ったんじゃないのはわかっていたので、拘留される前にＦＢＩとひと悶着あって、その結果、連邦矯正局に落ち着いたのかなと勝手に考えていた。彼女を見ていると、サンフランシスコやニューヨーク在住のゲイの男性や精力的に活動する女性の知り合いを思い出す。頭の回転が速くて威勢がよく、気の利いた会話ができる、好奇心旺盛な人たち。

私が他の受刑者仲間よりもヴァネッサの過去に関心を持ったのは、ある週末、面会室での彼女がいつもとちがったからだ。ヴァネッサはヘアスタイルもメイクも完璧で、制服にアイロンをかけ、雪のように白い髪の、きれいに装った白人の女性面会客を見下ろすように立っていた。ふたりは私に背を向けるようにして自動販売機の脇に並び、老婦人はラベンダーの柔らかい服をまとい、幅広い肩、キュッと引き締まった腰のヴァネッサは、男たちがうらやむスタイルの良さだ。

「面会は楽しかった？」その後私は好奇心を隠すことなくヴァネッサに尋ねた。

「もちろん！　私のおばあちゃんなの！」彼女は晴れやかな表情で答えた。私の好奇心はいっそうかき立てられたが、ヴァネッサが一体どんな罪に問われたのかはわからずじまいだった。

ヴァネッサが出て行ったら絶対寂しくなる――彼女はあと数週間で自宅に帰ることになっていた。出所日が近づくにつれ、ヴァネッサはどんどん不安げになると同時に、ものの考え方がますます信心深い方向に向かうようになった。シャバに出る前、多くの受刑者は不安な気持ちを募らせる。明日をも知れぬ未来が待ち受けているからだ。ヴァネッサもきっとそうだったのだろう。でも、ヴァネッサがいくら不安を募らせようとも、ウェインライトとライオネルが先頭に立ち、私たちが懸命にプランを練ったヴァネッサの出所祝いサプライズ・パーティーを中止するわけにはいかなかった。

パーティーは一大イベントだった。大勢の料理自慢が電子レンジで腕をふるい、教会のピクニックのように、参加者が持ち寄った料理の中から、一番を決めることにした。チラキレス、焼きそば、そして私の自慢レシピ、監獄チーズケーキだ。本当なら大皿いっぱいのデビルド・エッグが一番なんだけど、刑務所では手に入らない材料があって、作るのがとても難しい。

私たちは空き教室のひとつに集まり、我らが性悪女を待った。「しーーーっ！！　ヴァネッサが来るよ！」誰かが照明を消して言った。全員で「サプラ〜イズ！」と叫ぶと、ヴァネッサはびっくりしたふりをしてくれたが、いつも以上にきれいなメイクにちゃんと整えてあった。ここで、ウェインライトが美しい声で歌う「テイク・ミー・トゥー・ザ・ロック」が聞こえてきて、所内全体を包んでいた歓声が歌声へと変わる。真っ先に歌声に加わったのが、この日のためにきれいに坊主頭にしてきたデリシャスだ。彼女はいい意味で鳥肌が立つほどの美声を聞かせてくれた。歌っていてヴァネッサが視線に入ると感極まって泣いちゃいそうだと、デリシャスは後ろの壁の方を向いた。

歌ったり食べたりのパーティーもお開きの時間になり、その日の主役、ヴァネッサが立ち上がった。彼女は1人ひとり名前を呼び、イエス様はみんなを見守ってくれてる、あたしをみんなに引き会わせてくれたのもイエス様なんだよと言い添えた。そして、ダンブリーにいる間、いろいろ助けてくれてありがとうと、心から感謝の言葉を述べた。

「あたしはここに来る運命だったんだ」ヴァネッサはしゃんと背筋を伸ばして言った。「本物の女になるためにね」

〝サタデーナイトはムービーナイト〟は、昔から続く〝みんなで映画を観よう〟形式のイベントだ。ただ、この時の土曜日のことはとうてい忘れられそうにない。その夜、ダンブリーに収容されていたラッキーな受刑者は想像を絶するスペシャルな体験を味わった。週に一度の所内映画劇場、この日は町の保安官が復讐を果たすという夢みたいな映画のリメイク版で、〝ザ・ロック〟ことドウェイン・ジョンソン（*87）が主人公を演じた『ウォーキング・トール』が上映された。私は胸を張って言える。元プロレスラーのザ・ロックがアメリカの大統領選挙に立候補すれば、絶対に勝てると。ザ・ロックのすごさはこの目でしっかり見ている。ザ・ロックは団結を壊すのではなく、団結させる人なのだ。連邦刑務局が『ウォーキング・トール』を上映した週、毎週末に上映される映画の動員数トップを記録した。ザ・ロックは、人種、年齢、受けた教育のちがいを乗り越え、女性への影響力がとても高い。アメリカでは超手強いといわれる「階級《クラス》」の差をも貫いてしまうほど、ザ・ロックは皆から愛されている。黒人、白人、スパニッシュ系、年齢も関係なく、女性ならみんなザ・ロックのとりこになる。彼の見た目の良さはレズビアンだって認めてくれるはず。

ザ・ロックの映画を観るため、私たちは土曜の夜、恒例の儀式に入る。面会時間と食事が終わり、ポップたちキッチン担当のスタッフが食堂を片づけると、映画鑑賞用のおやつを私に手渡す——その夜は私の好物、ナチョスだった。キッチンにあるナチョスを刑務官に取り上げられずに運ぶのが、運び屋である私の仕事。ふだんは自分のタッパーウェア持参でC棟に忍び込み、ポップが私のキューブに来て、映画鑑賞仲間のトニとローズマリーにタッパーを配る。

〝サタデーナイトはムービーナイト〟用に面会室の椅子を並べるのがローズマリーの仕事。つまり、私たち4人が面会室の後ろに座れるよう、特別〝予約席〟を確保するのが彼女の役目だ。予約席の脇には刑務所の家具を適当に見繕っておく。幅が狭くて高さのあるテーブルは私たちがサイドボードとして使う。上映時間までにポップのソーダに入れるため、氷をたっぷり入れたタッパーをもうひとつ用意し、おやつとナプキンを持って来るのも私の仕事だ。朝の5時から夕食まで1日中キッチンで働いているんじゃないかと囁かれているポップは、頭にネットを被ったキッチン用の制服を着ている姿しか知らない。だけどムービーナイトの日、上映時間直前になるとポップはシャワーを浴び、水色の男性用パジャマに着替え、さっそうと面会室にやって来るのだ。

パジャマは禁止アイテムにすべきかどうかの基準が曖昧で、一時期売店で売っていたこともあったが、当時は販売が中止されていた。売店にあったのは薄手の綿・ポリエステル混紡素材の白いパジャマだった（ポップのパジャマは彼女が自分で染めたらしい）。入所してから何ヵ月も、私はパジャマが欲しくてたまらなかった。だからポップから特別調達品のパジャマをプレゼントされた時、私はうれしさのあまり彼女のキューブのそばで歓喜のダンスを踊り、バカみたいに飛び跳ねたせいで、金属でできた寝台の枠に自分の頭をぶつけたぐらいだ。あの時も、トニやローズマリーから「パジャマ・ダンスを踊んなよ、パイパー！」とはやされると、ドッグフードをもらって、うっとりとした顔で飛び跳ねるスヌーピーみたいなダンスを踊ったものだった。

パジャマは寝るためのものじゃない。私は自分をかわいく見せたくて、週末のムービーナイトとか、特別な時にしかパジャマを着なかった。パジャマを着ると私は上機嫌になった。ポップは『ウォーキング・トール』のファンだった。彼女はストーリーがわかりやすく、ほんのりロマンス風味が効いている映画が好きだったようだ。お涙頂戴映画を観ると涙ぐみ、そんなポップをからかうと「黙れ」とたしなめられたものだった。ポップは『僕はラジオ』を観て泣き、私はローズマリーとトニと一緒に呆れていた。『砂と霧の家』を観終わると、ポップが私の方に向き直った。「これは好きかい?」

私は肩をすくめた。「えー? いいんじゃない」

「あんたはこういうのが好みかと思ったんだけどね」


受刑者にとって誕生日はとてもやっかいな日だ。みんなムキになって自分の誕生日を明かそうとしないが、その理由は被害妄想か、ただ知られたくないだけのどちらかだ。私はそう考えなかったし、ダンブリーで誕生日を祝ってもらえるなんて楽しいじゃないと前向きに捉え、自分にこう言い聞かせていた。「誕生日なんて人生に一度のイベントじゃないし」とか「私まだ40歳じゃないし」とか。

ダンブリーには変な風習があった。消灯後の真っ暗な中、受刑者の仲間たちが足音を忍ばせ、手作りの〝誕生日おめでとう〟の張り紙や雑誌のコラージュ、キャンディーバーで、翌日誕生日を迎える受刑者の部屋をデコる。ぜんぶ部屋の外にテープで貼り付け、本人が寝ている間にやっておくのだ。部屋をデコるのは規則違反だが、その日だけは守衛も見て見ぬふりをする。ただし後片付けはすべて、祝ってもらった本人がやる。私の誕生日なら、DOVE《ダヴ》のチョコレート・バーは忘れないでほしい。

誕生日の前日、夕食を食べてからトラックを走っていた私に、エイミーがトラックの脇で言った。

「ポップが話したいってさ、パイパー」

「ちょっと時間もらえない？」あまりにも急過ぎるよ。

「大事な話だって言ってるよ！」

私は小走りで階段を上ると、キッチンに急ごうとした。

「ちがう、ポップは面会室にいるよ」エイミーの後について二重ドアを通り抜けた。すると、

「サプラ〜イズ！」

私は立ちすくんだ。いくつものトランプ台をくっ付けて宴会用のテーブルがしつらえてあり、テーブルを囲むようにして、我が友にして受刑者のみんなが順不同で並んでいた。ジェイ、トニ、ローズマリー、エイミー、ペンサタッキー、ドリス、カミラ、ヨガ・ジャネット、リトル・ジャネット、ミセス・ジョーンズ、アネット。黒人も白人もスパニッシュ系も。若者も、ベテランも。

もちろんポップもいた。上機嫌で輝かしい笑顔をたたえて。

「これがほんとのサプラ〜イズ！ってやつだろ？」

「ショックよ、ポップ。サプラ〜イズ！どころの騒ぎじゃない。ありがとう！」

「礼を言うのはあたしにじゃないよ。仕切ったのはローズマリーとトニさ」

私はイタリア系の超仲良しコンビ、ローズマリーとトニの見事なサプライズ・パーティーの演出ぶりをほめたたえ、みんなにも過分なほどお礼を言った。ごちそうがたっぷり詰まったボウル形のタッパーがたくさん並んでいる。ローズマリーはヘブライ人の奴隷かと思うほど（＊88）苦心し、刑務所らしい宴席をプロデュースした。チラキレス、チキン・エンチラーダ、チーズケーキ、バナナ・プディング。みんなで食べ、おしゃべりし、ウインクするエロいくまのプーさんのイラストを手描きした茶封筒に、ジョーが手製のカードを忍ばせていた。私のタトゥーに似た、海から跳び上がるイルカたちを描いたものだ。ジェイがカードに書いた文面は、他の連中が寄せ書きに書いたものを反映したメッセージだった。**〝まさかあんたみたいな女とここで出会って、友だちになれるなんて思わなかったよ〟**

パーティーが終わると、ポップから自分のキューブに来るよう言われた。「あげたいものがあるんだ」私は足載せ台に座ると、期待に胸をふくらませながらポップを見た。何をくれるんだろう？　売店ですぐ買えるものじゃない。私が、自分の欲しい物は自分で手に入れているのを知っているから。彼女のデカいロッカーの奥から、何かごほうびを出してくるのかも。スパムかな？

うやうやしく贈呈の儀を執り行い、ポップがくれたのはスリッパだった――かぎ針編みの上手なスパニッシュ・マミのひとりに頼んで作ってもらったものだ。ていねいな作りのスリッパだった。シャワーサンダル2足分の底を貼り合わせ、ピンクと白の綿の糸を使ってかぎ針で繊細に編み込み、きれいに仕上げてあった。私はスリッパを両手で抱きしめ、感動のあまり言葉が出てこなかった。

「気に入ったかい？」ポップが言う。私の趣味に合わなかったんじゃないかと、彼女は少し心配そうな顔で微笑んでいた。

「すごいわポップ、とてもきれいなスリッパ。信じられない。汚したらいけないし、もったいなくて履けない。とても気に入ったわ」私はポップを強くハグした後、新しい手作りのスリッパを履いた。

「あんたにはつまらないプレゼントをあげたくなかったんだ。これをみんなの前で渡さなかった理由はわかってくれただろ？　ああ、本当によく似合うよ。あんたのパジャマにぴったりだ。刑務官に見つからないようにするんだよ！」

　その日の消灯時間から間もなく、私のキューブの外でささやき、くすくす笑う声がした。誕生日デコチームのリーダー、エイミーと、誰だかわからないけど手伝っているふたり。声からドリスとペンサタッキーだと思う。エイミーは例によって、声をひそめながらも仲間をディスっていた。「写真はそこに貼るんじゃねぇよ。バカか？　ここだよ！」

　私は目をつぶったまま深く息をし、寝たふりをした。思わず微笑んじゃいそうな夢が見られるはず。

　翌朝、キューブを出た私は彼女たちの作品を見学した。キューブの壁はモデルや酒瓶の写真でデコってあり、**〝ハッピー・バースデー、パイパー!!!〟**と書いた紙もある。壁にテープで留めてあるDOVEのチョコレート・バーや、ひとりでは食べきれないほどのキャンディーを手に取る。その日は1日中、誕生日を祝うメッセージをもらった。「**35歳、まだまだこれから！**」またひとつ歳を取ってしまったと顔をしかめる私に、建設作業所のボスが言った。昼過ぎ、ロッカーに手作業でレース模様に切った、上品な白い紙のボックスが留めてあり、ボックスにはリトル・ジャネットからのカードが添えてあった。

パイパー、あんたの誕生日に、あたしからのメッセージだ。健康で強い心を持ち、穏やかで安らげる日々を。あんたは内も外もきれいな人だから、今年の誕生日はみんなが祝ってくれている。ムショでこんな素敵な友だちができるとは思わなかったよ。一緒にいてくれてありがとね、頭のおかしなお嬢ちゃん。落ち込むな、めげるな。すぐにシャバに出て、あんたを愛し、大好きでいてくれる人たちと暮らせる。あたしが作ったボックス、気に入ってくれるといいな☺あんたのことを思いながら作ったんだよ。大したもんじゃないけど、見たらきっと笑っちゃうような、特別なプレゼントをあげる。あたしはずっとあんたのハートの中にいるよ。今も、そしてこれからも。

ハッピーバースデー、パイパー。これからもいいことがたくさんありますように。

愛を込めて、ジャネット

*79　MTVビデオ・ミュージック・アワード　MTV（アメリカの音楽専門のケーブルテレビ局）が主催するミュージック・ビデオの祭典。

＊80 アンディ・ルーニー　アメリカの放送作家、コラムニスト。長く出演していたアメリカのテレビ局、CBSのドキュメンタリー番組『60ミニッツ』で広く知られている。

＊81 『プリティ・イン・ピンク』　1986年に公開されたアメリカの青春映画。主演のモリー・リングウォルドのピンクのファッションが当時話題を呼んだ。

＊82 キャットウォーク　モデルが歩く細長い舞台。ランウェイとも呼ぶ。

＊83 『タウン・アンド・カントリー』　アメリカのハースト社から発行されている高所得層の女性がターゲットの雑誌。ファッション、美容、アートや豪邸や豪華な旅の情報などを扱っている。

＊84 エレファント・マン　1980年制作の同名の映画（イギリス、アメリカ合作）。奇病によって皮膚や骨が変形した実在の人物、ジョン・メリックを描いた作品。

＊85 『地獄のモーテル』　1980年に公開されたアメリカのC級ホラー映画。カリフォルニアのリゾート地のモーテルを舞台とした猟奇殺人が描かれている。

＊86 プロム　アメリカやカナダで高校の卒業記念に開かれるダンス・パーティーのこと。

＊87 ドウェイン・ジョンソン　アメリカの俳優、プロレスラー。〝ザ・ロック〟のリングネームで1990年代後半から2000年代初頭にかけ、WWE（アメリカのプロレス団体）の代表的選手として活躍した。2000年代に入ってからは俳優としても活躍。本作に登場する出演作『ウォーキング・トール』は2004年のアメリカ映画（日本では『ワイルド・タウン／英雄伝説』のタイトルで公開された）で、1973年の同名作のリメイク。

＊88 ユダヤ人が黒人奴隷の様に重労働をさせられることを、黒人の側から皮肉った表現。

Chapter 14

October Surprises

10月はサプライズ続き

友だちが増えるたび、ごちそうしてくれる人が増えた。「もっと食べなさい」と勧め上手な、ユダヤ人の母親が6人できたみたいだった。次にもっとおいしいものが食べられるかもしれないから、私は2度目のディナーを断ったりはしない。こんな高カロリーの食事をしていても、ヨガはめきめきと上達し、作業所では36キログラムのセメントをかつぎ、週に48キロメートルは走っていたので、ぜんぜん太らなかった。体の毒素を排出し、クスリとアルコールのない生活を送っているから、出所したらすぐさま半狂乱になってヤバいものを摂取するか、ヨガ・ジャネットみたいに真の健康オタクになるだろう。

　ヨガ・ジャネットとのお別れがもうすぐやってくる。彼女は出所して自由の身になるので、私は機会があるたびに彼女とヨガをし、アドバイスをよく聞き、教わった通りにポーズを取った。仲間が出所して帰宅するのはとても喜ばしく、モヤモヤなんてしなかったのに、この頃の私は、ヨガ・ジャネットと別れたら胸にぽっかり穴が空くような喪失感を味わうんじゃないかと思っていた。恥ずかしかったので、自分のそんな思いを誰にも明かさなかった。でも私の刑期はあと4ヵ月以上残っているし、私を慰め、元気づけてくれるヨガ・ジャネットがいない生活は想像できなかった。ヨガ・ジャネットは、刑務所で自暴自棄にならずに過ごすことを、私に教えてくれた人だ。こんなに劣悪な環境で、誇り高くかわいらしく、がまん強く人に優しく生きていくにはどうすればいいか。私はヨガ・ジャネットを手本にしてきた。いつか自分もこんな風にふるまいたいと思うほど寛大な女性だった。しかも精神的に強く、人の意見に左右されたりもしなかった。

受刑者が一定の刑期を終え、社会復帰のために過ごすハーフウェイ・ハウス(＊89)に入る〝10パーセント・デイト〟になったのに機会が下りず、ヨガ・ジャネットはブチ切れた。出所前は誰だって気が荒くなる。出所日と、その日まであと何日か、指折り数えて待ち続ける。

そしてようやく、ヨガ・ジャネットの出所、正確に言うと、ブロンクスのハーフウェイ・ハウスに入所する日がきた。その日の朝、食事時間中に私は面会室に向かい、全員が刑務所の正面ドアから外に出た。刑務所の外を担当する運転手が白いミニバンをこのドアに横着けする。ドア付近にはさようならを言うために数名が集まり、トニが運転を代わって、もうすぐ自由になるヨガ・ジャネットを乗せて50メートルほど丘を下る——いつから始まったのか知らないが、ダンブリーにはこんなしきたりがある。受刑者の多くが、日用品や手紙、写真が入ったボックスを手に、ドアから出て来た。ヨガ・ジャネットの友人、シスター、カミラ、マリア、エスポシート、ガーダも。ガーダはわんわん泣きわめいている。お気に入りの仲間が出所する時、彼女は決まって取り乱すのだ。「やだ、マミ！ いや！」ガーダは声を上げて大泣きし、顔は涙でぐちゃぐちゃだ。ガーダはこれからいつまで刑務所にいるのだろう。結構長かったはずだ。

よほどのことがない限り、私は喜んでお別れを言うタイプだ。出所は受刑者全員にとって晴れがましいことだから。あまり親しくない受刑者が出所する朝でも見送りに出る——見送ることで幸せな気分になれるからだ。ところがこの日の朝、私は初めてガーダの気持ちがよくわかった。ヨガ・ジャネットの太ももに抱きついてわんわん泣く気はさらさらなかったが、そうしたくてたまらないほど感極まっていた。ジャネットに、彼女の素敵な恋人に、ふたりの自由をかなえた人たち全員にお別れが言える自分はとても幸せなんだと考えようと努めた。ヨガ・ジャネットは出所祝いとして贈られた、かぎ針編みのピンクのベストを着ていた（刑務所の規則違反だが、これも出所祝いの伝統行事だ）。一刻も早く出所したくてたまらなかったヨガ・ジャネットは、私たち1人ひとりと別れの言葉を交わすうちにキレずにいようと、かなりがまんしていたのがよくわかった。

私の番になり、ヨガ・ジャネットの肩に手を回してきつくハグをすると、私は自分の鼻先を彼女の首に押しつけた。「ありがとう、ジャネット！　本当にありがとう！　親切にしてくれてありがとう！」これ以上言葉が見つからなくて、私は泣きだした。そしてジャネットは行ってしまった。

その日の午後、私は寂しくてジムに行った。ジムにはテレビとビデオレコーダーの他、エクササイズ用ビデオがいくつか置いてあり、そこにはヨガのビデオもあった。その中に、ジャネットが自分のトレーニングで使っていたビデオが1本あった。「私とロドニーだけのビデオ」と、ジャネットはため息まじりに言った。このビデオには、有名なヨギ、ロドニー・イーが出演している。「イーは私の獄中オナドル！」ジャネットがそう言って笑ってたことがあったっけ。カバーを見ると、長い髪をポニーテールに結った男性が〝椅子のポーズ〟を取っていた。どこかで見たおぼえがある。私はビデオをレ

Chapter 14

October Surprises

コーダーに入れて再生した。

ハワイの美しいビーチが画面に映し出された。砂浜に太平洋の波が打ち寄せ、穏やかで端正な顔立ちの中国系アメリカ人、ロドニーが、バナナみたいな形の黒いハンモックに横たわっている。おもむろに記憶が蘇った。この人間倉庫への収容が申し渡され、ラリーや家族と一緒にシカゴのホテルに泊まった日、部屋のケーブルテレビで観たヨガ番組に出ていた人だ。これは何かの啓示だ……強い啓示だ。神様はヨガに打ち込めと私に啓示をくださった。ロドニーがジャネットにとって癒やしの対象なら、私にだって効果があるはず。そして私はヨガマットを敷き、〝ダウンドッグ〟のポーズを取った。

10月8日、マーサ・スチュワートが服役する日がきた。その1週間前、マーサはウェストヴァージニア州の山岳地帯に立つ大規模な収容施設、オルダーソン連邦刑務所に収監されるとマスコミに向けて発表があった。オルダーソン連邦刑務所は1927年にエレノア・ルーズベルトの支援のもと、初の女性向け矯正施設として誕生した。オルダーソンの施設全域が拘束を最小限に抑えてあり、およそ1000人の受刑者が収容され、女性受刑者にとって、今のアメリカでは一番快適な刑務所というのが連邦刑務局の弁だが、どうも信憑性に欠けるところがある。この報道に、ダンブリーの女性受刑者たちは意気消沈した。マーサの影響力で私たちの待遇が改善されるだろう、ウケが良くなるだろう、マーサ・スチュワートは世間の予想を裏切ってダンブリーにブチ込まれると、みんな勝手に思っていたからだ。

その日、私たちが作業所に向かう頃、報道ヘリが連邦刑務所の頭上を飛び回っていた。ヘリに向かってみんなで中指を立て、〝うるせぇ！〟と抗議のポーズを取った。動物園のおサルさん扱いは誰だって嫌だ。スタッフもイラついていた。匍匐《ほふく》前進で地上から侵入を試みたカメラマンを、周辺警備の連中が捕まえたという噂が流れた。その話自体は面白かったが、所内は総じてがっかりムードだった。受刑者が盛り上がる格好のチャンスを逃した気分だった。

だが間もなく所内で持ち上がった騒動のおかげで、受刑者たちはがっかりばかりもしていられなくなった。規則を守る気などこれっぽっちもなかったカウンセラーのフィンが、刑務官のスコットと受刑者のコーモラントを相手に、水面下の小競り合いを始めたのだ。

私がこの刑務所に来たばかりの頃、スコットの勤務日に限って所内の雰囲気がちがうのが気になっていた。やせっぽちの白人受刑者が刑務官室のドアの前でスコットとずっと談笑している。用務係の彼女はスコットが勤務の日は必ず、何時間もかけて小さな事務所を掃除していた。

「どうなってるの？」私はアネットに訊いた。

「ああ、あれがコーモラント。スコットと何かあるんだ」

「何かって？　ごまかさないで教えてよ、アネット？」

「あたしも詳しいことは知らないんだ。みんな、あのふたりが仲良く話をしているところしか見たことない。だけどコーモラントはスコットが勤務の日は必ずドアの前にいるんだ」

この不思議な関係に不満を持つ受刑者の間では、嫌がらせをしたり、ジェラシーや不快感を表明する者もいた。スコットとコーモラントがプラトニックな関係でも、刑務官と受刑者の恋愛を禁じるルールに違反していることは確かだ。だがスコットはカウンセラーのブトロスキーとつるんでいるのは周知の事実、だから、たとえふたりがどう見ても不倫であっても不問に付されてきた。スコットたちが、立ち話以上の行為におよぶ現場を押さえようと、みんな目をタカのように鋭くして見張っていた。コーモラントと同室のエイミーによると、ふたりはラブレターを交換しているみたいだが、コーモラントはその手紙をベッドに置き忘れるドジは踏まなかった。

この不思議な関係にまつわることすべてが、ブトロスキーの後任カウンセラー、フィンの癪《しゃく》にさわり、彼は刑務所内ではこれしかないという手を打った。フィンはコーモラントを徹底的にマークしたのだ。聞くところによると、コーモラントがスコット刑務官と一緒にいるのが見つかったら、フィンは直接命令を違反したとして、コーモラントに懲戒処分状（事件報告書）を発行すると警告した。この年の夏、３人はずっと追いかけっこを繰り返していた。フィンが非番でスコットが勤務の日、コーモラントはやっぱり刑務官事務所に入り浸っていた。フィンは他の刑務所スタッフと顔を合わせることはめったになかったので、彼がいなければ所内はいつも通りだった。それも長くは続かなかった。何の前触れもなく、フィンの差し金でコーモラントはＳＨＵ送りとなった。

受刑者たちはみな動揺した。ブトロスキーがこの春退職し、スコットとフィンはお互いを良く思っていないのではという噂が流れた。コーモラントはたちまち不穏な権力闘争の犠牲となり、彼女が別の刑務所に移ったという噂が所内に流れると、スコットはどう出るだろうと全員が考えた。スコットは退職した。ショックなんてもんじゃなかった。連邦刑務局を自分から辞めるなんて、まず考えられない。連邦刑務局の連中は20年勤め上げれば年金が転がり込んでくる。連邦農務省林野局とか具体的に名前を挙げ、他の部門に移りたいなどと夢物語を語る者はいたけど。衝撃的な形で刑務所を去っていったスコット刑務官のその後については誰もわからなかったが、コーモラントがＳＨＵから二度と戻ってこないとわかっても、ベテランの受刑者たちは別に驚きもしなかった。連邦刑務局はコーモラントの警備レベルを上げ、残りの刑期を連邦矯正局の高レベル刑務所で過ごすことになると決まっているからだ。

あたしゃもっとひどいケースを見たよと、ポップが言った。「この刑務所に友だちがいたんだ。若くてかわいくて、刑務官とデキてた。彼が勤務の日、その子をスタッフ用トイレに連れていって、一発ヤッたんだ。何かあったんだろうね、刑務官はあわてて逃げたんだけど、トイレにその子を閉じ込めた。閉じ込められたまま、別の刑務官がトイレに入って来たもんだから、彼女は悲鳴を上げたんだ」

内部調査が終わるまで、その受刑者は数ヵ月間ＳＨＵに入れられた。彼女はスタッフに抗うつ剤をたんまり注射されたせいで――正気を失った。ようやくＳＨＵから解放された頃には、ゾンビかと思うほど別人に変わっていた。「あの子が正気に戻るまでずいぶんかかったね」ポップは言った。「刑務官の野郎どもが受刑者とヤらないのには、ちゃんとしたワケがあるんだよ」

受刑者に認められている権利はほとんどなく、守られることもなく、法的な強制力もないため、受刑者の中でも少数派のグループは何かにつけ、自分たちの権利は自分で守るという状況に迫られるか、刑務所所属の弁護士として代理人になってくれる人材を探すか、どちらかを選ぶことになる。ダンブリーには自分で選べる法律専門家は数名しかいない。それも全く信頼できないクソか、法律家として使えないカスなのに、どちらも顧問料を請求してくる。ある受刑者から法的文書を書くのを手伝ってくれないかと話を持ちかけられ、私は頭を抱えた。

私は相手を問わず、書類を書くのだけは嫌だと断った。申し立てやら人身保護令状やら、それほど難しくはない刑務所の書類のたたき台を作るノウハウを学ぶ気はなかった。それに、助けたからって顧問料を取る気もなかった。言い渡された刑の減刑を求めても満期を務める受刑者が大半を占める中、受刑者が権利を主張する時だって、プロの弁護士に頼まなければ悲惨なことになると私は思う。それに法廷劇の舞台裏では、ひどい言葉を浴びせられたり、脅されたり、明かされたくないプライベートな問題を追及されたりと、胸が張り裂けそうなひどい仕打ちが山ほど待っている。

だけどペンサタッキーが判事宛ての手紙を書いて欲しいとやって来た時だけは、特別に助けてあげようと思った。彼女の刑期は2年と短い方なのだが、検事が刑期を短縮しようと支援していた。ペンサタッキーは他のエミネムレッツと同じく、ケンカのネタがないかと自分から探し回っているタイプだった。その彼女が迷子のように途方に暮れていた。彼女は自分の赤ん坊の父親だが夫ではない恋人の話をした。妹の写真を見せてくれたことはあっても、彼女は両親について一切語らなかった。ペンサタッキーの恋人は何度か面会に来て、幼い子どもを連れて来たことが二度あった。出所後のペンサタッキーに、どんなことが待っているのだろうか。ペンサタッキーの手に負えなさはエイミーどころじゃなく出所してからのことはエイミーよりも心配だった。

ペンサタッキーは差し歯を入れ、刑務所生活をポジティブに過ごした数少ない受刑者だ。郡刑務所から移送されたばかりの頃、彼女の前歯は黄ばんでボロボロで、クラック依存者特有の崩壊ぶりだった――だからめったに歯を見せて笑わなかった。ところがこの時、陽気で小柄な歯科医（私一番のお気に入りで、腕も信頼できるただひとりの刑務所付き医師だった）と、受刑者担当の優秀な歯科衛生士、リンダ・ヴェガのおかげで、ペンサタッキーは驚くほどの変身を遂げた。こういう治療では歯を抜くものだが、この時はちがった。きらめく真っ白な差し歯を入れたペンサタッキーは女っぷりを上げ、元々のジェシカ・シンプソン（＊90）似の美貌にも磨きがかかり、きらめくような作り笑いをずっと顔に貼り付けていた。

ペンサタッキーと初めて会ったのは、クローゼットを改造した収容施設の法律書庫の中で、そこにはかなり使いこんだタイプライターがあった。「この手紙で、あなたが何を主張したいか、もう一度教えて、ペンサタッキー？」私が訊くと、彼女は私に助けを求めた事情を説明してからこう言った。「懲役食らって、あたしはたっぷり反省しましたとか、そこんとこ適当にでっちあげてくれよ、わかってんだろ、パイパー！」

そこで私は支援要請について書き、ペンサタッキーが2年間の獄中生活で自らの行いが招いた結果について真剣に考え、深く反省していることも書いた。ペンサタッキーが娘に抱く愛情、より良き母、道を誤らない母であるため希望や夢を持ち、更生するために懸命に努力したこと、コカインがペンサタッキーの人生から大切なものを根こそぎ奪い、健康を損ね、判断力を失い、大切な人間関係をぶちこわし、若い貴重な年月を無駄にしたことについて書いた。彼女が性根を改めて生きる決意についても書いた。

手紙を渡すと、ペンサタッキーはその場で読んだ。そして潤んだブラウンの瞳をこちらに向け、こう言うのが精いっぱいだった。「どうしてこんなことまで知ってるの？」

とにかく声が聞きたくて、25分間電話待ちの列に並んでラリーに電話した。つながると同時に彼の声が聞こえてきた。

「やあ、ベイビー、声が聞けてとてもうれしいよ。早く君に会いたい。そういえば今週の金曜、両親が君に会いに行きたいってさ」

「うれしい！」

ラリーの両親、キャロルとルーは一度面会に来てくれたことがあったが、事故でハイウェイが数時間渋滞し、着いたのは面会時間が終わる15分前。両親はもちろん、それを聞いたラリーまでじりじりさせたことがあった。

「そうだね、植物の手入れもあるって言うから、実は先に行って、泊まりたいところに宿を取れよって言ってあるんだ。ぼくは行けなくてね。大事な会議があるんだ」

何だと？「えっ？　どういうこと？　ご両親と一緒じゃないの？」

「無理なんだよ、ベイビー。大丈夫だよ。両親が会いたいのは君なんだから」

返事をする間もなく15分の制限時間を知らせる腹立たしい音がし、刑務所のシステムが通話を切った。私はローズマリーとトニに訴えた。

「未来の義理の両親が面会に来るって……ラリー抜きで！」

ふたりは笑い転げた。「あんたが絶対断れないお願いをしにくるね、絶対！」

ポップは話を真剣に聞いてくれた。「来てくれるだけでありがたいと思いな。いい人たちじゃないか。何笑ってんだい、あんたたち？」

自分の家族が来てくれるのはうれしい。父や母——穏やかで、私を勇気づけてくれる、愛情あふれる両親と折りたたみ式のカードテーブルを囲んでいると、いつかすべて終わるから、人生をやり直せるからと強く思えてくる。アートをやっている弟が初めて面会に来た時、リサイクルショップで買ったイタリア製のスーツを着ていた。「刑務所に何着てくればいいかわかんなくってさ」と、弟は言った。おばが小さないとこたち3人を連れて面会に来てくれた時、ちっちゃなエリザベスが私の首にしがみつき、細くてきゃしゃな脚を私の腰に巻きつけ、のど元にお尻を押しつけてくるものだから、ハグを返しながらあやうくエリザベスを落としそうになった。みんな私と血のつながった家族。愛してくれないわけがない。

ラリーの両親とはずっとうまくやってきた。だからといって、刑務所で3時間の面会もうまくこなせるか、全く自信がなかった。緊張のあまり、自分で髪切るんだったら、所内のヘアサロンで直してもらいいな、不揃いな上にガタガタだよ、と言われる始末。刑務所の今週のビューティ・トレンド、ガタガタの前髪でラリーの両親に会わずに済んだのは奇跡だった。

金曜日、人前に出られる最低限の身だしなみを整えたが、カーラーで髪を巻く時間はなかった。そしてラリーの両親がやって来た。あちらも軽く緊張している。でも、いったんカードテーブルに落ち着くと、私は彼らが来てくれて良かったと思った。キャロルからは質問攻めに遭い、ルーは自動販売機のあるところまで案内してくれと言った。ルーは自分が刑務所に入っても生き延びていけるか、特に食糧問題をチェックしたいらしい。私たちが凝視している古くさいフード自動販売機にあるのは、しなびたチキン・ウイング。もしルーが食べ物をよすがに生き延びるつもりなら、彼のムショ生活の前途は暗い。時が経つにつれ、私たちはラリー抜きでも和気藹々《わきあいあい》としていた。キャロルもルーも上機嫌だし、いつもと変わらないし、彼らのニュージャージーの自宅キッチンでおしゃべりしているのと全くちがいはなかった。わざわざ私に会いに来てくれたことに感謝し、面会時間が終わった後、私はふたりが見えなくなるまで手を振っていた。

その晩、私は自分の母のことを考えていた。ママが心配だ。ママは私を励ましてくれるし、ポジティブで献身的な人だけど、娘が刑務所にいるというストレスは強いはずだろうし、ずっと私を案じてくれているのもわかってる。私が起こした騒動のせいで家族まで巻き込み、その事実にちゃんと向き合って、自分の娘の実情を同僚や友人にも話してしまうという、母の潔い態度に敬服していた。たとえ犯罪者家族をサポートする団体の支援を受けていても、娘を刑務所から出すという重荷が彼女の両肩にのしかかっているのを察するくらいの分別は私だって持っていた。母はどうして毎週の面会のたび、あんなに幸せそうにしていられるのだろう？　その答えを知ろうと、次の面会日、母の顔をまじまじと見てわかった。不変の母性、すなわち無償の愛だ。

母との面会が終わり、ポップが訊いてきた。「ママとの面会はどうだった？」私は、自分のせいで母に負担をかけているのが辛いと打ち明けた。ポップは黙って私の話を聞き、そしてまた尋ねた。「ところであんたのママって――あんたに似てんの？」

「どういうこと、ポップ？」

「だからさ、やっぱり人見知りしなくて、ちょっと変わってて、友だちが多いのかなって」

「うん、そうね。私がこんな風に育ったのは母のおかげかも」

「お嬢ちゃん、あんたに似てるんなら、ママは大丈夫だよ」

マーサ・スチュワートがオルダーソン連邦刑務所に向かって間もなく、ダンブリー連邦矯正局は突然〝入所解禁〟となり、新しい受刑者が殺到したおかげで、空きベッドがすべていっぱいになった。見知った顔の中に今まで見たことのない顔が混じるし、スペースも限られているしで、新入りの大量入所にはトラブルがつきもの、スタッフと受刑者の両方から要求が増える。食事を待つ列が伸びる、洗濯室で並ぶ列が伸びる、うるさい、陰謀が何だ、混乱がかんだとクレームが増える。

「パイパー、あんたが何と言おうと、あのブトロスキーだってムショのルールを頭に入れてたんだよ」ナタリーがぼやいた。「だけどフィン、ありゃダメだ、何にもわかっちゃいない」

この年の夏、ダンブリーでの日課はほぼゼロに等しく、人数が減ったことがいい意味で「他人にかまけず、自分のことに専念しろ」という流れが生まれてきた。ところが何の前触れもなく〝頭のいかれた新人〟で所内があふれかえっているのに職員は知らん顔、その上持ち込み禁止のタバコを持ち込む騒ぎが起こり、ダンブリーは鎖を解かれた獣たちが集う、一触即発の状態にあった。

タバコの無断持ち込みは、特に先輩受刑者の癪《しゃく》に障った。外部からこっそりタバコを持ち込もうとする受刑者が増えに増え、時にバカげた事態を招くこともあった。外部の人間からタバコを手に入れる手段はごく限られている。面会者に頼むこともあれば、倉庫が密売の巣になっているという噂も立った。外部の人間に頼み、収容施設で公道と面しているところにタバコを置かせるという手段もあった。受け取るには自分がグラウンド整備を担当するか、置いてあるタバコを回収する共犯者がいなければならない。刑務所にはタバコ、ドラッグ、携帯電話、ランジェリーの持ち込みが禁じられていた。

ある日、びっくりする話を耳にした。ビアンカとランプ・ランプがSHU送りになったのだ。ビアンカは青みがかった黒髪に大きな目をした若くてかわいい子で、第二次世界大戦中のピンナップ・ガールみたいなセクシーさがあった。決して〝現場に行きゃ人が変わったように切れ者〟（ダンブリーでは定番のジョーク）ではないが気立ては良く、家族や恋人が毎週面会に来て、みんなから好かれていた。ビアンカの友人、ランプ・ランプは外見も性格もあだ名通りのおバカちゃんだった。ふたりとも修理メンテナンス部門のセイフティー担当という、事実上何もしなくていい仕事に就いていた。

「あんたたち、信じられないかもしんないけど」トニがローズマリーと私に言った。刑務所中を車で流すことが許されているトニは、いつもスクープをいち早く手に入れる。

「あのお間抜けなかわいこちゃんたち、タバコを持ち込む伝手《つて》があったんだ。修理メンテナンスの作業時間中にタバコを受け取って刑務所のロビーを通り抜けようとしたその時、その日はロビーで月に一度の持ち物検査があるのを思い出したんだね。持ち込み禁止のタバコを持ってロビーに入ったおバカちゃんたち、ビビってたのが見え見えで、ライリー刑務官に勘づかれてボディーチェックを受けたってわけさ。そりゃ見つかるよね、持ち込み禁止品。出しなさい――タバコと、あと**バイブレーター**！

あいつら、ディルドまで持ち込んでたんだよ！」

いつもなら痛快な出来事で片付けられる騒動なのだが、私たちはその後、ビアンカとランプ・ランプに会うことはなかった。持ち込み禁止品の不正持ち込みはセキュリティー違反の重罪で、ＳＨＵから出たら必ず雑居房に送られる。

２００４年10月19日
パイパー・カーマン
登録番号：11187.424
連邦矯正局

コネチカット州ダンブリー 06811

ミズ・カーマン

拝啓

私の着任に際し、連邦矯正局長公邸の住居設備の準備支援活動への参画に感謝します。新任の矯正局長にとって快適な住空間となるよう熱意を持って取り組んでくれた結果、ダンブリー連邦矯正局への着任は滞りなく進みました。その優れた技量は顕著であり、賞賛に値します。多大なる支援をここに高く評価します。

敬具

W・S・ウィリンガム

ダンブリー連邦矯正局　局長

「へぇっ！　今度の局長、ちょっとはマシかもしれないね」ポップが言った。「受刑者の立場になって考えられるのがいい局長さ。デブー？　あいつはカス、ただの策士だよ。表には笑顔を見せ、他人の苦痛がわかるふりをしていても、陰ではあざ笑っているような女だ。ウィリンガムみたいに男社会で揉まれてくれば、もっとうまく立ち回れるさ。デブーよりましさ、見ててごらん」

新しい矯正局長からのタイプで打ったメモをポップに見せにきた私は、彼女のキューブに置いたフットレストに座っていた。メールコールでこのメモを受け取ったばかりだった。ポップは何人もの局長を見知っているから、こんなメモをもらうのは珍しいことなのか、教えてくれるだろうと思って見せにきたのだ。

「パイパー?」

ポップがそんな声を出すのもわかる。彼女は夕食後の片付けのためにキッチンにいるため、メールコールに出向いたことがない。ポップはこの収容施設にいる誰よりも忙しく働いている。毎朝5時にはキッチンに立ち、3食分の配膳の他、調理を担当していた。50歳の体はさまざまな痛みでボロボロで、連邦矯正局は定期的に彼女を外部のダンブリー病院に送り出し、背中に硬膜外《こうまくがい》注射(*91)を投与していた。私は前から休みを取れとしつこく言っている——ポップは長時間労働を義務付けられてはいないからだ。

「何、ポップ?」フットレストに座っていた私は微笑んだ。彼女の愚痴を聞くつもりだった。

「フットマッサージをやってくれないか?」

私がいつからポップの足をマッサージしていたか、はっきり思い出せない。でも週に何度か、彼女の足を揉むのが習慣になっていた。シャワーを浴びて汗を流したポップがベッドに腰かけ、私は太ももにタオルを載せ、彼女に向かい合うようにして座る。売店で買ったローションを手にとって、ポップの足をぎゅっと握る。かなり力を込めてマッサージするので、拳でえぐるようにきつく押すと、彼女は時折うめき声を上げる。私のフットマッサージはA棟の住人の間では格好のネタ元で、私たちの周りに集まっては、私に足を揉ませているポップとたわいないおしゃべりをし、たまに「あたしにもやってくんない？」と、声をかけてくる。

私のフットマッサージはサービス以上の行為であり、受刑者同士が触れ合うことを禁ずるルールにも違反しているのはよくわかっていた。だが、ダンブリー常任の刑務官はポップに対して特別に寛大だった。ある晩のこと、ポップの足をマッサージしていると、連邦矯正局から来た臨時の刑務官が、ポップのキューブの入り口で足を止め、突っ立っていた。毛深くて岩みたいな体格の、口ひげを生やした白人刑務官だった。

「ポポヴィッチ？」注意するというより疑問を持っているような口ぶりだった。私は刑務官と目を合わせないよう下を向いた。

「ミスター・ライアン！　あたし、足が痛いんですよ。この子はあたしのこむら返りを治そうとしてくれてる。1日中立ちっぱなしだと、あたし、よくこむら返りを起こすんですよ。メイプル刑務官からは許可をもらってます。構いませんよね？」ポップは刑務官の対応がとても上手だ。

「どうにでもしろ。私は巡回を続ける」ミスター・ライアンはわざとらしく足音を立てて去った。

私はポップを見て言った。「私、やらかしたかな？」

「あいつに？　ミスター・ライアンとは雑居房時代からの顔なじみさ。根はいい奴だ。それより手がお留守だよ！　パイパー！」

この年、メジャーリーグのチャンピオンシップ・シリーズが盛り上がりに盛り上がって、観戦できないのがとても悔しかった。ボストン・レッドソックスが０・３ゲーム差で追撃、レッドソックス・ファンの私は胃をキリキリさせ、周りのみんなが腫れ物にでも触るように私を見守っていた。ダンブリーにいる受刑者の半分がブロンクス育ち、そいつらみんなガチのヤンキース・ファンなのは当たり前――という定番のジョークがある。だけどマサチューセッツ州、メイン州、ニューハンプシャー州の他、ヤンキースとレッドソックスでファン層を二分するコネチカット州出身の白人受刑者がかなりの数いて、レッドソックスの熱烈なファンだって結構いた。ダンブリーもふだんは人種問題で揉めることはないのだが、ヤンキースとレッドソックスのファンが相当エグい人種差別紛争を起こしたことがあり、私は心配になってきた。ニューヨーク・メッツがレッドソックスを倒した１９８６年のワールドシリーズ、黒人のメッツファンが手ひどい襲撃に遭った暴動事件を思い出したのだ。

じゃあ、どんな騒ぎで収拾をつければ良かったかとなると、答えが出せない。当時ダンブリーで最強のレッドソックス・ファンは中流階級の白人中年女性集団で、リーダーは〝バニー〟と呼ばれていた。理由は知らないが、彼女らの多くが修理メンテナンス部門でグラウンドのメンテに携わっていた。優勝の行方をめぐってみんなが熱くなる中、レッドソックスのファン集団は草刈りや落ち葉掃きをしながら、こんな歌を歌っていた。

ジョニー・デイモン、大好きよ〜
ナイスプレーにしびれちゃう〜
だけど彼は知らない、私のことなど〜
ジョニー・デイモン、欲しいのよ〜
目の前を通ったら、うずいちゃう〜
「やあ」って声を聞くたび、胸がどきどき〜
他の男に誘われたって〜
私じっと待つわ、一途なの……
……ジョニー・デイモンを

ブロンクスのハンツ・ポイント(*92)からダンブリーに送られてきた、収容施設きってのヤンキース・ファン、カルメン・デレオンがうさん臭そうな目でこっちを見て、「あんた、あいつらと同類だからね」と、辛辣な口調で言った。こちらもにらみ返したけれども、小気味よく切り返せなかったのはカルメンが怖かったからではなく、レッドソックスの負けジンクスが気になっていたからだ。その前の年のチャンピオンシップ第7戦、ラリーと私はレッドソックスの血気盛んなファンをイースト・ヴィレッジにある自分たちのアパートに呼んで観戦していた。6回で我がチームリード、勝ちは決まった、私たちをずっと苦しめ続けた宿敵、ヤンキースのファンを大勢の目の前でディスってレッドソックスの勝利を声高に祝おうと、私たちは地元のバーに繰り出した。ところがレッドソックスの（ペドロ・）マルチネス投手がどういうわけか続投したせいで、レッドソックス帝国の夢と希望はチームとともに崩壊、以降、私たちはクソ高いビールをチビチビ飲みながら時間を潰した。

「いいかい」カルメンはただでさえデカい胸をハトみたいにふくらませて言った。「もしレッドソックスがワールドシリーズに出たら応援してやる。約束だよ」**そんなこと、豚が空を飛ぶぐらい、ありえない**。私は超悲観的だった。

アメリカンリーグのチャンピオンシップは7回のゲームの結果、ヤンキースはレッドソックスに惨敗、ワールドシリーズの相手はセントルイス・カーディナルズだったので、テレビ部屋に集まった受刑者の数は予想より少なかった。でもカルメン・デレオンは中央一番前の席に座り、苦笑いしながらレッドソックスを熱烈に応援した。ワールドシリーズはあり得ないぐらいにレッドソックス優位、4戦全勝で制覇。信じられなかった——私の不安は1勝するごとにてんこ盛りになっていった。カーディナルズが3アウトを取られて第4戦がレッドソックス勝利で終わると、震えが止まらなくなっていた。

同じく根っからのレッドソックス・ファンのローズマリーが私のひざをつかんだ。「大丈夫？」私の顔を覗き込んだカルメンが驚きの声を上げた。「パイパーが泣いてるよ！」

私だって驚いていた。レッドソックスの優勝はうれしかったけど、自分がこんなに感動したことの方がショックだった。

試合後のセレモニーは落ち着いて泣かずに過ごせたが、B棟とC棟の間にあるトイレの個室に入ったとたん、また涙がこぼれ落ちた。外に出て、半分雲に隠れた月を見つめながら、私はひとり、声を上げて泣いた。体中を震わせ、大泣きした。自宅で出所祝いをするまで泣くもんかと決めていたのに、すっかり感情のおもむくままにふるまってしまった。私が刑務所暮らしをがんばれば、レッドソックスを苦しめてきたバンビーノの呪い（＊93）が解けるかも。そんなジョークを言い続けてきたが、その呪いが本当に解けたのを実感した。9回裏の土壇場、私の人生はこの時を境にひっくり返った。

＊89　ハーフウェイ・ハウス　犯罪者が出所後、社会復帰や自立を目標に一時的に居住・生活する施設。
＊90　ジェシカ・シンプソン　アメリカ・テキサス州出身のシンガー・ソングライター。
＊91　硬膜外注射　腰痛や足の痛みを和らげるための麻酔薬の注射。脳から背中に通っている神経の束を覆う硬膜の周りに投与するため、こう呼ばれている。
＊92　ハンツ・ポイント　ブロンクス（ニューヨーク州ニューヨーク市の最北端にある行政区）でも治安が悪いことで知られる地域。
＊93　バンビーノの呪い　1919年に〝バンビーノ〟ことベーブ・ルースがトレードでニューヨークヤンキースに放出されて以来、ボストン・レッドソックスが86年間ワールドシリーズで優勝できなかったジンクスのこと。

Chapter 15

Some Kinda Way

何かそんな感じ

ガレージで働く受刑者たちはウィークデーの夜、面会室に集まっておしゃべりするのが習慣だった。かぎ針編みに打ち込む受刑者たちが周囲を取り巻き、私も彼女たちと一緒にヘッドホンをつけて『フィア・ファクター』(*94)を観るか、おしゃべりを楽しんでいた。ポン・ポンは色鉛筆で何か、たぶんバースデーカードを描いている。その時ひとりの受刑者が目を見開いて面会室に飛び込んで来た。

「刑務官がA棟をぶっ壊してる！」

その受刑者を追ってA棟の廊下に行くと、すでに人が集まっていた。その日夜勤を担当していた新入りの刑務官は愛想が良く、見た目は温厚で、とても大柄な若い男性だった。刑務官の大部分と同じく、彼も軍人からの転職組だった。彼らは軍に身を置きながら数年間連邦刑務所で働いてから軍人を辞めることになっていた。軍人時代の思い出話をする刑務官もいた。ミスター・メイプルはアフガニスタンで衛生兵をしていた。

その日夜勤だった刑務官はイラクから帰還し、刑務所に配属されたばかりだった。２００４年春、激戦の舞台となったファルージャに駐留していたとの噂もあった。問題の日の晩、A棟の誰かが彼とトラブルを起こした――口答え程度のものだった。その後、パキッと物が折れる音がした。何があったかを相手が理解する間もなく、彼はA棟のキューブが並んでいる区画に行くと、備品を引きずり出して壁にぶつけた。マットレスを裂いて詰め物を取り出し、あたりにぶちまけた。

私たちは恐れおののいた。精神的に錯乱したひとりの刑務官を前に、200人の受刑者が何もできずにいた。丘を下った先にある居住地から助けを呼ぶため、誰かが外に出て、運送用トラックに向かって旗を立てて無理やり停めた。錯乱した若い兵士は刑務所から連れ出され、A棟の住人は自分たちのキューブに戻ったが、動揺はおさまらなかった。翌朝、連邦刑務局から彼の上司にあたる刑務官がやって来て、前例のない事件だったとA棟の受刑者に謝罪した。あの日を最後に、あの若い刑務官と再び会うことはなかった。

ヨガ・ジャネットのおかげで禅《ぜん》の精神を新たに学び、ポップのおかげで栄養満点、基本的な電気工事に加えてコンクリートを配合するスキルも身につけた私は、この刑務所の仕事なら何でもできそうだと思い上がっていた。政府がぶん投げてきた最低な仕事でも、気にしない。刑務所の公衆電話で父とレッドソックスの話をしていると、彼が言った。「パイパー、おばあちゃんの具合が良くないんだ」

根っからの南部育ち、見た目はきゃしゃだけど厳しくて、凛とした性格の祖母は、私の人生でずっと変わらぬ存在だった。大恐慌期のウェストヴァージニアで生まれ、兄ふたりと育ち、4人の息子を育てた祖母は、初孫で女の子の私とどう接していいのかわからず、私は私で祖母が怖かった。近寄りがたいのは今も変わらないが、祖母とは親しく話せるようになっていた。彼女はセックスやフェミニズム、権力について遠慮なく私に話を向けた。私が不運にも犯罪者として起訴された時は、祖父とふたりして言葉を失い、ひどく悩んだようだったが、それでも孫を愛し、孫を案じていてくれた。シャバへの未練はいくつかあったが、祖父母のどちらかが天に召される不安も、そのひとつだった。

公衆電話越しに私は父へと訴えた――おばあちゃん大丈夫よね、きっと良くなるよね、私が帰ったら家にいてくれるよね、と。父は私の問いかけには答えず、ただ「手紙を書きなさい」と言った。祖父母を安心させるため、私は定期的に短くて陽気な近況を書いて送っていた。私は元気。家に帰る日が待ち遠しい――と。だが、この時の私はいつもとちがう手紙を書くことになった。祖母をどれだけ大切に思っているか、いかに多くのことを教えてくれたか、祖母のように厳しくて率直な女性になりたいとどれだけ強く思っているか、祖母をどれだけ深く愛し、会えない時間を寂しく思っているか。祖母が病に倒れ、死を迎えるかもしれないというのに、孫に会いたくてたまらない時に私はヘマをやらかし、こんなところにいるなんて。

手紙を投函してすぐ、私は収容施設の事務局長に一時帰宅願い書が欲しいと頼んだ。「あなた、おばあちゃんに育てられたの？」事務局長は無愛想に訊いてきた。私がちがうと答えると、一時帰宅願い書を渡す理由にはならないと彼女は言った。祖父母にただ会いたいという理由で、一時帰宅を認めたことなど一度もありませんとまで言った。私はすぐさま、自分には一時帰宅を申し出る権利があるからさっさと出してくれと強く出た。「勝手になさい」事務局長はキレ気味に応じた。

ポップは言った。一時帰宅を申し出るチャンスは自分の親や子、たぶん兄弟の葬式でもない限り無理なんだけど、決してあきらめるんじゃないよ。「こんな時一緒にいられないのは、人の道に背くと思うよ、ハニー。あんたがやってるのは、人としてごく当然なことさ」

大事な人たちが病に倒れ、手遅れになっても、なすすべもなく見守ってきた受刑者をたくさん見ている。悲しみはもちろん、自分が犯罪に手を染めたせいで家族と一緒にいられなかった現実に立ち向かわなければならない。

この年のハロウィーンは祝う気になれなかった。巨大なハンマーで腹を打ちのめされたような、何かそんな感じだった。だけど２００名を超える女性受刑者がひしめき合って毎日を過ごすダンブリーで、イベント抜きで過ごせる場所なんかない。ここの受刑者はお祭りが大好きだから。

刑務所でハロウィーンだなんておかしくない？　という声をよく耳にした。刑務所ほどハロウィーンに向いてないところはないよ。受刑者の手に入る、色数も少ない限られた布でどうやって衣装を作ればいいの？

ハロウィーンの朝、書類入れで作った猫の間抜けなかぶり物を見つけた。私は何もする気になれない、キャンディーを渡されても。B棟の真ん中あたりでハロウィーン好きな受刑者の声がする。「トリック・オア・トリート（お菓子くれないといたずらするぞ）！」

読書に没頭しよう。寝床の中にいたら、デリシャスがキューブの入り口から話しかけてきた。

「トリック・オア・トリート、パ、イ、パイパー！」思わず吹き出した。デリシャスはストリートガールから上前をはねる元締めのワルみたいなコスプレをしていた。キッチンの制服とスウェットパンツを表裏に着て、何とか上から下まで白い衣装に見えるよう工夫していた。葉巻を持ち、ストリートガールを何人も引き連れている。その大半がエミネムレッツで、ダンブリーでは最年長、78歳のおしゃべりなイタリア系ばあちゃん、フランも混じっていた。セクシーに見せようと、ストリートガール軍団はスエットの短パンを股間ギリギリまでぐいっと引き上げ、Tシャツは首回りをぐいっと引き下げている。刑務所だから限界はあるけど、派手派手しいメイクに頼らなければセクシーさは演出できない。

フランは長い〝キセル〟を持ち、紙で作ったヘアバンドで頭を飾り、口紅をこってりと塗っていた。まるで1920年代に流行ったフラッパー……自分らしく奔放に生きた、あの頃の女性みたいだった。「どうした、パイパー、トリック・オア・トリートだよ？」デリシャスがお菓子をせびった。「うちの足の臭いをかぎな(＊95)。何か甘いもの出しなよ、あぁ？」

私はお菓子を部屋に置かないタイプだ。私は落ち込んでいた気分を無理して盛り上げ、限られた物資でそこまでコスプレをしたあんたたちはすごいって伝えたくて、にっこり笑った。

「いたずらしていいよ、デリシャス。私、お菓子ぜんぜん持ってないから」

祖母に会うための外出許可を蹴られたリベンジを果たすため、話を通してくれそうな職員たちをしつこく追い回すことにした。まずは臨時職員で休んでばかりのユニット・マネージャー、ブッバ。この人なら私の思い通り、勝手にしなさいと言ってくれそうだ。カウンセラーのフィンも連邦刑務局のベテラン職員で、つまらないジョークを飛ばし、すぐ人をバカにするくせに、肝心の事務仕事は全くやらない。だけど私はあいつのお気に入りだ。私はブロンドで瞳が青く、〝引き締まったケツ〟の持ち主だから。フィンならブーたれながらも外出許可を出してくれそうだ。彼は自分の部屋から祖母に電話をかけるのを許してくれた――ホスピスの電話番号が刑務所内電話許可リストに載っていないため、公衆電話からかけることができなかったのだ。祖母の声は元気を失っていたが、まさか電話で私の声が聞けるとは思わなかったと喜んでいた。電話を切るなり、こらえきれずに泣き出してしまった。私はフィンの部屋を出て、ランニングコースに下りた。

また昔の暗い自分に逆戻りだ。自分の殻に閉じこもり、じっと黙ったまま、最悪のシナリオをひとりで耐えることにした。あとは政府が私を押し倒し、地面に顔を押しつけて、これ以上刑務所にいると体も心もボロボロになると世間に見せつけるのだろうか。アメリカの女性を包み込む、冷静であれ、自立の精神を持て、人には優しく、微笑みを忘れるなという倫理観の押しつけを、私はどうしても認めることができないのだ。

私は幼い頃から荒波を乗り越えるのに慣れている――感情を押し殺し、自分の悩みを解決できるのは自分しかいないと信じ、悩み事があっても隠すか、気づかないふりをしてきた。だから責任者を味方につけ、どうしたら罪悪感を持たずに規則違反をするかは心得ている。ハッタリなら任せて。当たり前のことだけど、ムショで日々したたかに生きていくには乗り越えるだけの根性が必要で、そっちも大丈夫。私は受刑者仲間たちから〝世慣れた女〟と認められている。「見た目はこんなだけどさ、パイパーは世慣れた女だよ」って。

世間を知ることの大事さを評価するのは受刑者に限ったことじゃない。刑務所というシステムは、受刑者には冷静であれ、一切の感情を排除するよう心がけよと命じるけど、受刑者だって、看守だって、規則違反のボーダーラインを右へ左へとうろうろしている。私がレヴィーを心から軽蔑するのは、自分が他の受刑者とはちがうと言わんばかりの口ぶりもそうだが、彼女の姿勢に冷静さが欠けていたからだ。泣き言ばかりいう奴を、誰が好きになどなるものか。

その後数週間、私は怒りと絶望の感情を絶対に表に出さないよう気をつけて行動した。刑務所という社会で守るべき最低限の礼儀は守るけど、積極的に人とは会わないようにし、どうでもいいおしゃべりやジョークには乗らなかった。仲間たちは私がいつものにこやかなパイパーを封印しているのが気になったらしく、〝何か腹が立つこと〟があったのかと嗅ぎまわっていた。知らん顔をしていたら、事情を知ってる連中が、パイパーのばあちゃんが重い病気なんだよと、そいつらの耳元でささやいてくれた。噂が広まるとすぐ、優しい言葉と心のこもったアドバイス、病気全快を祈るカードが私のもとに寄せられた。こんな風に優しくされると、自分がひとりじゃないと心から思えた。刑務所にいる女子受刑者はみんな、同じ泥船に乗っているのだ。

母親が死んだという知らせを聞き、苦悩に顔をゆがませた受刑者のことを思い出した——黙ったまま うろたえ、顔には悲しみの表情が凍りついている彼女の肩を（身体的接触禁止というルールを破って）友人が抱きしめていた。ローランドのことも思い出した。カリブ系のまっすぐな性格の女性で、刑務所があたしの命を救ったんだと、あっけらかんと言える誠実なところを私は尊敬していた。「あんな生活をしてたら、あたしきっと溝に落ちたまま死んでたね」と、ローランドは私に言った。彼女は殺然とした態度で懸命に生きた。真面目に働き、他人と面倒ごとは起こさず、ここぞという時には笑みを浮かべ、人に頼ることなど一切なかった。ローランドが出所する直前、彼女の弟が亡くなった。彼女は動揺することもなく平静を装った。そして、弟の葬儀に参列するという理由で半日の一時帰宅が許可された。

ところがローランドの家族が彼女を迎えにダンブリーへとやって来た時、乗っていた車は彼女が一時帰宅願い書に書いたものと車種が違っていた。要はこういうことだった――家族は事前に追い返され、ローランドは保護・釈放所経由で刑務所に連れ戻されたのだ。彼女に一時帰宅が許されたのは2週間後だった。受刑者の間で、そのあまりの無慈悲さ、せこさ、バカバカしさが話題になった。警務局が一時帰宅を許可するわけないいんだから、ひと言多い連中が、こんな茶番は最初から避けられたんだよと苦言を呈したけれども、私たちはみんなローランドの受けた仕打ちに心を痛めた。

話をしよう、と、ポップが私の前に座った。「いいかい、ハニー、あんたはしなくてもいい苦労をしている。言っとくけど、親父が危篤になった時、あたしだって頭に血が上ったから、あんたの気持ちはよーくわかる。だけど、刑務所のカスども――あいつらに限って、あんたに一時帰宅を許すわけがない。一時帰宅願いが出ても帰れないかもしれないのは、もうわかってるだろ？　お嬢ちゃん、ばあちゃんと電話でたくさん話してもいいいし、手紙を書いてもいい、ばあちゃんのことをいっぱい考えたっていい。だけど刑務所のカスどものせいで落ち込まないで欲しいんだ。あんたはいい子だ、パイパー。ここにおいて暗いのはあんたらしくない。あのカスどもにひどい目に遭わされる真似はやめるんだよ。ここにおいで、ハニー」と、ポップはあの巨体で押し潰しそうなほど、私を強く抱きしめた。〝オー・デ・ポップ〟の匂いがした。

ポップの言う通りだった。ほんの少し気が楽になった。でも私は事務局長の部屋に日参し続けた。肝心の事務局長はいないことが圧倒的に多かったのに(偉い人たちが何をしていようがどうだっていい)。実家に手紙を書き続け、アルバムを寝床に持ち込んでは、微笑んでいる祖母のヘアスタイルをつくづく眺めた。あのジャクリーン・ケネディーがお手本にしたという美人編集者、ベイブ・パリー(*96)そっくりのヘアスタイルは、祖母が1950年代からずっと変えずに続けてきたものだ。

エミネムレッツが私のキューブにふらりと顔を出したけど、私がふさぎ込んだままだったので、がっかりした様子で出て行った。日を追うごとに寒くなり、復員軍人の日(11月11日)が過ぎた頃、(病状が安定してるなら一時帰宅願いが出せるかも?)と、祖母の様子を尋ねるため、私はたびたび父と公衆電話で話したが、不安は消えぬまま、制限時間の15分が終わった。ふだんなら考えもしないのに神様に祈ろうかとも考えた。ありがたいことにシスターらが私に代わって祈りを捧げてくれた。プロに頼めば効果も絶大よね?

キリスト教にハマりはしなかったけど、刑務所に入った頃は胡散臭く思えた宗教が、そう悪いものでもないと感じ始めていた。9月末、私はA棟裏のピクニック・テーブルでギセラと話し込んでいた。ギセラは建設作業所で一緒に働く仲間でバスも運転し、これまで会った誰よりもかわいくて親切で穏やかな女性だった。繊細で上品で、かと言ってバカでもなければ脳天気でもなかった。ギセラが声を荒らげたという記憶はないし、修理メンテナンス部門のバス運転手をやってて、口汚くののしらないのは結構すごいことだと思う。ギセラの卵形でほのかに日焼けした顔立ち、大きなブラウンの瞳、ウエーブがかかった長い髪は文句のつけようがなく、彼女は気品がある美人だ。ギセラはドミニカ共和国の出身だがマサチューセッツ州に長く住み、私とはそんなに近所ではないが、行きつけの場所がいくつか同じだった。ふたりいる彼女の子どもたちは、ギセラがエンジェル（天使）と呼んでいるノニ・デレガードという年配の女性がマサチューセッツで面倒を見ており、母親の帰りを待っている。

その日、私たちはギセラがもうすぐ出所する日の話をしていた。彼女が不安になるのも無理はない。出所して仕事が見つかるかを案じていた。彼女は自分が出所したら夫にどんな目に遭うかについても、悩んでいた。ギセラの夫はドミニカにおり、彼女は夫からDVを受けていたらしい。ギセラは夫と復縁する気はないと言うが、夫がそれを認めるわけがないだろうし、何よりふたりの間には子どもがいる。ギセラにはお金がないけど責任は山ほどあり、得体の知れない困難も待ち受けているはずだ。でも彼女は不安な自分を隠すこともなく、生まれつき穏やかな性格でもあり、その誰からも愛される穏やかなところに、人はみな惹き付けられる。そしてギセラは神について語り始めた。

刑務所では聖職者や宗教の話題を避けるのがふつうで、目の前ですぐさまストップがかかる。誰だって自分の好みや信念に従い、自分が選んだ宗教を信じていいと思っている。だが受刑者の圧倒的多数が、今の信仰を捨てれば新しいオルガスムスが得られるとわかると——持ち込み禁止品であるナプキンを1ヵ月間頭に載せてたと思ったらイスラム教にかぶれ、今度は仏教徒の瞑想サークルに顔を出すなど――思慮分別もなく、行き当たりばったりで信仰をはしごしているように私は思う。それに加え、自分の知らない世界の宗教に関する知識もなく（「だってユダヤ人ってキリストを殺したんでしょ……みんな知ってるよ！」）、だったら私はずっと無宗教でいようと努めていた。

ギセラは宗教も教会も、キリストの名も口にしなかった。その代わり、ギセラは神の話をした。その時の彼女はとても幸せそうだった。神様はギセラの人生、特に刑務所での生活でのあらゆる苦悩から救ってくださったと、素直によどみなく語ってくれた。神様はあたしを心から愛し、天から見守ってくださって、心穏やかにしてくださる。良識を持ち、刑務所のような環境にいても澄んだ心の善人でいられる生き方を、神様は教えてくれたんだ――と。彼女はこうも言った。神様は子どもたちの面倒を見てくれる、ノニ・デレガードみたいな天使とか、刑務所で生き抜くためには欠かせない友人たちをあたしに送ってくださった。神について語り、神の愛で救われた話を穏やかな口調で静かに語る間、ギセラは輝くように美しかった。

ギセラが言わずにいられなかった神への感謝の言葉に強く胸を打たれた自分に驚きつつ、私は何も言わずに彼女の話に耳を傾けた。彼女が語る信仰は、刑務所にいるゴスペル大好き系信者たちの、ゴシップめいた話とはどこかちがうところがあり、人は罪を償うべきであり、神を信じるという強い思いが込められていた。あたしが悪人で誰からも愛されなくても、神様はあたしを愛してくださる。ギセラは愛の意味をちゃんと理解していた。ギセラは自分に真の強さを与え、長い間持ち続けた揺るぎなき信仰について語った。悔い改めることや赦《ゆる》しの話はせず、愛のことだけを話した。ギセラが話してくれたのは、この上なく素晴らしく、親密で、ハッピーな愛の形だった。今まで聞いた信仰の話の中で、これほどまで心惹かれたものはなかった。聖書にすがることもなく、自分や自分が選んだ道が話題に上ることもなかった。心の糧となる話だった。

ダンブリーに来て初めて、宗教は人が自分を高め、絶望ではなく、社会や多様性に足を踏み入れ、他人に対してどうあるかを教え導くものだと知った。この教えはシスター、ヨガ・ジャネット、ギセラだけではない、ゴスペル大好き系のネイリスト、ローズからも学んで私は成長した。

ある日、ペディキュアをしてもらいながらおしゃべりしていると、ローズは宗教から何を学んだか教えてくれた。後になって、人が口にできる最強のメッセージだと思った。「人に施すことでたくさんのことを学んだわ」

もやもやした気持ちが募る上、いつもの自分を取り戻そうとするたびに壁に突き当たる、そんな感じだった。ランニングコースは当時、午後4時の点呼以降は立ち入り禁止になった。仕事が終わるとスニーカーに履き替え、急いで収容施設の裏まで行き、点呼の時間まで我を忘れて走っていた。心の余裕がだんだんなくなり、B棟のみんなにストレスを感じていたのだ。ランニングコースの端から見上げ、ジェイが必死に手招きしているのが見えると、全速力でボロボロの非常階段を駆け上がり、C棟を経由して自分のキューブへと向かう。受刑者仲間が「早く、早く」と急かす。

「パイプス、午後4時の点呼に遅れるとSHU送りだよ！」B棟の向こうからデリシャスがどやしつける。

「パイパー、あと一歩遅れたらヤバかったよ」ナタリーは首を横に振った。

平日だと、10キロメートル弱を走るのがやっとだった。足りない分は週末に回し、土日は1周400メートルのトラックを16キロメートルほど走ったが、それでも自分ではどうしようもないことや人に対して日々募るストレスや不安を解消することはできなかった。

そこでヨガの時間を延ばすことにした。始めたばかりの頃と比べると、ヨガのクラスに通い続ける意欲は少し落ち、新たにヨガにはまる受刑者の数も増えなかった（エイミーはポーズを取るたび「クソッ」とか「ギャッ」とか声を上げた）。ガーダはたまに顔を出し、私の脇で愛情たっぷりのハミングをしながらストレッチをやっているが、私にはスペイン語の素質もなければ、ヨガ・ジャネットみたいに癒やしのヨガ・テクニックもないので、私の隣でうたた寝することは決してなかった。カミラは週末時々ヨガ・スタジオに来て、私と一緒にビデオテープでヨガのレッスンをしている。明るくて一緒にいると楽しいけど（しかも隣で、直立姿勢から後ろに反って両手が床に着くぐらい体が柔らかい）、彼女はそろそろ丘の下にあるドラッグ更生プログラムに行くことになり、そっちの方にすっかり気を取られていた。結局ヨガ・スタジオにいるのは私とビデオの中のロドニー・イーだけになった。

私は毎朝5時に起き、朝の点呼がちゃんと終わったのを確認するようにした——うるさくて受刑者が起きるんじゃないかという気配りがない看守だと、靴音がし、懐中電灯の光がふわふわと舞い、カギをガチャガチャさせる音が、時折聞こえるからだ。私は飛び出して看守を驚かせてやろうと、黙ったままキューブに立って待つ。ナタリーはとっくに起きて、キッチンでパンを焼いている。真っ暗なB棟、ぐっすり眠った48名の受刑者たちがてんでんばらばらに奏でる寝息を聞きながら、インスタントコーヒー、砂糖、コーヒー用の粉ミルクを自分好みの配合で準備する。

ほんわかと平和なB棟。私は足音を立てないよう気をつけてキューブが並ぶ通路を進み、給湯器まで行く。たまに早起きの受刑者と出くわすと、軽く挨拶し、小声で話したりもする。湯気が立ち上るマグを手にB棟からこっそりと出て、ひんやりと澄み切った外を通ってジムに行く。ビデオデッキとロドニーと一緒に、楽しく過ごすために。プライバシーが守られた空っぽのジムにいると、体がだんだん目覚めてくるし、冷たいゴム敷きの床が温まってくる。頭と心に穏やかな時間が流れると、ヨガ・ジャネットが毎日教えてくれたことのありがたさが蘇ってくる。ヨガ・ジャネットに会いたくてたまらない。でも彼女は、自分がいなくても私に心のよりどころとなる大事なものを残してくれた。

この10ヵ月で、与えられた環境で自制心を保つよう努力したり、無力であることを強いられる場でひとりの人間として生きていく力を身につけた。なのに祖母が病気になると、こうして培った強い心がもろくも崩れ去り、11年前に自分で下した結果のせいで身を置く羽目になった刑務所という場が、受刑者の自由を奪おうとするシステムとして私に力を振るうのだと思い知った。欲しいものが手に入らない不自由を、不自由とは感じなくなった。私は今置かれた環境で誰が大事で、何が大切かを知る力や直感を得たが、ここには祖母の代わりになるものは何もない。そして私は彼女を失いつつあった。

―――

曇り空の昼、私は1・8キロメートルを7分で走るペースを保ち、自分にむち打つように、ランニングコースを走っていた。ミセス・ジョーンズが自分では一度も使ったことのないデジタル腕時計をくれたので、時計を見ながらペースを厳格に守って走った。気が滅入りそうな天気で、今にも雨が降りそうだった。丘の上にジェイの姿が見え、早くこっちへ来いと手招きしている。時計を見ると3時25分、点呼の時間までまだ35分ある。どうしたっていうの？

イラつきながらイヤホンを外した。「何〜？」風にかき消されそうになりながら大声で尋ねた。

「パイパー！　リトル・ジャネットが呼んでるよ！」ジェイがまた手招きした。リトル・ジャネットだったら取り巻きの若い子をランニングコースまで走らせて用事を伝えるはず……何かあったのだろうか？　急に不安になり、私は階段を駆け上がってジョーのところに行った。

「何？　ジャネットはどこ？」

「自分のキューブにいるよ。来て」私は不安な気持ちのまま、ジェイと歩調を合わせた。ひどい目に遭ったとも、落ち込んだとも見えないが、ジョーは毎日ひどい目に遭ってるから、いつもと同じだと思えばこんなものだ。とにかく私たちは足早にA棟に行った。

リトル・ジャネットはあてがわれたキューブで二段ベッドの下側に座っていたけれども、見た感じは元気そうだ。私はキューブの中を見回した。私物がきれいに片付けられ、床には箱がひとつ置いてあった。「大丈夫なの？」心配したんだから、と彼女の肩を揺すりたくなった。

「パイパー、あたし出所するんだ」

私は目をぱちくりさせた。何バカなこと言ってるの？「出所ってどういうこと？」私はベッドに詰まれた紙の山をどかせて腰を下ろした。この人ついに頭がおかしくなったのかと思った。

リトル・ジャネットは私の手をつかんで言った。「即時出所の許可が出たんだ」

「は？」自分の耳を疑いながら、私はリトル・ジャネットをまじまじと見た。即時出所が許可された受刑者はいない。出所願いを提出してから何ヵ月も何ヵ月も待って、司法の道をいくつもかいくぐっているうちに、出所願いは道に迷って消えてしまう。即時出所なんて復活祭にうさぎが贈り物を持って訪ねてくるぐらい、**あり得ないのだ**。

「ジャネット、あなた気は確か？」私は彼女の両手を握りしめた。「確認は取った？荷造りしていいって言われた？」リトル・ジャネットのゴミの山を見てから、視線をジョーに向けた。ジョーはうれしそうに笑っている。

人が集まってきたキューブの入り口にトニが来た。コートを着て、町に出る車用のカギを手に持ってジャラつかせながら。「準備できた、ジャネット？パイパー、信じられないだろ！マジ、あり得ないし！」

私は吠えた。歓喜というより雄叫びみたいな声を出して吠えた。間もなく私はリトル・ジャネットに飛びついて力の限り強く抱きしめ、バカみたいに笑った。喜びと驚きのあまり、リトル・ジャネットもバカみたいに笑った。ハグを終え、私は両手を頭に乗せて気を落ち着かせようとした。まるで自分の出所が決まったみたいに混乱していた。私はいったん立ち上がり、また座った。

「何があったのか全部話して！　だけど時間がないよね、急がないと！　トニ、みんな保護・釈放所で待ってるの？」

「うん、でも点呼までにシャバに連れて行かなきゃ、ジャネットはまたムショに逆戻りだよ」

リトル・ジャネットは法廷に以前から申し立てを起こしていたことを隠していた。刑務所では珍しくはない、手回しのいいやり方だ。彼女は勝訴し、60ヵ月の刑期が未決勾留の2年間まで減刑になった。娘をニューヨークの実家に連れて帰るため、ジャネットの両親がこちらに向かっている。私たちは大急ぎでジャネットをキューブから出して裏口から外に出て、食堂の脇に停めてあった白いバンまで行った。そろそろ日が沈もうとしていた。集まったのは数名、すべてがあっという間に進んだので、何があったのかも知らない人の方が圧倒的に多かった。

「ジャネット、私、もう、ほんとにうれしくて」

ジャネットは私にハグし、ジェイをハグし、スパニッシュ系のルームメイト、ミス・ミミにキスした。ジャネットがトニの隣の席に乗り込んだところでバンは動き出し、ダンブリーを取り巻く本道への坂道を上っていった。私たちはちぎれそうなほど激しく手を振って見送った。座席に後ろ向きに座り、窓越しに「さよなら」と言うリトル・ジャネットを乗せたバンは、丘の頂上まで行ったところで右折し、見えなくなった。

リトル・ジャネットの姿が消えても、私はずっと見送っていた。そしてジョーを見やった。彼女は懲役10年を求刑され、刑期があと7年残っている。ジョーは腕を私の肩に回すと、ぎゅっと抱きしめた。「大丈夫?」彼女は言った。私はうなずいた。私は全然大丈夫。そして私たちは振り返ると、ミス・ミミに付き添って収容施設に戻った。

面会の日、私はリトル・ジャネットが釈放されたという、言葉では尽くせないほどの奇跡をラリーに伝えようとし、彼はブルックリンに新居を購入したといううれしいニュースで私を元気づけてくれようとした。ラリーは私が刑務所にいる間に家探しを続けており、塀の外にいる知人たちはみな、私が物件の下見もせず、家探しをラリーの好みに任せていると聞いて驚いていた。ラリーには感謝しているし、彼なら最高の家を探してくれると信頼していた。彼が購入したのは、近くに木が生い茂っている、素敵な場所に建つアパートメントだった。

とは言え、お互いのいいニュースを把握するのにどちらも少し時間がかかった。私の場合、何かを手に入れるといってもシャンプーぐらいだし、住むところといってもB棟しか頭に浮かばない。だから私はラリーが持ってきた間取り図や塗料の見本チップを気の抜けた顔で眺めていた。ラリーには、出所したら刑務所で身につけたスキルを駆使して、新居のメンテ女子になるわと約束した。

面会室の出口で、私はその日担当の守衛を睨みつけた。どこを取っても豚野郎だこと。面会室に入る前、守衛が面会室から出てきて受刑者のボディチェックをする。何かを持ち出して面会者に直接手渡しさせないためだ(持ち込み禁止品を所持している疑いがあれば、守衛はいつでもボディチェックができるわけだけど)。

こういったボディチェックは男女両方の守衛が行い、体中を適当に触って、不自然に膨らんだところがないか確かめる。男性の守衛はふつう、触るのは最低限ですからねと過剰反応を示し、腕や脚、ウエストのあたりを「触ってません！　ほんとに触ってませんからね！」と言わんばかりに指先でちょんちょんと触れる程度だ。女性受刑者に不適切な態度と受け取られるのはこりごりらしい。だが、ごくひと握りの男性守衛の中には、触りたいんだから触ってどこが悪いという態度をあからさまに見せる者もいる。持ち込み禁止品の有無を確かめるため、守衛は受刑者のブラ下側の縁《へり》を触ることが許されている——だからと言って、受刑者の胸をわしづかみにしなくてもいいんじゃない？　でもていねいでなめらかに触られるのも嫌だし、まともにまさぐられるのもショックだ。ミスター・ブラックはあくまでも仕事だと割り切ってボディチェックを行う。それ以外の男性刑務官はあつかましく、小柄で赤ら顔、大きな口をたたく若手刑務官はデカい声で何度も「凶器や大量破壊兵器はどこだ？」と訊きながら私の尻をなで回すものだから、私は歯を食いしばって屈辱に耐える。

刑務官のセクハラにクレームをつけたって、連中に何のおとがめもない。女性受刑者が刑務官に性的な不正行為を働いた場合、まずまちがいなく〝保護留置〟としてSHU送りになり、整理整頓係やプログラム活動（あればの話）、作業所での労働、その他もろもろの刑務所での権利が奪われる。毎日決まった娯楽や友人との交流が絶たれるのは言うまでもない。

刑務官は受刑者に個人的な質問をしてはいけない決まりがあるけど、そんなルールはないも同然だ。形式的なものと片付けている刑務官もいる。ある日温室で配管工事作業所の威勢のいい刑務官たちからはんだごての使い方を習っていると、その中のひとりが言った。

「おまえ刑務所に何しに来たんだ？」

だけど私のことをよくわかっている刑務官なら、パイパーにそんなことを訊いたらクヨクヨ悩むぞ、というのがわかっているはず。ある日ひとりで軽トラックに乗っていると、修理メンテナンス部門の別の刑務官が私に向かって強い口調で言った。「一体どういうことなんだ、パイパー。おまえみたいな女がどうしてここにいる？　世の中まちがってるよ」　私が10年前のドラッグ密売の罪に問われて服役中であることは彼に話してあった。この人は物事を悪く取りがちだけど、私としては、刑務官とは一定の距離を置いた方がいいという姿勢をはっきり打ち出す決意ができた。これは私だけではなく、受刑者全員に共通している。刑務官に打ち明け話をしたって無駄だってこと。


ニューヨーク・マラソンが行われた週末、私は1周400メートルのトラックを21キロ弱走った。塀の中での私だけのハーフマラソンだ。その次の週末は季節はずれの暖かさでとても気持ち良かった。安息日のお約束、毎週日曜の朝8時から地元のラジオ局で放送される、ブルース・スプリングスティーンのバックバンド、Eストリート・バンドでギターを弾き、ドラマ『ザ・ソプラノズ 哀愁のマフィア』でシルヴィオ・ダンテ役を演じたスティーヴン・ヴァン・ザントがホストを務める2時間のラジオ番組『リトル・スティーヴンのアンダーグラウンド・ガレージ』を聴いていた。

〝リトル・スティーヴン〟こと、スティーヴン・ヴァン・ザントがアメリカの懐かしいノワール映画や女性問題、宗教、反逆のロックを話題にしようが、ニューヨークで復活した伝説のライヴハウス、CBGBのその後の話だろうが、彼のトークを聴くのが楽しくてたまらなかった。毎週必ず聴く番組だった。この番組のおかげで、体制になんて縛られるものかと、刑務所にいるせいで動くのをやめてしまった脳の一部がいきいきと動き出しそうな気がした。私は社会から見放された落ちこぼれだけど、『アンダーグラウンド・ガレージ』を聴くたび、私は世俗を離れ、澄み切った天空にいる気分でいられた。天候が許す限り、私はラジオを聴きながら2時間トラックをずっと走るのが習慣になり、よく大笑いしたものだった。私にとってこの番組は、耳に直接働きかける命綱みたいなものだった。

こんな風に日曜日は毎週楽しい日だったのに、その日はラルーのせいで台なしになった。B棟の住人で、ずさんな美容整形の犠牲者だ。ラルーはダンブリーの受刑者で私が唯一、心から軽蔑していた女でもある。人の好き嫌いを表に出す私の態度を、友人たちはおかしいと意見した。

「そりゃあいつはヤバい女だけどさ、パイパー、おかしな奴ってみんなあんなもんだよ。どうしてラルーはあんたにつきまとうんだろうね」

その日もラルーは私の邪魔をした。彼女は教会原理主義者（*97）系ラジオ番組らしきものを聴きながら、トラックの中央を歩いて来た。両手をキリストのように広げ、調子っぱずれの高い声で、キリストがどうのこうのとキーキー歌っている。砂利敷きの小道の真ん中で両手を広げ、ペロペロと舌なめずりしているラルーの前を、私は走っている。私をイラつかせ、トラックから追い出そうと、わざとやってるにちがいない。10回追い越したところで目の前が真っ赤になり、怒りで頭が煮え立ちそうになった。あいつのせいでリトル・スティーヴンが台なし！　あいつのせいでジョギングが台なし！

私は悔しくて歯ぎしりした。

11周目、ラルーはキリストが十字架にかけられたようなポーズを取り、トラックの反対側に立っている。カーブを曲がって直線コースに入ると、ラルーとの距離が縮まっていく。シリコンを入れて人工的に膨らませた、不格好なケツがトラックの中央にまだ陣取っている。彼女の空想する十字架に両腕を縛られたままのポーズを取って。あいつとの距離が縮まると、私は自分の手を振りかざすと、彼女の手を払い落としてから通り過ぎた。

ラルーは驚いてギャッと声を上げてトラックの端に飛び退き、ラジオにつないでいたヘッドホンが耳から落ちた。トラックを走り続ける私の背中に、スペイン語の罵声がビシバシ当たる。心がきゅんと痛んだと思った瞬間、弾け飛んだ。私は何てことをしてしまったんだろう。トラックは私だけのものじゃないのに。同じ受刑者に、よりによって、あの痛ましいおバカに手を上げてしまうなんて。恥ずかしいという気持ちが全身を駆けめぐった。胃がキリキリと痛み、私は走るのを止めた。

トラックから移動すると、ラルーはジムのそばで、作業所で知り合いになったスパニッシュ・マミたちのひとりと一緒にいた。私は決まり悪そうに詫びた。

「フランチェスカ、ごめんなさい。本当にごめんなさい。脅かす気はなかったの。大丈夫？」

スペイン語の罵声がまた返ってきた。怒っているのが何となくわかった。

「フランチェスカ、ごめんねって言ってるから。許してあげようよ」さっきのマミが取りなしてくれた。「彼女はあたしに任せて。あんたは走っておいでよ、パイパー」

もしあなたが比較的小柄な女性で、あなたの倍はありそうな体格の男性からデカい声で怒られたら、おまけにあなたが囚人服を着て、手錠をはめられ、手錠がその男性のベルトとつながっていたら、あなたがどんなワルであっても、これだけは言える。死にたいぐらいビビるから。

そんな風にデカい声で威嚇する上級刑務官がいた。髪をクルーカットに整え、ブラシのように濃い口ひげを蓄え、その下でゾッとする笑みをたたえて。ラルーの手にキリストと同じ傷が見えたと思ったのでひっぱたきましたと言っても、何の言い訳にもならなかった。私は裏切り者の手によってA棟の規則違反者として捕まえられ、その日非番だったミスター・フィンが夜になって突然呼び出された。彼はカウンセラーとして私のサポートに何の役にも立たないまま懲戒処分状を書き、私は規則を違反した他の受刑者7名とともに、上級刑務官事務所の外に並ばされた。こうして私たちは順番に上級刑務官に一対一で対し、私の処罰内容、すなわち刑務所規則書の懲戒処分状番号316号に対して異議申し立てをするかと強い調子で尋ねられた。私は落ち着いた声で異議申し立てはしませんと言い、それ以上の言い訳もしなかった。それが上級刑務官のカンに触ったらしく、ドスの利いた声で言った。

「おかしいと思わないのか、カーマン？」

私は1ミリも動かず、ニコリともしなかった。ちっともおかしいとは思わないし、刑務所の不条理

Some Kinda Way

な処分に対して1ミリも心を動かされることなどなかった。彼が私を厳罰に処すはずがないのもわかっていた。SHUに送る気もなければ暴力も振るわない。私は減刑の機会を自分から失うなんて真似はしない。刑務官だって、処分内容で求められる書類書きをするほどのことじゃないと思っている。この刑務官は私の腹の中を見透かしている。だから意味のないことだとお互いわかっていて、彼はあえて怒鳴ったり脅かしたりしたのだ。だから私はおかしいとは思わなかった。

私が違反した300番台の規則は軽微なもので、例えば直接命令されたことに背く、認められていない会議や会合に参加する、法廷に出廷しない、他の受刑者との間で貨幣価値のある物を受け渡しする、人体に害のない持ち込み禁止品を持ち込む、そしてわいせつ物陳列といった違反が該当する。さらに軽いのが400番台。仮病、タトゥーや自傷行為、刑務所内でのビジネス、許可のない身体的接触（泣いている人をハグするとか）。

上級刑務官はようやく私を睨みつけるのをやめ、部屋の隅にいた坊主頭の男に視線を投げた。

「何かつけ加えることはあるかね、ミスター・リチャーズ？」

刑務官の中には権力を持っているからといって、その権力を他の人々に振りかざすのを楽しむ連中がいる。その手の刑務官は毛穴から嫌な臭いを発している。ことあるごとに脅したり妨害したり、暴言を吐いたりし、刑務所を絶望的な場所にするのが自分たちに与えられた特権であり、自分たちに与えられた当然の権利であり、義務であると信じて疑わない。私の経験上、こうした生き物は受刑者に性的な行為を持ちかけるような卑劣さは持ち合わせていない。実際、彼らは私たちみたいな下々の連中とは決して交わらず、私たちを人間として扱ってくれる連中が、落ち込んで立ち直れなくなるまで罵倒する権限も持っている。

リチャーズも巨漢で、肌はいつも血色が良く、剃り上げた頭をぴかぴかにキープしている。洗剤でおなじみ〝ミスター・クリーン〟そっくりで、邪悪な風味を足した感じの顔だ。

「ええ、あります」リチャーズが前に進み出た。「どんな不祥事が起こっているかは知りませんが、この刑務所は手に負えません。ですから刑務官が連邦刑務局の同僚の皆さんに、私がこの地区を統括すると仰っていただければ、状況は一変するでしょう。必ずそうお伝えください」と言ってから、リチャーズは満足げに椅子の背に寄りかかった。

私たち8人は全員、リチャーズから同じ説教を聞かされた。メモを見せ合ったから、そこはまちがいない。私には10時間の超過勤務という罰則がくだった。

超過勤務先として志願したのは、感謝祭のディナー作りの人手不足で困っていた、キッチンの特別調理作業員だ。ここで働けば10時間分の労働が1日でこなせる。ポップと彼女の上司にあたる刑務所の監督官は、感謝祭のディナーは決して手を抜けないと考えていた。この監督官、事務所にたくさんの植木鉢を置き、受刑者の間で人気が高い。文字通り大勢の受刑者たちが集まり、ターキーやスイートポテト、コラードグリーン(*98)、マッシュポテト、ターキーに詰めるスタッフィングを作った。スイーツ自慢、ナタリーのパイも忘れずに。私は鍋専属部隊として、ゴム引きのエプロンに巨大なゴムのグローブ、髪をネットで覆って出陣した。キッチンではラジオをつけっ放しにして、作業が進むうちに私の手もテキパキ動くようになり、ポップをやきもきさせながらも、すべての準備が整った（10年連続で感謝祭のディナー作りに携わってきたのはポップだけだ）。

私たちは日が昇るまで夜通し働き、心地良いほどの疲労感を味わった。たとえ大多数が別の場所に行こうとも、一度は同じところに集まった者全員がすぐありつける食事作りにエネルギーを注ぐのは、罪を悔い改めるのにふさわしい労働だった。感謝祭当日はまずぐっすりと眠り、ラリーとの共通の友人であるデイヴィッドが面会に来てくれた後、トニやローズマリーと一緒に自分の分のスタッフィングを食べた——今年のベストと余裕で言えるごちそうだった。ディナーの真っ最中、じっと黙ったまま隣に座っていたスパニッシュ・マミがわっと泣き出した。せっかくのお祝いの席が台なしになったが、やるせない思いがこみ上げてしまったのだろう。

今でも不思議でならない。どうしてモラルの一線を越え、刑務所の収容施設に身を置く羽目になったのだろう。たぶん私は距離感がつかめないほど鈍感で、まつげが焼けるほど火に近づいてしまったのかもしれない。世の中の本質を知るには、自分の邪悪な部分に目を向けなければならないの？　自分自身で、また受刑者として収容されたシステムの中で一番卑劣だと感じたのは、苦しんでいる人を見ても見なかった振りをすることだった。やがて自分がいかに腐敗した人生を送り、どうするべきかを悟った今、私は自分のみじめな部分を直視し、法廷に立って公《おおやけ》にも示したんじゃない？

ダンブリーで学んだことがあるとしたら、私が模範囚だったことだ。刑務所のクソみたいな規則を守ったとは言えないけど、人助けをしたことではかなりがんばった。持っている知識を必死になって役立てようとしたのは、自分としても意外な行為だった。モラルに欠けていると人を非難する気になれないし、やったところで後悔するだろう。何より私はこの刑務所で、自分がもっといい人間になることを教えてくれる女性たちと出会った。私はいい人であろうと焦る以前に、いい孫であることを祖母に示そうとして大失敗したのだろう。いい孫だったと祖母に認めてもらいたい、できれば祖母が病に苦しんでいるのにそばにいられなかった自分を許してもらいたかったのだ。

感謝祭の翌日、祖母は他界した。祖母の死を悼んでくれる友人と静かに喪に服した。私はボロボロの布みたいに打ちひしがれていた。何時間も谷間を眺め、失った過去を思い、ゆっくりとランニングコースを歩いた。私の一時帰宅願いは一度も受理されなかった。ポップが言った通り、なしのつぶてだった。

それから1年ほど経ち、出所して自宅に戻った私にダンブリーから1通の封書が届いた。少し堅苦しい手紙を書いてよこしたのはローズマリーで、祖母の写真が2枚同封されていた。刑務所にいた頃にいとこが私宛てに送ってくれたもので、無理して笑わなきゃという時に何度も何度も見た写真だ。1枚目は、サイズが大きめの黒いハーレーダビッドソンのTシャツをお祝いに贈られ、ラッピングを開けようとしている祖母の写真。祖母は露骨に嫌な顔で写っている。2枚目は、ひざに載せたウケ狙いのプレゼントをぎゅっと握りしめ、カメラを見すえている写真。瞳に笑みをたたえ、キラキラと輝いていた。ローズマリーの手紙には、塀の外でも元気にしてますか、この写真は図書館の本に挟んであって、持ち主がわかったので送ります。おばあちゃんのこと大好きなパイパーのこと、ずっと忘れてなかったんだよ、とあった。

＊94 『フィア・ファクター』　男女3名ずつのチャレンジャーが過酷な挑戦をし、最後までがまんできると賞金がもらえるバラエティー番組。

＊95 足の臭いをかぎな　ハロウィーンでお菓子をせびる時によく使われるフレーズ。

＊96 ベイブ・パリー　1915年生まれのアメリカの編集者、社交界の名士。『VOGUE』の編集者として活躍後、アメリカの社交界で活躍。洗練されたファッション・センスと知性で伝説的な存在となり、ジャクリーン・ケネディ（第35代アメリカ合衆国大統領ジョン・F・ケネディの妻）が手本にしたとも言われている。

＊97 教会原理主義者　ここでは、キリスト教原理主義者のことを指す。キリスト教の用語で、聖書無謬性（誤りがないことを絶対的要件とする）を主張する思想や運動を行う人たちのこと。

＊98 コラードグリーン　アメリカでは日常的に食卓に上る野菜。キャベツの原種に似ており、ビタミンやミネラルなどの栄養価が高いことでも知られている。

Chapter 16

Good Time

減刑

自由な世界が少しずつ近づいてくる。11月に懲戒処分状を出したけれども、懲役15ヵ月中13ヵ月が過ぎ、政府が模範囚の刑を減じる減刑制度、いわゆる〝グッドタイム〟が適用され、3月に釈放されることになった。1月にはブルックリンのど真ん中、マートル・アベニュー（刑務所では〝マーダー（殺人）・アベニュー〟の名で知られる）にある社会復帰訓練所の滞在が許された。ドラッグ検査を数回こなして職が見つかれば、社会復帰訓練所から自宅に帰れるというのがムショ内でのもっぱらの噂だ。社会復帰訓練所にいる間は給料も出るらしい。

マーダー・アベニューにはナタリーが待っていてくれる。12月第1週、私は彼女にさよならを言った。ナタリーがダンブリーを出る最後の晩、まさか社会復帰訓練所でも一緒にいられるなんてと、文字通り心臓が口から出てくるかと思うほどびっくりした私は、二段ベッドの上段から身を乗り出し、下段に横たわって最後の夜を過ごしているナタリーを質問攻めにした。ナタリーは感極まって泣かないようにと耐えている感じに見えた。翌朝、お祝いを言いに来た人たちにナタリーが別れを告げていた頃、私は幼子みたいに正面入り口のドア前でもじもじしていた。最後に挨拶したい。ヨガ・ジャネットが出所した時よりも冷静でいたかった。「ナタリー、あなたがいなくなったらどうしたらいいのかわからない。大好き」この9ヵ月、仲良く暮らした自慢の友だちに素直な気持ちを伝える言葉は、これしかないだろう。また大泣きするヘマをしないよう、必死にこらえた。先月ずっと、私は最低の泣き虫女王になっていたから。

ナタリーは優しくハグしてくれた。

「相棒、大丈夫だよ、もうすぐ会える。ブルックリンで待ってるから」

「そうだね、ナタリー。私が行くまでベッドを整えてて」

ナタリーはにっこり笑うと、堂々とした足取りで刑務所をあとにした。

ポップも1月に社会復帰訓練所に入る予定だった。出所が同時期だというのも、私がポップと仲良くなった理由のひとつだった。ナタリーもそうだが、ポップは私とは全くちがう思いで出所を捉えていた。彼女は1990年代初頭から12年以上刑務所にいた。彼女が知るシャバには、携帯電話もインターネットもなかったし、担当の保護観察官もいなかった。ポップはこれからどう生きていこうか不安でたまらなかったのだと思う。私たちは長い時間をかけ、社会復帰訓練所に半年滞在してから家族と一緒に過ごすという、ポップの今後について話し合った。ポップの夫は南部の刑務所におり、出所まであと3年ある。当面はレストランで働いて、いつかホットドッグのカートを買いたいんだ――ポップはそう私に打ち明けてくれた。コンピューター、社会復帰訓練所、彼女の子どもたち、刑務所を離れること。ポップの不安材料は山ほどある。良かれ悪しかれ、10年以上自宅を離れていたのだから。

家に戻ることはうれしかったけど、私にも不安なことがあった。12月の第2週、シカゴにいる私の弁護士、パット・コッターから手紙が届いた。私の共同被告人のひとり、ジョナサン・ビビーが出廷するので、私は証人として証言を求められるかもしれないという内容だった。政府から証人要請があった場合、司法取引の条件により、くれぐれも真実を包み隠さず言うようにとも書いてあった。パットはさらに、政府は私のシカゴまでの移動手段を選択する権利があり、その手段はすでに決まっていると教えてくれた。手紙の内容はこんな感じだった。

再会できることはもちろん喜ばしいことですが、過去に担当したクライアントの意見をもとに考えると、連邦刑務局が受刑者に用意する交通手段は決して快適ではなく、移動は困難を伴うと思われます。その点をご寛恕いただけると幸いです。

うええええ……。ジョナサン・ビビーなんて人、全然知らない。シカゴには行きたくないし、政府側の証人なんて絶対やりたくない——私、裏切り者になってしまう。それなら刑務所に残ってヨガの三点倒立をやっていたいし、ポップとムービーナイトを楽しみたい。私はコッターに電話し、私はジョナサン・ビビーとは会ったことすらなく、数名が並んだ中から彼を見つけ出すこともできないと説明した。そんな私がシカゴまで行って出廷したら、1月の社会復帰訓練所行きスケジュールが遅れる可能性もありますよね。どうか私の代わりに連邦検事局に連絡してください。パイパー・カーマンは被告側証人の経験もなく、被告人にとって有力な証言もできません。そうですよね？

「わかりました」と、コッターは言った。

もう、ダンブリーにはいられないと悟った。この手紙の件は内緒にし、ポップだけに相談した。「なんてこった、ベイビー。あんた〝空輸〟されんのかい」〝空輸〟とは、連邦保安局の空輸機、コン・エアー（*99）に乗ることだ。「〝空輸〟はとにかくひでぇもんだよ」

ナタリーが出所し、私は数日キューブをひとり占めしていた。シーツがかかっていない、ティッキング地（*100）のストライプ柄マットレスを見ていると寂しくなってくる。よくよく考えた結果、相性抜群の新しい同部屋仲間を与えてくださいと刑務所の神々に祈る受け身の姿勢で待っていても無駄だと悟った。隣のキューブにいるフェイスは気立てのいい人だ。作戦を練り、めでたく私は隣のキューブに移った。私が移ったベッドの前の主はヴァネッサで、その前はコーリーンがいた。フェイスはナタリーとは正反対のタイプだけど、物静かでいつもニコニコしている。フェイスは私と一緒の部屋になれてとてもうれしいと言い、編み物をしながら、ニューハンプシャーに残したかわいいティーンエイジャーの娘の話をしてくれた。フェイスは刑務所内で編み物をするのを許可された数少ないひとりだ。

フェイスは違法薬物関連の長期刑で服役中で、どこからか耳にした話によると、誰かをかばって逮捕されたらしい。彼女はもう何年も会っていない娘のことをずっと気にかけていた。娘のクリスマス・プレゼントにと、グリーンのセーターを編んでいた。売店にあるのは色数にしてせいぜいグレー、ホワイト、ワインカラー、グリーンぐらいのアクリル毛糸で、ワインカラーがずっと品切れでグリーンばかりが並ぶので、手芸家の間では評判が悪かった。ジェイは子どもたちのため、クリスマスの数ヵ月前からぬいぐるみを編み始めていた。母親が刑務所で過ごすことほど辛いことはないと思う。特にクリスマスの時期は。

ガレージで働いていたポン・ポンから手紙が届いた。彼女はニュージャージー州の州都、トレントンにある実家に戻ったばかりだった。

パイパーへ

出所するって聞いたよ。手紙と写真を送ってくれて、とってもうれしい。刑務所に行って太ったんじゃない？　って姉貴が言うんだ。着ている服のせいで太って見えるんだよって言ってやった。それはそうと、パイパー、あんた懲戒処分食らったんだってね！　エイミーからもらった手紙には、あいつの同部屋仲間がＳＨＵに送られたことは書いてあったけど、あんたの懲戒処分のことは書いてなかった。ＳＨＵに入ると、絶対頭がおかしくなるからね。

自分のママもダンブリーの受刑者だったので、ポン・ポンは出所してからのことを案じていた。親戚がしぶしぶ同居を引き受けてくれたけれども、ホームレスを収容するシェルターに入るという選択肢も考えていた。せっかく塀の外に出たというのに、外の世界は情け容赦なかった。ポン・ポンが住んでいるアパートの周囲では毎日のように銃声が聞こえ、ダンブリーの射撃場とは比べものにならないほど怖いところだった。カップボードの塗装はすっかりはげているし、食糧やシャンプー、トイレットペーパーをストックするだけのお金もない。ポン・ポンは床に寝ているという。

もうやだ！　パイパー、会いたいよ！　シャバがつらいから刑務所が恋しいなんて、悲し過ぎるよね。ここは自由、何をやってもいい。だけど鎖につながれたみたいな気分。マジ言える、あんたたちみんなあたしの家族。こないだ誕生日だったんだけどさ、何もらったと思う？　ナーッシング！　それどころか、シェルターから感謝祭のディナーを恵んでもらったんだよ。だから言ったろ、あたし、地元に帰りたくないって。

ポン・ポンがここにいたら、盛大なバースデーパーティーをやってあげたのに。でもポン・ポンは相変わらずユーモアのセンスが満点で、これなら当分したたかに生き抜いていけそうだ。彼女は〝よろしく伝えてね〟リストを同封していた。同部屋仲間のジェイ、ガレージで働いている仲間たち――そして、もうすぐ出所する私には心のこもった励ましの言葉があった。最後にはこう書いてあった。
「ずっと友だちだよ、ポン・ポンより」
どうしてだろう、ポン・ポンがまた刑務所に戻ってきて、私たちと一緒に暮らせたらいいのにと思った。あんな環境に彼女を置いておくのが怖かったのだ。連邦刑務局のゲットーでも、銃で武装しているのは周辺警備にあたる職員だけだし、彼らは決してトラックから降りない。「パイパー?」キューブの入り口からエイミーがひょっこり顔を出した。ふだん私は仲間を自分のキューブの中に入れるのを嫌い、自分から共有スペースに出て行くようにしている。

「どうした、モンスター?」

電気設備作業所で一緒だった頃から、私はエイミーを「リトル・モンスター」と呼ぶようになっていた。誰に対しても、いつ、どんな時でも口は悪いし、すぐキレるし、人を見下したような態度を取るしで、エイミーにはぴったりなあだ名だ。だけど私はエイミーを嫌いにはなれないし、彼女も私を笑わせてくれる。手に負えない奴だと自己演出し、ストリートの悪ガキを気取ってはいるけど、エイミーは毛を逆立ててシャーシャー言ってる子猫みたいに、手を伸ばせば首根っこをつかまえられてしまえる、かわいい子という印象がある。子猫だって鋭い爪と歯で攻撃してくるけど、ね。

エイミーはすごい勢いで私のベッドの脇に来ると、フットレストにどっかと座った。この子、話したいことがあるみたいだ。エイミーは私より先に出所し、ニューヨーク州北部の社会復帰訓練所に入ることになっていた。ポン・ポンほどじゃないにせよ、古巣に戻ってもその後どうしたらいいかわからないというのは彼女も一緒なはずだ。ここ数週間、エイミーは電話で身辺整理や就職活動をしていたせいで、ストレスに苦しんでいた。切羽詰まって父親と連絡を取ろうとしたが、電話がうまくつながらなかった。ストレスの原因を説明しようとするとだんだん早口になり、エイミーはついにしゃっくりが出てしまった。

「ベッドに寝なさい、エイミー」彼女が横になるスペースを作ると、エイミーはベッドを這い上がって、その場所におさまった。

「ここまできて、出所してからのことが決まってないなんて大変よね。大丈夫、きっと家に帰れるわ」泣いているエイミーを片手で抱きとめた。彼女は私のひざに顔を埋めた。「パパがいたらいいのに！」

エイミーの不安を取り除こうと、彼女がたいそう自慢にしているブロンドの巻き毛をぽんぽんしてあげながらも、心の内を怒りにも似た悲しみの感情が支配していた。こんな年端もいかない子たちが刑務所に入れられる不条理に。出所した彼女たちが、刑務所よりも救いがなく、危険な外の世界に戻っていくことに。

呼び出しを見ると、午後いっぱい、住まい探しに関する出所前必須研修への参加が義務付けられていると書いてあった。テンションがどんどん上がってきた。社会復帰に向け、連邦刑務所の受刑者は出所前研修をいくつか受講する義務がある。義務付けるのはよくわかる。ダンブリーの受刑者は何年も刑務所に引きこもっており、所内の規則は厳しい一方、受刑者を子ども扱いしているところもある。これから実社会に復帰しようとしている人が、〝シャバ〟で暮らしていれば当然の常識がわかっていると考える方がバカげている。

社会復帰の研修ではどんなことを教わるのだろうと、かなり楽しみにしていた。私の必須研修第一弾は健康についてのものだった。集合時間に面会室に顔を出すと、受刑者20名分の椅子が並んでおり、講師は連邦矯正局から食事サービス部門に派遣されて来た刑務官が務めた。隣に座ったシーナに、何で彼が講師なのか尋ねた。

「あいつ、元プロ野球選手だったんだって」と、シーナは彼の経歴を説明してくれた。

野球選手とどんな関係があるのだろう。私はちょっと考え込んだ。「でもさ、公共医療サービスの人間じゃなくて、ダンブリーの刑務官がどうして社会復帰研修を受け持つの？」

シーナはそんなこと知るかよといった顔をした。

「まさか刑務官が研修全部の講師をやるの？　刑務所以外で前科者と接したことがないくせに。あの人たち、ここの世界しか知らないじゃない。社会復帰の何がわかるっていうの？」

「パイプス、あんた、道理が全く通らない刑務所で道理を通そうなんて、どうかしてるよ」

食事サービス部門の刑務官は人が良く、それにとても面白い人だった。みんな彼を気に入った。バランスの取れた食事、運動、自分の体を大切にすることが大事だと教えてくれた。だが、お金に困っている人々が公共医療を受けるための情報は教えてくれなかった。手っ取り早い避妊についても、産婦人科系のサービスについても教えてくれなかった。行動や心に問題を抱えた時にどうすればいいかアドバイスもなかったが、そのあたりのことをざっと教えてくれるべきだろう。刑務所には薬物乱用に悩まされた過去を持つ受刑者もいる。それが10年以上続いた人もいるかもしれない。外の世界に出て、薬物への誘惑にまた向き合った時の対処法について、ひと言のアドバイスもなかった。

もうひとつの研修は〝前向きな態度〟と名づけられ、刑務所の事務局長を務めた女性が担当した。こちらをひどく見下した傲慢な態度で、私たちは全く共感できなかった。彼女はクリスマスパーティーに着ていくドレスが入るようダイエットした自分の苦労話をこと細かに語った。体重が落ちなかったのは残念だったけれども、パーティーが楽しめたのは自分の前向きな態度のおかげだ、という。

何これ、全然わかってない。私は部屋を見回した。親権を失い、子どもたちとまた暮らせるよう闘わざるを得ない女たちがいる。行く場所がなく、ホームレス向けシェルターに身を寄せることになる女たちがいる。経済の中枢で働くこと、ちゃんとした仕事に就くことがかなわず、刑務所に戻って来る女たちがいる。私はダンブリーで一緒に過ごした大勢の受刑者たちよりずっと恵まれていて、こうした心配をしなくていいけど、こんな研修が**クソの役にも立たないことに、心底がっかりした**。次の講師はチャペルを運営している陰気くさいドイツ系の女性聖職者で、話の内容がなさ過ぎて、記憶にすら残っていないが、確か〝人としての成長〟について語っていたと思う。

次は住宅問題についての講義だった。住宅、雇用、健康、家族。これらは刑務所を出て社会復帰した人間が法を守る一市民として成功するかどうかの道しるべとなるものだ。修理メンテナンス部門から来た講師のことは知っていた。結構いい奴だ。それに彼は自分の知っている範囲で講義をした——断熱板、アルミニウムの羽目板、一般家屋の屋根にふさわしい建材。インテリアの話もした。連邦刑務局のバカバカしい社会復帰プログラムに飽き飽きしていたので、私は目を閉じ、早く終わってくれるのを待った。

ひとりの受刑者が手を挙げた。「えと、ミスター・グリーン、ためになる研修でした。でもあたし、賃貸アパート探さなきゃいけないんです。アパートの見つけ方とか、プログラムとか……あの、あたしたちでも住める家の話をもうちょっとしてもらえませんか？　あたし、ホームレス向けシェルターに行った方がいいって言われたんです……」

ミスター・グリーンは質問を聞いてムッとした様子ではなく、むしろ質問の意図がわかっていないようだった。「はい、えーっと、その辺についてはよくわかりません。アパートを探すには、新聞の不動産ページを見るか、ウェブサイトで検索してください」

連邦刑務局は一体、社会復帰プログラムにどれだけ予算を突っ込んでいるんだろう。

カードテーブルを挟んで向かいに座るラリーをまじまじと見た。かなり疲れている感じで、目の下に濃いクマができている。ヨガ・ジャネットと、自分たちの恋人の話をした時のことを思い出した。

「彼らも同じだけ辛い思いをしてるのよ」

この頃、ラリーが面会に来るたび、私たちは出所のことばかり話していた。相手がラリーでも、母でも、兄弟でも、友人でも同じだった。うっそうとした森からもうすぐ出るような、みんなホッとした気分に包まれている。そんな気分でいる人たちに水を差すようなことはしたくないので、シカゴに行くかもしれなくて気が滅入っているという本音は隠していた。

面会室にいる半分はもうすぐ出所する受刑者たちだった。ポップ、デリシャス、ドリス、シーナ。ビッグ・ブー・クレモンズは感謝祭の後に出所し、クレモンズのパートナー、トリーナはショックで

1週間寝込んだ。

カミラも出所組だが、完全な出所というわけではなかった。ダンブリーでは麻薬更生プログラムに一定人数を送り込む予定を組んでいて、カミラはそのひとりだった。ニーナは麻薬更生プログラムを終え、1月にダンブリーに戻ってから出所する。私が出る前に会えるといいけど。

私はカミラのキューブに入り込み、引っ越しの準備を座って見守っていた。その時彼女から、分厚い黒のワークブーツを譲り受けた。麻薬更生プログラムはとても厳格で、持ち込み禁止品を廃棄してから入所しなければならず、だから着なくなった衣類関係を人にあげていたのだ。カミラの機嫌は良かった。麻薬更生プログラムを受ければ、7年の刑期が1年減って6年になる。私は彼女の毒舌が心配だった。ダンブリーにいる受刑者の中でもカミラは刑務官に向かって口答えをする方で、彼女を怒らせると手に負えなくなる。麻薬更生プログラムは本当に厳しく、たくさんの不適格者を出している。

「さみしくなるね。ヨガの相手がいなくなっちゃう」

カミラは笑った。「あんたもすぐに出所だろ、すぐに明日が出所日になるから！」

「カミラ、あっちに行ったら毒を吐かないって約束して。シャレにならないから」

彼女はぽかんとした顔でこちらを見ている。「毒を吐く？　何であたしがそんなことすんだ？」

「〝毒を吐く〟って言い方があるの。更生施設の職員をディスっちゃだめ、ってこと。ウェルチとか、あのクソリチャーズみたいなバカでも、ね」

リチャーズ刑務官は日頃から自分で言っている通り、受刑者全員の毎日を悲惨なものにしていた。私が思うに、デサイモン刑務官が取り外し可能な迷子のペニスなら、リチャーズはさしずめ、猛り狂うペニスだ。どうしてこんなことで？　といったタイミングで怒り出す。照りのいい薄ピンクの禿げ頭がいつ噴火してもおかしくない感じだった。メールコールで来なかった受刑者に手紙を渡すのを拒んだり、テレビの視聴時間をきっちり監視して、夜更かし組の不興を買うタイプの、セコい男だった。私はこの新任刑務官の悪行があまり気にならなかったが、ポップはリチャーズが非番の時でないとフットマッサージができないのがご不満だった。だがリチャーズは、さすがの私もがまんの限界に達し、げっそりするような病にかかっちゃえばいいのにと願わずにはいられないことをやる。ほぼ毎回、マイクに向かって大声で罵声を浴びせるのだ。

拡声装置は刑務所全体に配線が巡り、各棟の複数あるスピーカーから聞こえる仕組みになっていた。スピーカーは一部受刑者のベッドから1メートル弱のところに据えつけてある。リチャーズは拡声装置に向かって私たちに怒鳴り散らす。ひと晩中、耳がどうにかなりそうなボリュームで。かわいそうに、ジェイのベッドはスピーカーの真下にあった。「パイプス、あんたの電気工事のスキルで、こいつをどうにかなんない？」できるよとも言えなかったし、感電もSHU送りもなくスピーカーを撤去する自信もなかった。だから私たちは全員、リチャーズの罵声を聞くしかなかったが、この言葉の暴力が新たな意味を持つことになる。

クリスマスが近づいてきたある日、ラリーが弁護士から悪いニュースを預かってきた。私が証人としてシカゴに出廷する、という話だ。最悪。社会復帰訓練所に行きそびれたらどうなるの？　実際、行けなくなるのはまちがいなかった。まさか土壇場になって、私の過去が自由への足がかりを阻むなんて。それに、今さらノラに会ってどうするの？　私を法廷に呼んで、ノラを呼ばないなんておかしい。

私がナーバスになっていることに、誰も気付かない。ダンブリー全体がクリスマスのバカ騒ぎ真っ最中だったから。バカ騒ぎのムードは感謝祭の前から始まっていたけど、受刑者たちがチームを組み、年に一度のクリスマス・デコ・コンテストの準備に余念がなくなったあたりから、手のつけられないほどの盛り上がりを見せるようになった。ダンブリー連邦矯正局内のどの区画も競い合っている。ここには10あまりの区画があり、私たちがいる収容施設全体がひとつの区画とみなされていた。収容施設のいたるところに数年前からのデコレーションがすでに飾られ、くすんだ紅白のティッシュペーパーで作った、クリスマスと平和をたたえる巨大な看板がかけられた。

だが2004年のデコレーション・チームはカーキ色の囚人服を腕まくりし、新しくてデカいデコを作ろうと意気込んでいた。デコ・チームのために全面立ち入り禁止になったテレビ部屋を占拠し、彼女たちは時間をかけ、こそこそとデコ作りに精を出した。テレビ部屋から見えるのは、彼女たちが作っている妙な形のパピエマシェ（*101）だった。「あたしの作ったゲイの妖精を見て！」小さな人の形をした物を私に見せ、デコ・チームのひとりが自慢げに言った。

クリスマス前日、収容施設のデコ・チームによる労作がお披露目になった。ぶっちゃけ予想を裏切る傑作だった。くすんだベージュの壁、薄汚いグレーのリノリウムの床のテレビ部屋が、冬の夜に浮かび上がるまばゆいクリスマス村に変貌していた。パーティクルボード（*102）の天井は星がまたたく濃紺の夜空に覆われ、山麓に広がる村を思わせる演出が施されている。作業場、酒場、回転木馬まで用意され、回りを取り囲んでいるのは、性的嗜好を疑いかねない妖精さんたちだった。リノリウムの床一面に吹きだまった、キラキラした雪の中で妖精さんたちが浮かれ騒いでいる。どこもかしこもキラキラしていた。私たちはみんな度肝を抜かれ、はしゃぎながら彼女たちの労作をとくと眺めた。こんな素敵なデコ、どうやって作ったんだろう。

　クリスマス・デコ・コンテストの結果が出るまで、私たちは昼中ずっとそわそわしていた。結果発表、私たちの収容施設が創立以来、初めてトップを取った！　看守たちによると、コンテストは接戦だったという――私たちのライバルは、施設の奥、精神病棟がある第9ユニットに同居しているパピープログラムの養成施設で、ラブラドール・リトリバーに鹿の角をつけ、トナカイのコスプレをさせたそうだ。トナカイ軍団か！

　収容施設全員へのごほうびは、ブーツ一杯のポップコーンを食べながらの『エルフ～サンタの国からやってきた～』の特別上映会だった。同部屋のフェイスがキューブで私に言った。「パイパー、『エルフ～サンタの国からやってきた～』を一緒に観ない？」意外な申し出だった。これまでだったら、映画を一緒に観るとしたらポップか、ローズマリーとトニのイタリア人の双子と決めていたからだ。でも、フェイスにとって、私と映画を観るのはちゃんとした意味があった。

「オッケー、相棒。楽しそうだね」

この映画はいつもと別の部屋で上映され、クリスマスらしい催し物も行われた。フェイスと私はそれぞれポップコーンを手に、特等席をふたつ確保し、ふたり並んで映画を観た。フェイスとはクリスマスのクッキーを一緒に作ったこともなければ、クリスマスツリーにぴったりの木を探しに行ったこともない。ヤドリギの下で愛する人とキスをしたこともない(*103)。でもフェイスは私の人生で、クリスマスという忘れられない時間をともに過ごした仲間だ。しかも生涯忘れられないクリスマスシーズンを過ごしてくれた、かけがえのない同部屋仲間だ。

12月27日、刑務所では『ニューヨークタイムズ』日曜版を月曜日の郵便で受け取っていた。私はロンバルディににじり寄って訊いた。「ねえ、『スタイル』面くれない?」私は新聞を受け取り、小走りでベッドに戻った。ラリーが記事を書いているけど、ただの記事じゃない。〝今の愛のかたち〟コラムといって、毎週日曜版に掲載される、ラリーが恋愛と愛情をテーマに書いているエッセイだ。彼は長年このコラムを担当しているけれども、今回のコラムでは、私たちがようやく結婚を決断したことをテーマに書くことになっていた。それよりラリーが『ニューヨークタイムズ』の読者と私にどんなことを発表するのか、さっぱりわからなかった。

彼は私たちの交際についてユーモアたっぷりに書き、他人の結婚式には27回もふたりで出席しているのに、自分たちの結婚について全く重視していない理由を書いていた。だが、ふたりを変える大きな出来事があった。

転機も直感もなかった。でも僕は、結婚という伝統中の伝統行事を行うのも悪くないと、ようやく思えるようになった。出会った瞬間「彼女しかいない」と直感が走る人もいる。だが僕はちがう。セーターでもソフトウェアでも、決断するのに時間がかかるのは、僕がレシートをしょっちゅう溜め込むからでもある。サンフランシスコのカフェでコンビーフ・ハッシュを食べながら彼女の水色の瞳を見たその時、思った「彼女しかいない」。あれから8年は経った。

その後に「彼女しかいない」と思ったのはいつだろう？　僕の祖父が他界し、その悲しみを一緒に乗り越えてくれた時だろうか？　9－11の日、ようやく彼女の携帯がつながって安堵した時だろうか？　楽しかったポイント・レイズ（＊104）のハイキングの時だろうか？　ボストン・レッドソックスが念願の優勝を決め、彼女がうれし泣きした時だろうか？　彼女が部屋に入ってきたら、僕の甥たちがまるでロックスターでも迎えるみたいな勢いで歓迎した時だろうか？　もしかしたら、最初からわかっていたのかもしれない。ふたりでアメリカ横断の旅に出て、中間地点にあたるカンザスシティーのアーサー・ブライアンツというレストランで、彼女が朝食にリブステーキのハーフサイズを食べさせろと言った、あの時に（君はリブにかじりついて10分で言ったよね「ねぇ、ビール開けないの？」）。

彼女と付き合って7年が経ち、まさか1年以上も別れて暮らすことになるとは思わなかった。わかりっこない。大きな試練ではあるが、僕たちには予想通り、いや、思ったほど大した試練

じゃなかったかもしれない。

書いてあったエピソードは克明に思い出せた。あのリブが正直硬くてまずかったこと、あのビールがほんとにおいしかったこと。

僕は相変わらず鈍かったけど、その思いは次第に確信へと変わった。彼女は結婚したがっている。もしそれがほんとなら、僕だって結婚したい。彼女と。たぶん今まででいちばんベタなせりふかもしれないけど、自分の言葉で、ここに自分で記したかった。ライター生活で一度やってみたかったことがある。サプライズ発言だ。

しょうがないな、やるか。結婚が幸せや人として一人前になるただひとつの道だなんて、いまだに思わないけど、僕たちには意味のあるセレモニーだ。だから彼女に訊いた。いや、もっと正確に言うと、あの脳天気な島で、『ブライズ』ってブライダル雑誌から抜け出したみたいなシチュエーションで、彼女の隣に座り、僕は愛すること、それに伴う責任について語り、そしてこう言った。いつも一緒にいるよ、これは君のために手に入れた指輪だ、君が僕たちの関係を本気で公《おおやけ》にしたいなら、それでいい。したくなくても、それでいい。君が結婚式をやりたいなら、僕は全精力を傾けてイベントを盛り上げるし、やりたくないなら、結婚式なんてクソ食らえだ。彼女は僕のプロポーズの意味がわからなくてしばらくきょとんとしていたが、わかっ

たとたんに大笑いして「イエス」と言った。そして彼女は服を脱ぎ捨て、海に飛び込んだ。

悪友が茶化した。おまえは27回も人の結婚式に出席して、ようやく弔うことができたんだな、自分の独身生活を。独身じゃなくなるのは葬式と同じくらい悲しいけど、独身じゃなくなるのは痛ましいアクシデントじゃない。むしろ自分で自分を安らかな死へと導くようなものだと思う。安楽死ってとこか。準備はできたよ、ベイビー。生命維持装置のプラグを抜いてくれ。

ラリーのいない刑務所にいるというのに、こんなに素敵なクリスマス・プレゼントは、生まれて初めての経験だった。

大晦日は決まってつまんなさそうな顔をしてきたけど、私にとって、実はとっても楽しみなイベントだ。この年私は、ダンブリーで迎える最初で最後の大晦日であることを強く意識し、感慨もひとしおだった。カレンダーの日付が進むと受刑者の気分が前向きになるのもわかる。数字が前に進むのは出所の日が近づいてくるということだから。

新年よりもずっと、次の世紀を迎える時よりもずっと、私にとって、とてつもないものが決定的に終わるのを感じた。大晦日も更け、最後の年のカウントダウンを始めると、ポップが泣き出した。彼女が刑務所で迎える13回目にして、最後の新新年だ。そんな彼女を見守りながら、私は苦難にめげず生き抜くこと、後悔、立ち直る力、失った時に思いを巡らした時に押し寄せる、悲喜こもごもの感情に思いを巡らせた。収容施設の半分が、ポップが無事出所できるよう気を遣っていると感じた。彼女はもうキッチンで働かなくてもいいはずなのに。変に聞こえるかもしれないが、受刑者は連邦刑務局から有給休暇がもらえ、もらった休暇を貯めていいことになっているのだが、ポップは休みを1日も取っていなかった。私はキッチンでポップをつかまえ、どうしてそんなことをしたのと怒ったけれど、彼女は「うるさい」としか言わなかった。ポップは仕事をしていないと自分を持て余してしまうのだ。愉快で辛辣で、ロシア訛りのきつい、みんなのおっかさん的なポップ。いろいろと私を助けてくれたポップがひどくナーバスになっている。社会復帰訓練所に移るまで、あともう2週間もない。


そんな私は1月3日、呼び出しを食らってびっくりした。「カーマン、荷物をまとめなさい！」〝荷物をまとめる〟つまり、場所を移動するから私物を片付けろということだ。私物を一時的に保管するため、受刑者には軍供給品であるダッフルバッグが与えられる。私は溜め込んでいたお宝の大半を人にあげることにした。持ち込み禁止品であるショッキング・ピンクのマニキュアも、ポップからもらった大事な白いメンズのパジャマも、グリーンのアーミージャケットも、大切にしていたヘッドホンラジオも。書籍は全部所内の図書館に寄付した。お宝放出の日まで内緒にしていたので、受刑者仲間は私がもうすぐ出所すると知って驚いていた。模範囚減刑は当然だろうという声の中、私がコン・エアーに乗ると聞くや、詮索する声に心配の声、助言がどっと押し寄せた。

「おむつをしていきな。トイレに行けるとは限らないから、乗ってる間は何も飲んじゃだめだ！」

「あんた、好き嫌いが激しいけどさ、パイパー、食べられるものは何でも食べときな。ろくなものが当分食べられないだろうし」

「手錠をかけられる時は手首を曲げとくんだよ、そうすれば隙間ができるから。連邦保安官に手錠をかけられる時は、そいつに色目を使うんだよ、そしたら手が回せるぐらいに手錠をゆるめてくれるからね。そうだ、足かせがキツくて足首に血がにじむから、ソックスは二重に履いていくんだよ」

「どうかパイパーをジョージア州経由の便に乗せませんように。郡刑務所に入れられるよ。あそこはあたしが入った中で最悪のムショだからね」

「空輸部隊にはイケメンがいっぱいいるよ。惚れちまうから！」

私はマルボロ・マンに挨拶に行った。

「ミスター・キング、出廷令状がきましたので政府機に乗って行きます。シカゴまで」

彼は一応驚いた顔を見せた。だが、ミスター・キングは大笑いした。

「ディーゼル療法だな」

「えっ？」

「ま、気をつけて行ってこい」

「ミスター・キング、出所日までに戻ってこられたら、また木工作業所で働かせてもらえますか？」

「もちろん」

私はあと2日間空輸されないことがわかった。最後に一度だけラリーに電話した。くれぐれも電話では囚人移送の件を詳しくしゃべってはいけないと、他の受刑者から釘を刺されていた。

「電話は当局が盗聴しているし、詳しいことをしゃべると脱獄すんじゃないかと疑われるからね」

ラリーは妙に饒舌で、もしかしたらしばらく話せないかもしれないと言ってるのに、それがどういうことなのか全然わかっていないんじゃないかと気になった。私はポップにお別れの挨拶をした。

「あたしのパイパー！　パイパー！　あんたと離ればなれになるなんて！」

私はポップに抱きつくと、社会復帰訓練所に行っても大丈夫だと彼女をねぎらい、大好きと言った。

そして私は丘を下り、次の災難へと向かった。

＊99　コン・エアー　アメリカ連邦保安局の空輸隊のこと。医療緊急事態への対応や囚人輸送などを行っている。
＊100　ティッキング地　マットレスや枕などの寝具の表地によく使われる丈夫な綿布。
＊101　パピエマシェ　紙細工で作った張り子のオブジェ、装飾品。
＊102　パーティクルボード　建築用合板。木材の小片と接着材とを混合し、熱圧成型した木質ボードのこと。
＊103　クリスマスの日、好きな人とヤドリギの下でキスをしてもいいという言い伝えがある。
＊104　ポイント・レイズ　カリフォルニア州の北部に位置する国立公園。太平洋に突き出るように形づくられた広大な岬で、ホエール・ウォッチングができる場所として有名。

Chapter 17

Diesel Therapy

ディーゼル療法

最近ではどこの航空会社もそうだろうが、コン・エアーに乗るのはかなりの自己責任を伴う。保護・釈放所に最初に足を踏み入れてからちょうど11ヵ月、私はまた飛行機に乗ることになった。そして、乗る順番を待っている。刑務官たちがひとりずつ女性受刑者を連れて来て、待つ人の数が増えていく。とろんとした目のやせこけた白人の若い女性、ジャマイカ系の姉妹ふたり、ダンブリーの修理メンテナンス部門で私と一緒に働いていた、プエルトリコ系の感じの悪い受刑者、そして、裁判に出廷するために西ペンシルベニアに引き返す私。レズビアンの男役っぽい大柄な黒人女性は、耳から首にかけてかなり目立つ傷があり、その先はTシャツの襟の下に隠れて見えない。みんなほとんど口を利かなかった。

最後に、ダンブリーで顔見知りの看守が姿を見せた。ミズ・ウェルチはフードサービス担当の刑務官で、ポップとは旧知の仲だ。この旅に彼女が加わってくれて、少しほっとした。他の刑務官よりもずっと有能だし、ダンブリーで私を歓迎してくれたし。ミズ・ウェルチは囚人服の新規調達係もやっていて、私は病院用の作業着と薄っぺらくて頼りないカンバス地の靴は、入所時にもらったものをずっと使い続けた。底に裂け目ができてはいたが、履いていた安全靴を置いてくるんじゃなかったと後悔した。

ミズ・ウェルチが受刑者1人ひとりに拘束を始めた。ウエストにチェーンを巻き、手錠をかけ、手錠をウエストのチェーンとつなぎ、足かせをはめ、左右の足かせをチェーンでつないだ。SMプレイ以外で手錠なんかするのは生まれて初めての経験だった。受刑者は拘束を拒否できないんだなと今さら思った。言うことを聞こうが聞かなかろうが、プロレスの逆エビ固めみたいな技をかけられようが、胸をブーツで踏まれようが、とにかく体の自由を奪われるのだ。

こちらに歩いて来たミズ・ウェルチと目が合った。「大丈夫、カーマン？」彼女が訊いた。その声が明らかに心配そうだったので、私はすぐに、自分も全くの未知なる世界に飛ばされる〝仲間〟のひとりだと理解した。ミズ・ウェルチは、私がこれから数時間、どんな目に遭うかは知ってるけど、自分がその後どうなるかはわからない。それは私も同じだ。

「大丈夫」私は柄にもなく小さな声で答えた。私はビビっていたけど、ミズ・ウェルチに対してビビっていたわけではなかった。

ミズ・ウェルチは私に拘束具を装着しながら、気が紛れるよう無駄話をした。話題の大部分が共通の知人である歯科衛生士のことで、彼女に処置されると歯の調子が悪くなると、もっぱらの評判だった。「どうかしら——きつすぎない？」

「こっちの手首がきついかも」感謝しているみたいな声が出たのは不本意だけど、本音だからしょうがない。

私たちは全員機内に詰め込まれた。私たちの私物は全部看守のもとに送られ、保管される（私の場合、入所初日に出くわした、こっちをさげすむような顔をして笑う、とっても小柄な看守がまた担当した）。空輪の間に所持が認められるのは、私物をリストにまとめた1枚の紙だけだ。その紙の裏に、私は大事な情報を書き留めておいた――弁護士の電話番号とか、家族や友人の住所とか。あとは手書きで、ダンブリーにいる友人たちの連絡先――もし私より先に出所する仲間は出所後の住所、私が出所してもダンブリーに残る仲間は受刑者登録番号。このリストを見ていると切なくなる。この仲間たちとまた会えるだろうか。私は制服の胸ポケットにこの紙を身分証明書と一緒に入れた。

私たちは一列に並ばされ、足かせをガチャガチャいわせながら重い足取りで建物を出ると、囚人移送用の巨大な覆面バスに向かった。両足をチェーンでつながれると、どうしても小幅でヨチヨチと歩くしかない。刑務所とバスの間に立つ鋼鉄ワイヤーで囲まれた小部屋で待機していると、刑務所外を運転するドライバーを乗せたバンが猛スピードで到着した。ジェイがダッフルバッグを持って車から飛び出した。

さっきの大柄な黒人レズビアン男役が色めき立った。「おまえか？」

ジェイが信じられないといった顔でまばたきした。

「スライス？　何でおまえがここにいんの？」

「それはこっちが訊きたいよ」

ジェイの手荷物をまとめ、拘束するために、私たち全員がダンブリーに戻った――このごたまぜチームにジェイが加わり、仲間がひとり増えたおかげで、私はすっかり上機嫌になった。

銃口を突きつけられた状態でバスに乗り込み、私たちはようやく外の世界へと出て行った。コネチカットの郊外を勢いよく走り抜け、自分が今どこにいるのかわからなくなるうちに、バスはハイウェイに入った。はたしてどこに向かっているのやら。連邦刑務局の輸送システムのハブがある、オクラホマシティーじゃないかとは思うのだが。ジェイは実のいとこであるスライスと、バスの中で情報交換をしていた。ふたりともなぜ自分たちが移送されるのかわからないが、彼女たちの拘束レベルを上げるべきかと刑務官が悩んでいたことから、ふたりは共同被告人なのだろう。

「ちがう、ちがうって、あたしたちいとこ同志だよ、大切な親戚なんだよ」ジェイとスライスはムキになって怒った。

刑務官の言うことを聞いていると、彼女たちの最終到着地はフロリダで、それってかなりヤバい案件らしい。

「パイパー、あたし、フロリダなんて知らないよ。生まれはブロンクスだろ、それからミルウォーキーに行って、パクられた」ジェイが私に打ち明けた。

「ムショがディズニー・ワールドに招待でもしてくれない限り、あたしがフロリダに行く用事なんてないんだよ」

そうこうするうち、私たちは操業を停止した工場跡地みたいなところに到着した。バスが停車しても、かなりの時間、下りずに中で待った。拘束具をつけたままでは眠れないというなら、私はちゃんと眠ったぞと、ここで証言しよう。私たちはチキン・サンドイッチをもらったが、私はペンシルベニアから来たスパニッシュ系受刑者の食事を介助しなければならなかった。刑務官は私にしたような配慮をせずに彼女を拘束し、おまけにチェーンがきつくて両手の親指が使えず、〝どこがどうなってるのかわからない〟つなぎ方をされていた。この措置は彼女の共同被告人の動きを封じるためで、当の相方はゴシップを話すのに夢中だった。バスはようやく動き出し、アスファルトで舗装された広い場所に入った。移送車両の数が増えた。バスがもう1台、覆面仕様のバンとセダンが数台と5台は下らない数の車が、凍てつく冬の夕暮れをのろのろ進んでいった。その後まもなく巨大なボーイング747が着陸すると、地上走行で車両のそばまでやってきた。その光景を見たとたん、ありがちなアクションドラマの1シーンが私の頭に浮かんだ。革のブーツ姿、サブマシンガンやアサルトライフルを持った兵士らが滑走路に集結。悪役のひとりが私、という構図。

まず、10名ほどの受刑者が降りてきた。体型や身長、肌の色、服装もさまざまな男性ばかりだった。1月の身を切るような寒風には不似合いな、紙のジャンプスーツ姿の受刑者も一部いる。ダンブリーから来たバスの脇で、防寒対策のない服装で寒空の中、吹きっさらしで固まっている私たち数名のグループを、男性の受刑者らは興味津々な目で見ている。風の中、武装した連中から、ひとりずつ間隔を空けて並べとどなられた。全員が拘束された状態でひとりがさっさと動こうとすると、みんなで奇妙なダンスを踊っているみたいになる。私たちはそんな風にして滑走路を進んだ。簡単なボディーチェックが終わると、女性兵士は私が髪や口に武器を隠し持っていないか確認し、私たちは両足を揃えてぴょんぴょん跳びながらタラップを上った。

機内にはさらに多くの兵士がすでにおり、大半がガタイのいい男性兵士と、歴戦の勇者に見える女性兵士が数名。全員ネイビーブルーの軍服姿だった。拘束具をカチャカチャいわせながら旅客席までたどり着いたら、むっとするような男性の体臭がどっと押し寄せてきた。機内は受刑者でほぼ満員、その大多数が男性だったのだ。彼らはおおむね全員、私たちを大歓迎してくれた。私たちが兵士の指示に従ってちょこちょこ通路を歩いていると、あれやってくれ、これやってくれと言い放つ連中もいれば、品定めをする連中もいて、うるさいのなんの。「あっちを見るな！」兵士が私たちを怒鳴りつける。私たちを後から乗せたのは、120名の男性受刑者に比べたら、10名程度の女性受刑者を監視する方がどう考えたって楽だからだ。

「何怯えてんだ、ブロンド？　兵隊たちは何もしないぞ！」男性受刑者数名が私に向かって大声で言った。「ブロンド、おまえはこっちに来い！」あいつらの読みは浅かった。空の旅も終わりに近づいた頃、大柄な男が席を立ってトイレに行かせろと騒ぎ、兵士らはすみやかにテーザー銃で男を眠らせた。彼は魚みたいに全身をピクピクさせていた。

コン・エアーの機内は、多層のケーキみたいなアメリカの受刑者たちの縮図だった。ところどころねじれたり壊れたりしているメタルフレームの眼鏡をかけ、情けない顔をした品のいい中年の白人男性たち。体中に入れ墨を施した、インディオの血が流れる誇り高きスパニッシュ系のギャングたち。歯並びがガタガタの、髪をブリーチした白人の女性たち。卍のタトゥーを顔に入れたスキンヘッドの連中。コーンロウ（*105）を強制的にほどかれ、もしゃもしゃの髪をした若い黒人男性たち。どう見ても親子だとわかるほどそっくりな、痩せ形の白人の父と子。生まれてからこの方見たことがないほどの存在感を放ち、誰よりも重装備の拘束具で固められている、見上げるほど背の高い黒人男性。そしてもちろん、私もそのひとりだ。トイレ休憩で席を立ったり（手首同士をつながれていると動きにくいのだ）、さらにはいやらしいお誘いや胸クソ悪い罵声を浴びせられ、私は何度となく「ここに何しに来た、ブロンド？」と訊かれた。

女性受刑者全員が拘束されていることを前向きに捉えようと考えた。ジェイが隣で良かった。彼女が背筋を伸ばせばすべてが見通せたから。でも、彼女とそのいとこは、自分たちがこれからどんな法的手続きを受けるか、知らなかったことには驚いた。私たちは全員、万が一〝別件逮捕〟（別の罪状に問われる）が申し渡されたら、その命令に従うことになっている。ひょっとしたら私とはちがうのかもしれない。彼女たちには私みたいに高所得者向け弁護士がついていない。

コン・エアーは複数の空港に着陸する。ジャンボジェット機がそれこそ軽飛行機のようにあちこちで停まり、受刑者を乗せては全米を飛び回り、出廷、刑務所の移動、刑確定後の拘留先までの移動と、判決が下った後のさまざまな目的を満たしていく。これから刑務所に入る受刑者は一般人と変わらぬ服装だ。その中に、黒い髪を長く伸ばし、どことなくキリストをイメージさせるスパニッシュ系の男性がいた。ハートがズギュンといいそうな、かなりのイケメンだ。飛行機がまた着陸し、女性受刑者が乗って来た。そのひとりが通路に立って、どこに座るか兵士の指示を待っていた。骨の輪郭がわかるぐらいスリムで小柄な白人女性で、歯が抜けていて、髪は脱色したのか自然の白髪なのかがわからない。ひどい扱いを受けたみすぼらしい養鶏場の鶏を思わせた。彼女が立っている間、どこかの思い上がった奴が大声で「クラック・ジャンキー！」と茶化すと、クラックの売人もいるにちがいない機内の受刑者の半数がゲラゲラ笑い出した。彼女の垢抜けない顔は暗く沈んだ。学校でいじめの現場を目撃するみたいで、こちらの気が重くなる光景だった。

オクラホマシティーには8時頃着いた。連邦輸送基地は空港のすみっこにあるのだとばかり思っていたし、まさかシャバに出られるという確信はみじんもなかった。機体が滑走路の上を走って刑務所に横付けし、タトゥーを背負った貨物を下ろすものだと思っていた。空輸される間、多くの受刑者を収容するセキュリティーの高い施設が、当然かつ必要不可欠な存在として準備されていた。シカゴにたどり着くまで、そこが私の新たなねぐらになった。数時間後、私たちは新たな居住区に到着した。くたくたに疲れた女性受刑者およそ20名、シーツとパジャマ、アメニティーの小袋が支給され、独房が2列に並ぶ三角形の地下室に通された。ここの住民はすでに厳重な警備体制にあるため、うす暗く、職員がいる気配もなかった。刑務官は身長180センチメートルはある、気性の荒そうなネイティブアメリカン系の女性で、吠えているとしか聞こえない声で、私たちに割り当てられた監房を告げた。2人房に入るのも、監房仲間とふたりで閉じ込められるのも初めての経験だった。這うようにして割り当てられた房に入ると、中は縦1・2メートル弱、横2・4メートル弱、二段ベッドとトイレ、洗面台、壁にボルト留めされた机があった。監房はうす暗い蛍光灯に照らされ、二段ベッドの上段では誰かがもう眠っていた。彼女はこっちを向いて私と目が合うと、また背中を向けて眠りに落ちた。私はベッドにもぐり込み、水道が使え、自由に動けることに感謝しながら浅い眠りについた。

人が動く大きな物音や大声がし、同部屋の受刑者がベッドから飛び起きた勢いで目が覚めた。「朝食だよ！」彼女はふり返ってそう言うと、姿を消した。私も起きて、昨夜もらった洗いざらしの病院用のグリーンのパジャマのまま、おずおずと房から出た。番号を振った房から女性受刑者が小走りに出て来て、監房の反対側に列を成す。パジャマ姿の受刑者はひとりもいない。私は急いで自分の房に戻り、昨日の小汚い服に着替えて列に並び直した。プラスチックの箱を受け取ると、ジェイとスライスを見つけた。ふたりは私の房に近いテーブルに座らせろと交渉済みだった。もらった箱には水気のないシリアルとインスタントコーヒーひと袋に砂糖ひと袋、ミルクが入った透明のビニール袋ひと袋と、今まで見たことのない奇妙な朝食で、私は言葉を失った。

でも、グリーンのプラスチック製マグにインスタントコーヒーにミルクと砂糖を入れ、区画にあった（テレビドラマの『宇宙家族ロビンソン』(*106)に出てきそうな古くさい）電子レンジでチンすると、飲めなくはないコーヒーができあがった。どうやらカプチーノ風味らしい。「これじゃ餓死するよ」と、スライスは嘆いた。スライスの言う通りになったらどうしよう、と、私とジェイは心配になった。私たちはこの劣悪な待遇について話し合った結果、足りないと言った張本人のスライスが食べ物の調達に出て行った。ジェイと私は自分たちの房に戻った。

これから数日間をともにする同部屋仲間と、ようやく挨拶ができた。「名前は？」彼女は南部の出らしいゆったりとした口調で話した。私は自己紹介をした。彼女はラケーシャ、アトランタの出で、移送先は……ダンブリーだ！　私がダンブリーから来たと聞いたとたん、彼女は私を質問攻めにした。

そしてラケーシャは自分のベッドにもぐり込み、また寝た。間もなくわかったが、ラケーシャは3回の食事とシャワーを浴びる（ありがたい！）以外、1日22時間眠っていた。いつも身だしなみはだらしなかったが、房から出ると豹変する。

「ピーパー、あんたの相棒はどっかおかしいのか？『カラー・パープル』（*107）のセリーみたいだよ」

スライスが冗談めかして言う。

オクラホマシティーの第1日目、私はすっかり調子を狂わされた。今まで知ることのなかった筋書きの、知ることのなかった掟やしきたりばかりだった。残念ながら、ここでは何もすることがなかった。椅子のないテレビ部屋が3部屋、何の脈絡もなく集めた本が並ぶ回転式の本棚——キリスト教徒向け書籍、ジョン・D・マクドナルドの古本、シェークスピアの『アントニーとクレオパトラ』、ロマンス小説が数冊、ドロシー・L・セイヤーズの小説が2冊。区画の中央は変な構造で、受付のデスクが1台あり、中にはちびた鉛筆が数本、再生紙で作った書式が数種類入っていた。3台ある公衆電話の脇には喫煙家が震えながらタバコを吸うテラスがあり、てっぺんをレーザーワイヤー（*108）で覆った間に合わせの壁の上から、夜空がほんの少し見えた。

この区画は列車やバスの停留所のようだが、新聞を売るスタンドもコーヒーショップもない。公衆電話でラリーや両親に電話をかけ、自分は元気だと伝えたかったのに、電話はコレクトコール以外使えず、かけたい相手は全員コレクトコールの契約をしていない。他の世界から隔絶された場所に放り出されたという思いがますます強くなった。

女性受刑者たちが無言のまま行ったり来たりしている。施設はひっそりとしていて、シミひとつなくきれいに整えられている。朝食の列に60名が並んだことから、施設の半分は埋まっているみたいだ。午前11時、刑務官が巨大なカートを転がしてきた。ランチが配られる合図だ。私はひとりの女性受刑者がてっぺんの階にある房から姿を見せ、区画の反対側にある階段を下りてくるのが目に入った。あのカーリーヘア、がっちりとした体格……それに眼鏡。何だか胸さわぎがする。背筋がぞくっとなった。**どうしてノラ・ジャンセンがここにいるわけ？**

確か私と共同被告人との間には〝分離命令〟が下されていたはずなのに、きっと私は勘ちがいをしているのだろう。食事の列に並ぶ彼女をじっと見た。「どうしたんだい、ピーパー！」スライスがにじり寄ってきて私のランチを取ろうとする。やせっぽちの白人女性と仲良くするのはどうも虫が好かないという態度を取るくせに、スライスは私がジェイのダチで、しかも私が小食だという理由で歓迎してくれていた。ふたりの仲間に隠れ、こそこそ歩きながらも、私はノラと勘ちがいした女から視線を逃さなかった。

ここ11ヵ月、時々ノラのことを思い出した――悪い思い出ばかりだった。復讐する前に確かめておきたいことがあった。自分を悪の道へと追い込んだ女と、私のことを警察に密告した女と法廷で闘う日をずっと思い描いていた。頭にいつも浮かぶのは、サンフランシスコのレズビアン・バー。ビリヤードのキューでボトルをたたき割り、居並ぶしたっ鼻の女たちをぶん殴って、とんでもない流血騒ぎが起こる……というものだ。さあ、本番がやってきた。私は何をすればいい？

小柄で巻き毛、どう見たって中年の女が自分のランチボックスを受け取ってふり返り、テーブルに向かおうとしている。私が一緒にインドネシアやチューリッヒ、コングレス・ホテルに行ったのと同じ女だ。あの女にさえ出会わなければ、私は囚人服を身にまとい、生ぬるい袋詰めミルクを持って、今、こんな場所に座ってなんかいないのだ。10年前と変わらずフレンチブルドッグみたいな顔。長くて辛い10年を送ったらしい。ひどいザマになったものだ。すれちがいざまにこちらに目をやったが、何でこいつがここにいるの？　という驚きが彼女の平べったい顔によぎるのがわかった。私は息が止まりそうになった。心拍数が上がった。

仲間と一緒にテーブルについたところで、私は嫌悪感をあらわにしながら小声で言った。

「ジェイ！　私、共同被告人のひとりを見た気がする！」

ジェイは大まじめな顔でこちらを見た。ドラッグ関係で有罪となった受刑者にはほぼ全員共同被告人がおり、その事情は受刑者の数だけあるだろうが、ジェイは私の口調から、それが決していい話じゃないことをすぐさま察知した。

「どうした？」トラブルがあった気配を察したスライスが話に加わった。

「パイパーの共同被告人のひとりがここにいるのを見つけたみたいで、彼女が驚いてる」

「どこ？」

私は具体的には示さず、場所だけを教えた。ふたりの緊張が和らいだ。

「あのばあさんか？」

「クソババアが。パイパー、あんたどんだけワルやったんだい？」

私はふたりをにらみつけた。「ジェイ、私はね、あのビッチにハメられたの」

彼女たちも茶化すのをやめた。スライスはノラの品定めをしている。ジェイはしばらく考えてから、言葉を選んで話し出した。

「パイパー、やりたいんならやっちまえよ、あんたもそう思ってんだろ？　だけどこれは覚えておきな。やったらまちがいなくSHU行きだぜ。ここにいるのがムカつくんなら、SHUがどんなところか思い出すんだな。その後どんな目に遭うかも考えなよ。あんたはもうすぐ出所だ、あんたを愛し、毎週性懲りもなく面会に来てやがった婚約者のところに帰れるんだ。あのビッチに、あんたが罪を増やすだけの価値があるかい？　あたしがついてる、ある程度まではね。だけどよく聞きな、あたしだってSHUはごめんだ。だけどさ、あたしはね、あんたがやろうとしていることはリスペクトしてるよ」

スライスも言った。「あたしもSHUは嫌だ、よく知らない白人女のためにひどい目に遭いたくはない。悪く思うなよ、パイパー。だけどあんたは自分がやりたいことをやんな」

私は何もしなかった。ジェイはさっきから心配そうな目を私に向けている。スライスは別の受刑者からひと組のトランプを手に入れ、カードを切り始めた。だけど私はがまんできなかった。休もうとしてベッドに横になると、軽量コンクリートブロックの壁を見つめた。ここに来る原因を作った女が、ついに手の届くところにいるのに、私は何もできない。本当に何もできないんだろうか？

自分の房を出て、3分ほどかけて区画の中にノラがいないかこっそり探った。彼女はどこにもいなかった。ジェイが私に向かって手招きする。「何やってんだ、パイパー、トランプやろうよ」

トランプで遊んでいる間、ジェイと彼女のいとこは代わりばんこに笑える話をしてくれた。スライスはレズビアンの男役《タチ》として、ダンブリーで存在感を示そうと努力した日々の話を、たっぷりと面白おかしく話してくれた。真夜中にコトにおよんでいる最中、私たちがよく知っている看守に捕まった話とか。

「マジ凍った。あの男、懐中電灯であたしたちを照らしたんだけどさ、あたしたち、もう言い訳のできない格好だったわけよ。そしたらあいつ言ったんだ『続けて。俺にも見せろ』って。だ〜か〜ら〜……」スライスは最後までやり遂げたそうだ。あいつだ。ポップに親切心でフットマッサージをしてあげてたら、俺にもやれってセクハラした奴。ゲス野郎が。

午後4時の点呼が終わり、夕食を載せたカートが出てくる頃、私たちは腹の底まで笑い転げていた。プラスチック製トレイのふたを開けたとたん、悪臭がつーんと鼻を直撃した。ひと呼吸置いてジェイが口を開いた。「この中にいるビッチを殺す気か、餓死させるつもりなのかね」

区画を通ってトレイを返しにいく途中、ノラが私の方に歩いてくるのが見えた。私は肩をいからせ、北極点に住む氷の女王みたいな鋭い視線でのぞんだ。すれ違った時、彼女は私が誰だかわからなさそうな顔でこちらを見た。

「どうも」ノラはささやき声で挨拶した。私は苛立たしげに彼女の脇を通った。

「どうした?」ジェイが心配そうに訊いてきた。

「あいつ、挨拶しようとした」私は首を横に振り、3人でまたトランプを始めた。

「あのね、どうしても理解できないのは、ノラがここにいて、なんで妹がいないのかってこと」

「妹？」

「そう、彼女も私の共同被告人なの。ケンタッキーの刑務所で服役中」

翌朝の食事時間には、ノラの妹ヘスターがいた。独房が閉鎖されている夜間に新しい受刑者が送られるのは、オクラホマシティーの刑務所では珍しいことではなかった。彼女たちは何の挨拶もなく朝食に顔を出し、毎朝新顔がいる。レズビアンの〝姉妹〟が再会するのはダンブリーで見たことがある。ふたりはうっとりと抱き合い、部屋の隅っこに行って話に興じる。

ジェイとスライスはすぐ察した。「妹の息の根も止める気かい？」スライスが私に訊いた。

「ううん、ヘスターのことは恨んでない。彼女は関係ないから」

時が経ったせいか、ヘスターを大目に見ることができた。彼女も私と同類に感じたのは、彼女が持っていたニワトリの骨のお守りのせいかもしれない。クルクルした赤毛の長い髪、近づきがたいけど笑える表情、そして魔女みたいに謎めいたふるまい。

オクラホマシティーで過ごした数週間、私はまるで、ノラとヘスターがいないかのようにふるまった。最高レベルの警備が敷かれた刑務所の変化と刺激のない毎日は、拷問を受けているにも等しく、時の進むのが遅かった。空輸便はほぼ毎日離発着するのに、自分がいつ乗れるのか、さっぱりわからない。これが本当の刑務所なのだと思い知らされた。現実から切り離され、新しい仲間が来ることだけを待つ生活。オクラホマシティーにいると、ダンブリーが懐かしいという、現実離れした、妙な気分になる。建設作業所で働いたり、ジョギングやジムで汗を流すといった体力勝負を何時間もこなす生活になじんでいた。ここでできるのは自分の房で腕立て伏せやヨガをやるか、キャンバス地のスリッパで、刑務所の上から下まで何回も往復して足のマメを潰す、名づけて〝刑務所ウォーキング〟ぐらいだ。ダンブリーなら、悪天候の日はシスター・プラットが一時しのぎのウォーキング場所としてホールを使わせてくれたのに。

私はたまにシスター・プラットと並んで歩くことがあった。彼女は69歳にしては足が速く、強いメンタルをキープしているのには感心した。「まだ頑張れる?」小柄なシスターは私を気遣って声をかけてくれたものだ。

ジェイとストレスや不安を分け合い、鬱憤晴らしに付き合ってくれたのには救われたし、彼女のいとこのスライスは超面白い子で、(怖い目に遭っても)動じない存在感の持ち主だった。ある日私はスライスの傷についてジェイに尋ねた。

「あいつをレイプしようと男が飛びかかってきて、スライスにボックスカッターで切りつけた。100針縫う大けがだった」ジェイはいったん黙った。「そいつは今、ムショにいる」じゃあ、どうして〝スライス〟って呼ばれてるの? 「あいつの大好きな飲み物がスライス(*109)だからさ!」

曜日の感覚はすぐになくなった。新聞もなければ雑誌もなく、郵便は届かない上に私はテレビ部屋に行くのを避けているから、1日がいつ終わったのかわからないのだ。やるといったらトランプの勝負を繰り返すことだけ。ポップがダンブリーを出所する1月12日まであと何日だろう。公衆電話でラリーと話すこともできないし、ここには透明な窓がないから、日の出や日の入りもわからない。女性刑務所では唯一の気晴らしである、受刑者同士で愛し合うことへの興味も、はるか昔に失せていた。ドミノの遊び方を教わった。見返りもなく同じことをくり返すほど、辛い罰はないのもわかった。こんな環境で長年暮らして、どうしてみんな頭がおかしくならずにいられるのだろう?

新入りに優しくしようという受刑者はいないが、タバコが絡むと決まって騒々しくなる。ダンブリーでは賭け事でタバコを手に入れる機会が山ほどあった。だがオクラホマシティーで取り引きのある市場は売春と精神病治療薬、そして何より〝ニコチン〟だ。刑務所の雑役係に立候補する受刑者は〝買い物〟が許されるが、買うのはすべてタバコだ。週に一度、タバコが配給される日には、脅してでも手に入れようと、水面下で熾烈な争いが繰り広げられる。雑役係を志願するのは人付き合いが良く、手に入れたタバコを分解して小さな〝紙巻きタバコ〟として吸い、人の情けを分け与える連中か、金と引き替えに睡眠薬を手に入れ、ラケーシャみたいに何日も眠りこけるタイプのどちらかだ。緊張感が走るタバコ取り引きの一部始終を目撃した私は、喫煙者じゃなくて良かったとつくづく思った。

受刑者の手に入るのは小袋のシャンプーだけ。コンディショナーがないせいで、私の髪はネズミの巣みたいにバリバリになった。もうがまんできないと、私はゴミの中からマヨネーズの小袋をかき集め、刑務所支給品の黒いプラスチック製の小さなクシで髪になじませ、ようやく髪にほんのわずかな潤いを与えることができた。

何の予告もなく、ジェイとスライスが**出荷された**。午前4時に。ドアにはめられた分厚くて四角いガラス越しに、私はジェイに向かってさよならを言った。「スライスと離れちゃだめよ！」私は言った。「出所したら会いに行くから！」

ジェイは潤んだ茶色い瞳で私をじっと見つめた。その目は愛情にあふれ、悲しげで、怯えていた。「気をつけるんだよ、パイパー！」彼女は言った。「あと、あたしが教えたヴァセリンの凄ワザ、忘れちゃだめだよ！」

「忘れないよ！」私は厚さ10センチはあるガラス越しに手を振った。2時間後、朝食のため独房から出されると、私は大海原をひとりぼっちで旅しているような孤独を心から味わった。ジェイとスライスはもういない。私はノラがいる区画をにらんだ。差し迫った未来がどんなものであっても、そこにノラがいるのを覚悟していた。

数日後、同部屋仲間のラケーシャがダンブリーに移送された。悔しい。慌てて服を着ているラケーシャに言って聞かせた。「収容施設についたら、トニ、刑務所の外を運転してるドライバーのトニに、オクラホマシティーの刑務所でパイパーに会ったって伝えて。彼女は元気、よろしく言ってたって伝えて」

「わかったわかった……えっと、パイパーって誰？」

これで驚かない方がおかしい。私はため息をついた。「ダンブリーでヨガをやってた白人の若い女に会ったって伝えて。そしたらわかるから！」

「覚えとくわ！」

私のプライバシーは2日間完全に守られた。ほんのりと日の光が差しこむ、天井まで高さがあり、幅は15センチメートルほどの不透明な窓をにらみながら、ヨガのポーズをいくつか組み合わせたサイクルを繰り返した。朝食でもらうミルクの小袋を部屋に持って帰り、窓の下に置いておくと、数時間は冷たいまま飲めた。毎日の食事でまともに口にできるのは、このミルクだけ。24時間房を照らし続ける蛍光灯の光を腕で遮り、壁に寄りかかっていれば眠れることも覚えた。二段ベッドの下段で初めて寝たけど、妙に新鮮だった。

そして、新しい同部屋仲間がやって来た。スパニッシュ系の若い子だった。テキサスから来て、フロリダの刑務所に移送されることになっている。彼女は刑務所に入るのが初めてで、目を丸くしながら私を質問攻めに遭わせた。私はベテラン受刑者を気取り、彼女が知りたそうな話を選んで聞かせた。この子を見ていると建設作業所にいた6号室のマリア・カーボンを思い出し、切なくなった。

それから1週間経った日の午前4時、ようやくドアを叩く音がした。「カーマン、荷物をまとめなさい！」荷物と言っても、ダンブリーで知り合った人たちのことを忘れないようメモっておいた、もうしわくちゃの書類しかない。もうこの時点でカーキ色の囚人服姿の私は、踊りだしそうな足取りで、ここから出られるならノラがいようがいまいが何でもこいという気分だった。ジェイの助言に従い、私はソックスに隠してこっそり持ち込んだヴァセリンを探し出し、ざくっと塊をすくって耳のカーブに塗った。水など当然もらえるわけがない長時間にわたる空の旅では、ヴァセリンは唇に塗って保湿に使える。

重い足取りで機内に入ると、また拘束だ。行きのフライトでも一緒だった連邦職員が私をにらみつけて言った。

「何か文句あるか、ブロンド?」私は表情ひとつ変えなかった。

「おまえは態度を改めた方がいいな、ブロンド」彼は命令口調で言った。

兵士は私をノラの隣の席に座らせた。ここまで来たら自分の運のなさを受け入れるしかなかったが、怒りで全身が硬直した。手足には拘束具、耳にはヴァセリン、隣には私をここまで追い込んだ張本人のクソ女。私はノラの顔も見たくなかった。インディアナ州テレホート、ミシガン州デトロイト、雪に覆われた中西部の不毛の地を通過する間、私たちは気まずい沈黙の壁を崩さなかった。窓側の席をあてがわれて良かった。

コン・エアーが好天に恵まれた冬のシカゴに近づくにつれ、かなりの動揺と身体的な不快感に悩まされてはいたが、私は心ひそかにわくわくしていた。ここまで至ったあらゆる状況を招いた運命のいたずらに感謝する程度のユーモアのかけらは持ち合わせていた。シカゴ。この事件がそもそも起こった街。ノラと隣り合わせでここに来るのは、以前から決まっていたことみたいに感じた。

シカゴの滑走路は賑わっていたが、ひどく寒かった。薄っぺらい囚人服では凍えてしまいそうだった。受刑者らは拘束具を着けたまま、兵士の指示に従ってぴょんぴょん跳びながら進み、ノラとヘスターは柔らかな髪の白人青年を見つけて表情が明るくなり、「ジョージよ！」と声を上げた。私はジョージをじっと見た。彼は受刑者の方を向くと、愛想良く見せるよう会釈をしてから、急ぎ足でバスに乗り込んだ。あれがヘスターとは古い付き合いのジョージ・フロイドなら、10年で結構痩せている。一行はジョナサン・ビビーの裁判という一大イベントのため、シカゴ市内を移動するらしい。私たちは男性数名とバン型乗用車に乗せられた。覆面車両や重装備の白い車両に囲まれ、ラッシュアワーの中、スピードを上げてダウンタウンを進んだ。

ヘスターは私の隣に座ると、しばらくこちらの目をじっと見つめ、「大丈夫？」と尋ねた。中西部の平坦なトーンの声が、心から案じている風に聞こえた。まさかヘスターに親切にされるなんて。私は大丈夫とつぶやくと、窓の外に目をやった。

車列がシカゴ環状線《ループ》に近づくにつれ、通常裁判の結審まで受刑者が収容される〝連邦刑務所〟こと、シカゴ・メトロポリタン矯正センター（以下シカゴMCC）で平静を保つにはどうふるまうのが一番かをシミュレーションしていた。下手をすると、リル・キム（*110）みたいにずっと刑務所にいる羽目になるから。

ジェイはダンブリーに来る前2年間、ブルックリン・メトロポリタン矯正センターに収容されていたのだが、そこの暮らしはオクラホマシティー刑務所より数段上だったと話してくれた。「ブルックリンには区画がふたつあってさ、女の受刑者が200人ぐらいいて、作業とかいろいろやらせてくれたし、それ担当のスタッフもいたよ。シカゴの刑務所に行けば少しは楽できるし、まともな連中とつるめるさ。でもおとなしくしといた方がいいよ。あんたの共同被告人たちとは別の区画や宿舎に入れられるかもしれない」

賑わうシカゴのループ地域、私たちが乗った車は、市街地の一角に立つ三角形の要塞に似た高層建築の地下へと入っていった。バンから下ろされ、エレベーターに押し込められて着いたのは、老朽化が進み、薄汚れて整理整頓が行き届いていない保護・釈放所だった。あまりに散らかっているのでフロアが小さく感じられる上、閉塞感がひどく、平衡感覚がおかしくなりそうだ。待機房が一列に並び、オレンジの囚人服を着た、ほぼ全員が浅黒い肌の男性受刑者が収容されている。私たちはすぐさま空いている待機房に拘留された。不潔なことに変わりはなかった。

それから5時間、私は房の中を歩き回って、一緒にいるノラとヘスターを頭から消去しようと努めた。彼女らは礼儀正しくて口数も少なく、張りつめて行き場を失った私の怒りの火に油を注ぐような真似はしないようにと努めていた。数時間経ち、存在を消しながら硬くて狭いベンチにうつぶせに横たわっていると、ノラが咳払いをした。

「パイパー?」

「何?」

「ジョナサン・ビビーのこと、知ってる?」

「**知らない**」

しんとしたまま時間が過ぎた。

「怒ってるよね」

「**当然**」

女性刑務官がサイズの合わないオレンジの男性用囚人服を私たちに支給した。私の囚人服は前開きのスナップ留めで半袖、ズボンは中途半端に丈が短く、囚人が潮干狩りに行くためのものかと思った。この1年、陳腐な決まり文句をうっかり口にするものかと気をつけてきたが、この時ばかりは本音を吐いてしまった。私たちはようやく、その日の夜を過ごす場所へと案内されるらしい。私はもうどうしようもなく疲れ果てていたので、小汚くて不快きわまりない房から出してくれるならどこでもいいと思っていた。できればノラからうんと離れた場所で。

私たち3人は黙ったままエレベーターで12階まで上った。金属音を上げながら開閉する警備用ゲートをいくつか通過し、最後のゲートが横に開くと、女性受刑者用区画が姿を現した。

精神病棟か。第一印象で私は圧倒された。左右にあるキューブから、テレビの大音量が競い合うように聞こえてくる。そこより近いスペースには人がひしめき合い、声が不協和音みたいに響いている。髪も服もぐしゃぐしゃな女たちがうずくまり、モグラみたいに目を細めてこっちを見ている。楽しそうなものなど何もないのに、保育園を思わせる、子どもっぽい活気がある。私たちが入っていくと、あらゆるものがすべて動きを止め、目という目がこちらを向いたかと思った。〝関わっても無駄〟オーラを放ち、サイズの合わない制服を着た刑務官が近づいてきた。女性受刑者が3人来ることを全く知らされていない様子だった。

振り返ってノラとへスターを見た私は、笑いがこみ上げてきた。信じられない待遇に、もうどうにでもなれと笑うしかなかった。とたんに私と共同被告人との間にあった氷の壁が溶けた。「あり得ないよね！」そうだよねとほっとして3人で笑っているうちに、彼女たちの目にも嫌悪感と疲労が入り交じった不信感が宿っているのに気付いた。私たちは同じ泥船に乗った仲間だ。その瞬間、このふたりと私は同じ体験を共有してきたと思い至った。

物の見方というものは少しずつ変わってくるものだ。人間は大人になるまでに、思想、人、場所の好き嫌いが固まっていく。思い返せば、私がノラ・ジャンセンを憎んでいたのは、自分をこんな目に遭わせたのはあいつだと長年思い続けていたからだった。ノラへの憎しみに限ったことではない。めったにないことだけど、あることがきっかけで、認識が180度転換することがある。ノラたちへの敵意はさっさと消え失せ、このふたりと強く共感したのだから、今目の前で起こっている現実を一瞬で把握し、どう動くか考えるしかない。ノラに対する憎しみと同じくらい、苦難続きの長旅をともにした仲間意識が高まった瞬間だった。

訳のわからない空間に3人でしばらく肩を寄せ合っていて、私はふと思った。このふたりは、私が10年間どう生きてきたかも知らないし、そもそも刑務所に入っていたことすら知らなかったのだ。だってふたりとも、私より先に塀の中にいたんだもの。そう思うと、私たちのわだかまりはあっという間に消えた。

「ケンタッキーもこんな感じだった？」私はへスターに訊いた。

「ううん」

「ダブリンは？」

「全然。パイパーはどこにいたの？」

「ダンブリー。こんなお化け屋敷と比べたら天国だった」

刑務官が部屋の割り当て表を持ってまた姿を見せた。私たちはそれぞれ房に入れられ、鍵を閉められた。新しい同部屋仲間のヴァージニアは体重が160キログラムはありそうで、今まで聞いたことのないほどのいびきをかいた。二段ベッドの下段に野生の猛獣が寝ているのかと思ったほどだ。ビニール製のマットレスをベッドの上段に投げ入れ、頭を枕で覆って騒音から逃れようとしていて思った。ああ、そういえば、ポップが〝本物の刑務所がどんなところか、お嬢ちゃんたちには考えもつかないだろうね〟と言ってたっけ。これが〝本物の刑務所〟ってことなんだ。睡眠不足や睡眠を小刻みに取る生活を続けていると、最後には幻覚を見る――私は、ある大学教授の言葉を思い出した。

ヴァージニアは素人占い師で、めったにシャワーを浴びなかった。彼女は法廷に訴えを起こすつもりだと私に教えてくれた。〝パイパーのホロスコープ〟を作るから誕生日を教えてと言われて断ると、彼女はひどい屈辱と受け取ったらしい。ダンブリーでも精神的に不安定だと知られるミス・パットとミス・フィリーのことを思い出し、少しおかしな人たちにはあまり関わらないでいようと心がけた。

一夜明け、この収容施設にいる受刑者の大多数に精神医学的に保護観察を受けるという裁判所命令が出ているという実情を知り、この施設に抱いた第一印象は正しかったのだと思い知った。シカゴ連邦刑務所の受刑者は、刑務所のスタッフやカウンセラーとの接触がほとんど、あるいは一切ないというのも笑えない話だ。この精神病棟を動かしているのは受刑者じゃないだろうか。

シカゴ連邦刑務所に収容されている女性受刑者のほぼ全員が公判前だというのも段々わかってきた。訴訟で刑が確定していないのに、保釈の準備をしない、いや、できないのだ。だから彼女たちは司法手続きが行われている間はここにいる。罪に問われてもいないのに何ヵ月も刑務所にいる女性がふたりいた。だから彼女たちの暮らしはいたるところで不安定になり、まだ頭がおかしくなっていなくても奇行に走り、怒りと精神的に不安定な状態から、本当に頭が変になってしまう。これじゃ精神科病棟に入れられたも同然だ。ダンブリー時代、ヴァージニアが私に忠告したことがある。「あそこにコニーがいるだろ?」と、彼女は表情を失った女性を指した。「カミソリをくれって頼みに来るよ。絶対に渡しちゃだめだよ! 傷つけるのは自分だ、あんたに切りつけたりはしない」私はヴァージニアの忠告を守った。

刑務所ではこうふるまいなさいという決まったルールが、ここでは全く通用しなかった。シャワーシューズと歯ブラシが置いてある新人受刑者用ワゴンがない。不躾な質問、絶対に聞いてはいけない質問を平気でぶつけてくる。仲間意識という考え方や、人として最低限必要な日課、秩序、自尊心を守ればおかしくならずに済むのに、そういうこともわかっていない。ほんと、最低。同じ人種同士で徒党を組むことも無理。白人女性の価値なんてひとつもない。誰もがクスリでもうろうとし、自分を(または他人を)傷つけることすらできずにいる。

結局私はノラとヘスター（最近は〝アン〟という名前を使っている）とつるむことになった。このふたりは、刑務所での本音と建て前のルールをわかっていることだけは確かだから。それでも警戒は怠らず、3人で一緒に座り、これから始まる裁判についての情報交換とか、この刑務所は一体どうしてこんなに不愉快な場所なのかとか、少しずつ状況を把握していった。シカゴMCCのひどい待遇には彼女たちも心が折れかけていた。ここが連邦の施設だなんて信じられないという点では意見が一致した。私たち3人が刑務所の表面的な姿を語るだけでも膨大な知識が必要だが、私が知りたいのはそんなことじゃない。私を裏切ったことをノラに認めてほしい、そして聞きたい。どうしてそんなことをしたのかを。

やっと新人受刑者用ワゴンにあたる担当者が来た。クリスタルだ。クリスタルは長身で痩せ形、50代の黒人女性で、女性用スーツを着た、正規の公務員だ。一見して絶対にまともだとわかるし、新人受刑者に囚人服を支給し、基本的なルールを説明する担当者だった。彼女は私たちを散らかったクローゼットに連れていくと、箱の中身を掘り起こして、オレンジの囚人服とタオルを探した。ショーツの数が少なかったけれども、クリスタルは私に2枚くれた。私はショーツをまじまじと見て言った。

「クリスタル、これ……使用済みだけど」

「ごめんなさいね、それしかないの。修理中の洗濯機が明日戻ってくるから、それで洗って。たぶん明日戻ってくるはずだから」

パジャマもない、シャンプーも、食事に欠かせないナイフやスプーンもない。週に一度売店で買い物ができると聞いてほっとしたけれども、この建物にいる誰かに頼み、私の書類を書いてもらえることが前提であり、買い物は夢物語に等しかった。個室シャワーが2部屋あると聞いた時には小躍りしたが、実際に見に行くと吐き気をもよおした。刑務所入りする前、シャワーを浴びる時にはくれぐれもシャワーシューズを履くようにと忠告された。ここ1年、私は裸足でタイルの上に乗ったことがないというのに、シャワーシューズがない。水で体をきれいにしないと、私はもう死んでしまいそうだった。水を出し、モーテル備え付けの石けんを手に、カンバス地のスリッパでおそるおそるシャワーの個室に入った。恐怖と寒さで鳥肌を立てながら体を洗おうとする私の背中を、氷かと思うほど冷たい水が流れていった。

ノラはもう、かわいそうなほど恐縮し、私に気を遣っていたので、こちらも敵意をむき出しにはしなかった。こちらには彼女をなじってもいい権利は十分あるし、ノラもおとなしく聞く義務がある。アンことヘスターは私たちの間で困っているが、口出しはしなかった。姉なら自分で問題に対処できると見ているのか、それとも自業自得だと思っているのか。ノラはダブリンの刑務所で職業訓練プログラムの講師をしていたそうだ。アンことヘスターはレキシントン刑務所のパピープログラムに参加していた。刑務所に入るまでは、薬物と縁を切り、結婚して、心の救い主としてキリストの教えを受け入れる穏やかな暮らしをしていた。ノラは全く昔のままだった。面白くて小ずるくて、好奇心旺盛で、人に恥をかかせるためなら信じられないぐらいムカつくことを、平気でやるところも。

そしてやっと、ずっと聞きたかったことを尋ねた。

「じゃ、1993年に私たちが別れてからのことを全部教えてくれる?」

ノラによると、私と別れてからかなりの時間、反省を重ね、アラジとのビジネスから足を洗おうとしたが、アラジは組織と縁を切ることはできないと断言し、逃げたらどうなるか警告された。「おまえの妹の居場所はいつだって探し出せるんだ」と、アラジはノラを脅していたのだ。それからしばらく経って、ドラッグの運び屋ふたりが逮捕された。ひとりはサンフランシスコ、ひとりはシカゴで。そこから事態は面倒で汚い人間関係のもつれが生まれ、密売計画そのものが崩壊したのは言うまでもなかった。

ドラッグで儲けた金で、ノラは夢のマイホームをヴァーモント州に建てた。だがその夢も、重装備で固めた連邦警察の特殊任務部隊、SWATのメンバーが革のブーツを履いて乗り込んできて、彼女を取り押さえたところで終わった。ノラによると、彼女が逮捕された時点で警察は一連のドラッグ密売計画の詳細を押さえていたという。誰か――ノラのうさんくさいビジネスパートナー、ジャックだろう――が裏切ったのだ。

「警察は私の名前も知ってたの?」私はノラに訊いた。

「ええ、あなたの素性も押さえていた。でも私、最初に、あなたは私の恋人で、事件のことは何も知らないと言ったのよ」

こうなってしまったら何を信じたらいいのかわからなかった。私は途方もないほどの時間とエネルギーを費やしてノラを憎み、何とか復讐できないかと考え続けた。彼女の話はもっともらしいけれども、見え見えの嘘かもしれない。ノラは自分が犯した過ちを反省し、テーブルの向かい側に座っている妹に目をやり、（子どもがひとりどころかふたりも刑務所に入っている）年老いた両親の話をしたノラを、ついつい気の毒に思ってしまった。頭とお腹がきゅんと痛んだ。もつれた糸を解きほぐすようにして、彼女を責めなければいけないのか。

マルボロ・マンが言っていた「ディーゼル療法」とはどういうものか、段々わかってきた。

＊105 コーンロウ　髪を細かく編み込んだヘアスタイル。黒人に多い。編み上げたスタイルがとうもろこしに似ているため、こう呼ばれている。

＊106 『宇宙家族ロビンソン』　1960年代にアメリカCBSネットワークで放送されたテレビドラマ。初の宇宙移民、ロビンソン家の冒険を描く。

＊107 『カラーパープル』　1985年制作のアメリカ映画。女性作家、アリス・ウォーカーの原作を元に、スティーヴン・スピルバーグが監督した。セリーは、ウーピー・ゴールドバーグが演じた同作のヒロインの名前。

＊108 レーザーワイヤー　カミソリ状の囲い用鉄線のこと。

＊109 スライス　ペプシコの果汁入り炭酸飲料。

＊110 リル・キム　主に90年代半ば〜2000年代前半にかけ、挑発的なスタイルで活躍したアメリカ人の女性ラッパー、モデル。証人喚問で偽証罪に問われ、服役した経験を持つ。

Chapter 18

It Can Always Get Worse

この世に サイアクが尽きることなし

シカゴ・メトロポリタン矯正センター（ＭＣＣ）の1日の始まりは、いつも同じだ。午前6時、防犯装置を施した金属の分厚いドアをいくつも抜け、（働くことを許された）男性受刑者が食事を載せたカートを女性受刑者の区画まで持ってくる。担当の刑務官1名が区画内の女性受刑者収容房のドアのカギを開けて回る。ボルトがカチャリと音を立てると、受刑者はみなベッドから飛び起きて足早に食堂棟に向かい、朝食の列に並ぶ。

列に並ぶ受刑者たちは決して楽しそうではない。誰もしゃべらず、表情は堅いか、こわばっているか、意識が定かでないか。たまに固ゆで卵が朝食に出る。全員必ず起きるのにはちゃんとした理由がある。朝食は1日で唯一、食べられる物が出るというのは、オクラホマシティー刑務所もシカゴＭＣＣも同じだからだ。

全員が食堂に顔を見せるから、房は当然空っぽになる。食事を終えるとほぼ全員がベッドに戻る。朝食は朝のうちに食べることもあれば、ミルクをゴミ捨て用の容器に入れて氷の上に刺し、房に隠しておくこともある。数時間ほど静寂が支配してから、彼女たちは活動を開始する。テレビは何かの番組を垂れ流し、高くそびえる要塞刑務所では、どうしようもない1日がまた始まる。

私をかわいがってくれた人たちはみな、私に幼い子どもみたいに無垢であって欲しいと願う――だまされやすくてぼんやりしてて、鈍《にぶ》い子でいて欲しいと願う。だが、本当の私はそんなタイプじゃない。大胆で危険なことをやってみたいと思っていたあの頃、法の道に外れたことをしているのが、ことのほかうれしかった。あの時の私は確かにノラにそそのかされたのかもしれないが、彼女に持ちかけられた話を喜んで受け入れたのは私の方だ。

ダンブリーで知り合った女性受刑者たちは、私が犯した罪はもちろん、自分の過ちに向き合うことに付き合ってくれた。私が罪に服したのは法と道徳に反したことを選んだからだけではなく、道を誤ったことには自分の一匹狼的な生き方も関係している。また、そのために大事な人たちに迷惑をかけるようなことを何度もしてきた。デーヴィッド・ハーバート・ローレンスはかつて『アメリカ古典文学研究』で、アメリカ人について〝アメリカの魂の本質は、頑固で、孤立し、ストイックで、殺人者的だ。この本質はまだ溶け合って融合してはいない〟と述べているが、私はもう、そんな魂の持ち主ではない。

アリー、ポン・ポン、ペンサタッキー、ジェイ、エイミーが私を変えた。私の能力も、私の選択が、その時会いたくてたまらなかった人たちに与えた影響もよくわかっている。ラリーや家族はもちろんだが、この地獄のような1年を刑務所で一緒に過ごした人たちもそうだ。ずっと前から、自分が招いた結果なのだから、その報いを受け、罪を償うべきだと認めていた。私はとんでもない過ちを犯し、その過ちの責任を取る覚悟でいた。

だがそれでも、スタッフ、規則、一部受刑者を含めた刑務所のシステムが受刑者に求めることを、そのまま受け入れなければダメだ、とは考えない方がいい。彼らの期待に応えようとすると、ひどい目に遭う。逆に自分は尊敬に値する人間だ、だからそう扱って欲しいと行動で示せば、向こうもそうしてくれることがままある。疑いや恥よりもひどい感情が忍び寄ってきたら、友人や婚約者、家族から届いた手紙や本を読み、彼らと会って話すことが、落ち込みを解消する強い味方となってくれた。ネガティブな感情と闘う時、大切な人々の存在は、お守りや魔よけのアクセサリー、秘伝の薬よりも効き目があった。

でも、シカゴMCCにいる時は話がちがった。刑務所で過ごす時間を救ってくれた人々、刑務所の中と外にいる人々から隔絶され、私は完全に心のバランスを失っていた。私を取り巻く女性受刑者たちの劣悪な環境が私を不安にさせ、所内で毎日無為に過ぎていく時間、受刑者の尊厳を完全に奪い、徹底的に無視する環境も、それに追い打ちをかけた。施設で働く刑務官たちはプロ意識には欠けるものの、根はいい人ばかりだったが、彼らでは何の力にもならなかった。

シカゴMCCという〝施設〟と渡り合うことは、コンクリートの壁を見つめているのと同じだった。質問に対する答えは返ってこない。パンティは支給されない。自分を律する強いメンタルは、かなり危険な状態に追い込まれた。食事は決まった時間に出るが、まともに食べられるものはたまにしか出ない。この未知なる世界は、頼りになるきちんとした規律に従っていることだけはまちがいない。ラリーや両親と電話で話すことが死活問題になっていた。私が刑務所に入って1年が経つが、このセリフを初めて吐いた。「お願いです、どうか私をここから出してください」

顔をトイレに沈め、溺れさせるぞ、私はノラを脅した。

私たちは友好的な対立関係でいようということで落ち着いた。1日に何度か「殺すぞ」と毒づきながらも、3人の共同被告人は一緒に座ってトランプをしたり、思い出話に花を咲かせたり、自分たちがいた刑務所の話をしたり、ただひたすら文句を言って過ごした。とても不思議な関係だった。それでも当時の私はまだ、ノラに対してがまんできないほどの敵意が走ることがあり、そうなったら遠慮なく吐き出していた。

ノラを全く信用していなかったけれども、それでもいいかと思えるようになっていた。ノラに誠意があろうがなかろうが、私は彼女を許そうと思った。そうすれば自分の気も晴れるし、この時身を置いていたクソ溜めみたいな刑務所が快適に思えるし、もっとはっきり言ってしまえば、もうすぐ自由の身になるという事実を前向きに捉えられる。ノラはあと何年もムショ暮らしが続く。ノラを許せたら、私は自分が選んだ道に、その選択肢に伴うあらゆる結果に対して責任が持てる、強くて健全な人間だということになる。劣悪な環境で人に優しくできるという、シンプルだけど強い満足感を得ることができる。

怒りを押し殺したり、まちがっていると感じることに目をつむるのは簡単ではない。今日こそノラの顔をトイレに沈めてしまうかもと考える自分を戒めることがたびたびあるけど、ノラは私のこけおどしに怯えた顔で笑う。ノラが困っていると、妹のヘスターが溺死に手を貸そうかと言ったりもする。

だけど私たちはキャッキャとはしゃぎ合って、こけおどしのケリをつける。かつての恋人同士がすったもんだをいくつも乗り越え、友人へと昇格するように。10年前の私がノラを好きになったところ——彼女のユーモア、好奇心、がんばり屋なところ、違法すれすれのヤバいことへの関心の強さ——は今もやっぱり好きだ。カリフォルニア州の高セキュリティー刑務所にいる間、彼女のそんな気質はさらに研ぎ澄まされていった。

私たち3人がつるんでいたのは、たとえ刑務所にいても、さすがにぎょっとする一角に生息する奇妙な集団と一線を画するバリアとして、お互いを利用するためでもあった。以前話した自傷行為のコニーの他、双極性障害(*11)を患う放火犯集団、不機嫌でキレやすい銀行強盗、第一次ブッシュ政権で司法長官を務めたジョン・アシュクロフトに暗殺をほのめかす手紙を書き続けている女、そして、私の隣に座ってこちらの髪に両手を突っ込み、甘い声で歌う小柄な妊婦が集う空間だ。

気分障害や行動障害を抱える受刑者はダンブリーに入って数週間でもっとたくさんお目にかかった。刑務官は基本、そんな人たちを全員見て見ぬふりをしていた。シカゴMCCには女性受刑者用のSHUはなく（男性用SHUなら1フロア上にある）、受刑者数1万人のクック郡刑務所への移送が、女性受刑者の懲戒処分に相当する。その実情を知っているらしき〝市長〟のクリスタルは言う。「あんなとこ、行きたくないでしょ！」

シカゴMCCに収容されて2週間、ノラとヘスター姉妹、そして私は、ここにも数名はまともな受刑者がいることを知った。私たちの入所当初、まともな連中は全く近づいてこなかったが、しばらく経つと、12階の住人の一部は私たちを怖がっているのに気づいた。何しろわれわれはガチの刑務所から来た、札付きのペテン師だから。だけど自分らと同じ〝まともな〟人間だと認めるしかないと気づいたとたん、彼女たちの方から積極的なアプローチが始まった。かわいらしくて気さくなスパニッシュ・マミがふたり、とっても小柄なスポーツおたくもいた。ゆかいな中国系レズビアンは、「あたし好みの体ね！」と、あわよくば一度お願いしますと言わんばかりの自己紹介をした。

それからすぐ、私たちは連邦刑務所のシステムを裏の裏まで知り尽くした権威に成り上がった。実はね、〝ガチの刑務所〟って、私たちが今いるところよりずっとがまんが利くところなのよと説明すると、彼女たちはおろおろする。法律面のアドバイスも求められた。たくさん。ふと気がつくと、私はいつも同じ対応をしていた。「私、弁護士じゃないし。あなたの担当弁護士に訊いて」でも彼女たちが頼めるのは公選弁護人に限られ、しかも依頼するチャンスはないに等しい。壁には黒くて不気味な、バットマンが使っているみたいな電話が据えつけられている。公選弁護人事務所への直通電話だ。「弁護士に相談する電話機の数だけはいっぱいあるんだよな」放火犯のひとりがぼやいた。

私には、他の受刑者が抱えているような弁護士の問題はなかった。ある日、区画の外から呼び出しがあり、〝出廷〟のため保護・釈放所に送られた私は待機房で数時間待った。その後やっと護衛に引き渡された。ガタイのいい税関職員と連邦警察官がふたり。私に何を期待しているのかわからないが、彼らが護衛するのは別の相手だった。手錠をかけてもらうためふたりに背を向けると、手錠をかけるという名誉ある役目を賜った相手が取り乱した。

「こいつの手首、細過ぎ。この手錠じゃブカブカだ！」意味もなく怒っている。

彼の相棒が手錠と私の手首との隙間に太い指を突っ込み、これで大丈夫だと思うと言った。髪を短く整えたガタイのいい彼らといれば、私はどう見てもこの要塞の住人ではないはずだ。妹か近所の人、ひょっとしたら妻としか見られないだろう。

もう何週間も閉じ込められていたから、車窓から見えるシカゴの街並みを楽しんだ。サウス・ディアボーン・ストリートにある連邦の建物の上階に連れて行かれた私は、何の表示もない会議室に通され、そんなに怒りっぽくなさそうな職員が護衛についた。テーブルを挟んで彼と向かい合って座り、黙ったまま15分ほど経った。私は相手をまじまじと見はしなかったが、向こうはこっちをじっと見ている。仕事柄仕方ないのだろう。職員はだんだん待ちくたびれてきた様子だ。彼は椅子を引き、時計に目をやり、私を見てからまた椅子を引いた。退屈してるだけかもしれない。刑務所で身につけた禅《ぜん》のおかげで、これから何が待っていようとも冷静に待った。ついに職員はがまんできなくなった。

「ご存じの通り、責任はわれわれにあります」と、彼は言った。

私は職員を見て言った。「わかっています」

「罪状は？　薬物依存ですか？」

「いえ、ただヘマをやらかしただけです」

職員はしばし黙った。「そんなにお若いのに」

何だか面白くなってきた。ヨガのおかげで若く見えるにちがいない。彼の方がずっと若いはずなのに。

「11年以上前に犯した罪です。私は35歳」彼は目を見開いて驚いている。実年齢を聞かされ、どうリアクションしていいかわからないでいる。

ありがたいことにドアが開き、会話はここで終わった。私の担当弁護士であるパット・コッターが連邦判事補を連れ、ローストビーフ・サンドイッチを差し入れに持ってきた。「ローストビーフが君の好物だとラリーが言ってたから！」

私はできるだけ上品にふるまいながら、サンドイッチをむさぼり食った。オレンジの囚人服姿だということを忘れかけていたけど、みんなの視線はほんの少しだけ気にした。コッターはルートビアも差し入れてくれた。アイビーリーグ出身の敏腕弁護士を雇っただけのことはあった。コッターに会って私の気分はずいぶん楽になった。コッターによると、私は政府側証人として出廷するため、私を刑務所に入れた連邦判事補の女性（いや、正確には、刑務所に入るようなことをしたのは私。彼女は告発しただけ）が打ち合わせの手配をしてくれたそうだ。司法取引では協力的な態度を取ることが義務付けられているから、とコッターはまた私に釘を刺した。

コッターは同席するけれども、私には法的保護そのものがないようだ。ただし偽証さえしなければ、法的なリスクが及ぶこともない。偽証する気などさらさらないと断言した後、シカゴMCCから出してくれ、私をダンブリーに戻してくれと念を押した。彼は善処しますと答えた。ジョナサン・ビビーの裁判はすでに二度延期されている。ダンブリーに戻ることは〝望み薄〟であるのはわかっていたけれども。

要塞刑務所に戻ると、どっと疲れた。「次はあなたたちの番よ」私はノラ、そしてアンことへスターに言った。交渉の結果、私たちは6人房への移動が受け入れられ、他の受刑者3人と一緒に寝起きすることになり、他のことはさておき、私たちはルームメイトだ。私は眠りに落ちた。

シカゴMCCで何が困るかといって、何もすることがない以上に困ることはない。見ていられないほど積み上げられたくだらない本の山、トランプ、大音量で止まることを知らない低俗なテレビ番組。やることがなかったのはオクラホマシティー刑務所でも同じだが、あちらはシミひとつなく穏やかで、10倍は広い環境だった。ただありがたいのは、シカゴMCCでは小包や書簡、書籍が受け取れるようになったのだ。自分宛てに届いた書籍を仲間に分け与えた。

どん底まで落ち込んだら、自分のことを助けてくれそうな人、わかってくれそうな人に手を伸ばす。私はペンを取り、塀の外にいて唯一私の置かれた環境を理解できそうな唯一の仲間である、銀行強盗の前科者で文通相手のジョーに手紙を書いた。彼はすぐに返事をよこした。

パイパーへ

手紙届いたよ。ロサンゼルス・メトロポリタン拘留センター（MDC）のつらい生活を思い出させてくれてありがとう。おしゃべりな同部屋仲間の素人占星術師に、君が自分の生年月日

を秘密にしていた話を読んで、僕はバカみたいに笑った。痛快だな。彼女はきっと頭煮えてたぜ。

そう、先月ニューヨークで君の婚約者、ラリーと長時間会うことができた。いい奴だね。君たちのアパートメントに近い、素敵なコーヒーショップで彼と会って、まったり時を過ごした。君が社会復帰訓練所から正式に解放され、ふたりで腰を落ち着けるにはいい場所だ。

腰を落ち着けるといえば、僕はオクラホマシティー刑務所に2ヵ月食らった（カリフォルニア州刑務所からペンシルベニア州刑務所に移送される途中にね）。しかも高セキュリティーに該当する受刑者だったから、2ヵ月間穴蔵の中に閉じ込められていた。しかも真夏に。辛かったよ。ムショ生活が終わって超ハッピーだ。ムショ暮らしのコツを身にはつけたけど、もうごめんだ。あんなところで時を過ごせるのは、ひとつの才能だね。

共犯者と一緒だったって言ってたよね、最初は気まずかっただろう。昔ヤンチャした仲間とすぐに仲直りできただけでもすごいよ。僕も昔カリフォルニアの刑務所で懲役食らってたけど、別の罪状で郡刑務所に行く羽目になった。郡刑務所で1ヵ月過ごしたら、州刑務所に早く戻りたくてしかたがなかった。体になじんだ日課や仲間、囚人服、もっとマシな食事が恋しかった。だから君がダンブリーに戻りたいという気持ちはわかるよ。僕だって同じ経験をした。

とにかく気を確かに持つんだ、パイパー。刑期はもうすぐ終わるし、そうなれば、ある意味過去の思い出だ。すべてを黒歴史にはできないけど、かなりのことは消し去れる。

次に捕まるまではね。
心安らかにあれ。
ジョー・ロヤ

シカゴMCCは私がどれだけがまん強く、寛容かを試した。さすがに生理用品は手に入ったが、ボブ・バーカーの名前がでかでかと印刷されたものばかりだった(*112)。やっと、シャンプー、コンディショナー、切手、食事を売店で買う許可がおりた。あと毛抜きも。私の眉毛はショックを受けそうなほどボーボーで、シカゴMCCには鏡がどこにも設置されていないため、ノラとヘスターのジャンセン姉妹と3人で美容院ごっこをするしかなかった。腕立て伏せと腹筋はしていたが、呆れた目で見られることなくヨガをする場所はなかった。6人房になれば、なおのことだ。6人房には私たち3人の他、エミネムレッツひとり、身長193センチのほがらかなタイニー(*113)、新入りのスパニッシュ・マミ、イネスがいた。イネスも裁判所命令でシカゴに来た口だ。

イネスは最初に逮捕された郡刑務所で別の女性受刑者から洗剤をかけられ、両目の視力を失った。九度の手術により視力は一部回復したものの、光に過剰に反応するようになったので、両目を完全に遮断する形の巨大なサングラスをかけることが許された。イネスは50歳の誕生日を迎えたばかり、私たちは陽気に過ごそうと努めた。

この頃の私はダンブリーよりもオクラホマシティー刑務所の方が懐かしく感じていた。ジャンセン姉妹もやっぱりそう言っていた。また滑走路の上で〝拘束ダンス〟を踊りたいね、と、3人で語り合った。私たちのスローガンは〝この世にサイアクが尽きることなし〟になった。3人はこのスローガンを毎日、文字通り繰り返し、これ以上サイアクな環境に身を置くことになっても受け流そうとしたのだ。

女子収容施設には週に一度だけの〝特権〟が与えられている。たとえば1970年代の小学校の体育館みたいな場所でのレクリエーション・タイム。空気の抜けたバスケットボールが数個にメディシンボールが1個だけ、筋トレ用のウエイトはひとつもない。つまらないペーパーバックとカビが生えていそうな法律文書を置いた司法図書館も利用できる。こうした活動で移動する時は、幼稚園の教師のように刑務官がひとり付き添う。移動中は決まって作業中の男性受刑者とすれ違う。彼らの方がずっと行動の自由が許可されていることに私はがまんがならなかった。ジムに行くには厨房をいくつか通らなければならず、そこで働く男たちは希望に満ちあふれ、私たちにちらちら見られるのをいつも心待ちにしていた。

「お姉さんたち、何か食べるか?」エレベーターに乗るため列を成していた私たちに、ある日男性受刑者のひとりが声をかけた。

「フルーツちょうだい!」私は怒鳴った。

「俺がたんまりバナナを食わせてやるよ、ブロンド！」

ラリーが面会に来ると聞き、私はいてもたってもいられなくなった。施設内のテーブルのひとつによじ上り、胸を叩いて叫び出しかねないほどの喜びを必死にこらえた。だって、ここまできて、刑務所で最も危険なこと——ジェラシー——には絶対に巻き込まれたくはなかったから。というわけで、テンション低めな自分をキープした。そんなうまいことが続くわけがないと疑い始めてもいた。

ニューヨークからラリーが来ることになっていた土曜日、私はお湯の出るシャワーを浴びた。例の個室シャワーのうちひとつが、どういうわけか朝の間だけお湯が出る——と、ある受刑者がこっそり教えてくれたのだ。濡れた髪を背中に垂らした。シカゴMCCにはヘアドライヤーなどない。トイレに移動し、洗面台の上、本来なら鏡がある場所にボルト留めしてある金属板をまじまじと見た。自分の姿がちゃんと見える場所は、たぶんここしかなかった。私は鉛筆を壁に当て、先を丸めてアイラインを描いた。他の受刑者は鉛の粉をヴァセリンに混ぜ、間に合わせのアイライナーを作っていたが、私にはそんなスキルはない。

シカゴMCCの面会時間はとても短い。私は時計を見ながらじりじりしていた。ジャンセン姉妹はおろおろしながら私を見ていた。「彼、絶対に来るから」ふたりは言った。あのふたりが、ラリーが面会に来ることをこれだけ気にかけてくれている、昔からの知り合いみたいにラリーの話をするようになっていることに、私はちょっと感動していた。アンことヘスターの夫がシカゴまで面会に来られないので気が引ける。彼も7年の刑で、シカゴから遠く離れた刑務所で服役中なのだ。

面会の時間から1時間以上経ち、私はどうにかなりそうだった。何があったかは察しがついている。シカゴMCCを管理するバカどもが彼を追い返したのだ。きっとそうだ――あいつらが何をやらせてもぼんくらなのは、今までよーく見てきたので、よーくわかっている。**面会に何の不手際があったわけ?** 頭の中ががっかりと怒りでグルグルしていた。

するとと監視つきドアが開き、刑務官がひとり入ってきて、区画担当の刑務官と何やら話している。

「カーマン!」

私はダッシュで彼らのところに行った。

そしてようやく、だだっ広くて小汚い面会室に入ると、私は落ち着きを取り戻した。たくさんの受刑者が家族と面会しており、最初ラリーがどこにいるのかわからなかったが、見つけたとたん、私は気を失いそうになった。ラリーにハグすると、彼も軽く気を失いかけていた。

「全く、僕がどんな目に遭ったか。とんでもない連中だな!」ラリーは半ば怒鳴気味の声で言った。私たちは指定された場所へと行き、プラスチックを型に流し込んで作った椅子に座ってから向かい合った。私はダンブリーを出てから初めて、心から穏やかな気持ちになった。

残り時間はあっという間に過ぎた。一体いつ帰宅できるのか、帰宅できたらどんなことが待っているのか、ラリーと話し合った。「もうすぐはっきりするよ、ベイビー」彼は私の手を握りしめ、安心させてくれた。

守衛が「時間だ」と呼びに来た時、私は泣きたくなった。ラリーにさよならのキスをした後、私は後ずさりしながら、彼が見えなくなるまで、ずっと見守っていた。そして私は女性受刑者が数名いる部屋へと連れて行かれた。そこにいる全員が面会を終えた後の幸福感で、顔が晴れやかになり、ふだんよりずっときれいに見えた。

「パイパー、面会だったの？」誰かに訊かれた。

「うん、フィアンセが会いに来たの」私はバカみたいにニヤニヤして答えた。

「わざわざニューヨークから会いに来たの？　すごい！」まるでラリーが月から来たみたいなリアクションだ。

私はただうなずいていた。ラリーのようなすばらしい人と巡り会えた幸運を自慢したくはなかったから。

シカゴＭＣＣにあの屋上があることは、入所後から耳にしていた。建物の屋上はレクリエーション・エリアらしく、天候が許せば刑務官が1名立ち会って受刑者たちを連れて行く。私は屋内に数週間閉じ込められていた。夜になるたび、ダンブリーのトラック、あの湖のことを夢見ていた。ある日ようやく、屋上に上がってもいいと発表があった。女性受刑者らはエレベーターに乗れる限界まで乗り込んだ。

屋上は私たちが寝転べるようナイロンでコーティングされており、実際足を踏み入れてみると、周囲は有刺鉄線と鶏舎用の金網に囲まれ、空ははるか高いところにあった。屋上にはバスケットボールのゴールがふたつあるが、外の気温は10℃未満。屋内外の酸素の差と、思いっきり深呼吸したせいで、外に出るなりしゃっくりが出た。屋上は建物と同じ三角形で、3つあるすべての角の先っぽまで見通せた。一方の角に面した側には鉄道の操車場の線路が見えた。すぐそばに立つビルのてっぺんには、見事なアールデコの銅像があった。東南の方向にはミシガン湖が見えた。

レクリエーション・エリアの南側、黒い金属のフェンスが立っているところまで歩いていった。フェンスの縦棒は私が顔を出せるほどの間隔が空いていた。私は遠くの湖を眺め、眼下の都市を見渡した。

「ねえ、ノラ！ こっちに来て！」

「どうしたの？」ノラが来た。

私はフェンスの隙間から指さした。「あれってコングレス・ホテルじゃない？」

ノラはフェンス越しの景色の中から、もう10年以上も前、スーツケースに札束をたくさん詰めて私に託した場所、あのコングレス・ホテルを見つけた。

「そう思う。あのホテルだわ。よく見つけたわね」

私たちはしばらく、何も言わなかった。

「私たち、ほんとにバカだったよね」

ついに裁判が始まった。密輸したドラッグを持ち帰る手はずをノラに指示した男、ジョナサン・ビビーは、自分は何も知らないアート・ディーラーで、起訴されたドラッグの密輸犯多数とたまたま飲み歩いていただけだと主張した。だが連邦側は、ノラ、アンことへスターらと同じフライトでアフリカに飛んだ記録など、彼に不利になる証拠をかなり押さえていた。へスターは出廷するために最初に刑務所から連れ出された。彼女は被告人とは長年の知り合いだ。へスターは相手側弁護士に心をボキボキに折られ、涙目で帰ってきた。

次にノラが出て行った。私はジョージ・フロイドがこの刑務所のどこかに収監されているのを思い出すと、彼らが共同被告人を呼び出すことはもうないと理解した。2月14日、私は保護・釈放所に呼び出された。「いいバレンタインデーになったね」そう言ったノラの声はかすれていた。彼女は重罪がほぼ確定したことをまだ知らなかった。

法廷への護衛役として私についた人たちは前回より年齢が上で、体つきもがっしりとした、頼りがいのあるメンバーが揃っていた。気遣いもきめ細やかだった。「何かお持ちしましょうか、パイパー？」

この待遇に私は面食らった。私はタバコを吸わない。だからといってスコッチをくれるわけがない。

「コーヒーを1杯もらえますか？」

「出せるか聞いてきます」

手持ちの中で一番マシなオレンジの囚人服を着て法廷を意気揚々と歩き、証言台に進み出た私はようやく、ジョナサン・ビビーと対面した。陪審員が耳を傾ける中、証言台で私自身の体験を順序立てて語るのに、とても長い時間がかかったと感じた。陪審員は聞いた内容をちゃんと理解しただろうか。

相手側弁護士から受けた質問はすべてノラに関するものだったので、彼女が法廷での重要証人であることがはっきりした。連邦政府のために証言するのは絶対に嫌だったが、このクソ間抜けどもが共同被告人たちのように自分から刑を確定しようともせず、面倒なことや不自由な待遇から私たちを救おうという気がないのにも腹が立っていた。

車で戻る際、護衛がエル（高架鉄道）の下に車を停めた。ひとりが飛び出し、ダンキンドーナツで熱々のコーヒーをテイクアウトして戻ってきた。彼は私の手錠を外した。「砂糖とミルクはもう入ってます。入れていいかあなたに訊かなかったけど」

私がそのコーヒーをしみじみ味わって飲んでいる間、彼らは前の座席でタバコを吸っていた。私は頭上を列車が走る音に耳を傾け、街角で暮らしを営む人々を目で追った。これから私は、こんな風に不思議な世界で人生を送るのだろうか。

すべてが終わっても——陪審員はビビーを有罪とした——誰の気も晴れなかった。私はただ本物の刑務所に戻りたいだけだった。ダンブリーへ。そして自分の家に帰るのだ。

息が詰まりそうな女性受刑者の区画で、〝市長〟のクリスタルはほんのうわべだけでも刑務所の礼儀作法を取り繕おうと努力していた。そこには当然宗教が絡んでくる。クリスタルは毎朝テレビで放送される地元牧師の番組の大ファンで、ボリュームを大きくして聞いている。彼女はダンブリーの受刑者の誰よりも熱心に改宗を勧める人だった。毎週、教会礼拝グループに聖書を持って区画から出てくるよう指示があると、クリスタルは決まって顔を出した。「みんな、教会に行くの？」ジャンセン姉妹はよく顔をしかめていた。アンことヘスターは改宗したが、彼女も私と同様、刑務所の宗教的儀式を嫌っていた。「行かないわ、クリスタル」

そんなことでめげるクリスタルではない。こっちもきちんと言い分を通さなければ。次にジムでの運動の時間で呼び出された時、私はクリスタルを探した。

「あなたもジムに来るよね、クリスタル？」

あんたはただでさえビビってるのにもっとビビりたいのかと言わんばかりに、クリスタルはキレっつも私に言った。「は？　ジム？　私がジムにいなくても気にしなくていいから、パイパー。あなたは好きなだけジムでトレーニングすればいいでしょ？」

その次の日曜日、クリスタルは今までにないほど前向きな口調で言った。「教会にいらっしゃい、パイパー。今週はとてもためになったわよ」

「ちょっと言ってもいいですか、クリスタル。これからも教会に行くつもりなら、あなたにお願いしたいことがあります。今週ジムに行く時、私はあなたのためにトレーニングするから。それで帳消しにしてくれる？」

クリスタルはここ数ヵ月で久しぶりに笑える話を聞いたようだ。彼女はずっと笑いながらドアまで歩いて出て行った。これを機に、私とクリスタルはお互いの信仰がどうあれ、お互い歌で伝えることにした。

Chapter 18

It Can Always Get Worse

「神の祝福あれ、パイパー！」

「私のために祈ってね、クリスタル！」

週に一度、区画のマネージャーが、女性受刑者が収容されているフロアに現れるたび、私は彼を問い詰めた。私は冷静を装いつつ、出所日である3月4日はもうじきだし、これからどうなるのか知りたいと説明した。彼らはダンブリーに帰してくれるの？ シカゴから解放してくれるの？ 私にはわからなかった。マネージャーは何も把握していなかった。彼は蚊帳の外にいた。私はマネージャーの部屋を徹底的にぶっ壊してやりたい気分だった。

マネージャーとの会話が終わって帰ってくると、ジャンセン姉妹は心配そうな目で私を見た。私の出所日があと1週間後であることは秘密事項であり、彼女たちにも漏らしてはいけなかった。あのふたりはあと数年服役が残っている。それに、ジャンセン姉妹以外の受刑者たちを、刑務所でありがちな被害妄想で苦しめたくはなかった。とりあえずジャンセン姉妹には、コン・エアーに乗るタイミングを逸しそうで、私は禅《ぜん》の精神をキープするどころじゃないほど焦っていると話しておいた。

「ディナーを作ろうよ」アンことヘスターが提案した。私は今朝の食事でもらってから氷で冷やしておいたゆで卵を取りに行った。ヘスターは慎重にナイフをふるってゆで卵を縦に半分に切り、ノラは黄身を取り出して、小袋に入ったマヨネーズやマスタードと和えてから、売店で手に入れたタバスコをたっぷり足した。

味見は私がやった。「何か足りない」「だよね」と、ノラはホットドッグに足すピクルス類のみじん切り袋を取り出した。私は眉をひそめて言った「マジで？」「まかせて」私はもう一度味見した。文句のつけようがなかった。私は縦に切った白身に調味した黄身をきれいに盛り付けた。ノラがその上にタバスコを軽く振った。「かけすぎだよ！」アンことへスターが言った。

デビルド・エッグができあがった。出所祝いのごちそうだ。他の受刑者たちは、自分たちに配られたゆで卵も取っておけば良かったと思いつつも、私たちの出所祝いを喝采で迎えた。私たち3人は、シカゴMCCにいる、ごく少数のまともな受刑者の中で自分たちの居場所を作った。だが神は決して安らかな行く手を私には下さらなかった。

コン・エアーが数日前に出発し、私はジャンセン姉妹にお別れを言った――姉妹はコン・エアーで別の刑務所に移送されていった。どうして私がシカゴに残り、3人一緒に滑走路の上で拘束ダンスを踊ることにならなかったのだろうと、姉妹は不思議そうな顔をしていた。悲しみと同情が入り交じった目をして、ふたりはさよならと私に言った。心が騒いで、ふたりと目が合わせられない。私だってあの飛行機に乗ってシカゴを逃げ出したいから。それにあのふたりと刑務所の外で会うことはきっともうないから。言いたいことはもっとたくさんあるような気がする。

ふたりが去った後、私は自分のベッドで毛布に潜り込み、何時間も泣いた。ひとりでやっていくのは無理。あと数日で釈放だというのに、私はこの先どうなるのか、さっぱりわからなかった。不条理なことこの上ないのだが、連邦刑務局が一生私を刑務所から出さないでくれたらいいのにと思うようになっていた。

小学校、中学校、高校と、私は自分の孤独については強い信念を育んできた。決して目新しい信念ではない。人はみな、世界でたったひとりなのだ、というものだ。この信念には、自立心と自己防衛というふたつの視点がある。攻撃するか、されるか。相手が死ぬまで連れ添うか、きっぱり縁を切るか。引きこもるか、ドアを開けて外に出るか。両極端に持っていけば、人の行動はそれほど大きな意味を持たないという信念が裏づけられる。私たちは自分が作った泡の中に入った形で世の中を歩いている。泡はたまに弾けることがあるけど、結局、人は泡に閉じ込められた孤独な存在なのだ。

「入所する時もひとり、出所するときもひとり」という刑務所ではおなじみの決まり文句や、人付き合いを避け、自分のことは自分でやれというお決まりの忠告にある通り、私はひょっとすると、刑務所暮らしに合った性格だったのかもしれない。でも、私が刑務所で学んだのはそんなことじゃない。刑務所で生き延びるノウハウを学んだわけじゃない。私は決してひとりじゃないということがわかったのだ。毎週手紙を送ってくれ、面会に来てくれて、わざわざ遠いところから会いに来てくれて、私のことを忘れていないよ、私はひとりじゃないよと言ってくれることは、私の人生に大きな影響をもたらしてくれた。

だけど何より、1年間一緒に過ごし、共同生活というものを私に教えてくれたた女性受刑者たちのおかげで、私はひとりぼっちじゃないんだという思いを新たにした。私たちは定員オーバーでプライバシーのかけらもない棟で、一緒に暮らした。私たちはみな、名前ではなく8桁の囚人番号で呼ばれ、同じ囚人服を着て、しみったれた食事を食べ、しみったれた衛生用品を使って生活した。そんなことより、私たちは悲惨な環境でもたくさんのユーモアと独創性の源を保つことや、刑務所のシステムが叩き潰そうと命じようが、私たちの人間としての誇りを守り、維持する意志の力を共有した。自分ひとりの力だけで何とかできるものとは思わない。私には絶対に無理だ――助け合わなければ、無理だ。与える側、受け取る側、どちらであろうと、生まれや育ちがどうだろうと、些細な優しさ、ささやかな喜びをみんなで分かち合うことが何より大事なのだ。だからこそ、受刑者仲間が懸命に私の出所を支えてくれた。だから、私はこの世界でひとりぼっちじゃない。この人生をたったひとりで生きてはいない。一見したところ共通点がなく見える人たちと、生きていく上で基本中の基本と言える部分をともにした。私は人と気持ちを通じ合わせた――今ならきっと誰とでも通じ合えるだろう。

そして、私にとって3番目の刑務所になった、ここシカゴMCCにいる受刑者の奇妙な真実を知った。管理者が誰もいないこと。もちろんこの施設のどこかに、デスクかドアにネームプレートを掲げた刑務所長と呼ばれる人物がいて、名目上は、この刑務所を管理するトップに位置している。食物連鎖にも似た刑務所の階層構造の下には、副刑務所長や上級刑務官がいる。

ただ、刑務所の運営面で見れば、受刑者、つまり刑務所で毎日生活している人々にとって、副署長の椅子に誰も座っていなくても、帆が風を受ければ帆船が進むように、刑務所もうまく回るのだ。こうした組織はスタッフの数をできるだけ減らしてだらだら過ごしているので、現場で働くスタッフが自分の仕事に興味など持っていないように見えるのは当然のことだ。そんな刑務所にうじゃうじゃいる人々と前向きな形で接しようとするスタッフはひとりも存在しない。

すべてのカギを握るのが、リーダーの人を惹きつける能力だ。〝受刑者の矯正〟に携わるスタッフはゼロ、矯正施設で働く目的について、一度も考えたこともないように見える。倉庫のスタッフがトマト缶の存在意義について考えたり、ひどい有様で棚に載せられているトマト缶の気持ちをわかろうと努めているのと何の変わりもない。

立派な組織には、自分の仕事に誇りを持つリーダーが複数いて、組織を管理するスタッフ全員と密接に関わり合っているから、全員が自分の役割を理解している。だけど私たちがいる刑務所のスタッフはいないも同然の扱いを受けているのがふつう。頭に袋をかぶせて身元を隠す、漫画の世界の死刑執行人みたいに。意味なんてほとんどなさそうなのに、刑務所のカギを持っている刑務官まで一緒くたに、人を何年も刑務所に閉じ込めて、どんな意味が、どんな理由があるのだろう？　こんなにぞんざいに扱われ、無視されていては、受刑者が自らの罪を理解し、受刑者全員にとって服役が意義のあるものになるわけがない。

私は堅いプラスチックの椅子にドスンと腰かけ、ブラック・エンターテイメント・テレビジョン（BET＊114）を見ていた。ジェイ・Zのシングル「99・プロブレムズ」のプロモーションビデオが流れていた。ブルックリンのド底辺で生きる人々の凄みと気骨をモノトーンで描いた映像で、ブルックリンに住んだこともないくせに、私はホームシックみたいな感情を覚えた。

刑務所で過ごす最後の1週間は過酷の頂点に達した。空輸でダンブリーに戻してくれたら、クソ陽気な大歓迎で迎え入れられ、涙、涙のお別れを経て、慌ただしく外の世界に送り出されたはずなのに。シカゴでは絶望的なほど孤独だ。ダンブリーでは仲間たちとのお別れの日、喜びにあふれる出所の儀式が行われていて、私もいつかあんな風に送り出されるんだと思っていたのに。1年間、刑務所でよくがんばりましたと、私をよく知る仲間に囲まれ、自分の強い精神力と忍耐強さを祝いたかった。それどころかその時の私は、自分の人生を1ミリもコントロールできないことへの怒りを上回るほどの、やり場のない怒りにかられていた。シカゴMCCは、3月4日の出所日をまだ確定していなかったのだ。

さすがの連邦刑務局だって時間を止めることはできないのだから、その日がきたら私は起きてシャワーを浴び、出所の支度をする。その日はラリーがシカゴまで迎えに来てくれるのに、シカゴMCCのスタッフで、私の出所を把握している者はひとりもおらず、書類の1枚も見せてもらっていなかった。その日が来るのをひどく楽観的に待ちながらも、本当に出られるのかとひどく懐疑的にもなった。

一緒にテレビ部屋にいる受刑者たちはマーサ・スチュワートが未明にオルダーソン連邦刑務所を出所したという早朝のニュース番組を観ていたが、テレビ2台はすぐにいつも通りにBETアワードに切り替わり、特別功労賞を争うミュージックビデオのバトルが大音量で流れた。私はいくつかある木のベンチのひとつに座って、刑務官の一挙手一投足をじっと見ていた。午前11時、電話がやっと鳴った。刑務官は電話を取り、相手の話を聞いてから電話を切り、大声で私を呼んだ。「カーマン！　荷物をまとめろ！」

私は跳び上がってロッカーに駆けていき、洗面用具と本の後ろに隠していた、個人宛ての手紙が入ったマニラ封筒だけを取り出した。私と同じ房にいた受刑者は全員別の刑務所に移送されており、最後の移送者が自分なんだと強く感じた。その時の私が考えていたこと、思っていたことを洗いざらい彼女たちに伝えるすべはなかった。

「私のロッカーにあるもの、何でも持っていっていいよ。私、出所するから」

保護・釈放所の女性刑務官は、女性用の街着は在庫がないのでと前置きし、手元にあったメンズのジーンズで一番小さいサイズのもの、グリーンのポロシャツ、ウインドブレーカー、薄いプラスチックのソールの安そうなスエード風のひも靴を用意してくれた。女性刑務官は28ドル30セントの〝出所祝い金〟もくれた。これで外の世界に出る準備が整った。

刑務官がひとり、私ともうひとりの受刑者である若いスパニッシュ系の男性をエレベーターまで連れて行った。彼が会釈して言った。「どんだけ食らってた？」

「13ヵ月。あなたは？」

「20ヵ月」

エレベーターが1階に着くと、私たちは通用口にいた。刑務官が通りに続くドアを開け、私たちは一歩踏み出した。がらんとした脇道は、要塞みたいな刑務所とオフィスビルに挟まれた渓谷のようで、見上げると灰色の空が細長く広がっていた。通りのすぐ向かい側で、スパニッシュ系の受刑者の仲間たちがSUVに乗って待機しており、彼はすばしっこいうさぎみたいに車に飛び乗って行ってしまった。

私はあたりを見回した。

「誰も迎えに来ないのか？」刑務官が私に訊く。

「来てるわよ！」なんだかイラつく。「ここ、どこ？」

「正面玄関まで連れてってやるよ」刑務官は面倒くさそうに言った。

私は振り返り、刑務官の前を元気よく歩き始めた。10メートルほど先、シカゴMCCの正面に立ち、携帯電話で話しているラリーが見えた。彼はこちらを向き、私に気付いた。私は力の限り駆け出した。もう誰も、私を止めることはできなかった。

＊111 双極性障害　激しい落ち込みと極端な躁状態が交互に発現する精神の病。

＊112 ボブ・バーカー・ブランドの生理用品は主に刑務所や矯正センターで支給されている。

＊113 「タイニー（Tiny）」には「小さい」という意味がある。

＊114 ブラック・エンターテイメント・テレビジョン　アフリカ系アメリカ人を主な対象として放送を行っているアメリカのケーブルテレビ・チャンネル。

なついている

ポップ ロシア人
Ⓓレッド
元ギャング。
キッチンのボス。
顔役的存在。

なついている
なついている

ニーナ イタリア人
Ⓓニッキー
パイパーと同い歳で仲良くなる。
ポップの二段ベッド仲間。

ビッグ・ブー・クレモンズ 白人
Ⓓビッグ・ブー
知的でユーモア・センスのある、
巨体のレズビアン。

仲良し

シャーロット
ブラック ブロンクス出身。
ネイリスト。
ローズマリーと仲がいい。

シスター・アーデス・プラット 白人
Ⓓシスター・インガリス
尼僧で、平和活動家。
皆の尊敬を集めている。

片思い

リトル・ジャネット ブラック
Ⓓジャネイ
20 歳の大学生。早期出所する。

エイミー 白人
Ⓓトリシア
10 代の受刑者。
生意気で、パイパーは
「エミネムレッツ」と呼ぶ。

習っている

習っている

ヨガ・ジャネット 白人
Ⓓヨガ・ジョーンズ
知的で美しい中年婦人。
ヨガの達人で、所内で教えている。

ペンサタッキー 白人
Ⓓペンサタッキー
自称レッドネック。子持ち。

習っている
習っている

カミラ コロンビア人
長身でスレンダーな美人。

ガーダ レバノン人
所内で唯一のイスラム教徒。
ヨガを習っている。

デリシャス ブラック
Ⓓテイスティー
パイパーにちょっかいを
出してくる。明るい性格。

論文を手伝う

ミセス・ジョーンズ
アイルランド人 別名 OG
(オリジナルギャングスタ)。
麻薬関連での服役。

小競り合い

ジンジャー・ソロモン ドミニカ人
Ⓓグロリア
調理人。ナタリーの友達。

フランチェスカ・ラルー 白人
キリスト教原理主義者。整形疑惑がある。
パイパーにちょっかいを出す。

ギセラ ドミニカ人
建設作業所で働く。10 代の娘がいる。
信心深く、気品ある美人。

リリ・カブラレス プエルトリコ人
Ⓓクレイジーアイズ
房内で失禁する。

アリー・B
Ⓓリリー
痩せて長身。
パイパーと仲良くなる。

ポン・ポン ブラック
Ⓓシンディー
若い受刑者。
母親も受刑者だった。

・参考にしたウェブサイト：http://orange-is-the-new-black.wikia.com/wiki/Orange_Is_the_New_Black:_My_Year_in_a_Women%27s_Prison

Danbury Prison

刑務官

デサイモンの上司（=テキサス上司）
経験豊富で公平な刑務官。

ブトロスキー
(ド)ヒーリー
パイパー担当のカウンセラー。

デサイモン
(ド)ルスチェック
メンテナンス部門～電気設備作業所の責任者。ハラスメント気質。

Mr. キング
建設作業所のボス。

ロットメンセン（ゲイ・ポルノの男優）
(ド)メンデス
角刈りでより目。

クーマ・デブー所長 中東系
(ド)フィゲロア所長
女性刑務所長。途中で異動になる。

配置転換願い（パイパー → デサイモンの上司）
セクハラ（デサイモン → パイパー）

アネット イタリア人
(ド)アニタ
パイパーのダンブリーでの最初の同房相手。

ミス・ラズ プエルトリコ人
(ド)ローズ
がん患者。パイパーの最初の房の隣人。

ミネッタ イタリア人
(ド)ローナ
所内のバンの運転手。

ローズマリー 白人
(ド)ローナ
マサチューセッツ州の良家の出身。

パイパー

パイパーの両親 ⟺ 家族関係 ⟺ パイパー
離婚しているが、それぞれ愛情深く、ひんぱんに面会に来てくれる。

ラリー ユダヤ系 ⟺ 婚約中 ⟺ パイパー
ライター。友人から恋人、そして婚約者となった。

ミス・マルコム〈ナタリー〉 ジャマイカ人
(ド)クローデット
パイパーの同房相手となる。ジャマイカ人で調理スタッフ。GED を取得する。

ヴァネッサ
(ド)ソフィア　長身でスタイル抜群のトランスジェンダー。

Chicago MCC

元恋人（パイパー → ノラ）

ノラ
(ド)アレックス
パイパーの元恋人で、ドラッグ取引をしており、パイパーの収監の元凶となった。

ジェイ ブラック
(ド)プッセイ
30 代。子持ち。ダンブリーにおいて、パイパーと同じく、オクラホマに移送される。

・それぞれの人物のドラマでの役名（想定される）は「(ド) ○○」で表示

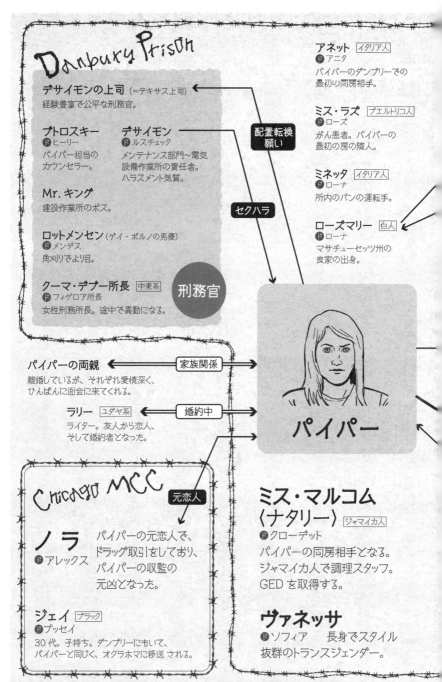

訳者あとがき

本書は、Netflixオリジナル作品として大人気のドラマ『オレンジ・イズ・ニュー・ブラック』の原作となった、作家パイパー・カーマンによる回顧録、『Orange Is the New Black: My Year in a Women's Prison』の邦訳版である。上流家庭に生まれ育ったパイパーは、有名大学卒業後、当てもなくさ迷った先で出会う女性と恋に落ち、巧みに悪事に引き込まれ、やむにやまれず麻薬取引に手を染める。その恋人の元を逃げるようにして離れ、過去を清算し（少なくとも本人はそうできたと思っていた）、やっとのことで自分を取り戻したパイパーは、新しい人生を歩み始める。そしてその過程で出会った本当に愛する人と幸せをつかみかけた矢先、過去のたった一度の過ちが原因で、刑務所に収監されることとなる。

葛藤し、もがき苦しみながらも、持ち前の精神力の強さと知性で厳しい環境下で生き延びる道を模索し、巧みにサバイバルすることで1年を超える刑期を務め上げた。出所後は、その厳しい生活の中で感じた女性受刑者への待遇の劣悪さをアメリカ社会に広く訴える活動に精力を注いでいる。

私事ではあるが、本書の翻訳作業中に病気が発覚し、作業の中断を余儀なくされた。最後まで作業を続けたいという気持ちは大きかったが、体調がそれを許さなかった。共訳書という形での出版を目指し、翻訳家、安達眞弓氏に協力を仰ぐこととなった。

安達さんは、多忙にも関わらず、私からの突然の願いを聞き入れ、快く作業を引き継いで下さり、すぐさま作業に取りかかってくれた。そしてこのたび、無事出版にこぎ着けることとなった。彼女の協力がなければ、この素晴らしい1冊が世に出ることはなかっただろう。また、アクシデントに次ぐアクシデントに見舞われた本書の編集過程において、常に落ちつき、迅速に対応して下さった駒草出版の内山さんにも心から感謝している。

本書で描かれるパイパーの不撓不屈の日々を、私自身も経験することとなった。彼女の決して諦めない姿勢にどれだけ励まされたかわからない。パイパーの力強い歩みが、入退院を繰り返す日々を送る私を支えてくれた。出所の日、パイパーが感じた心からの喜びを、私自身、退院の日に追体験することができたのは、訳者冥利に尽きるといったところだろうか。

この感動の物語が、多くの読者の皆様の元に届くことを願ってやまない。

村井理子

【訳者プロフィール】

村井理子（むらい・りこ）

翻訳家、文筆家。1970年静岡県生まれ。学生時代をカナダ、イギリスで過ごし、大学卒業と同時に翻訳業に携わる。訳書に『ブッシュ妄言録』（二見書房）、『ローラ・ブッシュ自伝』（中央公論新社）、『ゼロからトースターを作ってみた結果』（新潮社）、『ダメ女たちの人生を変えた奇跡の料理教室』（きこ書房）、『兵士を救え！マル珍軍事研究』（亜紀書房）などがある。料理本『村井さんちのぎゅうぎゅう焼き』（KADOKAWA）の出版やウェブ媒体へのエッセイの寄稿など、多方面で活躍している。Twitter：@Riko_Murai、ブログ：https://rikomurai.com/

安達眞弓（あだち・まゆみ）

実務・出版翻訳者。訳書にタイラー・ディルツ『悪い夢さえ見なければ』、『ペインスケール』（ともに東京創元社）、ジェフ・バーガー（編）『都会で聖者になるのはたいへんだ ブルース・スプリングスティーン インタビュー集1973〜2012』、スティーブン・ロビー（編）『ジミ・ヘンドリクスかく語りき』（ともにSPACE SHOWER BOOks）など。出版翻訳と並行し、企業が更新するブログや広報資料の翻訳も手がけている。

オレンジ・イズ・ニュー・ブラック　女子刑務所での13カ月

2018年5月4日　初刷発行

著者　パイパー・カーマン
訳　村井理子、安達眞弓

発行者　井上弘治

発行所　**駒草出版**　株式会社ダンク　出版事業部
〒110-0016　東京都台東区台東1-7-1　邦洋秋葉原ビル2F
TEL 03-3834-9087／FAX 03-3834-4508
http://www.komakusa-pub.jp/

カバーデザイン　岩淵まどか（fairground）／本文デザイン　宮本鈴子（株式会社ダンク）
カバーイラスト　ジェリー鵜飼

印刷・製本　シナノ印刷

落丁・乱丁本はお取り替えいたします。
定価はカバーに表示してあります。

2018 Printed in Japan　ISBN978-4-905447-95-5